古典文獻研究輯刊

三　編

曾　永　義　主編

第24冊

明代戲劇的兩性關係
——以六十種曲爲例

高　芷　琳　著

國家圖書館出版品預行編目資料

明代戲劇的兩性關係──以六十種曲為例／高芷琳 著 — 初
版 — 新北市：花木蘭文化出版社，2011〔民 100〕
目 4+298 面；19×26 公分
（古典文學研究輯刊 三編：第 24 冊）
ISBN：978-986-254-566-9（精裝）
1. 明代戲曲 2. 兩性關係 3. 戲曲評論
820.8 100015025

ISBN-978-986-254-566-9

9 789862 545669

古典文學研究輯刊
三 編 第二四冊 ISBN：978-986-254-566-9

明代戲劇的兩性關係──以六十種曲爲例

作 者 高芷琳
主 編 曾永義
總 編 輯 杜潔祥
出 版 花木蘭文化出版社
發 行 所 花木蘭文化出版社
發 行 人 高小娟
聯絡地址 新北市永和區中正路五九五號七樓
　　　　 電話：02-2923-1455／傳眞：02-2923-1452
網 址 http://www.huamulan.tw 信箱 sut81518@ms59.hinet.net
印 刷 普羅文化出版廣告事業
初 版 2011 年 9 月
定 價 三編 30 冊（精裝）新台幣 48,000 元

明代戲劇的兩性關係
——以六十種曲爲例

高芷琳　著

作者簡介

高芷琳，民國六十三年生，臺灣省澎湖縣人，已婚，育有一女，彰化師大國文研究所碩士、高雄師範大學國文研究所博士，現為澎湖縣澎南國中國文教師，研究範圍為澎湖的鄉土文化、古典戲劇、以及兩性關係；將來之研究方向亦以此三個領域為範疇。將來期待能研究與教學並行，並將研究成果融入教學之中，以對莘莘學子造成正向的教育影響。

提　要

　　中國古代是一個重男輕女、男尊女卑的時代，即使到現代，仍有著許多的觀念遺留著，這是一個值得討論的文化現象。而明代則是中國五千年歷史中，男女兩性關係極為複雜的時代，從這個時代的兩性關係，我們可以看到整個中華民族兩性發展史的縮影，此外，明代戲劇興盛，從其中的搬演描述，我們可以了解各個階層的生活、兩性互動，所以本文借由探討明代傳奇《六十種曲》，來了解明代的兩性關係、形成背景因素，並也從中發掘中國兩性關係的共性。

　　筆者探討的明代社會階層包括：一般大眾、才子、佳人、奴婢、僕人、娼妓、商人、商婦、女性經濟活動從事者、宗教人士、變童、同性戀、後宮女性等，希望從他們的兩性互動、內在性心理、社會上的兩性現象，歸納出明代兩性關係的特色，並成為現代兩性關係的借鏡，並希望因此而尋找出現代兩性關係的新方向。

謝　辭

　　當我完成論文，把它印出來的那一刻，我竟激動的流下淚來，這是寫碩論時所沒有的體驗，我很高興自己又完成了一個人生目標，本來我以爲結婚生子後的我，只能在家庭做一個傳統的職業婦女，就此一生；但我走出來了，我完成了對很多人以及對自己的承諾，我感謝高師大國文所給我這個機會，這本論文不只是在討論兩性關係，也救贖了我自己，再次讓我覺醒自我的價值，發覺自己新的人生目標。

　　首先，我要感謝我的指導老師——陳貞吟老師，她對我的身體狀況、居住遙遠、必須兼顧家庭、固執倔強‧‧‧等等的包容，每次討論論文時總是配合著我的時間與交通，僅管好幾次她已經很累了，還是很有耐心的與我討論著，就是爲了讓我準時搭到飛機回家，老師，眞的很謝謝您在各方面的鼓勵與開導。其次，我要感謝博班的導師，爲我介紹這麼好的指導教授，對我來回奔波等各方面的關心，在我迷惑、難過、想要放棄時，總能爲我指引出一條明路，讓我有信心堅持下去；再來，我要感謝高師大每一個教過我的師長，眞的是一日爲師，終身爲父，每一位長者都如一本內容豐富深厚的書，給予後輩最多的啓示。

　　接下來，我要感謝我的父母與公婆，不管我的工作、課業忙到什麼程度，他們總是默默支持我的理想，代替我照顧著我的家庭與女兒，從不抱怨責怪這個女兒、媳婦的任性與企圖心，讓我求學的路上有了最大的後盾。此外，還有我的兄弟姐妹們，隨傳隨到地替我解決各種問題——尤其是照顧彤彤，讓她在阿姨、舅舅身上體會到媽媽的愛是存在的。而彤彤，媽媽也要謝謝妳這五年來那麼的勇敢，慢慢地成熟，即使想媽媽想到哭，也讓媽媽好好地把

資料查完,把「功課」寫完!

最後,我要感謝班上的同學,尤其總是隔海為我跑腿的婉寧,我學校的所有同事們,尤其是我的電腦救火隊——秉嶔主任、逗我開心解放壓力的清敏、財哥、瓊惠、秀惠、光祥、烈哥等人,還有幫我跑機票、訂旅館的文華,在高雄提供我住宿的淑娟一家人,你們總是那麼熱心的關心我、幫助我,讓我不再孤單、鑽牛角尖!

然而很遺憾的是,在我的論文寫到一半時,我尊敬的一個亦父亦師的長者——彰師大的顏天佑老師過世了,我多麼期盼他能看到我的論文,多麼想讓他知道,我沒有辜負他一直以來的期望與勉勵,他總是說:「芷琳,最近身體健康怎麼樣?」「什麼時候回來念書啊?澎湖還有很多要研究的東西呀!」如今再也無法聽到他的勉勵指導,與我談著故鄉的種種,老師,我完成了,在天國的您滿意我的這篇論文嗎?

博士班這五年,真的是收穫良多,貴人也很多,得到的人情溫暖與人生體悟更是無價之寶,我會繼續努力,做出更多的研究成果,即使這是一條漫長而無法預期的道路,我也會用心用力地走下去,謝謝大家!謝謝!

目
次

第一章　緒　論

一、前言：研究動機

　　中國自古以來就是一個重男輕女的社會，數千年來未曾改變，從父系社會產生後，這種男尊女卑的形式就一直存在著，而引發筆者撰寫此論文的動機是：從清末鴉片戰爭，中國門戶洞開後，中國人不間斷的吸收西方現代的思想，一直到二十一世紀資訊時代的今日，社會風氣也越來越開放，但是我們的社會以男性為思考中心，以家族為思考中心的模式，仍是被普遍的接受著，「男女不平等」的問題依舊存在著，甚至被視為一種理所當然的常態，並不因時代的演變，風氣的開放而被質疑是否合理。是怎樣一股力量，讓這種重男輕女、男尊女卑的觀念，能一直沿續數千年而無法更變？而女性為什麼能一直接受這種不對等的關係，即使這種關係為其帶來痛苦，仍然母傳女，女又傳女的代代延續下去，而男性又是用那些方式，來強固其對女性的統治，使女性們甘願的這樣過了數千年的歲月至今？想必這和傳統中國兩性觀、兩性教育與兩性相處模式有很大關係，中國傳統社會的兩性關係與兩性觀念，以及現代人應具備怎樣的兩性觀念才是正確的，就成為筆者想探究的主題。

　　然五千年歷史實在太長了，必須要找一個代表性的時代來做一個研究的對象，在博一的時候，有幸修到陳師貞吟的戲劇課，閱讀元、明兩代的雜劇，其中內容多是才子佳人的愛情故事，從劇本當中看到許多傳統兩性互動的模式，筆者發現其中明代是一個特別強調女性貞節禮法，而男性行為又相對非常開放的時代，對女性行為的多所限制，對男性情感行為的寬容，正是典型對比強烈的中國兩性觀模式，因此決定以明代的戲劇文學作品作為研究的文本。但是明代的戲劇創作實在太多了，要以那些劇本作為研究的範圍呢？在

陳老師的建議下，決定以明傳奇《六十種曲》爲研究對象；其原因是：第一，《六十種曲》是經過選粹的明代戲劇作品集，它是把明代重要的劇本選取出來，是明代眾多傳奇中的精華作品；第二，《六十種曲》中大多以情愛或兩性互動爲其主要或次要的戲劇情節發展主軸，〔註1〕這正好符合筆者所研究的方向與須求；第三，《六十種曲》中雖有些故事的發生時代並非是明代，但是它們卻都能如實的反映那個時代的人的思想模式，社會狀況，與生活實境，所以雖然故事描寫的不是明代的人，但是作者卻都讓劇中的角色做出明代的人所會做的事，這是作者刻意或無意中把明代的一切時代背景、生活實況，在創作時放入其中，並且用以表達自己對那個時代人、事、物的看法，對於身爲研究者的我們來說，不管戲劇故事的時代設定在那一朝代，我們都能在《六十種曲》中，看到明代男男女女的樣貌，分析明代兩性關係的狀況。至於筆者所使用的研究書籍的尋找，很幸運的是，吉林人民出版社在二〇〇一年出版以毛晉汲古閣刊本《六十種曲》爲底本的《六十種曲評注》〔註2〕套書，其中考證與賞析都說明得詳盡仔細，爲筆者提供一個良好的研究分析底本，在本論文中，筆者將在此套書的基礎上，分析中國傳統社會的兩性關係、兩性的形象、兩性相處互動模式，科舉、婚姻、家庭與社會等制度對兩性態度的差異與兩性互動的影響、特殊階層的兩性生活、愛情對兩性的意義、經濟生活下的兩性互動、宗教生活下的兩性互動、同性戀與孿童癖好的合理存在等兩性議題，希望能從中找出不平等的兩性地位，卻能沿續數千年的原因，以及探究出從古至今兩性生活的眞實面貌，一方面分析傳統社會中兩性的互動模式，反省傳統價值下兩性相處的錯誤、造成兩性觀偏差的原因，一方面能做爲現代人兩性相處的警惕，爲男性與女性找到現代社會中的自我定位，並找出未來兩性相處的較佳模式與現代兩性關係建立的新方向。

二、兩性關係的定義與範圍

　　「性別問題」向來是一個錯綜複雜的問題，它的研究主體雖只是看似簡單的「男性」與「女性」，但是若把其交錯視之，則範圍就很廣大了，其包含

〔註 1〕就算是沒有女主角的《鳴鳳記》中亦有鄒應龍妻（旦）與《運甓記》中陶侃之母（老旦）與陶侃之妻龔氏（旦）的出現，可見劇本就算以男性爲描述主體，女性角色就算戲份不多，仍是有與男性互動的劇情。

〔註 2〕毛晉原編、黃竹三等人重新校注：《六十種曲評注》（長春市，吉林人民出版社，2001 年 9 月一版一刷）。

「男性與男性」、「男性與女性」、「女性與女性」、「一性對雙性」……等等，
爲了使研究範圍更能聚焦，故把本文的研究界定在「兩性關係」，也就是「男
性與女性的關係」爲研究主體。此外，近年來，「同性戀」的現象日益受到重
視，在本文所研究的時代——明代，這個現象是相當風行普遍的，所以筆者
會以專門的一節來加以討論之。

什麼是兩性關係呢？柯淑敏認爲：

> 兩性關係是男女雙方在生活世界中，經由彼此的互動和交互作用，
> 產生的價值觀念和行爲型態，兩性關係建構的要素包括：（1）男女
> 雙方；（2）生活世界；（3）交互作用；（4）價值觀念。簡單的說，
> 男性和女性之間的互動關係稱之爲兩性關係。從巨觀面而言，兩性
> 關係是由性別角色分工和社會建構而來，從微觀而言，兩性關係是
> 由男女互動和個體選擇而來。〔註3〕

可見得，所謂的兩性關係，其主體爲男性與女性，而其交互作用中各種複雜
的問題則是兩性關係學所研究的領域。而劉秀娟則從性別學來分析這個問題
的界定則以爲：

> 在新興的性與性別學當中，男性與女性被視爲是社會所建構的產
> 物，他們借由自我表現出來的性別類型來確定自我的性別，並且在
> 不同的社會角色和位置中，表現出男性或女性的特質，然後持續的
> 表現這些行爲或特質，好讓自己能滿足於內在的自我一致性須求，
> 並且符合社會的性別角色期待。…也就是說，我們常稱的男性和女
> 性的稱謂，是涵括了生物學上的性，及心理上的、社會的、以及文
> 化的性別層面，因此由這個角度去思考，我們可以了解，當個體（包
> 括我們自己）在生命初始受精的一刹那，生物上的性（sex）就已經
> 在基因中決定了，而個體要了解到自己是男性或是女性，以及如何
> 形成性別（gender）概念，則必須透過成長、發展及社會化的歷程
> 學習而來。〔註4〕

從以上的論點，我們可以知道，性別是由社會、文化、心理、歷史……等等

〔註3〕見柯淑敏著：《兩性關係學》（台北市，智揚文化股份有限公司，2001年2月
　　　初版一刷），頁2。

〔註4〕見劉秀娟著：《兩性關係與教育（Gender：Relationships and Education）》（台
　　　北市，智揚文化股份有限公司，1998年，2月二版），頁6～7。

複雜因所建構出來的，是後天的塑造大於先天的生理特質，則兩性關係之展現也是在這些因素的影響下塑造出來的，是故我們探討明代的兩性關係中，這些因素就不能不考慮進去。而明代的兩性關係互動中，除了各種不同身份的男性與女性的交互作用外，男同性戀的作風也是極其大膽的，所以，在兩性關係中，我們也將針對這種游移在兩性之間的行爲加以探討。

三、《六十種曲》之簡介

　　《六十種曲》的選編完成，可以說是中國戲劇史上一個重大的成就，其主編者——毛晉可以說是功不可沒。毛晉（1599—1659），名鳳苞，字子九，又字子晉，號潛江，又號汲古主人，江蘇常熟人，生於明萬曆二十七年，卒於清順治十六年，年六十一歲，其父毛清是常熟的大地主兼大商人，家財萬貫，爲毛晉日後修建汲古閣藏書、聘名士校書、聘名匠刊印古書，提供了良好的經濟基礎，毛晉年輕時雖爲諸生，但鄉試屢試不第，他便宦遊於江南各地：其性格樂善好施，凡有求於他者，來者不拒，遇到饑荒之年，還會與其父，開家倉振濟災民。對於刊印收藏古籍更是大方，他最遠大的眼光是對宋元代善本書的收集與大量印行，對保存古籍有很大的貢獻。〔註 5〕當時常熟一帶有些詩歌、俗諺正是描述毛晉藏書、刊書到了癡狂的地步，其曰：「行野漁樵皆謝賑，入門僮盡抄書」，又言「三百六十行生意，不如鬻書於毛氏」，〔註 6〕所寫正是毛晉對書的熱誠，連毛晉的老師錢謙益（1582—1664）都勸其父言：

> 公拮据半生，以成厥家，今有子不事生產，日召梓工弄刀筆，不急
> 是務，家殖收落。〔註 7〕

但值得慶幸的是，毛清並未受到錢謙益的影響，仍支持著兒子的志業，今日我們才得觀見這部戲劇史上重要的套集；至於當初毛晉編《六十種曲》的確切動機，今已不得考知，但他生於戲劇盛行的明代萬曆年間，又與馮夢龍、張岱等熟知戲劇的文學家往來密切，加上《六十種曲》出現之前，與明傳奇相關的戲劇選集尚未出現，熱愛保存書籍，刻書成癖的毛晉，因此而編了《六

〔註 5〕見毛晉原編、黃竹三等人重新校注：《六十種曲評注》第一冊（長春市，吉林人民出版社，2001 年 9 月一版一刷），頁 3。

〔註 6〕轉引自許瑞玲：《六十種曲婦女形象研究》（中央大學中文研究所，1998，碩士論文），頁 20。

〔註 7〕轉引自蔣星煜：《《六十種曲評注序》》（見毛晉原編、黃竹三等人重新校注：《六十種曲評注（1）》，長春市，吉林人民出版社，2001 年 9 月一版一刷，頁 4。）

十種曲》這套書也是有可能的。此外這套書共有四個版本，今所見爲順治到康熙年間的刻本，〔註8〕但是毛晉本人在順治十六年已亡故，所以目前所見之版本應是毛晉與其子毛子晉共同編纂而成的，而所收之戲劇爲：元雜劇一種、南戲五種、明傳奇五十四種，共六十本戲劇全本，而其選本的標準則是文學本多於演出本，〔註9〕其選本特色有以下幾個：第一、毛晉極推崇湯顯祖的創作，所以在《六十種曲》中，湯顯祖的重要作品皆加以收錄。第二、毛晉處於政治黑暗，士風淪喪的明代後期，又經歷改朝換代，異族入主之變，因而其《六十種曲》劇本的選取，極重忠孝節義的精神。第三、他在選取各種劇本的版本時，不但做了詳細的比較，而且不論劇本改編者的名聲大小、或作者與自己的親疏關係，只就改編本本身的優劣做取捨，顯示他身爲一個藏書家與刊書者公平負責的態度。這些編書的精神標準，都值得我們去尊敬與推崇。〔註10〕

　　許子漢在研究明傳奇時，曾對各本明傳奇的戲劇出現時代加以分期，〔註11〕依其說法將《六十種曲》做一整理表列如下：

戲劇歷史分期	明代初年及以前	成化、弘治、正德至嘉靖中葉	嘉靖中葉至萬曆中葉	萬曆中葉至啟、禎之際	啟、禎之際至明、清之際	備註
劇名	《荊釵記》《白兔記》《幽閨記》《琵琶記》《尋親記》	《香囊記》《精忠記》《千金記》《三元記》《玉玦記》《明珠記》《懷香記》《四賢記》	《浣紗記》《鳴鳳記》《繡襦記》《紅拂記》《灌園記》《雙珠記》《雙烈記》《彩毫記》《曇花記》《南西廂記》	《玉合記》《義俠記》《青衫記》《邯鄲記》《南柯記》《紫釵記》《還魂記》《紫簫記》《種玉記》《獅吼記》《鸞鎞記》《錦箋記》《琴心記》《玉簪記》《春蕪記》《四喜記》《蕉帕記》《金蓮記》《投梭記》《紅梨記》《八義記》《水滸記》《種玉記》《節俠記》《焚香記》《龍膏記》《東郭記》《飛丸記》《玉鏡臺記》《玉環記》〔註12〕	《西樓記》《金雀記》《運甓記》《霞箋記》《贈書記》	

〔註8〕見毛晉原編、黃竹三等人重新校著：《六十種曲評注》第一冊（長春市，吉林人民出版社，2001年9月一版一刷），頁17。

〔註9〕同上註，頁11。

〔註10〕見毛晉原編、黃竹三等人重新校注：《六十種曲評注》第一冊（長春市，吉林人民出版社，2001年9月一版一刷），頁9～10。

〔註11〕見：《明傳奇排場三要素發展歷程之研究》（台北市，臺大出版委員會，1999年6月初版），頁637～646。

〔註12〕本齣戲在許子漢的《明傳其排場三要素發展歷程之研究》中並未將其分期，

　　從許先生的分期發現，他把明傳奇的發展分為五個時期，分別是：第一、明代初年及以前；第二、成化、弘治、正德至嘉靖中葉；第三、嘉靖中葉至萬曆中葉；第四、萬曆中葉至啓、禎之際；第五、啓、禎之際至明、清之際，這是用文學發展的角度來詮釋歷史的演進時程。但是，如果，純粹用歷史時間的演進，與整個明王朝社會政治的變化來看，明代的歷史演進是分為三個時期，第一時期是明代前期，也就是由明太祖（洪武）到明宣宗（宣德）年間，是明代國勢最鼎盛的的時期；第二時期是明代的中期，也就是明英宗（正統）到明穆宗（隆慶）年間，是明代政治國力的中衰期，但卻是明代商業經濟開始發展到繁榮鼎盛的時期；第三時期是明代的晚期，也就是明神宗（萬曆）到明思宗（崇禎）年間，是政治最腐敗，終至敗亡的時期；〔註 13〕似乎歷史角度的詮釋與文學角度的詮釋，用在戲劇的發展史上是不能完全契合的，戲劇發展與商業經濟是否繁榮，倒是有較為密切的關係，畢竟，戲劇是一種百姓的娛樂活動，只有在豐衣足食之時，百姓才有多餘的時間金錢去從事娛樂活動，也只有在足夠經濟力量的支持之時，夠多的觀眾捧場之下，戲劇才得以發展興盛。就像毛晉建汲古閣藏書、校書、刊書，也是在其父經濟力的大力支持之下才得以完成。總之，毛晉編訂《六十種曲》，在中國戲劇史有其偉大的貢獻，在文學劇本的選擇上，也給後人指引出欣賞研究的方向。

四、文獻探討

　　兩性關係是一個複雜的問題，其包含的層面是歷代人類關係建置與演變的全部，由於其中除了男性、女性以外尚有灰色地帶，故筆者在尋找現有研究文獻時，就以三大範圍為主，第一是戲劇研究中，以《六十種曲》為文本

　　　　但是，奚海先生在評註《玉環記》時曾言道：「同題材的作品還有和楊柔勝為同時代人的陳與郊（1544～1611）的《鸚鵡洲》傳奇」（見毛晉原編、黃竹三等人重新校注：《六十種曲評注（16）》，長春市，吉林人民出版社，2001 年 9 月一版一刷，頁 544），而在許子漢的《明傳其排場三要素發展歷程之研究》書中把陳與郊的作品都列入「萬曆中葉至啓、禎之際」這個時期，故筆者以作者存在的時間推之，《玉環記》亦應列入此時期當中。

〔註13〕上文明代分期的說法可參見於以下各書：劉德麟、龔書鐸編著：《圖說明朝》（台北市，鳳凰出版社，2007 年 9 月一版一刷）；陳時龍、許文繼：《正說明朝十六帝》（台北市，聯經出版社，2007 年 4 月初版五刷）；張自成：《一口氣讀完大明史》（北京市，京華出版社，2007 年 2 月一版一刷）；華業：《大明王朝之朱家天下》（北京市，石油工業出版社，2009 年 5 月一刷）。

中心的兩性研究，第二是明代戲劇研究中，以《六十種曲》版本以外戲劇選本爲文本中心的兩性研究，第三是時間限定在明代，或兼論到明代，但研究文本非戲劇類，與兩性相關的研究，；筆者在現有的資料當中發現：若不限定於明代，則要尋找以「兩性」爲主的題材，或「女性」爲主的題材並不困難，只是有些包括在這兩個範圍中的議題尙未被討論；但是若把時代限制在明代，以現有文獻而言，探討兩性議題的不多，單獨、深入或長篇論文探討「男性」的，則從未出現過，是否因爲把男性生活當爲歷史文化演進主角時，其所作所爲，所展現出來的一切，都被視爲文化常態、歷史生活常模、或生活常識，因此沒有人認爲有討論的必要呢？也就是習慣化的「男性思考中心」；而兩性或女性議題得到重視，也正代表女性主義流行下的研究風潮，是以女性爲觀點的研究正在抬頭，但或男性或女性爲主的思考模式是否就已足夠呢？在生活上以「男性思考中心」爲思考行事的標準，在學術上是以「女性思考中心」爲研究方向，這樣是否對兩性關係的改善就已足夠？這也是筆者做此研究的思考之一。

　　以下就將已有的文獻做一分類與分析：

（一）以《六十種曲》爲文本的研究

1、學位論文

　　學位論文方面，筆者發現，與「兩性議題」有關的論文目前有：李桂柱先生的《明傳奇所見的中國女性》，是 1969 年台灣大學中文研究所的碩士論文，：本篇論文研究主題是：第一，研究明代各階層女性生活情形，包含了：愛情、婚姻、家庭生活的狀況，以及貞節觀深入女性生活的現象與原因，並專門討論姬妾階層在中國社會存在的必然性。第二，明代各個階層婦女所展現的典型：包含了佳人類女性、貞節類女性、賢明類女性、節義類女性、奸淫類女性；作者分析她們的行爲特色，與其社會生活，和歷史評價。然本文中所舉女性都以《六十種曲》中的婦女爲主，所引爲證明或說明的引文則都是《六十種曲》中的戲文；而忽略了同時代的其他文學作品的參考性與旁證的作用，所以本篇論文的寫法是較爲保守的。此外尙有許瑞玲先進的《六十種曲婦女形象研究》，爲 1998 年中央大學中文研究所的碩士論文，這篇論文的研究目的是探索明代婦女的人格特質、社會地位、及其呈現在文學的對應性。首先在純戲劇領域方面：作者探討明戲劇的歷史社會發展環境，毛晉收

編《六十種曲》的原則與狀態，並說明《六十種曲》中大致包含的主題為：國家政局，明代家庭，夫妻之間與才子佳人之間的關係，仙佛道思想，以及俠義精神。其次，在婦女形象上，作者認為明代婦女有以下幾個特點：她們是倫常的維繫者，禮教的奉行者，她們為神明所庇護，也守護自我的感情，她們努立支持著家庭，催生著家國的英才。而之所以造成這些形象的原因在於：外在的教化與貞節觀念的結合，尤其是明代的貞節觀是集各代之大成，因此對明代婦女產生強大的影響；內在因素方面，受到明代文人創作環境與男性心態的影響，明代戲劇《六十種曲》的女性被賦予太多的理想性形象與責任，所以《六十種曲》呈現強烈的男性思考立場。最後作者認為：明代女性在戲劇中，大多是正面積極的形象，戲劇也大多是完美的結局，使得《六十種曲》的角色呈現封閉性，而教化目的也太過於濃厚。至於本文的敘事方式並未統一，時而各階層配合各齣戲混而討論之，時而分階層，再配合各齣戲混而討論之。文本討論與引文主體為《六十種曲》戲文和內容，同時代之其他領域作品應用很少，現代書籍或研究亦少提及，所以缺乏較強而有力的論辯證明，殊為可惜。而較為近期的則有李佑球先生所寫之《六十種曲愛情劇研究》，是 2007 湖南師範大學中國古代文學碩士論文，本篇論文說明明代《六十種曲》中愛情劇在戲劇發展史上的歷史過程與歷史意義，以及戲劇中生、旦互動模式的基本形式；並且分析婚戀劇與家庭愛情劇的情節內容特色。此外，作者認為愛情劇中，適時的反映了明代社會中，「主情」、「主理」、與「主禮」三派思想觀念的矛盾，並分析造成此三派思想觀念矛盾的時代，戲劇作者，戲劇選者，及社會等各個層面的原因，從《六十種曲》的愛情劇中，表達出明代知識分子，在當時社會的處境，與心理情感的深層狀態。

當然與《六十種曲》有關的論文很多，然筆者所見以這三本與本文研究主題較為相關，希望日後會找到更多的研究作品。

2、單篇期刊論文

在單篇期刊論文方面，例如：張青先生於 2003 年在《民俗研究，第二期》所發表的〈明傳奇中的定情信物〉一文，分析明傳奇《六十種曲》中定情物的種類與意義，並分舉各代通俗文學作品中的定情物，以說明「致贈定情物」是通俗文學中的常態。又如：以《六十種曲》中《還魂記》為研究文本的有：何京敏先進在 2007 年《戲劇之家》第二期所發表的〈「至情」女性杜麗娘〉一文，與魏琳女士在 2007 年 10 月，在《甘肅政法成人教育學院學報》第五

期所發表的〈「情」的頌歌——論《牡丹亭》的浪漫主義特色〉一文，所探討的是借由杜麗娘追求愛情的精神，看到明代女性勇於追求真愛的抗爭精神與勇敢行為，並且探討當時女性個人精神上已有追求自覺的景象。再如：馬衍先生在 2009 年 8 月所發表的〈明代中後葉傳奇對才子佳人小說的影響〉一文中，概括的說明了《六十種曲》中才子佳人戲劇情節的共同特色，與才子佳人互動的一般模式。再如：同樣是馬衍先生在 2009 年 4 月所發的〈《六十種曲》與明代文人心態〉一文中則以為：明代文人除了舉業以外，對於個人感情的追求是很熱烈的，甚而視為一種生活享受的模式。又再如：孔麗君在 2007 年 4 月所發表的〈葉憲祖《鸞鎞記》的時代精神〉一文中則指出：明代的兩性社會仍是脫不了一夫多妻、三從四德、女子無才便是德的思考窠臼，作者並認為葉憲祖是同情這些女性的，當然，以上這些短篇論文只是作者所見，應有更多的相關論文還待查閱。

（二）《六十種曲》以外的兩性相關研究

1、學位論文

除了《六十種曲》外，目前尚有許多的戲曲選本，亦為良好的戲劇選本，可以使研究者寫出相關論文，例如：藍玉琴所寫的《牡丹亭人物：杜麗娘之人物研究》一論文中，即探討女性自主意識與父權社會的衝突；又如：高雄師大國文研究所的前輩林麗紅所撰《明傳奇丑角研究》的博士論文中（2007年 1 月），即廣範討論明傳奇中丑角（包括男性與女性）的形象與戲劇功能；又如：政治大學中文研究所吳玄妃所寫的《晚明傳奇中女扮男裝情節研究》碩士論文（2006），則是研究明代戲劇女扮男裝的文化藝術背景，女性典型的塑造，以及對雙性同體的思考。又如：陝西師範大學研究所劉軍華所寫的《明清女性作家戲曲創作研究》的中國古典文學博士論文（2007 年 5 月），研究的內容是明清時期的女性劇作者，以女性的角度創作，反映在男性統治的家庭社會中，女性的生活，以及自我價值追求的過程，並討論女扮男的社會心理基礎，並在文中專章討論清代女性劇作者——劉清韵的一生與創作。以上這些作品雖非以《六十種曲》為研究文本，但是仍研究到明代的兩性議題，《全明傳奇》出現後，要研究兩性議題的文本更多了，在此無法一一詳述已有的研究成果，只能提出筆者所收者做一反應。

2、專　書

　　至於已出版的，與明代兩性議題有關的專書，例如：華瑋所撰，中央研究院中國文哲研究所出版的《明清之婦女戲曲創作與批評》，（2004 年 12 月，修訂一版），一書則分爲以下幾個部份的探討：第一‧是明清婦女的情欲書寫與性別反思，第二‧是清代最多產女劇作家劉清韻的戲劇創作研究，第三‧是清末秋瑾戲的書寫，第四‧是《吳吳山三婦合評牡丹亭還魂記》一書的評與與特色之析論，第五‧是探討《才子牡丹亭》一書的作者問題，評點特色，以及該書與《吳吳山三婦合評牡丹亭還魂記》文本觀點、女性意識、文化意涵、情色論的比較。兩性議題是目前的顯學，想必有更多的出版作品，故在此無法做全面介紹。

　　3、單篇期刊論文

　　以戲劇爲文本，環繞著兩性議題，所發表的期刊論文不知凡幾，在此略舉一二以爲介紹。首先是李祥林發表於《民族藝術》，三期（1999）的〈戲曲、女性、邊緣文化 —— 中國戲曲的女權文化解讀之三〉一文，說明著因男權社會下，女權與女性文化被邊緣化，造成戲曲成爲爲女性發聲的文學作品。又如：葉長海發表在《戲劇藝術》，第四期（1994）的〈明清戲曲與女性角色〉一文，則是普遍地討論明代後期男性創作的戲劇女主角，並說明女性作家好以私奔、妒婦、妓女爲主題的現象，最後討論這兩現象與女性自覺的關係。又如：韓鑫發表於《民族藝術》第三期（1999）的〈統治與依附 —— 中國戲曲的女權文化解讀之三〉，是以明傳奇劇本爲討論中心，分析中國婦女在男權社會中的依附地位，及所受到有形或無形的不平等對待。再如：王薇發表在《遼寧師範大學學報：社科版》，第一期（1998）的〈明清戲劇中的女性心路歷程〉，以明清文人思想的變化，說明明清戲劇中女性環境與心態的變化歷程。再如：張俊卿發表在《安徽文學》，第十一期（2007），〈淺談明代文人傳其中四部水滸戲的兩性關係〉，以明代〈寶劍記〉、〈元宵記〉、〈水滸記〉、〈義俠記〉爲例，說明明代忠貞與政治觀中所反映的男女形象，以及明代兩性面對自我情慾世界的態度。最後是王引萍的〈略論明代文學中的女性審美形象〉一文，發表於《西北第二民族學院學報》，第三期（1995），作者以爲明代小說戲劇的婦女可分爲巾幗英雄、節婦烈女、叛逆女性三種類型，並舉例加以說明。凡此作品不勝凡數，不再一一介紹。

　　（三）明代非戲劇類的兩性相關研究

1、學位論文

與兩性文化鄉關的文學作品何其浩繁，但在研究之時，卻必須互相參閱以互爲證明，是故筆者亦參考相關研究成果，並求知於其它作品，在其它以明代文學爲文本，以討論明代兩性議題的研究成果，亦是爲數不少，例如：黃聿寧在中山大學中文研究所碩士論文：《水滸傳中的女性及其影響》（2007年1月），是用女性自主的角度來詮釋明代的女性；而前輩劉燕芝的高雄師大國文研究所碩士論文：《二拍婦女研究》（1996年12月），則探討了明代社會中的婦女文化；又如：

王光宜的台灣師大歷史研究所碩士論文：《明代女教書研究》，（1999年1月），則是研究明代女教書內容、及此類書與婦女生活、婦女形象、以及婦女禮教行爲的關係；又如：溫明麗於佛教慈濟大學教育研究所的碩士論文：《明代家訓之女子家庭教育》（2005年7月），則分析明代各本女教書的作者、創作年代，以及女教書的思想內涵；又如：梁芳蘭的玄奘大學中文研究所碩士論文：《明末清初才子佳人小說與豔情小說之性別研究》（2007）中，以明末清初的小說中才子佳人爲中心，探討兩性間的議題；又如：前輩王碩慧的高雄師大國文研究所國文教學碩士論文：《從性別政治論〈金瓶梅〉淫婦的生存》（2006年6月），則是以小說《金瓶梅》爲研究中心，全面探討明代所謂「淫婦」的各種問題；又如：王寶彩於逢甲大學中文研究所的碩士論文：《明代道德教養類蒙書之研究》（1996年5月）的論文中，有一小節討論明代道德教養類蒙書中女子教育的問題。又如：劉雪梅的《明清女性的社會性別解讀——從纏足到才女創作》一文（吉林大學研究所，中國古代文學碩士論文，2007年4月），用社會性別理論闡釋古代纏足現象，並用以解說明清才女創作會受到鼓舞的原因，與明清才女創作的時代意義；又如：）羅榮的《三言中的人物形象系列及其文化內涵》一文（湖南師範大學研究所中國古代文學碩士論文，2004年4月），則大略描寫《三言》未婚少女、已婚婦女、以及商人形象，並討論商人、文人、妓女間互相扶助卻又矛盾的關係，並簡略闡釋其文化內涵。又如：楊豔娟的東華師範大學人文學院古籍研究所碩士論文：《明代女性貞節觀研究——明代通俗小說管窺》（2005年4月）：則研究明代女性受限於貞節觀的現象，以及造成如此的男性、女性不同之境遇的背景因素；而白素鍾的彰化師大國文研究所國語文教學碩士論文：《三言中才德觀研究——以才子佳人小說爲例》（2007年8月）：則以《三言》中的才子佳人爲研究中心，分析

他們具有那些才能德性，以及這些才能德性的社會內涵，與才子佳人間關係
發展的影響，並說明明人一般的才德觀以及對後世的影響；再如：郭美玲的
中山大學中文研究所碩士論文：《金瓶梅女性研究——以婚姻和性慾為考察》
（2005 年 12 月）：在某些章節說明明代由上層階級到下層階級所反映的社會
風氣，以及不同階層的女性處境，並闡述不同階層的女性在家庭社會中明爭
暗鬥的現象；再如：

　　陳葆文的東吳大學中文研究所博士論文：《中國古典短篇文言愛情小說女
性主角形象結構研究》（1996）：則是以敘事學、結構主義與女性主義的方法，
分析古典短篇小說中女性主角的形象結構。最後如：何大衛的台灣大學中文
研究所碩士論文：《中國古代男色文學研究》（2006）：則討論古代男色在文學
作品中的反映，特別是明清文學作品的部份。凡此種種，亦是數量眾多，無
法一一加以搜集說明，但可反映出明代兩性議題，出現在各種文學作品中的
多樣化。

　　2、專　書
　　在專書方面，目前可見的出版書籍亦是為數眾多，故舉幾例以為證明。
如：丁鋒山的《明清性愛小說論稿》（台北市，大安出版社，2007 年 6 月一版
一刷）主要討論明清性愛小說產生的背景、情節舖排概況、小說人物形象、
以及文化內涵；又如：周英雄的《小說‧歷史‧心理‧人物》（台北市，東大
圖書股份有限公司，1993 年 10 月再版），一書中第二輯討論：小說中愛情、
死亡、與男女性親子關係的描寫；書中第三輯第二大點討論：小說中性與性
別的辨證；又如：

　　張修蓉的《中國婦女生活史》（台北市，臺灣商務印書館，1994 年 12 月
一版十刷）一書中，說明明代女子生活大略狀態，以及探討明代女子內、外
在，與文化精神面；再如：高世瑜的《中國古代婦女生活》（台北市，臺灣商
務印書館，1998 年 12 月初版一刷），書中則是描敘各代婦女生活狀態，在婚
姻、結社交游、商業、文化禮教、貞節觀、與紡織方面，有特別探討到明代
的部份；再如：）陳寶良：《明代社會生活史》（北京市，中國社會科學出版
社，2004 年，3 月一版）：是以兩性分階層的方式，說明當代的物質與精神生
活狀態；再如：常建華的《婚姻內外的古代女性》（北京市，中華書局，2006
年 5 月一刷）：在本書中普遍討論歷代女性婚姻生活會面對的問題，以及婚姻
習俗制度的演變。並專章專節討論古代女性的節日女性活動，還有明末勸善

書中戒娼風的興起。相關之書籍亦是數量眾多，筆者只以以上之作品爲例加以說明。

3、單篇期刊論文

以明代兩性爲議題的相關期刊論文亦爲眾多，如：林月惠的〈女性自主權的展現 —— 試論《杜十娘怒沉百寶箱》和《賣油郎讀佔花魁》妓院愛情悲喜劇比較〉一文（國文天地，二十一卷，十二期，2006 年 5 月）：是以〈杜十娘怒沉百寶箱〉》和〈賣油郎獨佔花魁〉說明馮夢龍在《三言》中對妓女同情與讚美的描寫觀點；

又如：張明富：〈明清士大夫女性意識的異動〉（東北大學學報：哲學社會科學版，第一期，1996）一文，作者說明，晚明開始，士大夫女性地爲及纏足解放的同情與贊同。又如：陳玉女的〈明代婦女信佛的社會禁制與自主空間（上）、（下）〉（成大歷史學報，第二十九、三十號，2005 年 6 月，2006 年 6 月）一文，則是說明明代婦女信佛、與佛界人士往來的狀況，以及明代僧俗模糊所造成對婦女的傷害；又如：張彬村：〈明清時期寡婦守節的風氣 —— 理性選擇（rational choice）的問題〉（新史學，十卷，二期，1999 年 6 月）一文，由元代到明清的社會歷史文化背景，分析婦女選擇尊守貞節觀點以求生存的現象；再如：邱紹雄：〈論金瓶梅中的兩性關係〉（船山學刊，三期，2002 年）一文中，作者以爲《金瓶梅》中的兩性關係是建立在巴結官權，金錢服務，與放縱性慾上，他亦批判此書描寫是缺乏道德觀的；又再如：劉懿萱：〈由明代小說看婦女服裝與審美觀〉（暨南史學，第四、五期合輯，2003 年 5 月）一文中，則以明代小說所載，分析明代婦女穿著的顏色、樣式，並認爲明代婦女以妓女所穿爲流行美感的象徵，而競相學習：再如：鄭媛元：〈明代未婚女子的貞節觀 —— 從烈士不背君，貞女不辱父談起〉（婦研縱橫，第六十七期，2003 年 7 月）一文，作者認爲，在貞節觀極被重視的明代，未婚女子所背負的貞節包袱更甚已婚者，且其貞節更代表著家族的榮譽與道德。再如：宗韻：〈明清徽商婦女教子述略〉（中國文化月刊，第三〇七期，2000 年 7 月）一文中，敘述了徽商之婦教子的教育目標與教育狀況，並檢討教育上的重男輕女；再如：宋立中：〈小議明代后妃外戚干政不烈現象〉（史學月刊，第六期，2001）一文中，明代后妃來源，以及外戚干政不嚴重的原因。再如：馮賢亮：〈明清中國：青樓女子、兩性交往及社會變遷〉（學術月刊，第三十八卷，九號，2006 年 9 月），討明代上流社會的兩性風尚，偷情普遍，以及妓

女地位漸升的原因。再如：黃吟珂：〈《金瓶梅》中西門慶兩性關係的文化闡釋〉（學術月刊，第三十八卷，九號，2006 年 9 月）一文中，作者分析了《金瓶梅》中西門慶對兩性關係的態度是縱慾，把兩性互動行爲的產生視爲商業交易。再如：張綽：〈《金瓶梅》三女性文化透視〉（廣東社會科學，第四期，1994）一文，是以《金瓶梅》中的潘金蓮、李瓶兒、春梅爲例，說明其個人性格，在大家庭中的爭寵奪愛，與宗教行爲。再如：陳豫貞的〈明代女教書的大同小異──《閨範》與《女範節錄》的性別意識研究〉（新北大史學，第四期，2006 年 10 月），作者分析此二本書是以男性中心的寫作觀點，寫出女德的要求，以及女性在此標準下的行爲反應。再如：蔡祝青的〈明清文人的性別觀──男風篇：男風者的厭女論述與男作家的恐同症〉（婦女與性別研究通訊，第六十一期，2001 年 12 月），是論述明清文人的男風傾向，主要是來自其厭女心態的影響；而〈明清文人的性別觀──紅顏篇：「紅顏」與「薄命」之間的父權論述〉（婦女與性別研究通訊，第六十二期，2002 年 3 月）一文，則是分析李漁的女性生命觀點是：應該鼓勵女性順父權之命而行；〈明清文人的性別觀──兩性關係篇：懼內與妒婦〉（婦女與性別研究通訊，第六十四期，2002 年 9 月），則是討論明清文人的懼內現象，以及女性妒父的產生來自貞節觀與一夫多妻制的影響。再如：衣若蘭：〈被遺忘的宮廷婦女──淺論明代公主的生活〉（輔仁歷史學報，第十期，1999 年 6 月）一文中，分析明代公主於各層面的地位，以及婚姻與家庭生活；周亮的〈論西遊記中的性別歧視〉（輔仁歷史學報，第十期，1999 年 6 月）一文，則是以女性的動作、言語、心理、外貌的描寫，以及男性的言語上的調戲、漫罵，說明《西遊記》作者性別歧視觀點；再如：譚平：〈后妃與明代政治〉（成都大學學報：社科版，第三期，1995），一文中分析明代后妃們所參與的政治事件，並說明與歷代后妃相較，明代后妃對政治參與度與影響力都較小。再如：嚴明：〈明代的歌妓對通俗小說的影響〉（明清小說研究，第四期，1995）一文，說明明代文人因與妓女交往密切，故在小說中大量以其爲題材，描述妓女的內在與外在；再如：趙崔莉：〈明代婦女的法律地位〉（徽師範大學學報：人文社會科學版，第三十二卷，第一期，2004 年 1 月）一文中，說明了未婚女兒，爲人妻，母親三種不同的身份，分析明代婦女的人權與財產權，並分析映影響這些地位的原因。此類作品數量極多，無法一一詳盡介紹，只以以上作品作爲例證。

五、研究方法

　　研究方法向來影響著研究成果的建立，不同的研究方向須要不同的研究方法，不同的研究方法引導出不同的研究結果，筆者在本文當中，研究的中心是「人」的關係以及社會、文化、歷史的現象與內涵，所以將使用的研究方法與相關學科領域有以下數種：

（一）分析法

　　在明代的兩性有許多相異點，不同階級的兩性又展現大不相同的形象與文化特色，筆者將依其身分作逐項的分析，此外，家庭、社會、政治、經濟等各方面，兩性因性別之不同，而有那些不同的表現，也是筆者將分析法應用的對象。

（二）歸納法

　　歸納法的適用主要在兩性中：女性不同階層、男性不同階層、兩性不同階層的共性，在明代兩性的共性，可在歷史時間上連續代表中國兩性的共同點，而中國歷代以來兩性關係的畸型發展，也將歸納其傳承不衰的原因。

　　以上兩種方法的交錯使用，相互比對，期待能研究出中國兩性關係發展的全貌與特色。

（三）理論的運用

1、人類文化學

　　人類思想行為的發展，深受群體活動與文化背景的影響，然文化與社會卻是人類在進化過程當中的創造物，〔註14〕人類發展最初或許是因自然環境創造文化與價值觀，但文化發展到一定程度，受限與自身各種環境因素、群體價值觀的影響，之後的文化就會在此框架下繼續醞釀發展，中華民族的兩性關係即是如此，因此，筆者將在某些觀點上，以人類文化學的角度來探討本論文的相關議題。

2、戲劇學

　　本文研究的重心雖是「明代的兩性關係」，但是研究文本畢竟是戲劇，故在研究文本過程中必定會考慮戲劇本身的一些限制，例如：筆者所使用的文

〔註14〕見王銘銘：《社會人類學》（台北市，五南圖書出版公司，2000年初版一刷），頁87。

本《六十種曲》中，知道作者姓名的五十三本劇本，共有作者四十六人，以明代江南人士居多，且其中二十一人身具官銜或是名科登第的博學鴻儒，不具功名者，也多是以才華揚名立世，知其名而不知其人的的文人雅士，〔註15〕如此看來，其作品必會以文人觀點爲立足點，這是戲劇作者的問題，故戲劇學角度也是筆者必須應用到的。

3、歷史學

兩性關係的存在，不可能只是一個斷代的規律，因此，筆者在本文中也將秉持著「歷史是演變且持續」的觀點來探索中國兩性關係與特色。

4、性別學

筆者在本文所討論的既爲「兩性關係」，也必定會碰到各種性別主義思想理論應用的問題，但是闡釋有關議題的理論實在太多了，我們常談到的「女性主義」即是一例；「女性主義」一詞出現與確定其研究範疇是在十九世紀的法國，但是每一種理論的產生與其研究主題的適用性，卻得因各種不同情境而做出選擇，顧燕翎即以爲：

> 雖然女性的處境有其跨越歷史時空的共同性，女性主義理論受到主流思潮影響，在不同時代、地域、文化、情境下必然衍生各種流派，各有其推演發展的歷史脈絡，特別是早期的女性主義，脈絡十分清晰，近數十年來，由於社會文化和婦女處境都歷經快速變遷，女性主義理論也相對修正，加以各流派之間交互激盪，而產生各種混雜變貌，例如：社會主義女性主義到了二十一世紀，結合了馬克思主義、激進派思想及精神分析理論，遠遠脫離了早期天眞的樂觀。〔註16〕

正因爲應用各種女性主義理論時，無法全用單一理論來解決單一文化現象或兩性關係議題，故筆者衡量論文寫作內容方向後，決定當碰觸到相關議題時，以多種理論混用的方式來解釋、研究，以免以偏概全，產生研究上的盲點。

5、民俗學與宗教學

在明代的女性教育與生活當中，宗教佔著相當重的份量，而兩性人物生活知識與價值觀念的建立，也被宗教信仰與民俗習慣深深左右著，許多宗教

〔註15〕見許瑞玲：《六十種曲婦女形象研究》（中央大學中文研究所，1998，碩士論文），頁24～26。

〔註16〕見顧燕翎主編、林芳玫等著：《女性主義理論與流派》（台北市，女書文化出版社，2000年再版），頁 VII。

或民俗活動更是明代女性生活的重要寄托，所以本文中應用民俗學與宗教學的觀念也是必要的。

6、社會學

人類是群居的動物，其所組成之大環境、大團體就是「社會」，而兩性行為的不同，或是其互動要符合的標準模式，就是在這個「社會」中被要求或學習而來的，D.R Shffer 認為：

> 兒童是透過直接教學及觀察學習兩種途徑，而獲得性別認定、性別角色偏好、和性別分化的行為。直接教學（或差別增強）是指父母、教師、或其他社會代理人，藉由獎勵兒童適合性別的行為及懲罰兒童不適合性別的行為，而教導兒童該如何表現。另外，每位兒童也能經由觀察各種同性楷模（包括同儕、教師、兄長、媒體人物、父母親）的活動，而學到許多性別分化的態度和行為。〔註17〕

因為社會學習與社會規範對兩性行為有著很大的影響，所以，「社會學」領域的知識，也是在探討兩性關係時，必須涉及的學科領域。

7、心理學

兩性的互動，很多都來自複雜的心理背景，這些心理因素，有的先天的，有的是後天環境所造成的，因此，我們有必要從心理學的角度去分析兩性單獨或互動的行為，分析其性別間行為差異的真正心理因素，探所其內心的真正想法。

筆者將以人類文化學與社會學為研究領域之主體方法，並以以上其他的研究方法及學科領域為輔助，運用「科際整合」的方式與思維來做研究；學者在分析婦女與兩性別研究時說：

> 婦女和兩性研究並不像一般的學科專注在一個領域的探討；……事實上，我們可以從像是空間的分配分配使用、、語言的意義、到工作場所的區隔化中等等，看到女性學的蹤跡，至於在形象的意義上，因為女性研究打破了所有科系的藩籬，使得它成為了具有最大包容性探討領域，……同時對於非理性認知重要性的主張（如：情緒社會學），也都象徵了一種迥異於傳統視野的提出。〔註18〕

〔註17〕　見 D.R Shffer 著、林翠湄譯、蘇建文校閱：《社會與人格發展》（台北：心理出版社，1995 年 6 月初版一刷），頁 389。

〔註18〕　見王雅各：〈婦女研究對社會學的影響〉（近代中國婦女史研究，第 4 期，1996

因此兩性研究是一個跨越學科，並且必須用多角度分析的研究，故而筆者希望能在本論文的主題架構下，做出一些前輩們尚未發現的成果出來。

結　語

我們可以發現，以上所列的以文學作品爲研究文本，探討明代兩性問題的研究中，以兩性中的女性佔大多數，探討兩性關係或男性的則很少，〔註 19〕這代表著學術界仍多以一性在思考問題，可是兩性問題是交錯而複雜的，即使在這古老悠久，凡事講求一統的中國社會，也是如此；所以兩性關係的推論，以兩性角度的共同思考，或是以男性爲研究中心的議題，尚有很多的開發空間，且以女性爲主的問題，以現象爲討論對象的較多，這些現象的深入原因之探究，亦尚有研究的空間，筆者希望能探索的是兩性問題背後的深層因素，文化意義，甚至找到改善不對等的方法，這些都是這篇論文冀望能達到的目標。

年 8 月），頁 208。

〔註 19〕筆者初步統計，以兩性爲主爲 21‧6%，以男性爲主爲 3%，兩者相加尚未達到目前所有資料的 1／4。

第二章　明代的時代與社會背景

第一節　民族與歷史背景

　　西元一三六八年，明朝推翻元（蒙古）人的統治，重新建立起一個以漢文化爲中心的帝國，這是一個重建所謂「禮儀教化」秩序的朝代，所以在明帝王的政策上，以「加強極權專制」與「嚴厲漢胡之別」爲重心，前者留待下節討論；後者則是本節討論的重點；爲了激起漢民族的民族意識，明太祖朱元璋特別強調漢文化的正統性，首先在精神教化上特別強調「忠、孝、禮、義」的重要性：

> 胡元入主中國，蔑棄禮義，彝倫悠斁，天實厭之，以喪其師。朕率
> 中土之士，奉天逐胡，以安中夏，以復先王之舊。〔註20〕

上文所說，即是朱元璋打著胡漢之別在禮義的旗幟，來爲自己建立的帝國確認正統性；而《明史》所載，在列傳中建立所謂的《忠義傳》、《孝義傳》，也正反映了明代開國以來所強調的人倫之別，如：《明史・忠義傳序》云：

> 從古忠臣義士，爲國捐軀，節炳一時，名垂一時，歷代以來，備極
> 表彰，尚已。明太祖創業江左，首褒余闕、福壽，以作忠義之氣至
> 從龍將士，或功未就而身亡，若豫章、康郎山兩廟，及雞籠山功臣
> 廟所祀諸人，爵贈公侯，血食俎豆，侑享太廟，恤錄子孫，所以褒

〔註20〕見陳仁錫編：《皇明世法錄：卷二・太祖高皇帝寶訓・尊儒術》》（台北市：台灣學生書局，1965 年 1 月初版），頁 42。

屬精忠，激揚義烈，意至遠也。〔註21〕

由此看來，忠孝禮義精神便成為整個明文化的基石。在制度上，朱元璋也積極恢復漢制，使漢文化再取得文化風氣的領導地位，如其法律採自《唐律》，而不承《元律》，在語言文字上則是：

> 洪武十五年，命翰林侍講原潔等編類《華夷譯語》，上以元素無文字，發號施令但借高昌書，制蒙古字，行天下，乃命原潔與編修馬懿赤黑等，以華語譯其語，凡天文、地理、人事、物類、服食、器用，靡不具載也。〔註22〕

積極的在語言文字 —— 文化最重要的部份，都把蒙字翻成漢語，除了施政便利漢人統治，更積極的是把元文化徹底的掃除，在這種極申漢胡之分的文化政策下，君對臣，變成絕對的主導與威權，臣對君，則化為絕對的服從與盡忠。而映照到兩性相處，在男性主導的中國社會中，則變成男權的極度提高，女性對男性也得絕對地服從與忠誠，因此出現大量的節婦烈女，楊豔娟在其碩士論文中統計，《明史・列女傳》之記錄列女的人數，大幅超越前代，可謂空前：

> 從正史看，有宋一代，見於《宋史・列女傳》，及其他傳中的貞節婦女有五十五位，超過以前任一正史《列女》諸傳的記載。……元代較宋又有過之，按《元史》收錄《列女》八十一位，已超出宋代。……《明史・列女傳》掇其尤者，收錄二百六十五位，人數已是《元史》的三倍以上，這說明，明人對待女子貞節問題的態度趨於嚴格。〔註23〕

她更在論文之中，統計歷代正史史書中，以及《古今圖書集成》中的烈女人數發現：除《清史稿》的烈女人數多於《明史》外，仍是以明代史料所載的烈女人數為最多，茲引其表如下：

〔註21〕見清・張廷玉等著：《明史，卷二百八十九・列傳第一百七十七》（北京市：中華書局出版，1974 年 4 月一版），頁 7407。

〔註22〕見明・鄭曉著：《今言・卷之四・第三百三十六條》（北京市，中華書局出版社，1997 年 11 月二刷），頁 42。

〔註23〕見楊豔娟：《明代女性貞節觀研究 —— 明代通俗小說管窺》（東華師範大學人文學院古籍研究所，2005 四月，碩士論文），頁 10。

（一）歷代正史烈女統計數

史書名稱	漢書	後漢書	晉書	梁書	南史	魏書	北史	隋書	新唐書	舊唐書	五代史	宋史	遼史	金史	元史	明史	清史稿
烈女人數（單位：人）	1	21	40	1	16	18	35	16	54	29	1	55	5	34	81	265	634

（二）《古今圖書集成》烈女人數統計

朝代名稱	周	秦	漢	魏晉南北朝	隋唐	五代	宋	遼	金	元	明
烈女人數（單位：人）	13	1	41	64	61	2	274	5	28	742	29829

〔註24〕

　　從上資料，筆者發現，因爲明朝繼起於外族統治之後，所以朱元璋強調胡漢之分的目的，在於對政治統治的須要，以強力的控制百姓的文化發展方向。而男性們，就以相同的統治手法，來加強控制女性的生活與行爲、思想。這也是明朝歷史發展的一項特色，更是間接地對中國兩性關係發展產生強大的影響。

第二節　政治環境

　　明太祖朱元璋以平民身份奪得天下，在歷史上，乃是漢高祖劉邦之後所僅有，所以鞏固其權位與天下，成爲其一統天下後最爲重要的事，在制度上，胡藍案〔註25〕後，朱元璋廢掉歷來皇帝所採用的丞相制，而行內閣制，以求

〔註24〕以上表格所引來源同上註。

〔註25〕即胡惟庸案與藍玉案。胡惟庸，淮西定遠人，是元末大地主家庭的知識份子，隨朱元璋打天下，明洪武六年，劉基辭官後，被任命左丞相，總覽大權，日益驕奢，與太祖形成皇權與相權對立的狀態；時又於其祖籍地定遠宅傳出古井生新筍，出水數尺，與祖墳夜有火光照天的異象，使胡之反心遂起；洪武十二年，占城與日本皆遣使來貢，胡相匿而不報，並私見之，與其訂下私通謀逆之約，太祖知，大怒，下令徹查；洪武十三年，正月，涂節自首告胡惟庸謀反，太祖遂下令逮捕胡惟庸、陳寧、涂節……等人，後於洪武二十五年處死，連誅者達一萬五千多人。自此太祖罷中書省，六部集權受管於皇帝一人，帝王權力空前提高。

天子的大權獨攬，《明史·職官志》中載：

> 自洪武十三年罷丞相不設，析中書省之政歸六部，以尚書任天下事，
> 侍郎二之，而殿閣大學士祇備顧問，帝方自操威柄，學士鮮所參決。
> 〔註26〕

陳時龍與許文繼亦認爲：

> 洪武十三年（1380 年），他藉口胡惟庸謀反，趁機宣布徹銷中書省，
> 設丞相，提高六部職權，分掌天下事務，直接向皇帝彙報。「罷宰相
> 不設，析中書省之政歸六部，以尚書任天下事，侍郎二之。」朱元
> 璋惟恐後世子孫不理解自己的苦心，特意在祖訓中明文規定不許變
> 亂舊章：「以後子孫做皇帝時，並不許立丞相。臣下敢有奏請設立者，
> 文武群臣即時劾奏，將犯人凌遲，全家處死。」同時將掌管全國軍
> 事的大都督府一分爲五，改爲前、後、左、右、中五軍都督府，分
> 領所屬都司衛所部隊，但無權調兵。朱元璋進行上述變革和調整的
> 根本目的，是進一步強化君權，主要手法是分化、弱化大臣之權，
> 他對地方行省、中書省和大都督所做的一系列變革莫不如是。……
> 由此，專制主義皇權到了朱元璋手中得到了空前加強，他也成爲歷
> 史上最有權勢的皇帝之一。〔註27〕

不論是中央、地方、政權、軍權，明太祖無不一把抓，極度的中央集權，使
明代成爲空前的專制王朝，臣子，百姓的生命成爲君王的所有物，動輒得咎

> 藍玉，定遠人，常遇春妻舅，在常遇春與徐達等人相繼棄世後，漸以軍功
> 展露頭角，並擁軍權，拜大將軍，洪武二十一年，藍玉率軍追擊元軍，直
> 達魚兒海，擄元主次子地保奴，及其后妃公主一百三十多人，太祖大喜，
> 但後來傳出他先私通元主妃，再將元妃獻於太祖，引起太組震怒，故只封
> 其爲涼國公，但藍玉仍日漸傲慢驕縱，放縱其所率軍士擾民佔田，自身更
> 蓄養莊奴假子無數，並在朝堂上對太祖態度傲慢，有違人臣之禮，洪武二
> 十五年，西征回，討太師之職不成，與太祖之衝突愈加激烈明顯：洪武二
> 十六年正月，藍玉謀反，爲錦衣衛指揮蔣獻告發，斬於市，誅夷三族，連
> 坐者近兩萬人。自此，隨太祖打天下之功臣良將所剩無幾，而太祖也逐漸
> 把軍權轉到諸子身上，大封藩王於邊境，命其世襲鎮守，挾輔王室，使明
> 之中央帝權更加穩固。

〔註26〕見清·張廷玉等著：《明史，卷七十二·志第四十八·職官第一》（北京市：
中華書局出版，1974 年 4 月一版），頁 1729。
〔註27〕見陳時龍、許文繼：《正說明朝十六帝》（台北市，聯經出版社，2007 年 4 月
初版五刷），頁 11～12。

的背景下，隨時都有喪身的可能，而君王成為絕對的操控者，王權也因此提升到最大最高，如此一來，使居於社會領導地位的文人，不是戰戰兢兢的順從著，就是用禮法不允許的放浪行為來做無聲的抵抗。除了中央集權之外，明太祖與成祖還設置廷杖制度與錦衣衛東廠等閹宦機構，來達到挫文人銳氣，掌握臣下，以便於統治的恐怖手段，《明史‧刑法志》載道：

> 刑法有創之自明，不衷古制者，廷杖、東西廠、錦衣衛、鎮撫司獄
> 是已，是數者，殺人至慘，而不麗於法，踵而行之，至未造而極，
> 舉朝野命，一聽之武夫、宦豎之手，良可歎也。
>
> 洪武六年，工部尚書坐法當笞，太祖曰：「六卿貴重，不宜以細故辱。」
> 命以奉贖罪。後群臣罣誤，許以奉贖，始此。然永嘉侯朱亮祖父子
> 皆鞭死，工部尚書薛祥斃杖下，故尚書者以大臣當誅，不以加辱為
> 言。廷杖之刑，亦自太祖始矣。〔註28〕

以上所言乃太祖利用宦官與廷杖對文人臣子所造成的傷害與恐怖統治，朱元璋不但以己手羞辱文人，更藉宦官之手監視群臣，這種作風也影響著他的子孫統御臣下的手段：

> 東廠之設，始於成祖，錦衣衛之獄，太祖嘗用之，後已禁止，其復
> 用亦自永樂時，廠與衛相倚，故言者並稱廠衛。初，成祖起北平，
> 刺探宮中事，多以建文帝左右為耳目，故即位後專倚宦官，立東廠
> 於東安門北，令嬖暱者提督之，緝訪謀逆妖言大奸惡等，與錦衣衛
> 均權勢；……至憲宗時，尚銘領東廠，又別設西廠刺事，以汪直督
> 之，所緹騎倍東廠，自京師及天下，旁午偵事，雖王府不免，直中
> 廢復用，先後凡六年，冤死者相屬，勢遠出衛上。〔註29〕

不管是東、西二廠，或是錦衣衛，對明代的文人來說，都是無比大的壓力，不僅對上對皇帝是動輒喪命，更要面對宦官體系的監視，明代文字獄大興，文人殺身誅連九族之案不斷，都造成明代文人心理上，行為上與前朝文人官宦多有相異之處；其生死前途都掌握在皇帝所倚賴的宦官手中：

> 明代閣臣動輒被宦官罷了官，遭迫害的事，層出不窮，如：天順
> 初徐有貞、李賢在宦官曹吉祥等的排陷下，均被逮入獄。……另

〔註28〕以上二段引文見清‧張廷玉等著：《明史，卷九十五‧志第七十一‧刑法第三)》（北京市：中華書局出版，1974年4月一版），頁2329。

〔註29〕同上註，頁2331。

一方面，一些庸才、小人，或宦官的親友，因投靠諂媚宦官，則可飛黃騰達，被任命為閣臣，如：成化時萬安為人軟弱，品行也很差，只因對宦官李永昌的養子李泰拍馬有術，故能在成化五年（1469）入閣。……明中葉後，凡是能比較長久握大權的大臣，其中不乏在政治舞台上叱吒風雲，頗有建樹的人物，無不尋求宦官做靠山。……人稱改革家的一代名相張居正，便是個典型，早在穆宗朱載厚即位以前，也就是還在裕王藩邸讀書時，張居正便利用侍講讀的身份，與邸中宦官打得火熱，並開始攀附司禮監太監李芳；朱載厚當上皇帝後，張居正便入閣，進一步巴結李芳，後來李芳失寵入獄，張居正也跟著一度失勢；但善於分析形勢的張居正，不久就與仰仗太后撐腰，權勢傾國的司禮監秉筆太監馮保拉上關係。……在馮保的穿線搭橋下，張居正才能取得兩宮太后的支持，將政敵高拱趕下台，坐上首相的交椅。張居正是明代傑出的政治家之一，針對明王朝的種種政治、經濟上的積弊，提出整飭吏治、行一條鞭法等一系列改格措施，從而在中國政治史上閃耀著耀眼的火花，但是，如果沒有馮保的支持，他肯定寸步難行。〔註30〕

連閣臣首輔的張居正，都不得不巴結宦官以求仕途之保障，新政的推動，更何況一般的大臣，或是想官運亨通的文人？所以明代文人所面對是一個嚴峻詭譎的政治環境，他們被包圍在皇帝與宦官的恐怖勢力中求生存，必定會對其思想與行為發展產生影響！

第三節　商業經濟

　　明代的社會，是一個極度繁華的商業社會，也是資本主義在中國展現雛型發展的時候，明初，明太祖實行一連串對經濟發展有利的政策；包括了農業、水利、手工業、與商業觀念的革新；在農業方面：

> 明朝建立後，朱元璋利用地主經濟受到削弱、拋荒土地大量存在的有利時機，大力扶植自耕農經濟，發展個體農民的小土地所有制。

〔註30〕見王春瑜、杜婉言：《明朝宦官》（西安市，陝西人民出版社，2007年1月一版一刷），頁25～26。

〔註31〕

鑑於荒田太多，僅靠流民回籍耕墾速度太慢，許多邊遠地方民力也
難以顧及，朱元璋遂採取屯田的辦法，進行大規模墾荒。當時的屯
田，有三種類型，這就是軍屯、民屯和商屯，其中以軍屯規模最大。

〔註32〕

如此一來就能增加生產，解決中國歷代以來最嚴重的糧食問題；此外，與農
業生產息息相關的水利問題，明初的皇帝也相當重視：

早在建國前的龍鳳四年〈1358年〉，朱元璋就設立了督水營田司，
遴陞在屯田方面成績卓著的康茂才為營田使，專門掌管疏濬湖
塘，修築堤防；……洪武元年，修築和州銅城堰閘……，四年修
復廣西興安縣靈渠三十六，……八年，命長興侯耿炳文督率疏濬
陝西涇陽洪渠堰，……十九年，修築福建長樂縣海堤，……二十
三年，調發淮安、揚州、蘇州、常州四府民工二十五萬人，修築
崇明、海門潰決海堤二萬三千九百餘丈，二十四年，疏濬定海、
鄞縣東錢湖，……，二十五年，徵發嘉興等州民工近三十六萬人，
開鑿江南溧陽縣鋇墅東壩河道四千三百餘丈，……，洪武二十七
年，他派出大批國子監的學生到各地督修水利，……，永樂元年
（1403年）命戶部尚書夏原吉疏濬吳淞江，正統五年（1440年），
水利工程廣泛興修。〔註33〕

認真的振興水利，大量的開墾屯田，使得百姓衣食無虞，其他的產業，也跟
著發展了起來。例如：手工業方面：

明代中葉以後，在全國勞動人民長期辛勤耕作之下，土地已大量
開闢出來，水力普遍被利用，農業生產技術和方法有了顯著的進
步，農業經濟作物的種植日益增多，農村與城市的經濟聯系也日
益緊密了。

各大城市的工商業在此時也有很大的發展，手工業生產水平有明顯

〔註31〕見王天有、高壽山：《明史──一個多重性格的時代》（台北市，三民書局，
　　　　2008年5月初版一刷），頁81。
〔註32〕同上註，頁85。
〔註33〕見王天有、高壽山：《明史──一個多重性格的時代》（台北市，三民書局，
　　　　2008年5月初版一刷），頁90至91。

的提高，特別是江南地區的絲織業、棉織業、漿染業、造紙業和製瓷業等，已成爲全國著名的五大手工業，並且具有較廣泛的國內外市場。〔註34〕

從上文的說明，可以知道，到明代中葉，中國已經成爲一個商業與農業鼎足而立的社會，因此，即使自古以來，都存在著「無奸不商」、「重農抑商」、「士高於商」的觀念，在社會現實的發展之下，商人們卻也力爭上游，藉著捐官、科考改變社會地位，一般人對商業行爲與商人的觀點也漸漸改變：

> 明初，面臨數十年戰亂所致的社會經濟全面崩潰，國家自然是首先注重小農經濟的重建，商業正處於恢復的起步時期，就士、民、商的相互關係來說，士的優越自然是不言而喻，然而賤商的思想仍不十分突出，在官員中較早的出現了涉足商業的「越軌行爲」。

> 朱元璋對商人的看法恰是相當寬縱和同情的，他說：「昔漢制，商賈技藝毋得衣錦繡乘馬，朕審之久矣，未審漢君之本意如何？中庸曰：『徠百工也。』又古者日中而市，是皆不可無也，況商賈之士，皆人民也，而乃賤之，漢君之制意，朕所不知也。」〔註35〕

從上文可知，自明初開始，自帝王到各階層的平民百姓，對於商人的觀念就在更變當中，到了商業繁榮的明代中葉，這種對商人階層予以肯定的觀點更加明顯：

> 士人對商的一般看法其實變化更大，這在明中葉以後越加明顯，這個變化基本承繼明初變化的趨勢繼續深化，主要的就是對商人的地位的日益肯定，並進而直接參與經商，明代士人對商人的評價的提高有對社會趨勢發展的順應，出於此則從理論上探討、肯定商人在國家經濟發展中的地位和作用，如海瑞和張居正的論說，其雖未像後來黃宗羲所認爲「工商皆本」，但已經基本肯定了商人的作用，和應給予其他階層平等的地位。成化年間，任國子監祭酒邱浚也認爲應該給商人一定的社會地位，給予其充分的經濟自由，反對政府摧抑商人的政策。〔註36〕

〔註34〕見許大齡編：《明清史論集》（北京市，北京大學出版社，2001 年 11 月一版一刷），頁 261。

〔註35〕見李洵、李樹田主編：《明史論集》（吉林市，吉林文史出版社，1993 年，6 月一版一刷），頁 144。

〔註36〕同上註，頁 148

所以到了明代中葉，由於商業的繁忙，資本主義與趨利主義的思想發展已在所難免，主導社會觀念發展的士人不但起而挺商，更進一步出現士商合流的現象；商業活動也因此大加邁進，更加繁盛，也使得明中葉成爲爲一個繁華富足的時代，《明史》記載曰：

> 而洪、永、熙、宣之際，百姓充實，府藏衍溢，蓋是時，劭農務墾闢，土無萊蕪，人敦本業，又開墾田、中鹽以給邊軍，餫餉不仰藉於縣官，故上下交足，軍民皆裕。〔註37〕

此乃寫明初至中葉，百姓們豐衣足食的狀態；又如明人王錡撰《寓圃雜記》中記載道：

> 吳中素號繁華，……，迨成化間，余恒三四年一入，則見其迥若異境，以至於今，益愈繁盛，閭簷輻輳，萬瓦甃鱗，城隅濠股，亭館布列，略無隙地。輿馬從蓋，壺觴罍盒，教馳於通衢。水巷中，光彩耀目，游山之舫，載妓之舟，魚貫於綠波朱閣之間，絲竹謳舞與市聲相雜。凡上供錦綺、文具、花果、珍羞奇異之物，歲有所增，若刻絲累漆之屬，自浙宋以來，其藝久廢，今皆精妙，人性益巧而物產益多。〔註38〕

以上所寫是明代城市生活的繁榮昌盛。這麼富裕的社會環境，對戲劇文學的發展是大有助力的；因爲娛樂生活需求日益增多，戲劇作品與表演因此大量產生，而有錢的官宦富貴人家，也因此大量的蓄養樂班與戲班，各種可供戲劇表演的場所大量產生，使得戲劇發展空前的繁盛。至於對兩性關係而言，太過於富有的社會反而使得女性被物化、商品化更加嚴重，例如：蓄奴、包妓、養妾、把戲班的女性或男性表演者視爲家產販賣、或藉以當做縱慾的對象，反而使得兩性關係負向發展，成爲繁盛社會後的陰暗面。

第四節　思想的兩極化

　　明代思想的發展與政權發展有著極大的關係，在專制力量最強大的明代初期，所盛行的是強調倫理規範的朱派理學思想；當商業最盛，而民風漸次

〔註37〕見清‧張廷玉等著：《明史（七）卷七十七‧志第五十三‧食貨第一》（北京市：中華書局出版，1974 年 4 月一版），頁 1877。

〔註38〕見明‧王錡著：《寓圃雜記》（北京市，中華書局出版社，1997 年 11 月二刷），頁 42。

開放的明中葉，所盛行得則是王陽明的心學思想；隨著政權逐漸衰弱的晚明的來臨，脫去儒家道德心性的枷鎖，所逐漸抬頭的則是情教理論；以下就依歷史演進加以說明。

一、明初：程朱學派的理學思想

明初，為了重建固有的綱常倫理，有利於漢文化的重歸正統，以及統治上大權一統，太祖朱元璋致力於宋代道統的恢復，故在學術上亦致力於推動宋代朱子之學，不但在科舉考試以《四書》、《五經》為本，統一全國士人的思想，連皇族子弟學習也是以儒家經典為主：

> 自朱元璋即位後，「一宗朱子之學，令學者非《五經》、孔孟之書不讀，非濂、洛、關、閩之學不講，成祖文皇帝，益光而大之，令儒臣籍《五經》、《四書》及《性理大全》，頒天下」〈陳鼎‧《東林列傳》〉，洪武二年，朱元璋規定：「國家取士，說經者以宋儒傳注為宗。」〈《松下雜鈔‧卷下》〉〔註39〕

> 自儒學外，又有宗學、社學、武學。宗學之設，世子、長子、眾子、將軍、中尉年未弱冠者，俱與焉。……，令學生頌習《皇明祖訓》、《孝順事實》、《為善陰騭》諸書，而《四書》、《五經》、《通鑑》、性理亦相兼頌讀。〔註40〕

在政治影響之下，明初朱學大盛，究其原因，即是此學所主張的倫理綱常與統治者的需求最為契合，其最合乎明代統治者的思想內涵是：

> 朱元璋十分注重以程朱理學為準繩來扶植族權，推行社會教化，「化民成俗」。……，歷來理學家認為，族群的加強，「立宗以佐治」，「雖為敬祖收族，亦為預防變亂」。〔註41〕

當時的帝王、文臣、儒生的大力提倡理學的倫理綱常主義，如：劉基、宋濂、方孝儒、曹端、解縉、吳與弼等人，如：黃宗羲在《明儒學案》中說明初名臣方孝儒是：

〔註39〕見張豔如等編：《中華文明史：第八卷：明代》（石家莊市，河北教育出版社，1999年1月一版二刷），頁397。

〔註40〕見清‧張廷玉等著：《明史，卷六十九‧志第四十五‧選舉第一》（北京市：中華書局出版，1974年4月一版），頁1689。

〔註41〕見張豔如等編：《中華文明史：第八卷：明代》（石家莊市，河北教育出版社，1999年1月一版二刷），頁396。

> 先生直以聖賢自任，一切世俗事，皆不關懷。……，入道之路，莫
> 切於公私利義之辨，念虞之與，當靜以查之。……，其言周子之主
> 靜，主於仁義、中正，則未有不靜，非強制其本心如木石然，而不
> 能應物也，故謂聖人未嘗不動。〔註42〕

又如明儒吳與弼亦言：

> 聖賢教人，必先格物致知以明其心，誠意正心以修其身，修身以及
> 齊家、而國、而天下，不難矣，故君子之心，必兢兢於日用常行之
> 間，何者爲天理而當存，何者爲人欲而當去。（《康齋集・卷一○・
> 勵志齋集》）〔註43〕

二者都以理學中的朱學爲其思想依歸。而這種學風對兩性關係來說，也產生
莫大影響，尤其在特別強調綱常倫理之下，對於女性的規範亦趨於嚴密，更
影響著烈女貞節觀念的發展，對男性而言，其對家庭與女性的統馭性，被更
加正統化、合理化，家庭倫理思想被無比擴大，於是更加確立父權社會發展
的必定趨勢。

二、明中葉：王陽明（1427～1528）的心學主張

　　明代中葉，隨著統治者的政網控制漸鬆，商業經濟的昌盛，以及對朱派
末流的反動，思想也逐漸解放，其中影響最大的即是把心學推向最高峰的王
守仁陽明先生，他呼應陸學，提出「致良知」、「反求諸心」、「知行合一」等
主張，對明代中後期文人有著莫大的啓發，也使明代學風爲之一變，如黃宗
羲在《明儒學案》有分析道：

> 先生承絕學於辭章訓詁之後，一反求諸心，而得其所性之覺，曰「良
> 知」。因示人以求端用力之要，曰「致良知」。良之爲知，見知不圄
> 於文聞見，致良知爲行，見行不滯於方隅，即知即行，即心即物，
> 即動即靜，即體即用，即工夫即本體，即下即上，無之不一，以救
> 學者支離眩鶩，務華而絕根之病，可謂震霆啓昧，烈耀破迷，自孔、
> 孟以來，未有若此之深切著明者也。（《明儒學案・師說・王陽明守

〔註42〕 見清・黃宗羲著：《明儒學案》（北京市，中華書局出版，2008年1月二刷），
　　　　 頁1042。

〔註43〕 轉引自商傳著：《明代文化史》（上海市，東方出版中心，2007年5月一版一
　　　　 刷），頁281。

仁》）〔註44〕

及至居夷處困，動心忍性，因念聖人處此更有何道？忽悟格物致知
之旨，聖人之道，吾性自足，不假外求。其學凡三變始得其門，自
此以後，盡去枝葉，一意本原，以默坐澄心爲學的。（《明儒學案・
姚江學案・文成王陽明先生守仁》）〔註45〕

陽明先生的內向自求以求道的心法一出，明人的學風一變，由程朱理學格物
以求理這種外求式的思考方式，走向王學心學內求即可得理的思考方式，而
思想也爲之解放，配合著商業時代的來臨，內在思想、外在行爲與社會風氣
也逐漸開放。然而，王學的思維方式，並非適用於每一個人，其末流者不免
也產生狂妄、不切實際、與儒釋混合的弊端，在《明儒學案》中亦評道：

先生之言曰：「良知即是獨之時。」本非玄妙，後人強做玄妙觀，故
近禪，殊非先生本旨。（《明儒學案・師說・王陽明守仁》）〔註46〕

學者勞思光（1927～）亦言：

蓋顧氏（顧炎武）心目之陽明，雖或立說有病，然自有踏實修持之
功，而後學談玄說妙，則正違反陽明之道，故曾謂：「陽明先生之揭
良知，本欲人掃除見解，務求自得，而習其說者，類喜爲新奇，向
見解中作功課，夫豈惟孤負良知，實乃孤負陽明也。」所謂「新奇」，
所謂「見解」，皆指王門後學種種玄談而言。〔註47〕

對明代的思想發展來說，陽明心學的產生，的確給予專制政權下的讀書人一
個解放抒發的空間，但在「人人皆可爲聖人」的觀念下，其末流亦不免產生
了追求新奇，玄妙空泛，狂妄放誕的毛病。但是就兩性觀念而言，卻也給了
一個兩性互求解放的機會，一方面是性行爲與性觀念慢慢在解套，一方面使
得有讀過書的女性開始思索自我定位與價值，或許這種進步無法全面，有限
的開放還是抵不過社會現實的道德規範，但是在中國兩性關係的發展歷史上

〔註44〕見清・黃宗羲著：《明儒學案》（北京市，中華書局出版，2008 年 1 月二刷），
頁 6～7。
〔註45〕見清・黃宗羲著：《明儒學案》（北京市，中華書局出版，2008 年 1 月二刷），
頁 180。
〔註46〕見清・黃宗羲著：《明儒學案》（北京市，中華書局出版，2008 年 1 月二刷），
頁 7。
〔註47〕見勞思光：《新編中國哲學史（三下）》（台北市，三民書局，1992 年 9 月一版），
頁 539。

已經是很難能可貴的。

三、晚明——李贄（1527～1602）、馮夢龍（1574～1646）的情教觀

晚明時期，可以說是明代文人的思想與行為大解放時期，其追求最大的思想目標即是「眞心」與「眞情」，而思想的代表則是泰州學派的李贄（卓吾）與通俗小說家馮夢龍（墨憨齋）；李卓吾的「童心說」所代表的正是中國文人追求「眞」的表現，而墨憨齋所提倡的「情教說」則是文人對「人之情感」的反省。

（一）李贄的童心說

明代中葉末期開始，文人們逐漸重視到人情、人欲是一種本性的自然，用外力要強加塑造是違反自然的，李贄就是其中的代表，他在「童心說」中有言：

> 夫童心者，眞心也，若以童心為不可，是以眞心為不可也；夫童心者，絕假存眞，最初一念之本心也，若失卻童心，便失卻眞心；失卻眞心，便失卻眞人，人而非眞，全不復有初矣。〔註48〕

> 古之聖人，曷嘗不讀書哉！然縱不讀書，童心固自在也，縱多讀書，亦以護此童心，而使之勿失焉耳，非若學者，反以多讀書、識義理而反障之也。〔註49〕

以李贄的觀點來說，人的本然眞心即是童心，不因讀書與否而影響其存在，就算未受教育，童心亦存在每個人心中，受了教育，更是為了要維護此眞心，求眞心才會有眞性情，有眞性情，才會有眞行為，這是對讀書人個人思想、行為理想狀態的追求與自覺，也是對當時政治的壓迫，與文人們虛偽於禮教的一種批判，他在〈焚書‧卷三‧童心說〉一文中，提出他所推崇的文學作品是：

> 苟童心常存，則道理不行，文見勿立，無時不文，無人不文，無一樣創制體格文字而非文者，詩何必古選，文何必先秦，降而為六朝，變而為近體，又變而為傳奇，變而為院本，為雜劇，為西廂曲，為

〔註48〕見李贄：《焚書》（台北市，河洛圖書出版社，1974年9月初版），頁97。
〔註49〕見李贄：《焚書》（台北市，河洛圖書出版社，1974年9月初版），頁98。

水滸傳，……，更說甚麼六經，更說甚麼語孟乎？〔註50〕

而合乎這些標準的文學作品正是小說與戲曲，所以李贄對於通俗小說是予以推崇支持的，這種觀念對於後起的公安派有著很大的影響，在他們的支持與推波助瀾下，小說與戲曲才得以在明代中葉以後大為興盛，發光發熱。

（二）馮夢龍的情教觀

馮夢龍在明代文學家中，可以說是大膽以「情」立論的，中國人個性拘謹，對情感多以壓抑的態度面對，站在倫理道德禮教的態度認為，面對情應委婉表達，但是馮夢龍認為這都是不符合人性的，人性中的情感其實是很高尚可貴的：

古有三不朽，以今觀之，情又其一也。〔註51〕

六經皆以情教也，《易》尊夫婦，《詩》有關雎，《書》序嬪虞之文，

《禮》謹聘奔之別，《春秋》於姬姜之既詳然言之。〔註52〕

他突破古今觀點的把情與儒家經典結合起來，提高情在道德價值觀的地位，而且他覺得情的範圍是無所不包，合乎於自然人性的：

天地若無情，不生一切物，一切物無情，不能環相生，生生而不滅，

緣情不滅故，四大皆幻設，惟情不虛設。有情疏者親，無情親者疏，

無情與有情，相去不可量，我欲立情教，教誨諸眾生，子有情於父，

臣有情於君，推之種種相，俱作如是觀。〔註53〕

為此自然人性之情，他批判貞節烈婦觀的違背自然人性：

自來忠孝節義之事，從道理上做者必勉強，從至情上出者必真切。

〔註54〕

以馮夢龍之觀點而言，即使是提倡道德倫理名教，也不過是以情的原因出發，世人強加以不合人性的道德枷鎖，精神或行為限制，是對情沒有真正的理解才造成的，正因他提倡情教為一切之基礎，所以他對通俗文學推崇備至，因為他認為通俗文學才能真正的表達人的情感：

〔註50〕見李贄：《四部刊要・子部・法家類・焚書／續焚書》（台北縣，漢京文化事業有限公司，1984年5月，精裝版），頁99。

〔註51〕見馮夢龍：《太霞新奏・卷一・情僻曲序》（台北市，台灣學生書局，1987年初版），頁11-1。

〔註52〕見馮夢龍：《情史序》（台北市，廣文書局，1982年初版），頁1-2。

〔註53〕見馮夢龍：《情史（上）情偈》（台北市，廣文書局，1982年初版），頁1-1。

〔註54〕見馮夢龍：《情史・朱葵》》（台北市，廣文書局，1982年初版），頁36。

試今說話人當場描寫，可喜可愕，可悲可涕，可歌可舞，……雖小

誦《孝經》、《論語》，其感人未必如是之捷且深也。〔註55〕

所以在馮夢龍等文人思想解放的推動下，通俗文學不但大為流行，其內容也
大量書寫情愛，更有所謂情色小說如：《金瓶梅》、《龍陽逸史》、《宜春香質》、
《弁而釵》、《僧尼孽海》……等等多種情色書籍的出現，戲曲科白也會出現
所謂的「諢話」，這都是馮氏等人在傳統思想上的突破所形成的影響。

小　結

　　有人以為明末文人太過荒誕不經，但這是政治與思想壓迫下，物極必反
的結果。就中國兩性關係發展歷史而言，明末卻也是兩性難得有機會對等對
話的一段時間，例如：李贄、馮夢龍等人，在突破傳統道德思維之後，並在
繁榮商業環境的輔助之下，亦曾嘗試著提高婦女的地位，肯定婦女的存在價
值，這都是史上少見的，明末，被視為文人的墮落時期，但是，社會道德、
倫常禮教、與文人思想的大解放，反而給兩性關係一個新的發展機會。

第五節　家庭結構與婚姻制度

　　家庭是一個在社會制度下最小的單位，它具有許多不同的功能，學者張
苙雲以為：家庭是指因婚姻和血緣而共同生活的一群人。〔註56〕而學者陳國
鈞則站在人類學的角度闡述說：

　　原始社會的組織，是以男女結婚為夫婦的家庭為基礎，亦即以婚姻

　　關係為起點。〔註57〕

由以上論述可知，家庭關係的建立，最基本的就是建立在婚姻關係之上；以
中國人來說，家庭是最重要的人倫關係，也是一生當中最重要的生活場域：

　　中國人幾乎可以說是「家的動物」，而中國文化也無妨說是「家的

　　文化」，一個人一旦失去自身在家族中的角色，也就幾乎等於失去

〔註55〕見許政揚校注：《古今小說：馮夢龍序》（台北市，里仁書局，1991年5月30
　　　　日初版一刷），頁1～2。

〔註56〕見張苙雲〈社會組織〉，收錄於彭懷真：《婚姻與家庭》（台北市，巨流圖書有
　　　　限公司，2005年9月三版三刷），頁166。

〔註57〕見陳國鈞：《文化人類學》（台北市，三民書局股份有限公司，1992年，8月
　　　　三版），頁129。

> 作爲一個人的意義與價值，中國家族的組織法則，與從此所發展
> 出的一套倫理道德觀念，不但主宰了中國人日常家居生活，更從
> 而滲入中國文化的其他領域，塑造了舉世獨特的中國家族文化叢
> 體。〔註58〕

在家庭的單位基礎上所延伸的家族體系，對中國人的一生，不分男女都產生
極大的影響，不論生老病死，喜怒哀樂的任何時刻，中國人的一舉一動都在
家族倫理的規範之下，即使是兩性關係的互動，兩性行爲的準則，都是在家
族體系的掌握之下，無怪乎人類學者都認爲，家族的影響力是大過一切的：

> 家族是根於血緣關係的社會團體之一種，是最爲普遍而且一致
> 的。……在原始社會中，家族有很大的作用，在個人的幼年是教育
> 的機關，在較後又是學習產業的地方，對於結婚，又常代替個人成
> 爲家族與家族的契約，家族又是種種重要儀式，如：出生、成丁、
> 死、喪等的單位，家族的最重要作用是擔任傳達文化，一代傳過一
> 代，總之家族的基礎雖是有機的，即生物學的，但卻也有心理學上
> 及社會學上的要素〔註59〕

正因爲家庭與家族在中國社會有決定性影響，而家庭之建立，以及家族與家
族之間締結，全在婚姻關係的建立，故筆者在本文進入主題前，要先探討明
代的家庭狀況與婚姻制度。

一、明代的家庭與家族狀態

中國人的觀念中，家通常有兩個意義，一是指所居之處相同，且同居一
起之團體稱爲「家庭」，這是小單位的、狹義的家；一是大單位的、廣義的家，
所指的是同血緣、同姓，但關係不一定相親近，也不一定居住在一起的「家
族」，在明代的家也是相同的。首先談論的是家族，明朝基本上對民間的家族
組織是支持的，因爲家族至少有以下幾個功能:一是擔任道德與家族事務裁判
者，二是以義田供養窮困族人，三是祭祀本宗族的先祖，這對社會秩序的維
持與政治上的控制都是有利的：

〔註58〕 見文崇一、蕭新煌主編：《中國人：觀念與行爲》（台北市，巨流圖書公司，
　　　　 1999 年，9 月初版五刷），頁 113。
〔註59〕 見林惠祥：《文化人類學》（台北市，臺灣商務印書館，1992 年 4 月，台一版
　　　　 八刷），頁 221〜222。

> 由于國家政權與宗族組織在社會控制上的目標具有一致性，明朝的
> 中央及地方政府一般對宗族是鼓勵和扶持的，明朝廷對「義門」的
> 優免和旌表即反映了這一點，江南的縉紳士大夫也往往將敬宗收族
> 作爲治理地方社會、實現政治理想的重要步驟。〔註60〕

如果一個宗族中有一強大的力量使其安定，地方上就會有一股安定與控制人
民思想行爲的力量，這股力量若與統治者相結合，則政治力量就能擴及這些
爲宗族所管理的百姓，對政治統治者而言，能借由宗族組織來加強統治力是
他們所樂見其成的。此外，宗族對族內紛爭的裁決力及道德規範的強制力，
也是宗族制度對族民一很大的影響，就兩性關係而言，對於男女間的規範、
婚姻制度的規定、甚至女性貞節觀的加強，宗族都有其影響力。宗族除了是
一統治力量外；宗族中「義田」與「義學」的設置；對於改善貧苦族民的生
活，及對貧窮士人的鼓勵也產生很大的正面作用，而且這些受鼓勵的人一旦
功成名就，對於同宗族的子弟或組織會再做出回饋，就古代的社會組織來說，
也是具有穩定人民生活的作用。宗族組織的第三個功能是祭祀，通常是指祠
堂的修建維護和祭祀活動：

> 宗族祠堂作爲祭祖的神聖場所，是一個宗族的象徵。當時，每個聚
> 族而居的宗族都有一座乃至若干座宗祠，即所謂的「族必有祠」，人
> 們對宗祠非常重視，故經常有修葺的規定。……在祠堂中祭祀祖先，
> 是宗族最爲隆重的活動，一般於每年春秋舉行，屆時全族人員沐浴
> 齋戒後，匯集於祠堂內，在族長或宗子的主持下，共同祭拜，祭畢，
> 全族成員一同會餐。〔註61〕

由上文可知，祠堂是用以召集全宗族人的場所，而它所代表的是一種團結和
睦，慎終追遠的精神，可見祭祀在宗族活動中的地位，此外，宗族長有時也
會在宗祠中進行倫常教化的活動，或是聘請先生在祠堂旁設私塾以教育同族
子弟，使得祠堂成爲一個多元功能的場所，強化了宗族的影響力。

　　至於明代狹義的家庭，通常是指同居共爨而具有非常相近血緣的一群
人，與前代最大的不同，明代的家庭逐漸走向核心家庭或折衷家庭，從前數

〔註60〕見陳江：《明代中後期的江南社會與社會生活》（上海市，上海社會科學院出
　　　　版社，2006 年 4 月一版一刷），頁 87。

〔註61〕見陳江：《明代中後期的江南社會與社會生活》（上海市，上海社會科學院出
　　　　版社，2006 年 4 月一版一刷），頁 77。

代同居的大家庭正漸漸消失當中，雖然明代法律規定：

> 凡諸祖父母、父母在而子孫別立戶籍，分異財產者杖一百，（原注：
> 須祖父母、父母親告乃坐），若居父母喪，而兄弟別立戶籍，分異財
> 產者杖八十。（原注：須期親以上尊長親告，乃坐）〔註62〕

也就是說，明代子女兄弟要求分家異爨的刑罰並不重，反映出大家庭析分爲
小家庭已成爲一種趨勢，政府也不好主動介入干涉，更何況要家中親長提出
告訴才會開罰，以中國家長多護及子孫的心態，會提出如此告訴的也很少，
折衷或核心家庭已成爲明代家庭形態的主流。會形成這種家庭形態的原因有
以下幾個，第一：明代賦役繁重，家庭結構越龐大，所要負擔的賦役越重，
分析爲小型家庭所要承擔的勞役就減少，所以小家庭有避役的好處；第二：
明代是一個民間富庶的時代，「藏於民」的財富是相當龐大的，但富庶的百
姓家卻存在著分財分家的問題；當家庭結構越大，兄弟越多，要分財產的人
也就增加，人心都是貪婪的，爲了家產自然就易起紛爭，最後兄弟只有分家
一途。第三：大家庭中人員繁多，兄弟與兄弟之間，妯娌之間相處不易，僅
管有大家長或孝悌觀念在維繫一個家庭，但畢竟人與人的關係與大家庭的相
處是很複雜的，清儒顧炎武就曾說明末時的家庭是：「乃今江南，猶多此俗
人家，兒子娶婦，輒求分異，而老成之士有謂：『二女同居，易生嫌競，式
好之道，莫如分爨者。』」〔註63〕其實不只妯娌之間，婆媳之間，兄弟之間
亦是如此，而分開居住卻能避免這些複雜的關係與紛爭，所以當其有能力分
爨而居時，核心或折衷家庭就成爲良好的選擇；而這些分家的原因，有一股
在其背後支持的力量，就是商業繁榮下，強大的經濟力，只有足夠的財富，
才會使百姓害怕賦稅的剝削，才會因財產而鬧分家，才會使兄弟妯娌間因利
益起衝突，也就是說，明代家庭結構的改變，是直接或間接的受到商業活動
興起的影響。總之，明代人僅管在道德和行爲上仍受到宗族的約制，但家庭
結構已開始由大家庭逐漸走向小家庭，也代表著中國的家庭結構因商業的興
起，產生改變，這種家庭結構的改變，也使得人們的觀念開始改變，對兩性
關係與觀念必會產生影響。

〔註62〕見黃彰健編著：《明代律例彙編（下）・卷四・戶律一・戶役・別籍異財條》（台
　　　灣：中央研究院歷史語言研究所，1994年，景印一版），頁475。

〔註63〕見顧炎武著：《日知錄（冊二）・（卷十三）分居》（台北：中華書局，1984年
　　　3月，臺四版），頁37。

二、明代的婚姻制度

　　家庭的建立是在於婚姻關係的締結，所以重視家庭的中國人對於婚姻是
非常重視的，雖然中國是一個一夫多妻的社會，但是對於嫁娶仍有相當多的
堅持與規矩，尤其是正妻的迎娶。古代的婚聘有所謂的六禮，即：納采、問
名、納吉、納徵（一做納幣）、請期、親迎；而到了明代，嫁娶的禮數有了省
簡，六禮變為四禮，只剩下：納采、納徵（納幣）、請期，親迎。而且明代官
方對於所謂的「門當戶對」相當的重視：

> 明朝廷特別強調不同社會等級之間的差別，不允許以下僭上，貴賤
> 混淆，因而竭力提倡婚配的門當戶對，嚴令禁止不問門第，專論聘
> 才以及良賤通婚之類的現象。〔註64〕

就禮節的簡省，從文化發展角度而言，隨著歷史文化的推演，禮制從繁至簡是
必然的現象，例如：喪禮、祭祀都是如此。門第觀念的森嚴，自古以來就存在
於中國人的心中，明朝廷將其強化，正呼應著其專制統治的政治特色——講究
控制與階級，而從明代才子佳人的戲曲中，我們也可以發現這個觀念是普遍存
在的。

　　不過對於婚姻制度的規定，明人對於政府的要求規範也不是照單全收，
例如：政府要求門當戶對，而民間論婚則以財力為尚，政府並不鼓勵納妾，
反對指腹為婚，冥婚、童養媳、就婚〔註65〕、典婚〔註66〕……等不人道的婚
姻方式，但民間仍是實行著，明人張翰在其著作中就對當時婚姻向豪奢的風
氣提出批評：

> 至於男女婚姻，議者爭言富族豪家，余謹謝之，惟擇里中樸茂故族，
> 認之型家有素者，始議納禮，禮儀不敢同於俗務極奢華，但尊先世
> 儉約家規，成六禮之儀而已，若夫誇多鬥靡，毋論費財，用亦難繼，
> 非可久之道也。〔註67〕

〔註64〕見陳江：《明代中後期的江南社會與社會生活》（上海市，上海社會科學院出
　　　　版社，2006年4月一版一刷），頁191。

〔註65〕即弟娶孀掃，或弟死，兄收弟媳。見陳寶良：《明代社會生活史》（北京市，
　　　　中國社會科學出版社，2004年3月一版），頁432。

〔註66〕就是典賣妻子與他人為妻妾或奴婢，典賣期是一段時間或終身。見任寅虎：《中
　　　　國古代婚姻》（台北：臺灣商務印書館，2001年6月，臺灣初版二刷），頁96
　　　　～98。

〔註67〕見明・張翰著：《松窗夢語》（北京市，中華書局出版社，2007年5月三刷），
　　　　頁140。

其言雖是批評，但也反映出在民間，甚至士庶官吏，談論婚嫁的時候，「金錢財富」已經成為一個很重要的考慮因素，後人研究明代婚姻的狀態，也提到政府、百姓在婚制上各行其事的現象：

> 明代統治者雖然對品官庶人百姓的聘禮作了詳盡具體的規定，要求士庶之家婚嫁不得過求儀物，但在實際婚姻過程中，人們並沒有遵守法律條文的規定，特別是到了明末，隨著商品經濟的發展，人們價值觀念的變化，拜金主義之風大盛，明代婚姻中的買賣關係更達到了前所未有的程度；所以明代統治者面對這種景況和現象，束手無策，只能發出「皆有限制，後克遵者鮮矣」的感嘆；此外，明代品官中的納妾、狹妓現象十分嚴重，在民間百姓中也存在著典婚、童養婚、指腹婚、冥婚等陋習。〔註68〕

由上文可知，明代隨著商業經濟的發展，婚姻關係中的金錢因素越來越嚴重，民間也仍延續著一些視女性為私有物的不對等關係與婚姻現象，講究金錢、童養媳制度、典婚現象等婚姻行為，都來自於金錢財富日受重視的社會背景，當然在此環境之中，女性被物化就越來越明顯，對兩性關係的發展而言，必定會產生不良的影響。

小　結

從以上敘述可知，中國的家庭與婚姻制度到明代有了巨大的變動，家庭組織由大家庭解體為核心或折衷家庭已成為社會的普遍現象，婚姻尚財，風氣敗壞也成為民間風氣的發展趨勢，這些現象都是受到明代商業繁盛，商業社會時代的到來所影響，當物質生活的慾望勝過原來維繫社會秩序的傳統道德價值之時，女性被物化或者中國傳統家庭結構的解體也就在所難免，對兩性關係而言，一方面提供了兩性關係與觀念走向開放的背景，但另一方面也造成女性與婚姻被商業化的不良後果。

第六節　科舉制度與教育環境

因明代社會仍是以男性為社會主導中心的社會，故本節所探討的教育與

〔註68〕見張豔如等編：《中華文明史：第八卷：明代》（石家莊市，河北教育出版社，1999年1月一版二刷），頁880。

科考制度，仍是以朝廷男性爲主的制度，及其制度對兩性關係發展有可能帶來的影響。

一、明代的科舉制度

　　明太祖以武力馬上得天下之後，對於王朝的統治採取傳統的文官統治的策略，這對於漢民族在文化的恢復上有著正面的意義，而這也開啓我國科舉制度最爲被重視的時代，明太組洪武三年，開始仿唐、宋實行科舉取士的制度，後因故廢除，又在洪武十五年再次實施，洪武十七年之後科舉制度日趨完善：

> 洪武三年詔曰：「……自今年八月始，特設科舉，務取經明行修、博通古今，名實相稱者。朕將親策於廷，第其高下而任之以官，使中外文臣皆由科舉而進，非科舉者毋得以官。」……，既而謂所取多後生少年，能以所學措諸行事者寡，乃但令有司查舉賢才，而罷科舉不用。至十五年後，復設，十七年始定科舉之式，命禮部頒行各省，後遂以爲永制。〔註69〕

科舉因此成爲士人晉身最重要的途徑，明代進官的途徑以科舉（即進士）、荐舉（即人才）、貢舉（即監生）三途爲主，其中荐舉盛行於明初人才匱乏的時代，而貢舉所任之官職多無法進入權力的核心，只有進士較爲士人與帝王所重視，此外還有「廕生」與「納貢」，「廕生」來自於父祖的蔭，但不是每個高階官員的子孫都能享有，其最終取決於皇帝本身是否有恩賜的意願，〔註70〕且官位都只能在五品以下；而納貢是因明朝廷國庫空虛，或爲賑饑，或爲充實邊防而設，後遂成常例；《憲宗實錄》有云：

> 成化二年閏三月，移文江西、浙江，並南直隸儒學，廩膳生能備米一百石，增廣生一百五十石，運赴缺糧處上納者，許充南京國子監生。〔註71〕

又如：《明史》中有載：

> 成化二年，南京大饑，守臣建議，欲令官員軍民子孫納粟送監，禮

〔註69〕見清・張廷玉等著：《明史，卷七十・志第四十六・選舉第二》（北京市：中華書局出版，1974年4月一版），頁1695～1696。

〔註70〕見潘星輝著：《明代文官詮選制度研究》（北京市，北京大學出版社，2006年1月一版二刷），頁84。

〔註71〕見《憲宗實錄・卷二八》〈中央研究院歷史語言研究所編印，1979年12月一版），頁552。

> 部尚書姚夔言：「太學乃育才之地，近者直省起送四十歲生員，及納
> 草納馬者數以萬計，不勝其濫，且使天下以貨爲賢，士風日陋。」
> 帝以爲然，爲却守臣之議，然其後或遇歲荒，或因邊警，或大興工
> 作，率援往例行之，訖不能止。〔註72〕

但士人是否能因納粟得到官位，取決於家庭的財勢，與個人才能並無相關，
且納貢入官者，流品不一，向爲人所輕視。因此科舉取士成爲明代士人最爲
重視的入官之途，以科舉及第獲官者，在朝廷上也相對有較高的地位：

> 一再傳之後，進士日益重，薦舉遂廢，而貢舉日益輕，雖積分歷事
> 不改其法，……，眾情所趨向，專在甲科，官途升沉，定在謁選之
> 日。〔註73〕

> 自後（永樂之後）科舉日重，薦舉日益輕，能文之士率由場屋進以
> 爲榮，有司雖數奉求賢之詔，而人才既衰，第應故事而已。〔註74〕

> 薦舉糾劾，所以勸懲有司也，今薦則先進士而舉監，非有憑藉者不
> 與焉，核則先舉監而進士，縱有訾議者罕及焉，晉接差委，專計出
> 身之途，於是同一官也，不敢接席而坐，比肩而行，諸人自分低昂，
> 吏民觀瞻頓異。〔註75〕

正因時風以進士爲高，而且進士在官場上也較有上升之途，在政壇上往往是
權力核心的重要份子，故士人莫不以進士及第爲一生的志業，讀書也就成爲
當官的手段之一了。就民間而言，在門當戶對與攀官附貴的風氣之下，一般
女性締結婚姻也多以男方是否有進士及第爲考量，這種現象在明代的才子佳
人戲劇中亦多所反映，所以科舉制度在兩性的互動上也就產生了間接的影響。

二、明代的教育環境

　　明代的學校教育可以說是與科舉制度相依存的，其雖分爲官學與私學，

〔註72〕見清・張廷玉等著：《明史，卷六十九・志第四十五・選舉第一》（北京市：
　　　　中華書局出版，1974 年 4 月一版），頁 1683

〔註73〕見清・張廷玉等著：《明史，卷六十九・志第四十五・選舉第一》（北京市：
　　　　中華書局出版，1974 年 4 月一版），頁 1679。

〔註74〕見清・張廷玉等著：《明史，卷七十一・志第四十七・選舉第三》（北京市：
　　　　中華書局出版，1974 年 4 月一版），頁 1713。

〔註75〕見清・張廷玉等著：《明史，卷二二六・列傳第一一四・丘橓傳》（北京市：
　　　　中華書局出版，1974 年 4 月一版），頁 5938。

但官學本就是以爲國家育才爲教育目的，私學則是早期有較自由的講學風氣，後期的私學也是爲了迎合科舉，以科舉的內容爲教學內容了，所以明代不論官學與私學都與科舉有著密切的關係。

在官學方面，明代的學校分爲社學，府州縣學，國子監三級，在社學中的是十五歲以下的「童生」，使一般百姓都有受教育的機會，其規模或二里設二所，或三十家立一所，或五十家立一所，〔註76〕可以說是明代實施基礎教育的地方。第二級府州縣學的學生則稱爲「生員」，其主要的出路是參加鄉試成爲舉人或是經府州縣的推薦進入國子監中就學，這些生員及生員的教師們待遇是很優渥的：

> 於是大建學校，府設教授，州設學正，縣設教諭，各一，俱設訓導，
> 府四、州三、縣二。生員之數，府學四十人，州、縣次以減十，師
> 生月廩食米，人六斗，有司給以魚肉，學官月俸有差。生員專治一
> 經，以禮樂射御書數設科分教，務求實才，頑不率者黜之。〔註77〕

政府不但供養府州縣學的師生，並且設立一定的標準來淘汰學習成果不良的學生，可見當局與有司對於生員的重視。至於明代最高的國家學府則是國子監，其學生的來源除了落榜的舉人及府州縣學推薦的學生稱爲歲貢之外，尚有選貢、恩貢、蔭子、納貢……等多元的來源，監生們除了學習，還要到政府部門去學習政事，稱爲「歷監」，但其被交付的事通常文書考查的小事而已，他們學習最終的目的是經由優異的表現任官，或是進士及第得以當官，故仕途成爲監生們學習終究的目標，明代中後期，由於監生來源龐雜，素質良莠不一，其社會地位也越來越低落。值得注意的是，明太祖開國雖靠武力，但是他對學校教育卻是非常重視的，洪武二年，他曾教諭臣下說：

> 學校之教，至元其弊極矣，上下之間，波頹風靡，學校雖設，名存
> 實亡。兵變以來，人習戰爭，惟知干戈，莫識俎豆。朕惟治國以教
> 化爲先，教化以學校爲本，京師雖有太學，而天下學校未興，宜令
> 郡縣皆立學校，延師儒，授生徒，講論聖道，使人日漸月化，以復
> 先王之舊。〔註78〕

〔註76〕見楊啓樵：《明清史抉奧》（台北市，明文書局，1985年1月初版），頁182。
〔註77〕見清‧張廷玉等著：《明史，卷六十九‧志第四十五‧選舉第一》（北京市：中華書局出版，1974年4月一版），頁1686
〔註78〕見清‧張廷玉等著：《明史，卷六十九‧志第四十五‧選舉第一》（北京市：中華書局出版，1974年4月一版），頁1686

在朱元璋的提倡之下，能使明初國子學與地方各級學校大興，更因他提倡教化，對學術與文化的恢復，以及士人地位的提升，都有正面的作用，明代各地方官、私學皆興盛，學校教育受重視，教育亦普及，帝王之提倡支持功不可沒。

　　至於明代的私學方面，因明初期官學較盛，又普遍受到士人重視，所以私學較不興盛，但自明代中葉起，國子監人品日益流雜，並且因爲納貢成爲政府斂財的場所，再加上政府對文學學術的監控嚴密，自地方至中央的官學亦全以科舉爲教育學習的首要目的，故民間的私學——書院便日益興盛起來：

> 從正統以來，書院的復甦主要是由於官學的衰落所致，那麼從正德以後，以王守仁爲代表的心學派講學活動又促使書院的發展達到了高潮，「自武宗朝，王守仁倡良知之學，東南景附，書院頗盛」。〔註79〕

可見得當時士子的學習取向已逐漸以書院爲自由學習的場所，而書院也逐漸走向興盛發展當中。書院的主持者多是學問淵博，具有一定社會名聲、同時亦憂國憂民的文人，其除了教學之外，尚會辦理講會，由師長演講，學生詰問，師生再加以討論，如此相互切磋之下，不但有益於學問的精進，更促使自由學風的開放，而且學生可自由擇教而學，流動性大，自然也促使教師不斷自我進步，以提高學問之水準；大致而言，在明代的制度下，書院是一個較爲自由的學習環境，也是文人較爲能自我發揮的場所，可惜在出路與未來的考量下，在科舉制度的現實環境下，明代末期，書院也成爲科舉的附庸：

> 實際上，到明朝後期，書院和地方府州縣學已沒什麼兩樣了，書院一步步地淪爲科舉制度的附庸，書院的性質也隨之發生了變化，失去了私人自由講學，師生互動選擇，來去自由等特點。〔註80〕

這種現象所說明的是，明代無論官學或私學，在科舉制度確立之後，都不得不在現實的考量須求下，逐漸走向制式化、利益化的發展，這也是中國具有知識優勢的男性，對求生存的妥協與無奈，在仕與隱之間，在理想與生存之間，最終要做出對生活較爲有利的抉擇。

〔註79〕見張建仁：《明代教育管理制度研究》（台北市，文津出版社，1993 年 5 月初版），頁 166。

〔註80〕見張建仁：《明代教育管理制度研究》（台北市，文津出版社，1993 年 5 月初版），頁 174。

第三章　情愛關係下的兩性形象與互動

　　中國社會向來對於階級的劃分是很清楚的，因此有所謂的平民與賤民的劃分，亦有三教九流、三姑六婆的觀念，在各種的身份當中，平民與貴族官宦家庭的文人書生、貴族官宦、小姐、婦女，在生活形態上不但居於上層，也是社會發展的領導人物，他們所屬的生活形態，也足以拿來做明代一般人民的生活常模，其成長、教育、形象，更是明代人的表徵，當然也包括兩性關係的互動。故在本章中，筆者即以各齣中的男、女主角，尤其士人書生、武將與閨中女性，做為明代兩性互動的代表，加以分析；此外，兩性互動關係中最重要，莫過於情愛關係了，在《六十種曲》的每一齣戲都會提到男女戀人或夫妻關係，雖有如《運甓記》所述皆為史事，也以歷史發展、文人武將間互動為敘述主體，又如《鳴鳳記》中，以忠臣書生與嚴嵩一黨的鬥爭，做為描述主體的時事劇；在此二劇中，女性猶如浮光掠影地出現一下，連配角都稱不上，但仍免不了有與男性發展情感關係的機會；可見的情愛關係是大部份戲劇故事情節的發展重心，所以本章中，男女的情愛關係也是筆者的論述重點，以下就分節加以分析。

第一節　明代男性的成長、教育與形象

　　明代的男性與大多數的中國傳統文人一樣，以進士及第，追求舉業功名為畢生的職志，並且借由科場與官場上的成就，來達到自我實現的目的；是故，自小不論其外在的學業上、知識上的學習，或內在的道德觀價值觀的養成，無不受其功名利祿追求的影響。

一、《六十種曲》中的男性成長與教育

（一）明代男性的學業與舉業

明代的學制，明代男性自小的就學歷程，以及其學習的最終目標，可由以下幾段《明史》中的記載窺一概要：

> 選舉之法大略有四：曰學校，曰科目，曰薦舉，曰詮選，學校以教育之，科目以登進之，薦舉以旁招之，詮選以佈列之，天下人才盡於是矣。明制，科目爲盛，卿相皆由此出，學校則儲才以應科目者也。〔註81〕

> 科舉必由學校，而學校起家可不由科舉，學校有二：曰國學，曰府、州、縣學，府、州、縣學諸生入國學者，乃可得官，不入者不能得也。〔註82〕

以上所言是明代讀書人所經歷的學習四個階段，先爲縣學，而後州學，而後府學，最後是國子監，進入國子監者，考取「科目」（即科舉）者即可爲官，就古代文人的生命模式而言，科舉考試是其謀生與自我實現最主要的方式，再加上參與科考爲官者，其地位較高，故士人無不趨之若鶩，自初學至考上，讀書的唯一目的就是考上科舉。

> ……自後科舉日重，薦舉日益輕，能文之士率由場屋進以爲榮，有司雖日奉求賢之詔，第應故事而已。〔註83〕

這種現象到清代亦是如此，清代小說《儒林外史》在開場詞中亦言道：

> 世人一見了功名，便捨著性命去求它，及至到手之後，味同嚼蠟，自古至今，那一個是看得破的？〔註84〕

看不破的不只是明清小說中的文人士子，在明傳奇《六十種曲》中，凡出現的文人士子，也莫不以參加科舉爲第一目標，如《雙珠記》中的王楫：

> 老旦：省思，衰髮星星，憂懷耿耿，爭奈室如懸磬，屆此燈期，怎

〔註81〕見清・張廷玉等著：《明史，卷六十九・志第四十五》（北京市：中華書局出版，1974 年 4 月一版），頁 1675。

〔註82〕見清・張廷玉等著：《明史，卷六十九・志第四十五》（北京市：中華書局出版，1974 年 4 月一版），頁 1675～1676。

〔註83〕見清・張廷玉等著：《明史，卷七十一・志第四十七》（北京市：中華書局出版，1974 年 4 月一版），頁 1711。

〔註84〕見清吳敬梓著：《儒林外史》（台北市：三誠堂出版社，2001 年 5 月初版），頁 1。

禁得觸物關情，望孤兒鶿荐高騫，冀弱女駕盟誰訂？〔註85〕

此段說明的是古代父母對兒子最大的期待就是他能「金榜題名」，而自小在這種期待下的男性，當然也會以科舉功名為人生第一目標，如《繡襦記》中：

> 嘉言敢忘，喜青雲有路終須上，鳳凰雛懷擬朝陽，鳥鵲情恐難終
> 養，……，故鄉領命還前往，怎敢憚黃塵白浪，看槐黃舉子正忙，
> 管此去功名唾掌。……（下場詩）速整行裝赴帝畿成名管取駕高車，
> 分明有個朝天路，何事男兒不讀書。〔註86〕

男主角鄭元和在父母催促下，一心進京趕考，以求得進士及第為第一目標，其自小讀書的目的也是為了士人舉業，科舉很顯然是明代讀書人讀書唯一的目標；又如《琴心記》中寫男主角司馬相如，雖嬌妻已與其相依相伴，姻緣得踐，但仍掛念於富貴功名：

> 愁深**双**淚，英雄到底埋沒，有用文章，番成無限悲切，酸咽，空叫
> 幾度秋風也，向蕭條夢裡分說，這早晚塵途，怎如他朝臣待漏，玉
> 珂金闕。〔註87〕

從上段文字，我們看到古代男性儘管生長在優渥之家，或是已成家擁有家庭，卻認為自我生命是不完滿的，只有得到功名，人生方才無憾的心態，如此一來，文人士子受教育唯一的目標，外在知識學習的唯一目標，生命的唯一目標，就只有科舉了！

（二）明代男性的家庭教育

如果說私塾與國學是中國士人知識養成的場所，那麼家庭就是其品性與行為教育最重要的養成場所，所以歷代以來家訓、家規、家範類書籍不計其數，例如：顏之推《顏氏家訓》、司馬光《家範》、葉夢得《石林家訓》、龐尚鵬《龐氏家訓》、霍韜《家訓》、方宏靜《燕貽法錄》、閔景賢《法檋》、吳麟徵《家誡要言》、袁黃《訓子言》、溫以介《溫氏母訓》……等等，而在這些書中對行為品行的規範又是如何呢？不外以傳統倫理道德、教忠教孝及禁慾主義為主，如《顏氏家訓》中言：

〔註85〕見毛晉原編、黃竹三等人重新校注：《六十種曲評注》第二十五冊（長春市，吉林人民出版社，2001年9月一版一刷），頁14。

〔註86〕見毛晉原編、黃竹三等人重新校注：《六十種曲評注》第十五冊（長春市，吉林人民出版社，2001年9月一版一刷），頁36～37。

〔註87〕見毛晉原編、黃竹三等人重新校注：《六十種曲評注》第十冊（長春市，吉林人民出版社，2001年9月一版一刷），頁284。

夫聖賢之書，教人誠孝，慎言檢跡，立身揚名，亦以備矣。〈序致篇〉
〔註88〕

生子咳啼，師保固明，孝仁禮義，導習之矣。〈教子篇〉〔註89〕

又如《龐氏家訓・務本業篇》中亦寫著：孝、友、勤、儉，最為立身第一義。
〔註90〕再如霍韜《家訓・蒙規》中亦訓其子孫曰：一曰孝親，二曰弟長，三曰
尊師，四曰敬友。〔註91〕而在明代忠烈之臣楊繼盛《遺囑》一文中亦教其子言：

你讀書若是中舉中進士，思我之苦，不做官也是，若是做官，必須
正直忠厚，赤心隨份報國，……，你母是個最正直不偏心的人，你
兩個要孝順她，凡事依她。〔註92〕

由以上之例可知，中國傳統教子，無論是廣泛之家訓，或父遺子之遺言，皆
以傳統道德為最終目的。這種對男性泛道德的教育模式，反映於《六十種曲》
中對男性品行教育大致也是如此，如《繡襦記》中鄭父教子鄭元和時說道：

論古之學者，所學甚精詳，知本末重綱常，彬彬文質好行藏，看先
行孝弟，餘力學文章。〔註93〕

又如《曇花記》中，木清泰修道回家，與妻孥相聚，對其兒子與媳婦的訓誨是：
兒子尋親靖難，忠孝兩全，媳婦理家奉姑，婦道不缺，可喜！可喜！〔註94〕再
如《四喜記》中，宋郊、宋祁兄弟同登金榜，送父歡喜迎子時說得是宋郊聽道，
天下許多保學秀才不得中你今忝中解元，須當勉修德業，無負科名，……，宋
祁你過來，舉人進士，非徒等閑，立功立德，以垂不朽，才是吾兒。〔註95〕

〔註88〕見顏之推原著，程小銘譯注：《顏氏家訓》（台北市，地球出版社，1995 年 1
月一版），頁 3。

〔註89〕見顏之推原著，程小銘譯注：《顏氏家訓》（台北市，地球出版社，1995 年 1
月一版），頁 10。

〔註90〕見中華書局出版部編：《叢書集成初編：龐氏家訓》（北京市，中華書局，1985，
新一版），頁 1。

〔註91〕見上海書店編《叢書集成續編〈78〉子部》（上海市，上海書店出版社，1994
年 6 月一版），頁 461。

〔註92〕見上海書店編《叢書集成續編〈117〉集部》（上海市，上海書店，1994 年 6
月一版），頁 443。

〔註93〕見毛晉原編、黃竹三等人重新校注：《六十種曲評注》第一冊（長春市，吉林
人民出版社，2001 年 9 月一版一刷），頁 36。

〔註94〕見毛晉原編、黃竹三等人重新校注：《六十種曲評注》第二十二冊（長春市，
吉林人民出版社，2001 年 9 月一版一刷），頁 474。

〔註95〕見毛晉原編、黃竹三等人重新校注：《六十種曲評注》第二十二冊（長春市，
吉林人民出版社，2001 年 9 月一版一刷），頁 521。

不管在任何場合與時機下，中國父母對於男性子孫的教導總是與道德教化，忠孝節義脫不了關係，這除了自古以來儒家道德教化的影響之外，明代繼起於蒙古人統治之後，教忠教孝，強化民族倫理道德觀，成為主導社會政治的士人階層一生的使命。而戲曲也肩負著對百姓的教化責任，故在其表演中，對男性教育的觀點，必也是站在普世價值的倫理道德、忠孝節義之上。

二、《六十種曲》中的男主角形象分析

在《六十種曲》中，出現的的文人書生型主角共有五十二人，出現的商人型主角共有二人，英雄性（含武將、俠客）主角有八人，貴族官宦型主角有三人，以下列表做一比較分析：

本／齣數　項目	男主角名稱	身　份	劇　名	備註（合計）
1-1	蔡伯喈	文人書生	琵琶記	文生（主為文人書生）：四十七人 商人：二人 武生（含武將、俠客）：九人 貴族官宦：五人〔註96〕
2-1	王十朋	文人書生	荊釵記	
2-2	張九成	文人書生	香囊記	
3-1	范蠡	官宦	浣紗記	
3-2	周羽、周瑞隆	文人書生	尋親記	
3-3	韓信	武將	千金記	
4-1	岳飛	武將	精忠記	
	秦檜	官宦		
4-2	林潤、鄒應龍、夏言	文人書生	鳴鳳記	
5-1	趙盾、趙朔	貴族	八義記	
	程嬰	文人書生		
5-2	馮商	商人	三元記	
5-3	張珙	文人書生	南西廂記	
6-1	蔣世隆	文人書生	幽閨記	
6-2	王仙客	文人書生	明珠記	

〔註96〕 本表身份的判定，以男主角在整本戲中大部份時間的身份為準。此外表中所統計之人數，與本段一開始所統計之人數，會有所不同的原因是：有些男主角身兼兩個以上的身份，所以表格中人數與引言中人數就產生牴觸。以下女主角的部份，在身份判定與人數統計上有出入，亦是相同之原因。

6-3	潘必正	文人書生	玉簪記	
7-1	李靖	俠客	紅拂記	
7-2	柳夢梅	文人書生	還魂記	
8-1	李益	文人書生	紫釵記	
8-2	盧生	文人書生	邯鄲記	
9-1	淳于棼	文人書生	南柯記	
9-2	張珙	文人書生	西廂記	
10-1	宋玉	文人書生	春蕪記	
10-2	司馬相如	文人書生	琴心記	
10-3	溫嶠	文人書生	玉鏡台記	
11-1	韓壽	文人書生	懷香記	
11-2	李白	文人書生	彩毫記	
12-1	陶侃	文人書生	運甓記	
12-2	溫庭筠、杜羔	文人書生	鸞鎞記	
12-3	韓翊	文人書生	玉合記	
13-1	蘇軾	文人書生	金蓮記	
13-2	宋祁	文人書生	四喜記	
14-1	鄭元和	文人書生	繡襦記	
14-2	白樂天	文人書生	青衫記	
14-3	趙汝州	文人書生	紅梨記	
15-1	王魁	文人書生	焚香記	
15-2	李玉郎	文人書生	霞箋記	
15-3	于鵑	文人書生	西樓記	
16-1	謝鯤	文人書生	投梭記	
16-2	韋皋	文人書生	玉環記	
16-3	潘岳	文人書生	金雀記	
17-1	談塵	文人書生	贈書記	
17-2	梅玉	文人書生	錦箋記	
17-3	龍驤	武將兼書生	蕉帕記	
18-1	李益	文人書生	紫簫記	
18-2	宋江	俠客	水滸記	
19-1	王商	文人書生	玉玦記	

19-2	田法章（王立）	貴族	灌園記	
19-3	霍仲孺	文人書生	種玉記	
20-1	韓世忠	武將	雙烈記	
20-2	陳慥	文人書生	獅吼記	
21-1	武松	俠客	義俠記	
21-2	劉知遠	武將	白兔記	
21-3	孫華	商人	殺狗記	
22-1	木清泰	武將	曇花記	
23-1	張無頗	文人書生	龍膏記	
23-2	易宏器	文人書生	飛丸記	
24-1	齊人	文人書生	東郭記	
24-2	裴仙先	官宦	節俠記	
25-1	王楫	文人書生	雙珠記	
25-2	烏古孫澤	文人書生	四賢記	
25-3	柳夢梅	文人書生	還魂記	

由上表可知，在《六十種曲》中，文人書生與英雄性人物佔了大部份，以下再就其外在樣貌與內在氣質做出分析。

（一）外在形象

文人書生與偏於陽剛的英雄性人物在性質上雖然是截然不同，但是在外貌上卻是大同小異的，例如《春蕪記》中有：卑人宋玉，楚郢中人也……資貌天成，不數依庭玉樹。〔註97〕這是劇中男主角宋玉對自我樣貌的敘述，其樣貌是自然天成，玉樹臨風，對自我也是相當有自信；又如《紫釵記》中鮑四娘爲李益、霍小玉作媒時，對李益稱讚說：十郎，看你才貌清妍，禮數兼洽。〔註98〕此劇中男主角李益的樣貌則是清俊有禮。對照到英雄型的人物的外貌，如在《紅拂記》中對男主角李靖外貌的描述是：姿貌魁秀，氣概雄奇。

〔註97〕見毛晉原編、黃竹三等人重新校注：《六十種曲評注》第十冊（長春市，吉林人民出版社，2001 年 9 月一版一刷），頁 18。

〔註98〕見毛晉原編、黃竹三等人重新校注：《六十種曲評注》第八冊（長春市，吉林人民出版社，2001 年 9 月一版一刷），頁 56。

〔註 99〕而在《雙烈記》中女主角梁紅玉在出外應承時,巧遇男主角韓世忠,對他的描述是:他言辭雄爽,轉雙眸睛流電光,虎頭燕頷封侯相。〔註 100〕如此強調男主角外貌的美俊,筆者以爲有兩個目的,首先是戲劇上的要求,在戲劇中若男主角不俊美,則對女主角就沒有吸引作用,則接下來的愛情發展就失去一項有力的背景條件,對觀眾而言,男主角長的俊美也是必要的。其次,中國傳統社會雖重男性之才,但對其外貌也不忽視,人要有內才,外才也是很重要的,所謂「文質彬彬」,文即是外在樣貌,並不因是男性就失去這方面的要求。

（二）內在氣質

至於文人書生和英雄性人物的內在涵養與氣質就大不相同;在書生文人方面,所要求的內在是在學問之博、文章之佳、與經世濟民之才,更要有追求功業的壯志雄心,如《贈書記》中,男主角談塵自言:

> 河陽之花似貌,鄴下之步比才,揮塵而驚四筵,楊修之捷悟不爲異,
> 捫虱而談一世,賈誼之經濟不足奇。〔註 101〕

又如《南西廂記》中,男主角張君瑞在赴京追求功名途中自言:

> 遠慕功名辭故里,獨攜琴劍驅馳,學海文林,花街柳陌,可愛風光
> 如昔,雲霄萬里吐虹霓,穩步雲梯,高攀月桂,芳名應許達京畿。
>
> 〔註 102〕

對中國文人書生而言,自幼至長,所學都是爲了充實內在涵養,並且爲平步青雲做準備,所以其內在氣質有兩部份最重要,一是淵博的學問與燦爛的文采,另一則是胸懷雄心大志,以求早日進士及第,如果一個文人書生二者兼具,就是古代文人書生的典型了,在明傳奇的文人書生中,這一類人因此也佔了大部份。而在明傳奇中,英雄人物的內在要求則與文人書生大異其趣,如《曇花記》中,男主角木清泰自言:

〔註99〕見毛晉原編、黃竹三等人重新校注:《六十種曲評注》第七冊（長春市,吉林人民出版社,2001 年 9 月一版一刷）,頁 23。

〔註100〕見毛晉原編、黃竹三等人重新校注:《六十種曲評注》第二十冊（長春市,吉林人民出版社,2001 年 9 月一版一刷）,頁 94。

〔註101〕見毛晉原編、黃竹三等人重新校注:《六十種曲評注》第十七冊（長春市,吉林人民出版社,2001 年 9 月一版一刷）,頁 11。

〔註102〕見毛晉原編、黃竹三等人重新校注:《六十種曲評注》第五冊（長春市,吉林人民出版社,2001 年 9 月一版一刷）,頁 467。

> 資貌魁秀，膽智沉雄，幼習韜胸衾，略涉經史，授劍術於白猿，變
>
> 幻風雲之態，傳素書於黃石，包藏神鬼之機。〔註103〕

在此處我們所見到的是武將的豪氣干雲，武藝高強，嫻熟於兵法武略的自
信，具有英氣神武之勢，又如《白兔記》中劉知遠投軍，自言其才華為：自
小習兵機，十八般武藝皆能會，暗曉六韜三略。〔註104〕而在出場時亦自言
其抱負：

> 百花逢驟雨，萬木怕深秋，怒氣推山岳，英雄貫斗牛，一朝時運至，
>
> 談笑覓封侯。〔註105〕

從上三段引文可知，古代凡英雄豪傑者，不但要武功蓋世，具有創立功業的
雄心壯志也是必須的，最後仍是歸向於功名傾向，而其義氣豪氣，則使其人
帶有雄壯的陽剛之氣，與文人書生的文弱自是不同。

小　結

　　在《六十種曲》所出現的男性主角中，我們所見的是明代男性完全不同
的兩種典型，一是文質彬彬，滿腹經綸，文采炫爛，但在氣質上略顯陰柔的
文人書生；一是外表英俊，而內在豪壯凌雲，充滿陽剛氣質的英雄性人物，
但是這兩種人物最終的歸向都是期待自我建功立業，揚名後代的，這和中國
人自古重仕途功名，及明代讀書人醉心舉業官途有著很大的關係。此外，明
代的男性不管是走向武功的英雄，或是追求舉業的文人，其自小的教育都是
都是泛道德化，脫不了中國傳統倫理道德的窠臼，這是強調父權與君權的中
國社會，必然會走入的教育傾向。然而比較矛盾的是，明代也是一個商業非
常發達的時代，商人在社會與政治上都有著很大的影響力，但是在《六十種
曲》所選的戲劇創作中，以其為主角描述的卻只有兩齣，其他的商人多以配
角或負面人物出現，顯得在戲曲文學中的地位都不高，由此反映出，中國自
古以來劇作家重視文人與英雄的身份，而劇作家也大多是文人書生的關係，
雖然觀賞戲劇的大部份是一般平民百姓，但是主導戲劇情節與內在精神意涵

〔註103〕見毛晉原編、黃竹三等人重新校注：《六十種曲評注》第二十二冊（長春市，
　　　　吉林人民出版社，2001年9月一版一刷），頁16。
〔註104〕見毛晉原編、黃竹三等人重新校注：《六十種曲評注》第二十一冊（長春市，
　　　　吉林人民出版社，2001年9月一版一刷），頁394。
〔註105〕見毛晉原編、黃竹三等人重新校注：《六十種曲評注》第二十一冊（長春市，
　　　　吉林人民出版社，2001年9月一版一刷），頁312。

的卻大多數是文人書生，這群眞正國家政治、社會風氣的領導份子。

第二節　《六十種曲》中的女性的成長、教育與形象

本小節將繼續討論以上層社會的女性爲中心，包含貴族、官宦、以及平民家庭中的小姐、婦女，的內在氣質與外在樣貌、教育，來了解明代女性的形象。

一、明代女性的成長與教育

（一）明代女性的成長歷程

與大部份的中國女性一樣，明代女性的生命歷程即是以下幾個階段：出生→兒童期→成年→婚配→妻母→老年，而以其時間來分，婚姻是其生命中一大轉折點，以下就以其婚姻前與婚姻後來加以說明。

1、結婚前的女性生活

中國在周制嫡長子繼承制後，女性子女的出生就成爲不被期待的生育結果，所以生男稱「弄璋」，而生女稱「弄瓦」，閩諺亦有「生查某仔別人的」、「吃甜甜生後生」之說，早期中國的重男輕女，或與生產力，或與家族財產繼承制有關，但隨著歷史之更迭，女性的出生便成一件家族中不值得高興的事：

> 阿娘迷悶之間，乃問是男是女，若言是女，且得母子分解平善；若道是男，總忘卻百骨節疼痛，迷悶之中，便即含笑，此即名爲孝順之男。〈敦煌變文集卷二〉〔註106〕

婦女得知生男生女的結果後，反應大不相同，而對生男生女的慶祝活動也大不相同，如《詩經‧小雅‧斯干》中寫道：

> 乃生男子，載寢之床，載衣之裳，載弄之璋，其泣喤喤，朱芾斯皇，室家君王。乃生女子，載寢之地，載衣之裼，載弄之瓦，無非無儀，唯酒食是議，無父母詒罹。〔註107〕

生男可寢床戴璋，生女卻只有置寢於地及送瓦，高世瑜的研究中亦指出：

〔註106〕見周一良、啓功、王重民、于慶敔、向達、曾毅云編：《敦煌變文集（上）卷二：盧山遠公話》（北京市：人民文學出版社，1984年初版），頁179。

〔註107〕見滕志賢注譯、葉國良校閱：《詩經讀本（上）（下）》（台北市，三民書局，2005年，9月，平裝版），頁543～545。

出生三朝、滿月、百日、周歲等，都有各種慶賀儀式，唐宋時期有
舉行「洗兒會」的習俗，清代也有出生三天的「洗三」儀式，往往
親朋畢集，程序繁多，十分隆重，不過這些禮儀都是以男孩為主，
如果生了女孩，一切儀式也就從簡了。〔註108〕

在《六十種曲》的戲文中我們也很容易地看到古人對自己家庭無男性子嗣的
感嘆，例如《三元記》中，女主角因自己未生子嗣而自疚，故為了替夫家傳
遞子嗣可謂用盡心思：

（旦）良人馮商，宜室宜家，尚未弄璋弄瓦，一則以喜，一則以懼，
今日丈夫欲往京師貿易，可教他娶婢妾一人，庶免絕後。……員外，
你有財雖富，無子實貧，我願助白金數笏，娶婢妾一人，倘生一子，
庶不絕嗣。〔註109〕

即使是家財萬貫的人家，面對家無男丁時，仍視為家庭一大遺憾；又如《鳴
鳳記》中，忠臣夏言，面對朝廷中對他不利的詭譎情勢，一點也無所畏懼，
唯一憂慮之事就是妻妾都未生子嗣，故對其妻言：

夫人，有子萬事足，我為無子所牽，既歉報君之忠，又失承先之孝，
睹此白駒彈指，豈堪華髮蒙頭。〔註110〕

中國自古以來不但重子嗣傳家，且中國父母不管是如何的家庭背景，當面對
子嗣這個問題時，總是希望生男莫生女，這種女孩子不被重視、不被期待出
生的現象，使得結婚前的女子所受的教育，變成都只是為婚姻做準備的教育，
與男性相較，失去多樣化與公平性，當然家長也就對女性子女的道德行為要
求多過於知識才能的要求。如明代趙南星《女兒經》中有記載道：

有兒女，不可輕，撫育大，繼宗承，或耕耘，教勤謹，或讀書，莫
鄙吝，倘是女，嚴閨門，訓禮義，教孝經，能針黹，方成人，衣服
破，縫幾針。〔註111〕

上一段可以看出，女性的教育，著重在女功與女德，對於女才並不注重，又

〔註108〕見高世瑜：《中國古代婦女生活》（台北市，臺灣商務印書館，1998年12月
　　　　初版一刷），頁29。
〔註109〕見毛晉原編、黃竹三等人重新校注：《六十種曲評注》第五冊（長春市，吉林
　　　　人民出版社，2001年9月一版一刷），頁250。
〔註110〕見毛晉原編、黃竹三等人重新校注：《六十種曲評注》第四冊（長春市，吉林
　　　　人民出版社，2001年9月一版一刷），頁282。
〔註111〕　見《四庫禁燬書叢刊（六十八）：趙忠毅公詩文集》（北京市，北京出版
　　　　社，2005年8月一版一刷），頁3。

如：宋代陳摶《心相編》有云：

> 若論婦人家，先須靜默，從淑女，不貴才能，有威嚴，當膺一品之
> 封，少修飾，准掌萬金之重。〔註112〕

上二段古代女訓仍是站在女德優於一切的論點之上來評斷女子的價值，對於
女才，則是抱著在女德具備下，女子之才是可有可無的態度，婚前的女性，
只要能充實女德教育，就已足夠了。除了出生與受女性教育外，女性的成年
禮儀式───「及笄禮」也是女性成長歷程中一個相當重要的過程，女子及
笄年齡是在十五歲，〔註113〕過了十五歲代表其在生理上已由「女孩」成熟而
為「女人」，也開始具有生養兒女的能力，所以就可以開始尋求婚配了。不過
明代女子到底是十五歲之後才成婚年或更早婚呢？在《六十種曲》中所載，
都是十五歲以後〈含十五歲〉才開始戀愛或婚配，但近代學者有不同的看法，
如：陳寶良論及明代男性、女性婚姻年齡下限時即說：

> 按照傳統的制度，男女婚嫁必須「以時」，在婚姻上訂出上、下兩條
> 線，以此規定男女的婚齡。下限是十六歲（男）、十四歲（女），男
> 子未及十六歲，女子未及十四歲，稱為「先時」，上限是二十五歲
> （男）、二十歲（女），男子二十五歲以上，女子二十歲以上尚未成
> 婚，就是「過時」。〔註114〕

又如：常建華亦研究指出：

> 南宋寧宗嘉定時下令男十六歲、女十四歲屬嫁娶之期，明清時期的
> 禮法婚齡沿襲南宋的禮法婚齡，中國古代禮法婚齡，男子一般在十
> 五、二十歲之間，女子一般在十三至十七歲之間，以十四歲為多。
>
> 〔註115〕

但不管是早於十五歲成婚，或是晚於十五歲成婚，明代女性在青少女時期就
要開始考慮婚姻的問題，為未來的婚姻生活做準備，這是無庸置疑的。

2、結婚後的女性生活

〔註112〕見朱利編著：《治家格言增廣賢文女兒經：治家修養格言十種》（上海市，上
　　　　海古籍出版社，1991一版）。

〔註113〕見〈禮記・內則篇〉。

〔註114〕見陳寶良：《明代社會生活史》（北京市，中國社會科學出版社，2004年3月
　　　　一版），頁425～426。

〔註115〕見常建華：《婚姻內外的古代女性》（北京市，中華書局，2006年5月一版一
　　　　刷），頁10。

明代女性的婚姻生活又是如何呢？大抵不外乎四件事，即「生育」、「持家」、「奉長」、與「侍夫」。「生育」是中國女性自古以來被認定的天職，而在重男輕女的風氣之下，這也成爲中國女性自古以來在婚姻與家庭生活中最大的壓力，這個問題，在她們嫁入一個家庭後就開始面對，不但是她自己，從她的先生、長輩、到她的親朋好友，隨時都殷切的期盼著她的肚子能有所動靜，早日懷孕；然而不是懷了孩子就好了，一生下孩子，大家又期待一定要是個男孩，如此家庭與宗族的香火才得以傳承下去，而晚年也才有所依靠，所以古人言「母憑子貴」，「弄璋弄瓦」，「喜獲麟兒」，無不充滿孩子性別上地位差別的暗示，這是出生爲女子在命運上的悲哀，因爲她個人的存在價值，與在家庭中的地位，和丈夫的情感相處等生命中的重要課題，竟決定在所生孩子的性別上。〔註 116〕並且在子女的教養上，她也可能因孩子性別的不同，予以不同程度的關心與母愛，這是生男壓力，與家庭地位壓力下所衍生的負面影響，而這樣的影響往往造成親子關係惡劣、女性子女思想偏差、故意或不知覺地違背社會風俗規範而行、女性孩童的送養販賣等問題，這也是一個作母親在重男輕女觀念下，做爲一個母親以及身爲家庭中「女兒」的悲哀和無奈。更悲哀的是，母親因自身生兒育女的「壓力經驗」，更會不斷給自己女兒灌輸：將來嫁到夫家一定要生一個男的，而且生越多個男生越有保障依靠，生女兒是沒用的，女兒就是「賠錢貨」，不斷否定身爲「女兒」或女人的價值性；而被生出的女孩子，也就自小就被強迫去接受不平等的對待，或學習否定自我的觀念，並因而逐漸被內化爲自我命運的一切不公平都是合理的，本來就是這樣的；所以，女性的不平等待遇就被視爲理所當然，也被母女間代代相傳下去。

接下來要討論的則是明代女性是如何侍奉長輩及夫婿，又是如何持家的；古代女子侍奉翁姑最大的原則即是「孝順、恭敬、順從」，如《禮記・內則篇》：

> 婦事舅姑，如事父母，雞初鳴，咸盥漱，……，以適父母舅姑之所。
> 及所，下氣怡聲，問衣燠寒，痛苦苛癢，而敬抑搔之，出入則或先

〔註 116〕　古人因醫學不發達，不知生男生女的基因決定在男性，所以只要一個已婚婦女生不出男孩傳宗接代，她便會被責備，甚至於在家庭中地位不保，失去丈夫的寵愛，無子者更有可能因此被遺棄，是故生男孩對已婚女性而言是人生中的一大要事。

或後，而敬扶持之，……，問所欲而敬進之，柔色以溫之。〔註117〕

則為人媳是被要求態度恭敬謹慎的，除了「敬」，尚要有「孝心」，如《大明仁孝皇后內訓》中有寫及對姑舅孝心的重要：

> 孝敬者，事親之本也，養非難也，敬為難，以飲食供養為孝，斯末矣。孔子曰：「孝者，人道之至德。」，夫通於神明，感於四海，孝之致也。……夫自幼兒笄，既笄而有室家之望焉，推事父母之道於舅姑，無以復加損矣。……故曰事親如事天，又曰孝莫大於寧親，可不敬乎？〔註118〕

> 婦人既嫁，致孝於舅姑，舅姑者，親同於父母，尊疑於天地，善事者在致敬，致敬則嚴，在致愛，致愛則順，專心竭誠，毋敢有怠，此孝之大節也，衣服飲食其次矣！〔註119〕

而在書中以為，事奉姑舅最後的極致目標是：故處己不可不儉，事親不可不豐。〔註120〕以及舅姑所愛，婦亦愛之，舅姑所敬，婦亦敬之，樂其心，順其志，有所行。〔註121〕故古代的媳婦，侍奉公婆時，除在行為上的順從侍候，更要從內心中發出真正的孝意、敬愛與同理心的體會。至於古代婦女在婚後侍奉丈夫的標準又是如何呢？漢代班昭《女誡‧夫婦篇》云：夫不御婦，則威儀廢缺，婦不事夫，則義理墮闕，方斯二事，其用一也〔註122〕宋代司馬光《家範‧妻篇》言及為人妻者之要求時說道：

> 為人妻者，其德有六，一曰柔順，二曰清潔，三曰不妒，四曰儉約，五曰恭謹，六曰勤勞。夫，天也，妻，地也，夫，日也，妻，月也，夫，陽也，妻，陰也；天尊而處上，地卑而處下，日無盈虧，月有圓缺，陽唱而生物，陰和兒成物，故婦人專以柔順為德，不以強辯

〔註117〕見王夢鷗：《禮記選註》（台北市，正中書局，1986年7月，台初版），頁118。

〔註118〕見明仁孝皇后內撰：《故宮珍本叢刊：大明仁孝皇后內訓》（海南海口市，海南出版社：，2001年1月一刷），頁420～421。

〔註119〕見明仁孝皇后內撰：《故宮珍本叢刊：大明仁孝皇后內訓》（海南海口市，海南出版社：，2001年1月一刷），頁423。

〔註120〕見明仁孝皇后內撰：《故宮珍本叢刊：大明仁孝皇后內訓》（海南海口市，海南出版社：，2001年1月一刷），頁416。

〔註121〕見明仁孝皇后內撰：《故宮珍本叢刊：大明仁孝皇后內訓》（海南海口市，海南出版社：，2001年1月一刷），頁423。

〔註122〕見續修四庫全書編纂委員會編：《續編四庫全書：子部：儒家類》（上海市，古籍出版社，1995年初版），頁65。

爲美也。〔註123〕

明代《大明仁孝皇后內訓》則說

> 夫上下之分，尊卑之等也，夫婦之道，陰陽之義也，諸侯大夫、及
> 士、庶人之妻，能推是道以事其君子，則家道鮮有不盛矣。〔註124〕

則從上三段女教可知，古代女子事夫是以一種以下對上的尊卑關係在進行，其要求是恭敬與柔順，不妒而勤勞，如此一來，則事姑舅與事夫婿的態度和彼此間的尊卑關係並無不同，女子一旦嫁進夫家，在升格爲「婆婆」的身份之前，其恭順敬謹地事上、事夫的生活一直都進行著。對照上列的標準來檢視《六十種曲》中的女性，我們也很容易在其中找到古代所謂的「孝媳、順婦」之屬，例如《琵琶記》中的趙五娘，遇荒歲饑年，仍想盡辦法張羅食物奉養公婆，即使婆婆誤會她偷藏食物，仍柔順忍耐：

> （淨）賤人，前日早膳還有些下飯，今日只得一口淡飯，再過幾日，
> 連淡飯也沒有了。……我終朝受餒，賤人，你將來的飯教我怎
> 吃？……（旦）婆婆息怒且休罪，待奴家霎時將去再安排，思量到
> 此，珠淚滿腮。……（淨）如今我試猜，多應她犯著獨瞳病來，背
> 地裡自買些鮭菜。……抬去！抬去！（旦背介）我千辛萬苦有什疑
> 猜，可不道我臉兒黃瘦骨如柴。……正是：啞子謾嘗黃柏味，難將
> 苦口向人言。〔註125〕

寫盡趙五娘的逆來順受。又如《殺狗記》中，孫華之妻楊氏，妾迎春，見其逐弟孫榮出門，不但暗助小叔，更苦口婆心勸他「回思手足之意，轉念同胞之親，莫信外人搬斗。」〔註126〕可惜孫華不但鄙夷婦人之言，還在盛怒下將楊氏推倒在地，轉頭出門，此時妻妾二人的反應是：

> （旦）忠言不聽，生出惡性。（貼）把幾句兒回他怕怎麼？（旦）欲
> 要把幾句回他，又恐怕夫妻爭竟，只落得外人，只落得外人，胡言
> 講論。（貼）院君，外人講論些什麼來？（旦）講論家不和順，自評

〔註123〕見臺灣商務印書館編：《景印文淵閣四庫全書：子部二：儒家：傳家集》（台北市，臺灣商務印書館，1986 年 7 月初版），頁 696～708。

〔註124〕見明仁孝皇后內撰：《故宮珍本叢刊：大明仁孝皇后內訓》（海南海口市，海南出版社：，2001 年 1 月一刷），頁 423。

〔註125〕見毛晉原編、黃竹三等人重新校注：《六十種曲評注》第一冊（長春市，吉林人民出版社，2001 年 9 月一版一刷），頁 195～196。

〔註126〕見毛晉原編、黃竹三等人重新校注：《六十種曲評注》第二十一冊（長春市，吉林人民出版社，2001 年 9 月一版一刷），頁 560。

論，耐了一時氣，家和萬事成。（貼）娘行聽告，常言人道，熱心閑管招非，冷眼無些煩惱。（旦）迎春，你如今不要開口罷。（貼）奴不合口多，奴不合口多，惹得官人叫，累娘焦燥，自今朝，閉口身藏舌，安身處處牢。〔註127〕

爲人妻妾者，即使在「理」字上站得住腳，即使看到丈夫行爲不端，但在男尊女卑的社會規範下，仍得順從少言，以求家和萬事興，這即是中國古代女性一生婚姻生活的寫照啊！至於女性在家庭中的持家態度方式，歷來都以「節儉」，「勤勞」，「樸實」爲尙，如：漢代以舉案齊眉聞明的梁鴻孟光夫妻，皆以勤勞樸實爲尙，尤其是孟光更是如此：

鴻曰：「吾欲得衣褐裘之人，與供遁時避世，今若一綺繡，傅黛墨，非鴻所願也。」妻曰：「竊恐夫子不堪，妾幸有隱居之具矣。」乃更粗衣，椎髻而前。……鴻與妻深隱，耕絍織作，以供衣食，忘富貴之樂，後復相將之會稽，賃舂爲事。（列女傳・續賢明第十七）〔註128〕

上段所言雖是二人甘於隱居之樂，但也不難見出，婦人以勤樸治家，是受到丈夫及社會道德觀所認同的；又如東漢明帝的明德馬后，在當時宮太監、宮女人數不足的狀態下，她親身力爲，爲宮中大小縫製衣物：

是時宮中尚無人，事皆自爲，舞衣袿裁成，手皆逐裂，中未嘗與私御者私語。（列女傳・續母儀第七）〔註129〕

她更殷切地告誡外戚宮人儉僕之要，其言曰：

吾自束修，冀欲上不負先帝，下不虧先人之德，身服大練縑裙，食不求所甘，左右旁人，皆無香薰之飾，但布帛耳。（列女傳・續賢明第十七）〔註130〕

她眞可謂一個自我要求儉樸，也用心去影響周遭之人的賢后，但若遇到那些故意追求奢靡的宮人，她則是「但決其歲用，冀以默止歡爾」，由此也可見她寬容中帶有堅持的後宮領導治理方式，所謂上行下效，在明德馬后的領導示

〔註127〕見毛晉原編、黃竹三等人重新校注：《六十種曲評注》第一冊（長春市，吉林人民出版社，2001年9月一版一刷），頁561～562。

〔註128〕見黃清泉譯著：《列女傳》（台北市，三民書局，2003年2月初版二刷），頁447。

〔註129〕見黃清泉譯著：《列女傳》（台北市，三民書局，2003年2月初版二刷），頁450。

〔註130〕見黃清泉譯著：《列女傳》（台北市，三民書局，2003年2月初版二刷），頁451～452。

範之下，終明帝一世，府用充足，人民尚儉，其功可謂不小。而明代《大明仁孝皇后內訓》更直指：

> 戒奢者，必先於節儉，夫澹素養性，奢靡伐德，……傳曰：「儉者，
> 聖人之寶也，又曰儉德之共也，侈惡之大也，……，夫錦繡華麗，
> 不如布帛之溫也，奇羞美味，不若力穡粢之飽也，……敦廉儉之風，
> 絕侈麗之費，天下從化，是以海內殷富，閭閻足給焉，……，蓋上
> 以導下，內以表外，故后必敦節儉以率六宮，諸侯之夫人，以至士
> 庶人之妻，皆敦節儉以率其家，然後民無凍餒，禮義可興，風化可
> 紀矣。〔註131〕

明仁孝皇后以一國之母，倡行節儉，並以士庶百姓若儉約，則道德風化可行來立說，可見從古至今，婦人無論所處家族大小，家族成員多寡，「節儉」，「勤勞」，「樸實」這三個原則是婦女治家的必須規範；我們更可由以上數例可知，明婦治家實以勤勞領導一家大小，以節儉樸實為基本治家之道，在其漫長的婚姻生活中，這三個原則成其家庭維持的內在力量，也引領女性們克己欲為家聲的性格之形成，當然這三項是一種普世之美德，對操持一家家計的婦女而言，更是對子孫們傳家的重要教育模式與家訓。

（二）明代女性的家庭與社會教育

相對於明代男性，外有學校，內有家庭的雙重教育場所，明代上層階級的女性，在「大門不出，二門不邁」的規範之下，其教育場所顯得單純多了，其家庭或社會教育的唯一受教場所就是在「家庭」之中，而教育她的人即是父母，或是父母所聘的私家教師，如《還魂記》，第三齣〈訓女〉中太守杜寶訓女杜麗娘言：

> （外）女孩兒，有刺繡餘閒，有架上圖書，可以寓目，他日到人家，
> 知書知禮，父母光輝，……，說與你夫人愛女休禽犢，館明師茶飯
> 須清楚，你看我治國齊家也則是數卷書。〔註132〕

上段說明的是教育女子的人多是自己的父母，而同本戲的後一齣《還魂記‧第四齣‧閨塾》中所描寫得的則是家庭教師教育女學生的狀況：

〔註131〕見明仁孝皇后內撰：《故宮珍本叢刊：大明仁孝皇后內訓》（海南海口市，海南出版社：，2001年，1月一刷），頁415～416。
〔註132〕見毛晉原編、黃竹三等人重新校注：《六十種曲評注》第二十五冊（長春市，吉林人民出版社，2001年9月一版一刷），頁550。

（旦）望師父把《詩經》大義教演一番。（末）論六經，《詩經》最葩，閨門内許多風雅，有指正姜源產哇，不嫉妒后妃賢達，更有那詠雞鳴，傷燕羽，泣江臯，思漢廣，洗淨鉛華，有風有化，宜室宜家。（旦）這經文偌多。（末）詩三百，一言以蔽之，沒多些，只無邪兩字，付與兒家。〔註133〕

女子的受教的場所是在自家宅中所設學堂或書齋，其師爲父母所聘，而所學爲《詩經》等一般典籍，所教精神則承自儒家傳統詩教之精神，可見明代的婦女，在封閉的家庭環境之中，其所學內容也是相當單純的，不外是女紅、音樂、婦德規範、以及簡單的文學教育，如《雙珠記》中王楫之妹王慧姬上場自我介紹時言道：

奴家冰玉肖形，慧蘭成性，又通律呂，效蔡女之知弦，長好詞章，輕謝娥之詠雪。〔註134〕

從《雙珠記》中王慧姬的自敘，可之明代婦女的外在教育就是音樂及文學，然因其學文之目的並非爲了科舉，所以以「詞章」之學爲主；又如《南柯記》中，國母敘述其女瑤芳公主自小所受教育是：授書史於上眞仙姑，學刺繡於靈芝國嫂。〔註135〕並親授其女以女教曰：

夫三從者，在家從父，出嫁從夫，老而從子，四德者，婦言、婦德、婦容、婦功，有此三從四德者，可以爲賢女子矣。……你須知三貞七烈同是世間人。〔註136〕

此外，《大明仁孝皇后內訓》中亦載道：

近世始有女教之書盛行，大要撮《曲禮內則》之言，與〈周南〉、〈召南〉《詩》之小序及傳記而爲之者。〔註137〕

同書又言：

〔註133〕見毛晉原編、黃竹三等人重新校注：《六十種曲評注》第二十五冊（長春市，吉林人民出版社，2001年9月一版一刷），頁550。

〔註134〕見毛晉原編、黃竹三等人重新校注：《六十種曲評注》第二十五冊（長春市，吉林人民出版社，2001年9月一版一刷），頁63。

〔註135〕見毛晉原編、黃竹三等人重新校注：《六十種曲評注》第九冊（長春市，吉林人民出版社，2001年9月一版一刷），頁55。

〔註136〕見毛晉原編、黃竹三等人重新校注：《六十種曲評注》第九冊（長春市，吉林人民出版社，2001年9月一版一刷），頁55～56。

〔註137〕見明仁孝皇后内撰：《故宮珍本叢刊：大明仁孝皇后內訓》（海南海口市，海南出版社：，2001年1月一刷），頁407。

> 婦人德性幽閒，言非所尚，多言多失，不如寡言，故書斥牝雞司晨，詩有屬階之斥，禮嚴出梱之戒，善於自持者，必於此而加慎焉，庶乎其可也。〔註138〕

> 士勤於學，女勤於工，……，女惰則機杼空乏，古者后妃親蠶躬以率下，庶人之妻，皆衣其夫，劾績有制，愆則有辟，夫治絲執麻以供衣服，幂酒漿，具葅醢，以供祭祀，女之職也，……，《詩》云，婦無公事，修其蠶織，此怠惰之愆也。〔註139〕

不論是平民之家或貴族之門，所用以教女子的內在德行是三從四德，三貞七烈，幽靜寡言，所教以女子的知識教育是抒情的文學詞章與傳統典籍，而教導她們的技能則是女紅音律，很明顯的，這些受教內容都是為婚嫁做準備，所以《還魂記》中杜寶才冀望杜麗娘能「他日到人家，知書知禮，父母光輝」，與男子建功立業的目的是大不相同的，也就是說，明代上層階級的女子只要顧全家庭即可，她們的教育並不認同她們參與生產活動，也不鼓勵她們除家庭外，有任何向外發展的機會或場所。如此的教育影響之下，明代女性的品德約束或行為規範都是相當嚴峻的，陳瑛珣在〈由明清家訓探討社會經濟活動中的婦女角色〉一文中即言之：

> 事實上，明清婦女自從元朝由法律上修訂出「婦女再嫁，妝奩、陪嫁屬於前夫」、「婦女不得與人對簿公堂，如不得已，則要請法律代訴人」等等法條，婦女在經濟上那些少得可憐的權益已經被剝奪一空。明清社會沿用元例，將女性的活動範圍侷限「家庭」之中，使之不敢輕言脫離家庭，女性本身之所以為「人」的價值，一旦失去了「家庭」這個保護網，就脫離了社會活動中的正軌，就不被認同。〔註140〕

而《中國婦女史話》一書中亦論及：

> 幾千年來，中國婦女們所受的傳統教育，是要把女孩子訓練成知三從具四德的賢妻良母，才能適合男系中心社會的要求，因此，自幼

〔註138〕見明仁孝皇后內撰：《故宮珍本叢刊：大明仁孝皇后內訓》（海南海口市，海南出版社：，2001年1月一刷），頁411。

〔註139〕見明仁孝皇后內撰：《故宮珍本叢刊：大明仁孝皇后內訓》（海南海口市，海南出版社：，2001年1月一刷），頁413。

〔註140〕見陳瑛珣在〈由明清家訓探討社會經濟活動中的婦女角色〉（《僑光學報》，17期，1999年10月），頁106〜107。

就訓練她們卑順溫柔，忍讓受份。一切都聽從別人的安排，不得有
自己的意見，提出自己的主張。〔註141〕

這種過度壓抑的教育型態，使得婦女們〔註142〕的生活空間變得非常狹隘，除
了家庭之外，其活動空間有限，交往酬對的對象亦有限，所以其眼光無法遠
大，識見無法長遠，但這卻是主宰國家社會的男性所樂見的，所以才會有「女
子無才便是德」的主張出現。此外在有限的受教內容下，其唯一的教育目標
就是要把女性塑造成「賢妻良母」，也使得女性對婚姻及另一半的依賴、聽從
無比的被加強，是故女性們把婚姻當成了生命中唯一的目標，自少女情竇初
開，到成為妻子母親，家庭與婚姻的完整。成為她們生命中最要緊、最認真
去追求的課題。此外受到女性道德觀的影響，片面貞節觀在社會規範被合理
化了，婦女們也把這種觀念內化為自我價值的一部份，女子守貞在明代多麼
被強調在前文已言及，〔註143〕就女性來說，遵守並力行「貞節觀」，是她們對
嫁出娘家名聲的顯揚，是對嫁入之夫家最好的忠誠與負責之展現，也是對所
生養子女最好的道德教育示範，更是對她個人一生必要的高貴精神與情操的
實踐；因此明代的女性們，窮盡一切的精神力量，也一定要堅持保有個人貞
節與貞操，至死不渝。

小　結

明代的女性，在傳統父權中心的社會環境中，與重男輕女的觀念之下，
其出生對所屬家庭並不是一件喜事，而且因其人生目的以婚姻為唯一方向，
故其教育之養成也是以為婚姻生活作準備而設定，並且尤其強調要具備婦德
與婦功的能力，而明代女性教育場所與生活空間都非常狹隘，大多時間都只
能在家庭之中，不能自由出入。此外，教育婦女的長輩更會強調所謂「三貞
九烈」的重要性。而婦女在嫁入夫家後，更必須時時以夫家為思考中心，對
公婆、夫婿柔順敬謹，對家庭的操持勤奮節儉，自我的生活空間的擁有、個
人的獨立思考力的培養、以及尋求自我價值的機會，可以說是微乎其微的，
這也是古代婦女一生的痛苦與無奈吧！

〔註141〕見郭立誠：《中國婦女史話》（台北市，漢光文化事業股份有限公司，1984年
　　　　2月20日三刷），頁120。
〔註142〕這裡所指的婦女是不包括妓女的良家婦女。
〔註143〕見本文第貳章第一節。

二、《六十種曲》中的女主角形象分析

在戲劇當中，出現的人物，不是男性就是女性，而在情節描述上，或有以男性爲主，或偏以女性爲主，或者二者並重的，在《六十種曲》中，較偏以女性爲爲敘述主體的傳奇共有五十八齣，其中以貴族或公主身份出現的有二人，以官家千金或官家已婚女性身份出現的有十七人，以平民家或富戶家未婚小姐身份出現的有十五人，以平民家或富戶家未婚小姐身份出現的有十五人，以妓女爲主角的有十七人，以俠女、婢女、侍妾、或道姑身份出現的有六人，以下就各齣女主角身份列表做一分析：

本／齣數 ＼ 項目	女主角名稱	身　份	劇　名	備註（合計）
1-1	趙五娘	平民婦女〔註144〕	琵琶記	貴族或公主：二人 官家千金或婦女：十七人 平民小姐：十五人 平民婦女：十一人 妓女：十七人 宮女、婢女、侍妾、道姑出身：五人〔註145〕
2-1	錢玉蓮	平民小姐〔註146〕	荊釵記	
2-2	邵貞娘	平民婦女	香囊記	
3-1	西施	平民小姐〔註147〕	浣紗記	
3-2	周羽妻郭氏	平民婦女	尋親記	
3-3	漂母	平民婦女	千金記	
	虞姬	侍妾		
4-1	秦檜妻王氏	官家婦女	精忠記	

〔註144〕平民「婦女」與平民「小姐」身份界定是以其出場時是否已婚而論，已婚者稱爲婦女，未婚者則稱爲小姐。

〔註145〕這些種類於下章討論。

〔註146〕平民「婦女」與平民「小姐」身份界定是以其出場時是否已婚而論，已婚者稱爲婦女，未婚者則稱爲小姐。

〔註147〕同上註。

4-2	本齣沒有女主角	本齣沒有女主角	鳴鳳記	
5-1	晉德安公主	公主	八義記	
5-2	馮商妻	平民婦女	三元記	
5-3	清河崔氏女	官家千金	南西廂記	
6-1	王瑞蘭、蔣瑞蓮	平民小姐	幽閨記	
6-2	劉無雙	官家千金	明珠記	
	采萍	婢女出身		
6-3	陳嬌蓮（妙常）	平民小姐（曾出家為道姑後又還俗）	玉簪記	
7-1	張凌華（紅拂女）	婢女出身	紅拂記	
7-2	杜麗娘	官家千金	還魂記	
8-1	霍小玉	妓女	紫釵記	
8-2	清河崔氏女	官家千金	邯鄲記	
9-1	金枝公主：瑤芳	公主	南柯記	
9-2	崔鶯鶯	官家千金	西廂記	
10-1	季清吳	平民小姐	春蕪記	
10-2	卓文君	平民富戶小姐	琴心記	
10-3	劉潤玉	平民小姐	玉鏡台記	
11-1	賈午	官家千金	懷香記	
11-2	許湘娥	平民婦女	彩毫記	
12-1	本齣沒有女主角	本齣沒有女主角	運甓記	
12-2	魚惠蘭	平民小姐後為女道士	鸞鎞記	
	趙文殊	平民小姐		
12-3	柳氏	歌妓	玉合記	
13-1	琴操	妓女	金蓮記	
13-2	董青霞	妓女	四喜記	
	鄭瓊英	宮女出身		

14-1	李亞仙	妓女	繡襦記	
14-2	裴興奴	妓女	青衫記	
14-3	謝素秋	妓女	紅梨記	
15-1	敫桂英	妓女	焚香記	
15-2	張麗容	妓女	霞箋記	
15-3	穆素徽	妓女	西樓記	
16-1	元縹風	妓女	投梭記	
16-2	玉蕭	妓女	玉環記	
16-3	井文鸞	富家千金	金雀記	
	巫彩鳳	妓女		
17-1	賈巫雲	富家千金	贈書記	
	魏輕煙	妓女兼俠女		
17-2	柳淑娘	平民戶小姐	錦箋記	
17-3	胡弱妹	官家千金	蕉帕記	
18-1	霍小玉	妓女	紫簫記	
18-2	孟氏、閻婆惜	平民婦女	水滸記	
19-1	秦慶娘	平民婦女	玉玦記	
	李娟奴	妓女		
19-2	太史敫之女	官家千金	灌園記	
19-3	衛少兒	官家千金	種玉記	
20-1	梁紅玉	妓女	雙烈記	
20-2	柳氏	平民婦女	獅吼記	
21-1	潘金蓮	平民婦女	義俠記	
21-2	李三娘	平民小姐	白兔記	
	岳秀英	官家千金		
21-3	楊氏	平民婦女	殺狗記	
22-1	衛德棻、郭倩香、賈凌波	官家婦女	疊花記	
23-1	元湘英	官家千金	龍膏記	

23-2	嚴玉英	官家千金	飛丸記	
24-1	田氏二女	平民小姐	東郭記	
24-2	盧郁金	平民小姐	節俠記	
25-1	郭氏、王慧姬	平民小姐	雙珠記	
25-2	杜氏王氏	平民小姐	四賢記	
25-3	杜麗娘	官家千金	還魂記	

在上表的分析中，所謂的良家婦女佔了大多數，共有四十九人，為本章節分析的重點，而非良民階級的則是全書女主角數的五分之一左右。

（一）外在形象

古代的兩性關係建立，女性的外在樣貌是一個很重要的因素，所謂「女為悅己者容」，講的是女性對男性青睞的期待，而也間接表示，男性在與女性交往或建立關係的過程中，「女貌」是一個很重要的因素，如：明代徐士俊在《婦德四箴》一書中亦言：閨房之秀，實惟容儀，非尚妍華，無俾俗孃，凝妝儼然，可對明鏡。〔註148〕如此看來，女性在戲劇中若要為主角，在外在樣貌上也必定有一定的要求，以明傳奇《六十種曲》為例，在上層階層的女性樣貌是描說的很詳細的，例如《蕉帕記》中，男主角說明女主角胡弱妹之美好時說：胡公有女，名曰弱妹，天姿俊雅，性質聰明，貌堪閉月羞花。〔註149〕是說明胡弱妹是一個天生的美人胚子；又例如《節俠記》中，盧母介紹自己女兒盧郁金的美好時說：

> 老身晚景無依，只生一女，小字郁金，朗映玉山，美參螺女，雲鬟翠黛，不讓班石珠岑，蕙質蘭姿，何異香林神草。〔註150〕

從這段母親對自己生的女兒之自豪自滿看來，本齣戲的女主角盧郁金真得是一個美麗的女子；在《六十種曲》中的女主角不管性情行為如何，都是美麗的，這說明，古代對女子的容貌其實是有一定要求的，僅管在表面上說「娶妻娶德」，但是沒有一定的容貌基礎，將她娶回來，仍不可能建立良好的夫妻情感，在明

〔註148〕見歷代學人編撰《筆記小說大觀五編》〈台北市：新興書局，1978 年 1 月，影印版〉頁 5219。

〔註149〕見毛晉原編、黃竹三等人重新校注：《六十種曲評注》第十七冊（長春市，吉林人民出版社，2001 年 9 月一版一刷），頁 520。

〔註150〕見毛晉原編、黃竹三等人重新校注：《六十種曲評注》第二十七冊（長春市，吉林人民出版社，2001 年 9 月一版一刷），頁 368。

傳奇中，對女主角樣貌的描述，其實是相當男性本位、外貌主義的。

（二）內在氣質

在《六十種曲》中，對女子內在的描述可從兩方面來探討，一是女子之「才」，一是女子之「德」；在才的方面，明代的上層階級女子多是才貌兼具的，例如：《蕉帕記》中的胡弱妹是「巧擅描鸞刺鳳」。〔註151〕《明珠記》中的劉無雙是「弱息知書」。〔註152〕《雙珠記》中的王慧姬是「蕙蘭成性，幼通律呂，效蔡女之知弦，長好詞章，輕謝娥之詠雪。」〔註153〕就連《獅吼記》中的柳氏（陳慥妻）雖被描寫成是「少剗荐之風」、「且專作威福」〔註154〕、「悍妒潛消」，〔註155〕但是連她的夫婿陳慥都不得不承認她有「詠雪之慧」，〔註156〕可見得明代女子的教育上，不論平民或官宦、富貴人家，並不反對自己的女兒讀書、識字、學詩，只是這些教育背後的本質，只是為了婚姻，並非為了成功立業。至於在德的方面，我們從明傳奇中看到的女性氣質個性本質有以下幾種：第一是貞節，例如：《雙珠記》中的王楫妻郭氏，在丈夫遠行出差的狀態下，井邊打水，遇同鄉紈綺子弟挑誘時大罵道：

> 呸！我夫婦自有別，豈與鳥獸同群，……，須知道死生禍福皆前定，
> 立志賢貞磨不磷，持身白涅難緇。〔註157〕

可看出古代女性在丈夫不在家的狀態下，持節自守是非常必要的， 連言語上的失節也是不予允許的；又如在《龍膏記》中：元載誤會女兒元湘英和男主角張無頗私通，第一個想到的是叫女兒去死以清門風：

> 這暖金盒分明是女孩兒做下醜事，那不肖之女將來贈與他的，……

〔註151〕見毛晉原編、黃竹三等人重新校注：《六十種曲評注》第十七冊（長春市，吉林人民出版社，2001年9月一版一刷），頁520。

〔註152〕見毛晉原編、黃竹三等人重新校注：《六十種曲評注》第六冊（長春市，吉林人民出版社，2001年9月一版一刷），頁300。

〔註153〕見毛晉原編、黃竹三等人重新校注：《六十種曲評注》第二十五冊（長春市，吉林人民出版社，2001年9月一版一刷），頁63。

〔註154〕見毛晉原編、黃竹三等人重新校注：《六十種曲評注》第二十冊（長春市，吉林人民出版社，2001年9月一版一刷），頁368。

〔註155〕見毛晉原編、黃竹三等人重新校注：《六十種曲評注》第二冊（長春市，吉林人民出版社，2001年9月一版一刷），頁430。

〔註156〕見毛晉原編、黃竹三等人重新校注：《六十種曲評注》第二十冊（長春市，吉林人民出版社，2001年9月一版一刷），頁368。

〔註157〕見毛晉原編、黃竹三等人重新校注：《六十種曲評注》第二十五冊（長春市，吉林人民出版社，2001年9月一版一刷），頁74。

只是播揚出去，玷辱門風……。〔註158〕

我從駕去，你快死快死！不及黃泉，無相見也！〔註159〕

而元湘英被誤會後，竟也悲痛地真的要以死以示清白：

我若不死，這事也不得明白，……，母親，你孩兒既逢不解之怒，

又蒙不潔之名，縱然不死，也難做人，不如死了吧！〔註160〕

被從以上二例可以明白：明代時對女子的「守貞節」一直非常強調，這和明代的道德觀與當時代的背景以及社會規範，有著極密切的關係。

明代女性內在第二個被要求的是溫順，且在女性個性上有此特質者，是會被褒揚的，例如：《琵琶記》中蔡伯喈與趙五娘新婚兩個月，蔡伯喈被迫去參加科舉考試，趙五娘心中有無限的不捨擔憂，也只能忍下來，還替蔡盡心侍奉其雙親：

妾的衷腸，事有萬千，……，說來又恐添縈絆，……，六十日夫妻

恩情斷，八十歲父母教誰看管？〔註161〕

官人，我這做媳婦事舅姑，不待你言，……，懊恨別離輕，悲豈斷

弦，愁非分鏡，只慮高堂，風燭不定……。〔註162〕

奴家一來要成丈夫之名，二來要盡為婦之道，盡心竭力，朝夕奉養。

〔註163〕

以趙五娘立場而言，新婚分離最是讓人痛苦的，但為了顧全先生的前途及公婆的期望，她也只能溫順的壓抑自我的情感，還識大體的表示她會盡本份照顧丈夫的父母，讓丈夫無後顧之憂地進京赴考，所以其鄰家太公也不得不稱揚她：

〔註158〕見毛晉原編、黃竹三等人重新校注：《六十種曲評注》第二十三冊（長春市，吉林人民出版社，2001 年 9 月一版一刷），頁 165。

〔註159〕見毛晉原編、黃竹三等人重新校注：《六十種曲評注》第二十三冊（長春市，吉林人民出版社，2001 年 9 月一版一刷），頁 175。

〔註160〕見毛晉原編、黃竹三等人重新校注：《六十種曲評注》第二十三冊（長春市，吉林人民出版社，2001 年 9 月一版一刷），頁 176。

〔註161〕見毛晉原編、黃竹三等人重新校注：《六十種曲評注》第一冊（長春市，吉林人民出版社，2001 年 9 月一版一刷），頁 74。

〔註162〕見毛晉原編、黃竹三等人重新校注：《六十種曲評注》第一冊（長春市，吉林人民出版社，2001 年 9 月一版一刷），頁 74～75。

〔註163〕見毛晉原編、黃竹三等人重新校注：《六十種曲評注》第一冊（長春市，吉林人民出版社，2001 年 9 月一版一刷），頁 105。

> 自（伯喈）去之後，連遭饑荒，公婆年紀皆在八十之上，家裡更沒
> 個相扶持的，甘旨之奉，虧殺這五娘子，把些衣服首飾之類，盡皆
> 典賣，辦些糧米，供給公婆，卻背地裡把糠秕饟鉧充飢，這般荒年
> 饑歲，少甚麼有三五個孩兒的人，供膳不得爹娘，這個小娘子，真
> 個今人中少有，古人中難得。〔註164〕

對於趙五娘的溫順孝順大加讚揚，也證明那個時代對溫順懂事的女性才是認
同的。又如《白兔記》中，李三娘為了保住劉知遠的骨肉，面對兄嫂的逼迫，
她寧願每天做苦工，把一切忍耐下來，以等劉的衣錦還鄉：

> 好笑哥哥人不仁，不念同胞兄妹情，劉郎去了無音信，何故改嫁別
> 人，況兼奴有身懷孕，再嫁旁人做話文，奴情願挨磨到四更，挑水
> 到黃昏〔註165〕

> 自從丈夫去後，哥嫂逼奴改嫁不從，罰我在日間挑水，夜間挨磨，
> 一不怨哥嫂，二不怨爹娘，三不怨丈夫，只是我十月滿足，行走尚
> 且艱難，如何挨的磨？〔註166〕

從上引文可知，李三娘儘管受盡苦頭，但仍然不埋怨任何一個人，把一切都
默默吞忍下來，真可謂把中國女性溫順堅毅的特質發揮到極致。女性被強調
溫順，當然是因為中國社會是一個以男性為主要思考中心的社會，而女性在
此環境中遂甘於這樣的命運。明代傳奇中，女性的第三個內在特質是「寬宏」
的氣度；例如：《三元記》中馮商妻金氏，與丈夫結褵多年未有生子，見丈夫
欲赴京辦事，第一件想到的就是為他準備銀兩娶妾：

> （旦）良人馮商，宜室宜家，尚未弄璋弄瓦，一則以喜，一則以懼，
> 今日丈夫欲往京師貿易，可教他娶婢妾一人，以續子嗣，庶免絕後。
>
> 〔註167〕

> （旦）員外，你有財雖富，我願助白金數笏，娶婢妾一人，倘生一

〔註164〕見毛晉原編、黃竹三等人重新校注：《六十種曲評注》第一冊（長春市，吉林
　　　　人民出版社，2001年9月一版一刷），頁201。

〔註165〕見毛晉原編、黃竹三等人重新校注：《六十種曲評注》第二十一冊（長春市，
　　　　吉林人民出版社，2001年9月一版一刷），頁399。

〔註166〕見毛晉原編、黃竹三等人重新校注：《六十種曲評注》第二十一冊（長春市，
　　　　吉林人民出版社，2001年9月一版一刷），頁411。

〔註167〕見毛晉原編、黃竹三等人重新校注：《六十種曲評注》第五冊（長春市，吉林
　　　　人民出版社，2001年9月一版一刷），頁251。

子，庶不絕嗣，（生）娘子，女子圖嫁一夫，男子願求一室，我和你
雖然今日無安知去後不生育？（旦）員外差矣，一妻一妾，傳有格
言，婢妾子，易有明訓，須當斡旋造化，不可固守常經。〔註168〕

且在丈夫赴京後，還殷殷切切地關心是否已經娶成？已有子嗣？

玉郎一自京師去，天我離愁緒，鱗鴻不見書，不知娶得妾還未，勸
夫娶妾也非痴，只圖他生個小孩兒，要與馮氏承宗嗣。〔註169〕

這是古代女性在自己未生育的狀態下，必須爲丈夫家傳宗接代責任做考量，
把己身境遇置之於傳宗接代之後，變成古代女性理我所當然的命運；又例如：
《東郭記》中齊之二女，感情甚佳，乾脆相約同時嫁一丈夫：

（小旦）姐姐，聖人云，二女同居，其志不同行，似俺姐妹相得，
又爲必然矣。（旦）妹妹，你若有此心情，我與你共適一人何如？（小
旦笑介）同居二女歸期邈，冀同心鳩鵲雙巢，大姨應的謀萍藻，小
姨聊可同蓁縞，（下場詩）姐妹雖同居，所志不同行，我願不爲此，
效法在皇英。〔註170〕

明代女性在一夫多妻的社會制度下，與多人共享、共事丈夫已成爲一種慣性
與理所當然，在無子的狀態下爲夫納妾已成爲義務。由以上三個內在特質「貞
節」、「溫順」、「寬宏」看來，明代女性個性氣質的形成，外在形象的顯現，
與男性爲主導中心的社會現實，有著密不可分的關係，這種單向性價值觀的
社會，必會對兩性關係與個別行爲造成問題與影響。中國女性一生沒有自我，
只有以「丈夫」、「兒子」、「整個家庭」爲生命中心的命運，她們要時時爲家
中的長輩、丈夫、兒子著想，把這種著想當作自我肯定很重要的一個條件，
她們不約而同的都忘了去尋找自己人生眞正的價值是什麼，想要的人生方向
與生活模式是什麼，這種不知去追求自我眞正價值的生命歷程就代代的傳了
下去。對男性而言，他們也很樂意見到此種現象的產生和傳承，如此一來，
他永遠也不會失去統御女性的權力，各方面地位上嚴格執行「男尊女卑」制
度的社會優勢。

〔註168〕見毛晉原編、黃竹三等人重新校注：《六十種曲評注》第五冊（長春市，吉林
人民出版社，2001年9月一版一刷），頁251。
〔註169〕見毛晉原編、黃竹三等人重新校注：《六十種曲評注》第五冊（長春市，吉林
人民出版社，2001年9月一版一刷），頁311。
〔註170〕見毛晉原編、黃竹三等人重新校注：《六十種曲評注》第二十四冊（長春市，
吉林人民出版社，2001年9月一版一刷），頁28。

（三）妒（悍）婦

「嫉妒」，是人的天性之一，但卻是負面的那一部份，日人詫摩武俊說：

> 嫉妒，是當別人比自己更具優勢，奪走或即將自己珍惜的東西時，
> 所產生的情感。這種情感不但積極排除他人的優越地位，或即將優
> 越的狀態，而且，甚至帶著激烈憎惡的情感。……嫉妒是動態而具
> 攻擊性的感情，想避免卻又難以逃避，對對方產生憎惡感的就是嫉
> 妒，所以，嫉妒可說是從憎惡分化而來的感情。〔註171〕

宮城音彌則是說：

> 人類對於自己的正當的所有物，或者愛情被奪時，就會產生嫉妒的
> 心理，嫉妒心理是由三人之間所構成的三角關係，若沒有三角關係
> 就沒有嫉妒心理。〔註172〕

Dr. Paul Hauck 又說：

> 嫉妒的人都想排除別人的成就，他的安全感總是建立於自己是某件
> 東西的唯一擁有者，某件事的唯一能手，或是處於某種特殊的地位
> 或關係，除非這些都實現了，否則他會極度的不安。〔註173〕

如果我們用以上這些觀點來檢視中國古代所謂的妒婦或悍婦，則不難理解她們之所以悍或妒的原因，在於她們對丈夫的強烈佔有慾，或是對家中地位、財物的強烈主導與佔有的傾向，才會造成她們嫉妒心的產生。在《六十種曲》中，我們唯一能看到得又妒又悍的女性，就是《獅吼記》中的陳慥之妻──柳氏，他的丈夫形容她是「雖多詠雪之慧，卻少剉荐之風，豈唯不樂交游，亦且專作威福。」〔註174〕所以使得陳慥的日常生活是：

> 役使盡皆老婢，那裡有金雀丫環？僕從總是蒼頭，何曾容青衣童子，
> 使區區有懷莫展，抱鬱難伸。

而柳氏專權悍妒的樣子，更可從她對陳慥與異性交往的絕對斷絕，同性友人的往來一手控制，看得非常明白。她不准丈夫出入妓院，蓄玩變童，更絕對不允

〔註171〕見詫摩武俊著、黃竹三等人重新校注孫萬智譯：《嫉妒的心理學──人際關
　　　　係紛擾的根源》（台北，新雨出版社，1990年10月初版），頁1～8。
〔註172〕見宮城音彌著、余阿勳、劉焜輝譯：《愛與恨心理學》（台北，水牛出版社，
　　　　1984年3月初版），頁122。
〔註173〕見 Dr. Paul Hauck 著、黎亮吟、劉兆明譯：《寬容的胸懷──如何避免嫉妒》
　　　　（台北，張老師出版社，1985年8月再版），頁29。
〔註174〕見毛晉原編、黃竹三等人重新校注：《六十種曲評注》第二十冊（長春市，吉
　　　　林人民出版社，2001年9月一版一刷），頁368。

許陳慥納妾來分享她的丈夫，所以她爲丈夫娶的妾是：「一禿頭、一大屁股、一白果眼、一跛足、」，〔註175〕嚇得陳慥直嚷著把她們全趕出去，而柳氏不過也是做做樣子，連如此醜的女子，不到一個多月，全把她們趕了出去；又如：陳慥與蘇東坡出門冶游，一回家，柳氏馬上用青藜拄杖將他撲打三十，罰跪在地，〔註176〕蘇東坡好心來爲陳慥說情勸妻，反被柳氏搶白一頓：

> （旦）蘇大人，奴家雖系裙釵賤質，頗聞經史懿言，自古修身齊家之士，先刑寡妻，乃治四海，古之賢婦，雞鳴有警，脫簪有規，交相成也，齊眉之敬，豈獨婦順能彰，反目之嫌，只緣夫綱不正。

> （旦）你（蘇東坡）引花了他的心，又來管我！（用杖指小生介）恨不得青藜打殺你，老牽頭！……，我往常聞你（陳慥）向學士談禪，十分敬服，誰知談的都是老婆禪，蘇大人，各人有家，此後免勞下顧！〔註177〕

最後索性用青藜杖把他趕了出去。完全不給自己的丈夫和蘇東坡留一絲絲情面，連向來自栩口才一流的蘇東坡，也嚇得落荒而逃，其兇悍威嚴可見一般。再如：陳慥未在柳氏規定的時間內返家，柳氏便罰陳慥以頭頂燈一整夜，一點也不心軟；〔註178〕後來蘇東坡贈一妾秀英與陳慥，柳氏更是經常借題發揮，把一家子鬧得雞犬不寧：

> （旦指生唱介）男兒太不良，（指小旦）潑賤真無狀。。（小旦）大娘，干我甚事？（旦）我兩口兒本是和和睦睦的，自搬你來家，災禍從天降。（生）你不生事，更有何災？（旦打生介）我但說她，你就護在裡面，無論是與非，定扛幫，誰與區區做主張？（生）奶奶，我接她來家，一者爲伏侍你，二者圖生子嗣。（旦）免勞伏侍，免勞伏侍，我只怕神天未把麟兒送，先已氣煞閨中窈窕娘。（生）奶奶，你把懷抱放寬些兒。（旦）你教我把情懷放，除休潑賊，才免這參商。（合）一家兒恓恓惶惶，短短長長，恨不遇善斷事的包丞相。（小旦跪介）大娘，我虛心受你降。（旦怒叫）你跪著我，是要折死我麼？（小旦起介）你沒影兒將奴誆，雞蛋裡尋針，全少容人量。（旦）賊

〔註175〕同上註，頁 423。
〔註176〕同上註，頁 456～457。
〔註177〕同上註，頁 458～459。
〔註178〕同上註，頁 494～495。

潑賤，誰與你磨牙，我只打這禽獸。(打生，生躲介，小旦跪扯拄杖唱) 娘行且恕饒，發慈祥，(生) 小奶奶勸勸。(小旦) 須念夫君是婦綱，若還有責奴甘受。(旦打小旦介) 我便打你，你敢奈何我麼? (生扯拄杖介，小旦向生唱) 切莫攔伊把情越傷。(旦大叫) 左鄰右舍，陳季常氣煞了妻也，氣煞了妻也! (小旦) 大娘，你休把聲音放，怕一街兩巷，處處醜名揚。(旦) 我做了泥鰍，那怕污眼，管什麼好名、歹名，只是要打! 〔註179〕

一場家庭風波，把柳氏的撒潑、醋心、妒意、不講理、以打人洩憤，表露的栩栩如生，儼然是一個操縱家中每一份子生死大權的妒 (悍) 婦形象。然而我們要探討的是，一個嫁為人妻的女子，為什麼會變成一個又妒又悍的婦人，除了先天個性以外，還有沒有其他的因素呢? 這和中國自古以來一夫多妻制，許多女人必須共享一個男人，時時等待男性的垂憐，長久下來，孤單心與佔有慾矛盾衝擊出來的結果，馬琇芬說:

> 在「一夫一妻多妾」的婚姻制度下，女性不能也不敢冒著妨礙家族
> 傳承的罪名阻止丈夫納妾，因此她們為了滿足私慾、情慾，不得已
> 只好相互的爭寵鬥勝，以至於一場場無歇止的競爭逐漸扭曲了她們
> 的性情，醜化了她們的行為〔註180〕

女性無法獨有一個異性伴侶，而是一生都要和多個同性來分享一個男人，心中必定不平，所以只好用激烈或負面的手段，來增加她的丈夫對她的陪伴與注意。這種行為，不單單是像陳慥之妻，這種向來強悍的女性會做出來，連平常婉約可人的女性，一遇「爭寵、搶丈夫之愛」這種事，也會變得不理智起來，例如:《種玉記》中，霍仲孺的妻子衛少兒與妾俞氏女，二人本來都以為霍仲孺只終情自己一人，那知二十年後，才知與對方共有一夫，心中豈不又氣、又妒、又怨:

> (旦上) 離鸞怨，別鳳悲，我守空閨甘心待伊，減香消翠，廿年流
> 徹相思淚，只愁伊雁字難通，誰料他鸞傳重締。……懷君去不歸，
> 險化山頭石，我志效羅敷，一醮難更易，誰之你東床喜見招，戀新

〔註179〕見毛晉原編、黃竹三等人重新校注:《六十種曲評注》第二十冊 (長春市，吉林人民出版社，2001年9月一版一刷)，頁515。

〔註180〕見馬琇芬:《從婚姻、嫉妒、性慾看〈金瓶梅〉中的女性》(中山大學大學中文研究所，1997年4月，碩士論文)，頁11。

姬，悶得我秋月春花抱慘悽，如君蕩性原漂梗，恨我癡心獨守株。……

罷罷，你旣有了那人，不消來見我的面。〔註181〕

這是衛少兒對霍仲孺離開其期間，又再娶俞氏女的怨懟之言，其中抱怨了霍仲孺，也間接的表達她對俞氏女這二十年來佔她丈夫的妒意。但俞氏女心中也不是沒有不滿的，本來自以爲是正妻的她，那知過了二十年，卻變成小妾，地位一下降低了一大階，心中當然不滿，再想到接下來的日子裡，要和別人共享丈夫的愛，心就更悲憤了：

（小旦上）不如意事常八九，可與言人無二三；當初母親將奴家招贅霍郎，只道他孤身未娶，誰知他有妻有子，今日反教奴家甘居人下，兀的不氣煞我也！（作掩淚介，生上）反目非吾願，同心且自憐。（見小旦背介）好古怪，他怎麼也在此煩惱，待我問聲。（問介）二娘子！你爲甚麼？（小旦怒介）我是二娘子，誰是大娘子？（生）我先有衛氏，然後有你，以次序論，難道你不是第二？（小旦）我母親招你爲婿，名正言順。須不是那等賤婢，苟合淫奔，我怎生居她之次？（生）夫人，你名雖居次，我情實不分，休得兩相爭奪，有傷和氣！（小旦）我和你非桑間暗與期，濮上私相配，結就朱陳，是慈母殷勤意，乘龍女婿招，爲門楣，誰料停妻再娶妻！況她是侯門侍女身卑賤，苟合于飛禮法違，怎做得尊和貴，我寧甘一死，難居側室亂倫彝！（生）夫人，卑人怎將你爲妾，論她年庚長你兩歲，你便第二何妨？（小旦）但喚我第二，我當與孩兒另居，誓不與你兩個見面！（推生介）你快出去！〔註182〕

俞氏女除了對霍仲孺多所抱怨之外，更借題發揮，以衛少兒的出身低微，大加諷刺一番，以發洩心中的妒意與不滿。前兩段引文中，對妻與妾的互妒與互醋的形象，描寫的非常的生動眞實，眞切的描繪出妻妾們在家庭中爭風吃醋、勾心鬥角的實際生活現象，但這畢竟還是以男性爲中心的一夫多妻制度下，才會造成的，張本芳在其《中國傳統妒婦故事研究》中即言道：

婦女的妒心，實質上是對丈夫的癡情酷愛，婦女的妒行，則是對男子朝秦暮楚，不忠於愛情的報復，卻被世人描繪爲「鷙悍狐綏恣嫉

〔註181〕見毛晉原編、黃竹三等人重新校注：《六十種曲評注》第十九冊（長春市，吉林人民出版社，2001年9月一版一刷），頁690。

〔註182〕同上註，頁690～691。

妒」〔註183〕

> 婦女在不平等的兩性標準，和婚姻制度束縛下，未必能意識到迫害
> 她們的正是這種社會制度，她們不懂得追根溯源尋找解決之道，也
> 無法堅決的與大環境的法制、風俗習慣背道而馳，而嫉妒鄭是她們
> 直覺的反應，也是經過僞裝的唯一武器，用以反抗壓迫他們的社會。
> 可惜這種反抗往往落實在打擊同是受害者的其他女性，或對丈夫發
> 威，只能算是對夫權社會婚姻不自主的消極反抗，對婦女自身並無
> 積極的助益。不過，這種消極的反抗，還是對社會造成衝擊，憾動
> 倫理綱常。〔註184〕

所以說，妒婦或悍婦的出現，是以男性爲中心、一夫多妻制度下，女性所產
生的異常心態，她們借著嫉妒心，傷害自己的丈夫，磨難與自己搶丈夫的女
性，來發洩心中不被尊重的不滿，來彌補佔有慾無法被滿足的缺憾，更是對
一夫多妻婚姻制的不公平，一種微力的反抗，因爲現實的社會，仍是父權的
社會，她們仍是無法得到一個公平的家庭或社會地位的。

小　結

　　中國兩性自出生就受到長輩與家族刻意以不同的方向來教育與要求。以
男性而言，他們的出生代表家族傳嗣有望，所以家族會歡喜的迎接其到來，
同樣的，也會對他付予深切崇大的期望，因此男性的家長會非常重視他的學
習教育，男性也會要求自己要有學識、文采、以及建功立業的偉大志向，是
故，在舉業盛行的明代社會，男性在晉身官途之前，最重要的就是用功以赴
科考；而在進士及第後，更要力圖平步青雲，飛黃騰達。在明代傳奇中和書
生文人不同的另一個男性角色，就是包含俠士與武將的英雄性人物，相對於
書生文人的文弱、陰柔、寡斷，英雄性人物的剛強、豪邁、義氣，就顯得令
人欣賞多了，且這些人物的出現往往能爲傳奇情節發展帶來加分的效果，但
不可免俗的，這些英雄人物的人生終極目標仍是要建功立業，揚名後世，這
也是中國男性在仕隱的選擇之間，必然看不破的地方吧！但是，筆者認爲，

〔註183〕見張本芳：《中國傳統妒婦故事研究》（逢甲大學大學中文研究所，1997 年 6
　　　　月，碩士論文），頁 24。

〔註184〕見張本芳：《中國傳統妒婦故事研究》（逢甲大學大學中文研究所，1997 年 6
　　　　月，碩士論文），頁 37。

並不是每個男性天生都對功名利祿的追求充滿企圖，有一部份是來自家庭，社會，與同儕的性別期待，這樣對男主角的生命經歷，其個人情感性格發展都會產生影響。

相較於男性的形象，中國女性向來被塑造成對外柔弱順從，內心堅毅善忍的形象，在《六十種曲》的上層婦女，雖多生於較佳的環境，但她們也都具備有這種特質；所幸，因爲這些特質，當她們面對感情阻礙時，反而變得更加堅強可敬。就女性的出生而言，雖是不被傳統家庭期待的性別，但是爲了後來的婚姻生活，她們往往都會受著良好嚴格的家庭教育，〔註185〕學習女紅、女性道德的訓練、音律以及簡單的文學經典教育。就其外在樣貌而言，《六十種曲》中的描寫多是美麗可人的，其內在氣質心性則被要求要「守貞」、「溫順」、「寬宏」；婚後的女性更要孝順盡心，溫柔恭謹的侍奉公婆與丈夫，而身爲一家中主持家庭內務的女主人，更要秉持著勤勞節儉的傳統美德來持家，以求家業興盛。然筆者認爲，這些對女性過度壓抑嚴苛的要求，卻容易造成她們性格的扭曲，或命運的多舛。例如：妒婦或悍婦的產生，就是女性對於男性對她們的壓抑、社會種種對待她們不公平的制度，一種微妙的反擊。總之，明代的男性與女性，形象大異其趣，其原因不在其生理性別的天生差異，而在於家庭、社會、文化等後天因素的深刻影響。

第三節　男女兩性的情愛關係分析

一、《六十種曲》中男、女性互動的嚴格規範

由《六十種曲》中，女性出現的社交場合中，我們可以發現，參與的男性身份是有限制的，能夠出席的男性多是女性的親友，要不然就是已被認定爲女主角的夫婿，即與女主角已有婚約的人才能參加，否則女主角必需迴避、立刻離開、或不可出席那個社交場合，這種限定主要是男性把女性視爲己有，把女性物化，對女性行爲多所約束所造成的，如學者臧健則認爲上層社會的女性是：

> 大户人家的小姐閨房，是房屋建築中最靠內，最隱蔽的地方，其所
> 在位置，不僅限制了年輕女子的活動空間，也在從小告誡女子，男

〔註185〕因爲中國自古以來就有女子在婆家的表現，正代表娘家是否對此女施以良好家教的觀念，娘家對於這種關乎「顏面」的問題，往往是相當注重的。

與女，内與外的界限，是十分明確，不可逾越的。〔註186〕

在家中一般家庭生活都受限，強調男女之防，更何況是對外的社交活動呢？又如鄭太和之《鄭氏家範》中亦提及：

> 諸婦親姻頗多，除本房至親與相見外，余併不許，可相見者，亦須
> 子弟引導，方入中門，見燈不許，違者會眾罰其夫。〔註187〕

由上引文可知，古代女子是不能隨意與男子相見的，社教宴會也一定是這樣，以《六十種曲》爲例，在《琴心記》中卓王孫夜宴司馬相如與程公、都亭長，卓文君及其女婢久仰相如大名，卻也只能在廳堂外偷覷宴席之妙與文人之風采：

> （貼）不瞞小姐説，聞老相公大開東閣，廣設玳筵，往招都亭貴客，
> 奴家偷覷一回，那席面好生擺得富貴整齊也。……不識那人有何福
> 份，享得我家如此款待也？……小姐不知，我心中要見的，採綃紅
> 袖，不若皂錦袍，共斗西園草，怎似我將花故與東君拗，覷風流樣
> 子，勝伴〔註188〕俏苗條。〔註189〕

卓文君聽婢女一説，又聽過相如大名，於是她也偷偷躲在廳堂一角，觀看司馬相如的模樣：

> （旦上）……奴家聞爹爹相邀貴客，不免到堂前偷覷一回，多少是
> 好，呀！你看他清標應物，如春月之濯柳，應氣逼人似野鶴之出群，
> 高才幸福，雅況難通，怎得臨身，使奴默覷？〔註190〕

兩個懷春的少女少婦，僅管對才子傾心仰慕，但礙於禮法之規，男女之防，仍不能參與家中所設的家宴，只能用「偷覷」的方式來完成心中小小的期盼。又如：《錦箋記》中，柳夫人本與虔婆、女尼、女兒在家中院子裡閒聊，一聽到梅玉來了，她一面叫下人準備宴席款待，一方面又對虔婆、女尼說：（老旦）二位到小女房中待茶。而柳淑娘和其婢女的反應則是（旦）檐前聞鵲喜，花外有人

〔註186〕見鄧小南主編：《唐宋女性與社會（上）（下）》（上海市：上海辭書出版社，20038 月一版一刷），頁 294。

〔註187〕見續修四庫全書編纂委員會編：《續編四庫全書：子部：儒家類：鄭氏家範》（上海市，上海古籍出版社，1995 年初版），頁 286。

〔註188〕伴：義同「扮」也。

〔註189〕見毛晉原編、黃竹三等人重新校注：《六十種曲評注》第十冊（長春市，吉林人民出版社，2001 年 9 月一版一刷），頁 314～315。

〔註190〕見毛晉原編、黃竹三等人重新校注：《六十種曲評注》第十冊（長春市，吉林人民出版社，2001 年 9 月一版一刷），頁 321～322。

來（下）。〔註191〕柳夫人叫虔婆與女尼和柳淑娘回房中喝茶，最大的原因是要避免梅玉和淑娘相見，因為是不合禮法的，且有虔婆與女尼看住淑娘，淑娘才不會因好奇偷偷跑出來看；當然淑娘是明白的，所以也就離開花園了。在戲劇人物安排上，淑娘一下場，梅玉才上場，作者似乎也借人物上下場的順序間，刻意強調這禮法對未曾謀面的青年男女的規範。可見得在禮法的規範之下，上層社會的婦女要在社交宴會中與男性接觸，除非是至親，如：柳夫人與梅玉是姨甥關係，否則婦女是盡量迴避與男性接觸的，如果要有接觸，也要如同前文所引《鄭氏家訓》所言，要經過長輩的同意，要經由家族中人的導引，否則就是違亂社會禮法規範，是不被社會大眾的道德標準所允許的。如此一來，明代所謂的良家婦女，要和男性產生兩性互動是很困難，限制極多的，這些限制又是男性設定出來的，把女性當囚犯一樣拘禁在深閨大院中，以達到男性佔有女性的滿足，怎麼可能讓兩性關係正常的發展呢？長期的封閉，也對明代女性的身心戕害極大，有的是認命的被限一生，但心靈無法正常發展；有的則是用其他更不為禮法所容的行為，做為對身體心靈俱受禁錮的抗議。不過，在極其受限的兩性互動中，婦女們有另一個與異性發生互動，而受限相對較少的地方，那便是：宗教場所。從《六十種曲》中，我們可以發現：婦女們與宗教人士的往來是相當頻繁的，這其中包括女性的道姑、尼姑，也包括男性的和尚與道士，不過沒有西洋宗教人士。女性與女性宗教人士往來是很正常也合禮法的，但是女性與男性宗教人士往來不就衝破男女之防了嗎？筆者以為，明代女性與男性宗教人士往來會被允許，是因為中國的男性宗教人士，通常是被要求守誡律與遵守戒慾主義的人，因為其教規已規範他們不可近女色，所以向來把女性視為己物的中國男性才會允許自己的太太、女兒去接近他們。此外，中國文人或富貴人家的男性，一向與宗教人士往來密切，對他們必定也會對他們有一定程度的了解與信任，所以，當女性去宗教場所中參與活動時，男性們才能放心地放行。而這些宗教活動對女性來說，又有什麼作用？同為明代的文學作品《金瓶梅》中也有一個熱衷拜道打醮解禳的正室——吳月娘，後代學者分析她如此熱衷宗教之原因有三：一保夫主早早回心，齊理家事；二早生一子，以為終身之計；三是解悶養心。〔註192〕她身為西門慶的正室，想法卻非常單純；在一夫多

〔註191〕以上兩段引文見毛晉原編、黃竹三等人重新校注：《六十種曲評注》第十七冊
（長春市，吉林人民出版社，2001年9月一版一刷），頁212。
〔註192〕見陳東有：《金瓶梅文化研究》（台北市，貫雅文化事業有限公司，1992年11

妻的古代社會中，女性只希望借由宗教的力量，能佔有丈夫的心，能在家庭中
鞏固其權位，而未婚女性則是希望能求得良緣，因爲婚姻和子嗣是中國古代女
性一生唯一能寄託的希望，至於最後一點「解悶養心」，也呼應前文所言，她們
的生活是封閉而單調的，到寺廟、道觀中，念經說法，禮拜神祈，參加法事，
便成爲一種生活的調劑了。此外，宗教人士也是男性允許她們少數可擁有的異
性解惑與說話的對象，所以他們就成爲女性們隱形的朋友；這些內在因素與外
在因素綜合起來，使得宗教場所就成爲明代女性與異性接觸的重要社交場所。

二、異性愛情關係與發展

　　愛情故事，是戲劇中最常被拿來描寫的主題，愛情關係，也是自古以來作
家描寫男女關係時最用力發揮的部份，即使一齣戲的屬性不是愛情劇，在劇中
多少還是會提到男女的情感或互動，因此探討戲劇中的兩性關係，「愛情」是必
定要探討的。但是，愛情的發展歷程絕對不是一帆風順，平淡無奇的，它一定
是男女從相識、相戀到結合圓滿，充滿各種起伏變數，迭宕變化；即使在戲劇
情節一開始，故事男女主角已爲夫妻關係，他們的生命歷程仍是有可能歷經磨
難，才再次修成愛情正果。因此筆者在本節將探討《六十種曲》中所反映的明
代男女的愛情歷程，究竟是如何的樣貌，而男女面對愛情挫折時的反應，又映
照出男與女面對愛情時的態度，與愛情在其人生中的定位，男與女存有怎麼樣
的差異性呢？筆者將針對不同性別遇到情感上各種狀況時的不同反應與態度做
出分析。而逐項分析之前，筆者要以列表的方式對每齣劇中的主要愛情情節做
一整理：

劇名	主線愛情〔註193〕男女主角姓名		愛情挫折	愛情結果	備註
	男性	女性			
琵琶記	蔡伯喈	趙五娘	陳留郡饑荒，趙五娘千里尋夫，牛丞相逼蔡伯喈娶其	牛小姐助蔡氏夫婦完成姻緣，朝廷旌表蔡氏一門，迎其	

月初版），頁55。

〔註193〕戲劇情節發展會分主線與副線，若以《六十種曲》中各劇的主要愛情故事分析
　　　　之，已有六十個故事作爲研究文本，數量上已不少，若再加入副線的愛情情節
　　　　分析，則顯龐雜，故筆者只以每一劇的主線的愛情故事作爲分析的對象，而一
　　　　個男主角若配有兩個以上女性對象者，則都會討論，視爲一個愛情發展整體。

			女，將其軟禁京城，	家於京城中樂享高官厚祿	
荊釵記	王十朋	錢玉蓮	錢玉蓮被逼投江，王十朋為萬俟承相看上，欲招為婿，王不從，貶至廣州潮障之地，因此誤傳出王之死訊，使男女主角都誤認為對方已死。	錢玉蓮為前流行（官：安撫）所救，收為義女，錢、王二人在五年後在錢流行牽線說明下終得團圓	
香囊記	張九成	邵貞娘	張九成為秦檜迫害，至金國為質，生死未卜，邵貞娘與婆家失散後，為富家子逼婚	貞娘、九成公堂相會，九成尋回母親、弟弟，一家終團圓，並得朝廷褒獎	
浣紗記	范蠡	西施	西施被越王送與吳王夫差為妃	越滅吳，范蠡棄官，帶西施泛舟，遠走天下	偶遇相識一見鍾情
尋親記	周羽	郭氏	周羽、郭氏為富家人張敏所逼，周羽發配廣南，郭氏毀容拒婚保子	周郭之子 —— 周瑞隆長大及第，奉母命棄官尋父回家團圓，終於父子皆得朝廷封官	
千金記	韓信	韓妻高氏	韓信從軍，誤傳其死訊，其妻躲戰亂歸依母家	韓衣錦榮歸，與妻團圓，朝廷榮封二人	
精忠記	岳飛	岳飛夫人	岳飛父子夫妻為秦檜害死	韓世忠為岳家平反冤屈，追封岳氏全家	愛情（岳飛夫妻之情與互動）非此戲的重要環節
鳴鳳記	鄒應龍、夏言	鄒應龍妻、夏言妻易氏與妾賽瓊	嚴嵩迫害，數個家庭妻離子散	嚴嵩倒台，被迫害的人都被封官，並與家人團聚	愛情非此戲的重要情節
八義記	趙朔	晉國德安公主	趙家因官高賞厚，為屠岸賈陷害，家破人亡，妻離子散，	程嬰以子救趙氏孤兒，並以畫說書點醒其身世，孤兒殺屠以報家恨	
三元記	馮商	妻：金氏	無子	天帝賜子，一家封誥	
西廂記與南西廂記	張珙	崔鶯鶯	崔母反對男女主角姻緣，亂軍首領孫彪欲強婚崔鶯鶯，崔鶯	張生及時趕回普救寺，與崔鶯鶯終成眷屬	偶遇相識一見鍾情

			鶯表哥鄭恒趁張生進京赴考,欲騙婚崔鶯鶯		
幽閨記	蔣世隆	王瑞蘭	因王父反對而分開	蔣世隆進士及第,蔣王、二人終結姻緣	因戰亂而相識
明珠記	王仙客	劉無雙	劉父因王貧賤,反對其二人婚姻,劉無雙後來又因罪被送入宮守皇陵	王授薦爲官,以計救出無雙,後皇帝赦無雙詐死之罪,大團圓收場	
玉簪記	潘必正	陳嬌蓮（妙常）	戰亂使二人相遇又分離,栗陽王公子欲強婚陳妙常	潘及第,陳脫空門,與家人大團圓收場	雖本有婚約,卻因戰亂而相識
紅拂記	李靖	紅拂女張凌華	天下戰亂,二人失散	天下終定,二人團圓,接受朝廷敕封	
還魂記（有二本）	柳夢梅	杜麗娘	杜麗娘傷春而亡,陳最良向杜父搬弄是非,杜寶食古不化,不認女與其婚姻,將柳下獄,	聖旨賜婚,杜寶妥協	
紫釵記	李益（生）	霍小玉	李益及第,卻因不答應盧太尉招親,而被軟禁招賢館	黃衫豪士救了李益與小玉相聚,後皇上賜婚二人	偶遇相識一見鍾情
邯鄲記	邯鄲盧生	清河崔氏女	被宇文陷害,盧生流放廣南,崔氏女收爲官婢織錦	靠崔氏女之織錦,冤屈得雪,一家重享高官厚祿	偶遇相識,崔氏女自願嫁盧生
南柯記	淳于棼	金枝公主（瑤芳）	檀夢國王子攻打蟻國,欲強公主爲妻	公主病死,淳于棼被遣送回人間	
春蕪記	宋玉	季清吳	登徒子阻其姻緣又加以陷害	宋玉以辯才爲己雪冤,宋王賜婚宋、季二人	偶遇相識一見鍾情
琴心記	司馬相如	卓文君	卓王孫反對二人婚姻,司馬相如被唐蒙陷害入獄時,王孫又逼改女嫁。	相如接文君入京,二人再次團聚	司馬相如至卓文君家作客相識,卓文君立刻決定與其私奔
玉鏡台記	溫嶠	劉潤玉	戰亂與王敦叛變,王以溫之妻母爲質,逼溫劉二人投降	溫嶠打敗王敦,一家受朝廷封賞	一見鍾情
懷香記	韓壽	賈午	賈父反對二婚配,薦韓從軍,欲陷其死	韓壽大勝而歸,皇上賜婚,二人終成眷屬	偶遇相識一見鍾情

彩毫記	李白	許湘娥	爲高力士譖，歸四川，值安祿山之變，爲永王璘騙而監禁，安祿山之變平定又被流放夜郎	爲郭子儀所救，得官一家團圓	愛情（夫妻互動）非此戲的重要環節
運甓記	陶侃	龔氏	逢王敦、蘇峻接連叛變，侃與溫嶠同平之。	一家榮獲朝廷榮封	愛情（夫妻互動）非此戲的重要環節，男女互動以陶侃與陶母爲主體
鸞鎞記	杜羔	趙文殊	李補闕欲強娶文殊爲妾	杜羔及第，迎娶趙文殊爲妻	
玉合記	韓翃	柳氏女	安祿山反，吐蕃將沙吒利搶奪柳氏女，柳不從，被拘於沙府中	豪俠許俊至沙吒利府中救回柳氏女許皇帝下詔封賜結爲夫妻	偶遇相識一見鍾情
金蓮記	蘇軾	友：琴操 妾：朝雲	章惇屢譖蘇軾，使其數次遭貶	蘇軾聽佛印與出家爲尼的琴操渡化，遁入空門，其子雙雙及第，，	男女愛情互動非此戲的重要環節
四喜記	宋祁	名妓：董青霞 宮女：鄭瓊英	鴇母將董移居開封，惡少花銀團欲強娶之，宋祁遭太后降爲進士第二，又遭李淑復彈劾	皇帝賜婚宋祁與鄭瓊英，宋家二兄弟辭官，祁攜青霞、瓊英回歸家鄉	宋祁與董青霞、鄭瓊英都是偶遇相識，宋與董互相一見鍾情，鄭對宋一見鍾情
繡襦記	鄭元和	李亞仙	鴇母騙鄭使其流落街頭，最後害其落迫爲丐，鄭父見鄭元和令他失望，鞭打後與其斷絕父子關係	李亞仙救了鄭元和，督其讀書求功名，並爲自己贖身，元和及第，遇其父於成都驛，一家和好團圓	
青衫記	白居易	裴興奴	鴇母貪財，將裴賣與茶商劉員外	劉員外溺死，興奴判歸白居易，皇帝召居易回京爲官	
紅梨記	趙汝州	謝素秋	王黼看上素秋，將其拘於府中，命花婆看管，金滅宋，二人逃亡	錢濟之救了趙、謝二人，並以計使趙赴考，及第後再使二人有情人終成眷屬	

焚香記	王魁	敫桂英	富豪金壘一再從中破壞	海神王賜敫桂英還魂，王魁高升，二人終成眷屬，回鄉祭祖	
霞箋記	李玉郎	張麗容	灑銀公子破壞其姻緣，使其無法相見，將領阿魯台爲討好伯顏丞相，強擄張麗容，進獻張入伯顏府，伯顏夫人忌之，將張送入宮，又被派去做公主陪嫁	李玉郎高中狀元，在花花公主夫婦幫助下，二人終得團圓	李偶見張，一見鍾情
西樓記	于鵑	穆素徽	于鵑父反對其往來，茶商池同與鴇母將穆騙到杭州，並鵑與素徽二人都以爲對方已死亡	素徽被救，二人重逢，于鵑及第，其父亦接受素徽，二人姻緣得踐	
投梭記	謝鯤	妻：王氏 妾：元縹風	鴇母嫌謝鯤窮困，計騙元縹風上商人烏斯道之船，烏見元一直不從，將她做童女獻給鹿仙，錢風捉謝鯤入獄	謝鯤勸善鹿，鹿仙助其掃平叛亂，元縹風爲謝鯤岳父母所救，與謝終得團圓	
玉環記	韋皋	情人：妓女玉簫 妻：張瓊英 妾：姜蕭玉	因鴇母阻撓，進士落第二次，韋與玉簫無緣一起，玉簫哀傷而死 富童進讒，害韋皋夫妻被張延賞疑忌，韋憤而離去從軍，而瓊英被逼改嫁不從自盡 韋皋因姜蕭玉貌似玉簫，在宴席上失態，姜承以爲韋皋好色，一直窺視其女蕭玉，定下生死狀	瓊英被韋皋所救團聚， 韋以勸降書平定朱泚，姜承依約將蕭玉嫁與韋皋，韋由其身上玉環證明蕭玉爲玉簫轉世	韋皋與玉簫一見鍾情
金雀記	潘岳	妻：井文鸞 妾：巫彩鳳	齊萬舉逼娶巫彩鳳，巫不從自盡	巫被觀音大士救到觀音庵，與井文鸞相遇，潘岳派人到觀音庵買花，得知妻妾皆在此，三人團圓，	井文鸞對潘岳一見鍾情 潘岳與巫彩鳳在宴席上一見鍾情

贈書記	談塵	妻：賈巫雲 妾：魏輕煙	談塵被官府追緝，男扮女裝逃避；賈巫雲被叔父構陷，要送其入宮，女扮男裝逃走；魏輕煙爲護談塵被捉，殺死差役，投奔楊家女將山寨	三人互認眞實身份，上啓天聽，皇帝賜其恢復原來身份，一夫二妻，結局大團圓	談與二女皆偶然相識而產生感情
錦箋記	梅玉	亡妻：薛氏 妻：柳淑娘 妾：芳春	淑娘父親反對，帶其赴任，並改配桃綉之子，淑娘不從，後又被選爲宮女	芳春代淑娘入宮，賜婚梅玉，二人回鄉尋得淑娘，一家團圓，	
蕉帕記	龍驤	胡弱妹（共二個，一爲眞人本尊，一爲狐仙霜華大聖所化）	胡連在其父面前進讒言，破壞妹妹姻緣	龍驤靠眾仙之助登金榜、打勝仗；最後呂洞賓揭示因果，龍，驤全家俱成仙	
紫簫記	李益	霍小玉	李益中狀元，反被派戍西疆，二人分離	李益回京，二人團聚	一
水滸記	宋江	妻：孟氏 妾：閻婆息	閻婆息與宋江下屬通姦，又以梁山泊送來的信威脅宋江，宋怒殺閻，被判死刑	梁山泊好漢劫法場，救宋江，並迎來元配孟氏與其相聚	
玉玦記	王商	秦慶娘	王商迷戀妓女李娟奴，慶娘爲叛賊所擄，毀容剪髮以守節操	王商在叛軍囚俘中見慶娘，出示玉玦夫妻相認	
灌園記	田法章（化名王章）	太史敫女	太史敫以爲女與田法章私通，即使田已歸位登王，亦不承認此段戀情	田法章與太史敫女終爲眷屬	偶遇相識，太史敫女對田法章一見鍾情
種玉記	霍仲孺	妻：衛少兒 妾：俞氏	衛青反對妹妹與霍在一起，將仲孺趕出衛府，少兒差點被衛青之政敵所害去和番	仲孺所生二子霍光及第並被招爲駙馬，霍去病平匈奴，風爲大將軍，一家受皇封	偶遇相識一見鍾情
雙烈記	韓世忠	梁紅玉	鴇母嫌韓窮困，將其趕出紅玉家	韓受刺激，努力求功名，安朝廷，其間紅	

				玉暗助之，為其謀略，二人最終見朝政腐敗，奸人當道，歸隱山林	
獅吼記	陳慥	妻：柳式妾：秀英	柳氏善妒，虐待陳慥	佛印帶柳氏遊地府，恍然大悟，善待妾與其子，戲末，陳氏一家與蘇氏一家，在佛印引導下皆修成正果	
義俠記	武松	妻：賈氏	武松因殺西門慶、潘金蓮入獄，後被蔣門神、張團鍊、張都監陷害，又被刺配恩州，途中差點被暗殺，武松被陷害，其岳母、未婚妻賈氏只好暫躲清真觀	與賈氏完婚	此戲的男女互動非重要情節
白兔記	劉知遠	妻：李三娘妾：岳秀英	劉知遠被妻舅羞辱趕出，李三娘不願改嫁，飽受折磨十六年	寶公救出劉、李二人之子——咬臍郎，交知遠秀英撫養，十六年後，母子無意中相見，夫妻方得一家團圓	廟中偶遇相識，劉為李太公收留，並將女兒三娘許配與他
殺狗記	孫華	妻：楊氏妾：迎春	孫華損友柳龍卿、胡子傳挑撥柳家兄弟情感，孫妻妾勸之，反遭責罵。孫榮與孫華二人和好如初後，柳龍卿、胡子傳又到官府誣告孫家	楊氏公堂作證，開棺驗屍，還孫家兄弟清白，朝廷旌表封贈孫氏兄弟與楊氏	此戲的男女互動非本戲重要情節
曇花記	木清泰	妻：衛德茱妾：郭倩香、賈凌波	木清修道離家十年	全家都得証正果	此戲的男女互動非重要環節，為一典型宗教戲
龍膏記	張無頗	元湘英	元父反對二人，並誤會湘英不貞，命其自盡，原母與婢女冰夷將其藏身冰夷母家，張遭王絪陷害入獄	二人結為夫妻，塵緣已了，隨袁大娘入山修道	

飛丸記	易弘器	嚴玉英	易弘器差點爲嚴世蕃暗算，逃出嚴家，躲於叩郡實家中，嚴家抄家，玉應沒入高官仇嚴家爲奴	易弘器及第，嚴辦仇嚴，在玉英舅舅爲媒下，與玉英終成連理，數年後，厭倦官場，與妻玉英、友郡實，棄官歸隱山林	
東郭記	齊人	姜氏二女：長者爲妻、幼者爲妾	墳地乞食，爲妻妾發現	其人終任高官，但與妻妾看盡世俗，與好友陳仲子隱居山林	偶遇相識，一見鍾情
節俠記	裴伷先	妻：盧郁金　妾：思摩闐花	裴家遭武承嗣、李秦授陷害，裴遠戍塞外，妻子岳母流放嶺南	武氏垮台，裴回任高官，接回妻子岳母，一家團聚	
雙珠記	王楫	郭氏	軍營長李克成垂涎郭氏，陷王楫下獄，郭氏欲自盡，將子交與商人王章	袁天綱救郭氏，並勸唐皇大赦天下，使王楫免罪，二人子王九齡，長大成人及第，棄官尋父，二人相會嘉陵，一家團聚京師，受皇帝旌表	
四賢記	烏古孫澤	妻子：杜氏　妾：王氏	皇親徹里木帖兒陷害烏古孫澤全家，使一家失散，王氏入道	烏古孫良禎及第，彈劾徹里木帖兒，告假尋親，王氏亦下山相尋，一家團圓	
備註					

一、異性愛情關係與發展

本段比者要探討的是「異」性愛情，在《六十種曲》中發展的一般模式，而愛情的發展大致可以分爲三個階段：相識（開始）→戀愛（過程）→結合（結果），〔註194〕以下就以這三個階段做闡述分析。

（一）《六十種曲》中愛情的觸發模式

在《六十種曲》中，通常男女主角的關係開啓有四種形式：夫妻關係、自小婚約、偶遇、以及借由第三者介紹或其他原因而認識。第一種的夫妻關

〔註194〕在《六十種曲》中的正面人物或主角，愛情的結局都是圓滿的，看不到單純的悲劇結果，故筆者以「結合」描述其愛情的結果。

係，例如：《琵琶記》中的蔡邕與趙五娘、《八義記》中的趙朔與德安公主、《三元記》中的馮商與金氏、《香囊記》中的張九成與邵貞娘、《運甓記》中的陶侃與其妻・・・等等，這種開始的關係即爲夫妻的戲劇故事，在情節設計上就較爲單純，可以一下子就進入主要情節的開展，而且一開始時夫妻情感都很好，但是到後來，因爲環境、男主角身份、經歷的改變，少數的情感產生變化，如：《玉玦記》中的王商，大多數夫妻感情還是堅定的，這應是大多數作者與觀眾基本心態與期待的投射所造成的。

第二種男女情愛關係的建立，是來自於從小父母爲他們訂下的婚約，從此他們就守著這個婚約，在此基礎上認定彼此，建立情感，如：《節俠記》中的裴伷先和其未婚妻盧郁金：

> （老旦）老身左拾遺盧藏用之妻是也，……，止生一女，小字郁金，……，孩兒，你的父親在日，曾將你許與裴侍中之侄裴伷先，近日聞得他做了太僕寺丞，但裴郎宦游京邸，你我蓬飄嶺南，歲月磋跎，音書斷絕。〔註 195〕

盧郁金雖知自己與裴伷先訂下婚約，但是他們眞正見面、成婚、與建立情感，卻是在裴伷先被貶到嶺南後才完成。又如：《明珠記》中的劉無雙和其未婚夫王仙客，本因門當戶對，又有姻表之親，所以兩家在其二人幼小時，就爲他們訂下婚約，後來王家道中落，劉父悔婚，但劉無雙誓爲王仙客守住婚約，二人幾經波折，終成眷屬：

> （生上）王仙客，本貫襄陽鄧州人氏，先朝諫議大夫王公之子，當朝户部尚書劉震之甥，不幸早年喪父，賴母舅迎養老母，看覷成人，舅舅有一女，明曰無雙，年紀小俺三歲，自幼兒，常同學相戲，舅母喜歡，常時對小生說，待你長成，把無雙與你爲妻，母親臨死之時，要求婚配，是母舅親口許下，只因小生扶柩歸鄉，不曾成禮，即今三年服滿，明年是建中皇帝大比之年，小生待上京師應試，順便到劉家求親。
>
> （貼）小姐，老爺既然不肯成就，只索順從他，沒來由煩惱甚麼？
>
> （旦）父命我豈不從？但婚姻一言爲定，女子從一而終，姑娘在日，便許了他，今日人亡事變，卻悔賴他的，爹爹官居台閣，須被外人

〔註 195〕見毛晉原編、黃竹三等人重新校注：《六十種曲評注》第二十四冊（長春市，吉林人民出版社，2001 年 9 月一版一刷），頁 368～369。

> 恥笑。……，心堅，守松筠，甘冰蘗，窶寐〈柏舟篇〉。……，（貼）
> 小姐，見說王解元家寒，若嫁了他，須索受些淒楚。（旦）不怨，從
> 教受凍擔飢，怎肯嫌寒就暖，我彩鳳，羞與寒鴉作伴。〔註196〕

王、雙二人，因婚約的認定，又已產生感情，故而能不畏阻礙，堅持到最後，有情人成美眷。這種自小訂親的婚姻之愛，往往是在婚後才有感情的，而古代人對這種自小訂親的習俗是習以爲常，傳之不輟的，即使在明代，政府嚴令禁止，但是在民間還是相當普遍的，有的是「童幼許婚」或「指腹爲婚」〔註197〕，學者研究以爲：

> 胎婚，又稱指腹婚，是由男女兩家父母在兒女尚未出世前，即約定
> 的婚姻，將父母之命的權勢發揮到極致。胎婚的弊害是多方面的，
> 如北宋司馬光就曾分析說：「有指腹爲婚者，及既長，或有無賴，或
> 有惡疾，或家貧凍餒，或喪服相仍，或從官遠方，或使棄信背約，
> 遂獄致訟者多矣。」〔註198〕

> 指腹婚是門第相當的兩家父母，爲尚在孕育的子女訂立的婚姻，俗
> 稱「指腹割襟」，這種婚姻是建立在兩性交好的基礎上，希望以婚姻
> 關係保持自己門第地位，南北朝時指腹婚流行，明清朝廷曾加以禁
> 止，但這種婚姻形式，一直在民間流傳。〔註199〕

在《六十種曲》中，我們所看到的也是「童幼許婚」或「指腹爲婚」的普遍存在，而且不管是民間百姓，或仕人官宦，或商賈富家，都不排斥此種婚姻形式的存在，而且除了《錦箋記》中的梅玉之亡妻薛氏，因病身亡，無法與他結成夫妻外，其他自小訂親的大多有圓滿結果，所以在守信與守貞的道德觀催化下，民間觀念的的支持下，自小訂親也是男女愛情與婚姻開始的一種方式。

　　《六十種曲》的第三種觸發情感的方式是「偶遇」，在男女不期而遇之中，一見鍾情，後在交往的過程中，情感日深，相互認定，儘管歷經千辛萬苦，

〔註196〕見毛晉原編、黃竹三等人重新校注：《六十種曲評注》第二十四冊（長春市，吉林人民出版社，2001年9月一版一刷），頁293～336。
〔註197〕見陳顧遠：《中國婚姻史》（台北市：臺灣商務印書館，1992年9月，臺一版八刷），頁129。
〔註198〕見完顏紹元：《婚嫁》（香港：萬里書店，2004年5月一版），頁56～57。
〔註199〕見蕭放等著：《中國民俗史（明清卷）》（北京市：人民出版社，2008年3月一版一刷），頁254。

還是對對方一往情深，最好獲得美好結局；這種一觸即生情的偶然相遇，可以說是《六十種曲》中最浪漫的情感觸發方式，例如：《種玉記》中的霍仲孺與衛少兒、《玉環記》中的韋皋與蕭玉、《灌園記》中的田法章（王章）與太史敫女、《玉盒記》中的韓翃與柳氏女、《浣紗記》中的范蠡與西施、《霞箋記》中的李玉郎與張麗容……等等，以《贈書記》的男主角談塵爲例，他的第一段戀情是偶遇風塵俠女魏輕煙而生患難之情：

> （貼、丑同行上介）掩映步香塵，喜花光照眼明。（遇生介，貼背向丑介）那郎君生得好丰姿。（生背介）怎麼有這等標致的女子！（貼）何來衛玠穿芳徑？看他丰姿出群，飄搖韻生，我琳瑯觸目今何幸！（生隨貼行介，丑）小官人放尊重些，怎麼只管隨來隨去？（貼背介，合）想鍾情，追隨蒙履，使我暗飛魂。（生）邂逅許飛瓊，喜芳皋似武陵，看他凌風玉袖天香噴，花容出群。（貼）我們到那邊去。……，（生作急走，踢翻竹筒介，淨扯住生介）啊呀！我千辛萬苦討得這些酒，你踢翻了我的，好好賠我來。（生）我身伴不得帶銀子在此。……，（貼）那郎君不得帶銀子在此，把什麼賠你，待我把幾貫錢，替那郎君賠了吧！……，（生謝貼介）多承高誼，感激不勝。（貼）區區小事，何足稱謝。（生）請問小娘子尊姓？家住那裡？待小生好來奉還。（貼）奴家姓魏，小字輕煙，家住平康巷中，郎君若得便，到家下看看也好。〔註200〕

可見二人是各懷情愫，才會一個故意點出前進方向，一個癡癡呆呆的追趕著；而談塵撞翻小丐兒的酒，也是因太癡心追趕才導致的，魏輕煙因此對談塵更有意思，才製造還錢的橋段，讓他們能有再相聚的機會。又如：《春蕪記》中的宋玉與季清吳兩人在寺廟中偶然相遇，互相顧盼，眉目傳情，最後季清吳還不小心掉下一只春蕪帕，成爲二人愛的信物：

> （旦、小旦西行，生東上）……，（相遇，旦作驚介）呀！秋英，那邊有人來了，我與妳方丈去吧！（小旦作笑介）小姐，不妨事，他有眼睛看我們，我們也有眼睛去看他。……，（旦回身見生驚下，生望介）怎麼世上有這等標致的女子，不知誰家宅眷，恍疑是飛來仙媛，舒望眼，這愁情倩誰消遣，適才聽到說的方丈吃茶，料必就來，

〔註200〕見毛晉原編、黃竹三等人重新校注：《六十種曲評注》第十七冊（長春市，吉林人民出版社，2001 年 9 月一版一刷），頁 12～13。

還站在此等他出來，再飽看一回。(虛下，旦、小旦上)小姐，天色尚早，且再和你到殿前耍子一回。……，(生作遠望介，旦)秋英，你看適才迴廊下那人，又在那邊窺望了，怪何來無知少年，驀地裡將人流盼。(小旦笑介)咦，小姐，難道妳怪他看妳，口裡雖只如此說，心下一定思忖，道若得諧繾綣，不枉了百年姻眷。(旦作微笑介)呸，這丫頭甚麼說話！……，(旦)又早是夕陽西轉，聽清磬出雲端，只索要離禪關也囉。(旦、小旦將下，生撞上。旦作驚避，遺春蕪)……，(生)適間前邊走的那女子，分明有顧盼之情，只恨她兩人同行，小生不敢上前通問，這也都成虛話了，自到需中去吧！(作行見春蕪介)呀！這羅帕想就是那女子遺下的，怎麼這等香得緊？敢是她有意於我？故意失墮在地，要我拾取，也未可知，但不知什麼人家，好生想殺我也。〔註201〕

這段偶遇不但使男女主角相互顧盼留情，進而產生愛情，還留下愛的信物做爲情感發展的連繫與見證。這種直接地偶然相見就一見鍾情，在戲劇情節安排上，的確是可以使愛情的進展與劇情的推演，更直接，更快速。

《六十種曲》的最後一種觸發情感的方式和第三種有點類似，也是「一見鍾情」，但是卻是間接式的透過第三者介紹，或是一些其他的場合，甚至是因慕其美名，相約、相見而後相戀，例如：《龍膏記》中張無頗與元湘英，是經由袁大娘的做法偷來暖金盒與玉龍膏丸，〔註202〕並由婢女冰夷的牽線，在花園中見面，慢慢通情，〔註203〕最後歷經劫難而成夫妻。又如：《紅梨記》中的趙汝州和謝素秋，只因當時流傳一句「男中趙伯疇，女中謝素秋」，便互生好感，互相傾慕：

（生扮趙汝州上）……，小生姓趙名汝州，表字伯酬，……，如小生生之風流才調，必得天下第一個佳人，方稱合璧，向來聞得人言云：「男中趙伯疇，女中謝素秋」，(笑介)，不知素秋怎麼樣一個女子，就堪與小生作對？一向問人，並無識者，昨入京來，才知是教

〔註201〕見毛晉原編、黃竹三等人重新校注：《六十種曲評注》第十冊（長春市，吉林人民出版社，2001年9月一版一刷），頁48～50。

〔註202〕見毛晉原編、黃竹三等人重新校注：《六十種曲評注》第二十三冊（長春市，吉林人民出版社，2001年9月一版一刷），頁44～47。

〔註203〕同上註，頁136～155。

坊妓女，說道果然天姿國色，絕代無雙。〔註204〕

後來二人雖然數次相約見面，都未見到面，但已認定彼此，在歷經苦難後，最後終結連理。這種經由其他管道而相識，最後產生深情而相戀，也是《六十種曲》中，一種愛情的產生方式。學者認為，人類愛情的產生，和動物有很大的不同，動物只在乎動物本能的性慾與性行為，而人類的愛情還受到文化與理智、道德等多重因素的影響：

> 它們向意識的高級領域傳遞信息，促使對戀愛對象做出審美、道德
> 等估價，強化對戀愛對象的好感和慾求的複合體，人類之間的關係
> 極其複雜，因為它是在人類總的文化影響下形成的，感官在激發和
> 實現男女之間性慾方面所執行的直接的、純動物性的職能，由意識
> 及其在道德、審美、世界觀方面所做的評價，判斷和分類加以調節，
> 因此文化修養在一定範圍內控制和監督人的動物本能。愛情在成為
> 幻想、思念、感情、評價、美化、深沉而熱烈的審美欲求之前，表
> 現為對感覺的渴望和情感的享受，傳遞愛情的真正信使是思想和感
> 情，是想像和感覺，愛情須要充實豐滿的感覺。〔註205〕

這種具有審美與文化內涵的愛情相遇，正是明代劇作家所追求的，它們是建立在人類理性與感性的情感交錯美之上，而不是一種單純的慾望，所以愛情的起始關係不管是已婚夫妻、訂了婚的男女、偶遇一見鍾情的有情男女、經由某種場合或某人為中間媒介而產生愛情的男女，都能對對方保有深情，都能為愛堅持到最後，這種一觸即發的愛的力量也好，細水長流的愛也好，從一開始就讓觀眾感受到它們借由戲劇發揮其感染力與觸動心靈的力量，這就是明傳奇愛情之起始情節設計的重要性。

（二）《六十種曲》中愛情的發展經過

當愛情開始之後，大部份的以愛情為主題的戲劇，都會花很多的篇幅來鋪演男女主角的愛情過程，而筆者亦觀察到：每一段愛情中間的發展，幾乎都是先甜後苦，再來才以團圓做結束。也就是每一段愛情剛開始時，都有一段男女主角的甜蜜戀愛期，然後必會受到現實各種因素的阻撓，使男女主角

〔註204〕見毛晉原編、黃竹三等人重新校注：《六十種曲評注》第十四冊（長春市，吉林人民出版社，2001年9月一版一刷），頁537。

〔註205〕見瓦西列夫著、趙永穆、范國恩、陳行慧譯：《情愛論》（北京市，三聯書店，1998年3月二版十二刷），頁196～198。

飽嘗辛酸，最後天從人願，或是說爲符合觀衆的期待，終會修成正果，以苦盡甘來，大團圓爲收場。在這種基本的發展模式之下，筆者就以甜蜜期和挫折期來探討《六十種曲》戲劇中的愛情過程。

1、愛情發展的甜蜜期

所謂的甜蜜期，就是愛情中的男女主角在相識之後，有一段感情很好，享受愛情帶來的快樂的一段時間，這段時間通常不會很長，但卻是使當事人的感情加深加厚的一段時期，爲了這段時期的甜蜜，或訂下的約定，他們會因此認定對方就是彼此要共渡一生的人，所以之後不管遇到什麼困難，都會咬著牙忍過去，也會爲此等待對方一生，不管對方產生什麼變化，例如：《種玉記》中的霍仲孺與衛少兒，兩人在衛府花園相識之後，就借著打玉縧墜結、箋信傳情，最後又有了花園之約，成就秦晉之好：

> （生潛上）身捱戶，手攬衣，行向蒼苔輕曳履，早已來到風樹堂前了，試翹首天上嫦娥，問廣寒宮關曾離。（旦忙招生介）霍郎，你來了？（生）華堂雖喜來容易，洞房還恐藏深邃。（旦）你手扳著梧桐樹，腳踏著太湖石，爬過這粉牆，我在裡面扶你就是。（旦下梯，生）我將這白石蒼梧做撥月梯。（生爬牆，旦上，扶生下介）（旦）奴家臥室，特地移近堂邊，早晚可以攀越，霍郎，你只要蹤跡謹慎些。（生）這等，明日待小生稟過曹侯，也移進風樹堂前耳房內住下就是，只有一件，小生計役滿之期，止得半年了，怎麼樣好？（旦）這且再做區處。（生）小生自念：徑路無媒，何幸嬌娃，願效于飛，你本是裙釵幼女，預選英豪，身藉光輝，堪悲！（旦）你悲些什麼？（生）我是個椽吏，愧非才子，怎生與佳人爲配，怕區區終生淹塞，反貽伊悔。（旦）含淚，我生不逢時，鳳寡鸞孤，只恁粉憔脂悴，聞君才貌，欲見無由，何意邂逅花溪，私窺，知你宜室宜家，似喬木絲夢堪倚，誓從今雙飛雙宿，永無拋棄。（生）月已將午，我們睡了罷！
> （旦）這等，我與你進房去，耳邊軟款君須記。（生）我夜夜逾牆赴此期。〔註206〕

這段偷情的時光，應是霍、衛二人一生中最甜蜜的時光，因爲後來就因衛少兒兄長衛青的反對介入，使二人忍受長達十九年的分別之苦，尤其是衛少兒，

〔註206〕見毛晉原編、黃竹三等人重新校注：《六十種曲評注》第十九冊（長春市，吉林人民出版社，2001年9月一版一刷），頁559。

十數年來，撫養著私生子霍去病，只能睹物（玉繼）思人，要不是那段甜蜜期所建立的深厚感情，還有愛情結晶的寄託，她或許就改適他人了。又如：《繡襦記》中的李亞仙與鄭元和，相戀住在一起時，二人是如膠似漆，終日談情，閒來還以琴傳情，好不快樂：

> （生）亞仙，你可試操一曲。（旦）恐污耳。（生）自古道，不焚香不彈，待我燒些香來。（旦）爐薰裊，啓南軒把絲桐緩操，彈一曲採鳳求凰聲合調，聽嗢嗢不似離離別鶴無聊。（生）如此妙音，愧我不是知音者。（旦）差矣，我喜遇知音情更好。（生）再彈一曲《猗蘭》如何？（旦）使得，君，蘭也，妾，草也，今日呵，嘆猗蘭不嫌伴草。（合）兩情高，願鼓瑟宮商，相應合調。（生）清商婉轉音律悄，聽巫山夜雨蕭蕭，暗約高堂魂夢杳，想夜奔文君窈窕，相如智巧，把綠綺輕挑低調。（合）心太憂，總不入歌樓歡笑。（旦）願爲侍妾，箕帚日猶操，玉樹蒹葭雖有消，免絲免得附蓬蒿。（合）偕老，願恩意地久天長，海闊山高。（生）同心比翼，擬結鳳凰儔，梧竹栖遲不暫拋，丹山有日共歸巢。（合）偕老，期誓海盟山，如同地厚天高。

〔註207〕

從二人的唱和之中，可以發現鄭、李二人感情的確是深厚的，也都把對方視爲將來要共渡一生的人；後來鄭元和落魄爲唱喪歌者，又更慘地淪落爲丐，李亞仙爲報其情，先自贖其身，然後替他養病，接著供其讀書赴考，二人對彼此的深情，是無法形容的。從《六十種曲》中，我們可以看到愛情的發展是有起有落，而愛情過程中的情感甜蜜期，就是劇情中愛情情感的最高潮，也是戲劇中男女主角生命歷程中最歡愉的時光。

2、愛情過程中的挫折與面對態度

（1）《六十種曲》中的愛情挫折

戲劇中感情的發展越曲折離奇，戲劇的張力也會越強，在其中最能引起觀眾情緒激昂的莫過於感情中「挫折」情節，人們會對男、女主角挫折產生憤慨、傷心、同情……等等情緒，並看著男、女主角如何去面對挑戰，而期待他們開花結果，愛情挫折的產生深深牽動觀眾的心，也使戲劇情節發展更具可看性。在《六十種曲》中，筆者所看到的愛情挫折大約有以下幾類：第

〔註207〕見毛晉原編、黃竹三等人重新校注：《六種曲評注》第十九冊（長春市，吉林人民出版社，2001年9月一版一刷），頁127～128。

一種是父兄的反對；中國自古以來的婚姻所重就是「父母之命，媒妁之言」，而其中又以父親對兒女婚姻的決定權較大，如果父母不在的話，則以「長兄如父」的觀念爲主，由兄長來決定弟妹的嫁娶，在《六十種曲》中，我們可以看到一些男女主角的姻緣，正是因爲父母或兄長之反對而波折不斷，例如：《西廂記》（與《南西廂記》）中的張珙和崔鶯鶯，是因爲崔母的反對、《幽閨記》中的蔣世隆和王瑞蘭，是因爲王父的反對、《明珠記》中的王仙客和劉無雙，是因爲劉父的反對、《還魂記》中的柳夢梅與杜麗娘，則是因杜父的反對、《琴心記》中的卓文君和司馬相如，是卓父之反對、《懷香記》中的賈午和韓壽，則來自賈父的反對、《西樓記》中的于鵑和穆素徽，是來自于父的反對、《錦箋記》中的梅玉和柳淑娘，是來自柳父的反對、《灌園記》中的田法章（王章）和太史敫女來自於太史敫的反對、《龍膏記》中的張無頗和元湘英，是元父的反對、《種玉記》中的霍仲孺和衛少兒，則是來自衛少兒的兄長衛青的反對，而這種家中長者反對能成立的原因，就在於自古以來婚姻決定權是在一家之主的觀念，而且在講求禮法的社會型態下，人們也以爲青年男女自由戀愛而結合，是一件傷風敗俗的事。

　　《六十種曲》中第二種愛情挫折則是來自戰亂，迫使男女主角不得不分開，各自逃命，如：《香囊記》中的張九成和邵貞娘，因金國南侵北宋而分離淮河兩岸、《千金記》中的韓信與其妻高氏，則因楚漢相爭而失散、《玉簪記》中的潘必正和陳嬌蓮（妙常），則因金兀尤之亂而無法相認結親、《紅拂記》中的李靖和紅拂女，則因隋末天下戰亂，而一度失散、《玉鏡台記》中的溫嶠與劉潤玉、《運甓記》中的陶侃及其妻龔氏，則都是因王敦之亂與蘇峻之叛，而失散兩地或被壓爲人質，戰爭成爲男女愛情挫折中，無法抗拒的歷史因素。

　　此外，《六十種曲》中第三種愛情挫折則是強權的介入；例如：《琵琶記》中的男主角蔡伯偕，因爲進士及第，被牛丞相看上欲招爲婿，不但把他軟禁起來，還以性命相逼，使蔡伯偕與趙五娘的姻緣遭受災難阻礙；又如：《荊釵記》中的男主角王十朋，一樣是因進士及第被萬俟丞相看上，欲招爲婿，但王不從，被1貶廣州，還誤傳死訊，造成男女主角分別五年，才又再相逢；再如：《鳴鳳記》中的嚴嵩，獨攬朝政，迫害無數大臣，致使鄒應龍和他的妻子，夏言和他的妻妾，夫妻分離逃難，這已不只是破壞姻緣，強權還使無辜忠臣家庭破碎；其他在《六十種曲》中，因強權壓迫，而使男女主角姻緣受挫的尚有：《尋親記》、《紫釵記》、《鸞鎞記》、《玉盒記》、《紅梨記》、《金雀記》

等，這正反映出古代的婚姻的背後，可能包含著弱肉強食的權力爭鬥，更在諷刺那些依附權貴結親之後，就拋棄與其共患難的糟糠妻的那些男性啊！

而《六十種曲》中第四種愛情挫折則是奸人的陷害，導致男女主角得分離，或歷經磨難才能結合在一起；例如：《玉環記》中的韋皋和張瓊英，本是一對神仙眷侶，卻因為富童的讒言，害的男主角韋皋得遠去從軍，謝瓊英被逼的差點自盡，二人歷經生死關頭才又得重聚；又如：《贈書記》中的談塵，因家庭被奸人陷害，而和魏輕煙分離，又躲到賈巫雲家中，最後還男扮女裝，陰錯陽差被送入宮，而賈巫雲在惡叔父的陷害下，也只得女扮男裝逃命去，最後三人歷經一番劫難與巧合才又重聚；再如：《春蕪記》中的宋玉和季清吳，本是互相傾慕的眷侶，可是卻因為登徒子的屢次讒言、詭計陷害，使其姻緣一波三折，好在當時的國君英明，才使宋季二人有情人終成眷屬。除了以上所說以外，在《六十種曲》中因奸人陷害，而使男女主角姻緣飽受磨鍊挫折的還有：《八義記》中的趙朔、德安公主夫妻、《邯鄲記》中的盧生與清河崔氏女、《彩毫記》中的李白與許湘娥夫妻、《焚香記》中的王魁與敷桂英夫妻、《霞箋記》中的李玉郎與張麗容這對有情人、《蕉帕記》中，龍驤與胡弱妹被胡之兄長陷害、《白兔記》中劉知遠與李三娘夫妻、《飛丸記》中易弘器與嚴玉英被嚴世蕃破壞陷害、《節俠記》中的裴伷先與盧郁金夫妻屢遭武承嗣陷害而流放分離、《雙珠記》中的王楫與郭氏、《四賢記》中的烏古孫澤與杜氏夫妻……等等，這種奸人陷害的劇情設計，就是為了使愛情發展更為迂迴曲折，使男女主角的愛情因此而更加堅定，更見其可貴。

在《六十種曲》中，比較特殊的愛情挫折產生者是鴇母的破壞，這通常是發生在才子與妓女之間，鴇母在榨乾男主角的錢財，或是發現有比男主角更富有的目標後，就會破壞男女主角愛情的發展，不管男女主角的愛情已經有多麼深厚，例如：《四喜記》中董青霞與宋祁相互喜愛，但鴇母硬是把董青霞移居到開封，使二人分隔兩地，不能見面、又如：《繡襦記》中的鄭元和在被鴇母騙得身無分文之後，鴇母便將李亞仙騙至它處，害鄭找不到他們而流落街頭、再如：《青衫記》中的鴇母，一看茶商劉員外較為富有，就把裴興奴賣與他，拿錢走人，完全不顧裴興奴對白居易一往情深的等待；其它因為鴇母破壞，而姻緣路上曲折不已的尚有《西樓記》中的于鵑和和穆素徽、《投梭記》中元縹風與謝鯤、《雙烈記》中的韓世忠和梁紅玉、《玉環記》中韋皋和玉簫更因鴇母反對，導致玉簫香消玉殞；這種因鴇母破壞，而使戲劇中男、

女主角情感遭受挫折，所反應的除了是妓業的現實面，它更讓我們看到在明代重利風氣的盛行，在婚姻或感情上，對士人所造成的強大壓力。

總之，情感挫折在愛情劇情的發展上是不能避免的一個過程，它使戲劇充滿起伏變化，而更有可看性；也使得男女主角的感情經過焠煉後更加珍貴。

（2）《六十種曲》中的男女主角面對挫折的態度

在《六十種曲》中，男女主角面對愛情挫折時，又當如何自處呢？大致上而言，男女對於對方原有的基本情感還是堅持的，但是其面對的方式與意志力卻大不相同，就男性而言，他可能把力量與注意力改投注在他的事業上，他也可能在躲避挫折的過程中，以其他的女子為慰藉的對象，甚至已婚者，在姻緣受挫而家庭遭逢變故時，他所關心自己的後代是否得已保全，更甚於他的妻子是否能留在他的身邊，所以在男性心目中，姻緣受挫，不見的在他生命中是一件很嚴重的事。但是，女性就不同了，愛情與姻緣的維護，幾乎是她生命中的所有，她會想盡辦法要和男主角再在一起，即使歷經苦難，毀容、截髮、自盡也再所不惜，她可以為了男主角守住貞節，奔波千里，只要能突破挫折，讓愛情再回來，她也不怕，

其追求愛情圓滿的意志力可以說比男主角更勝百倍，其將生命與愛情劃上等號的精神，更是中國男性所無法比擬的；例如：《白兔記》中的劉知遠與李三娘就是一對強烈的對比，例如：李三娘和劉知遠分別時說的話：

> （生）辦登程，辦登程，渡水登山莫暫停，天憐念，天憐念，名利
> 早成，回歸此日再歡慶。（旦）叮嚀囑附三四聲，野草閒花莫要尋，
> 將恩愛，將恩愛，番成作畫餅，只恐別時容易瘦伶仃。〔註208〕

很明顯可以看到，劉知遠較為重視的是將來要建功立業，好回鄉一雪前恥，但李三娘只怕他變心，情感付諸流水，劉知遠甚至還說：

> （生）妻，妳有半年身孕，養下女兒，任妳發落，養下男兒，千萬
> 與我留下，是劉嵩骨血，我若去後，無知哥嫂定然逼你嫁人，不強
> 似劉知遠，切莫嫁他，勝似我的，嫁了也罷。〔註209〕

對李三娘充滿不信任感，也不反對其改嫁，他只關心李三娘若生下兒子，一定要留下來為劉氏傳宗接代，其對李三娘之情不禁令人質疑！果然後來李三

〔註208〕見毛晉原編、黃竹三等人重新校注：《六十種曲評注》第二十一冊（長春市，吉林人民出版社，2001年9月一版一刷），頁388。

〔註209〕同上註，頁387。

娘生下咬臍郎，託竇公帶給劉知遠，劉當時已是部隊重要的部將，生活是無虞了，父子是團圓了，但他怕招贅他的岳府與岳秀英不悅，也爲了保住功名，不敢說出李三娘之事，更遑論去接三娘來過好日子。反觀李三娘十數年過得是什麼日子呢？

> （淨）堪孝非親卻是親，把你作乞丐看承，劉郎去了無音信，何不改嫁別人？你若不依兄嫂說，打交身軀，不值半分。（合）從今後挨磨到四更，挑水到黃昏。（丑）一世爲人只要勤，那得閒衣閒飯養閒人？？（旦）爹娘產業都也分，何故苦樂不平均？（丑）丈夫言語須當聽，有眼何曾識好？（旦）好笑哥哥不仁，不念同胞兄妹情，劉郎去了無音信，何故改嫁別人？……，（合）奴情願挨磨到四更，挑水到黃昏，哥哥嫂嫂沒前程，苦逼奴家再嫁人，日間挑水三百擔，夜夜挨磨到天明。〔註210〕

李三娘就是這樣從早到晚挑水磨穀地過了十六年的苦日子，若不是偶遇到自己兒子，想必劉知遠還是不會來接她一起去過好日子，所以後來他終於去找李三娘時李三娘當然大發雷霆：

> （旦）我的受用，不比你的受用，來看這裡，這是磨房，這是水桶！
>
> （丟桶介，旦倒，生扶介）（旦）聽伊說，轉心痛，思之你是個薄倖人，伊家戀新婚，教奴家守孤燈，我眞心待等，你享榮華，奴遭薄倖，上有蒼天，鑒察我年少人。〔註211〕

字字句句都是血淚，但劉仍爲自己行爲找藉口，認爲他若未娶岳秀英小姐，他就不可能飛黃騰達，而李三娘與他們的兒子將來也不可能有好日子了，一點都不爲自己的無情，只顧事業，感到羞恥，而李三娘也在三從四德的觀念下馬上原諒他；劇情完全按照男性期待發展，卻沒人爲李三娘說一句公道話。

> （生）告娘聽咨啓，望娘行免淚零，若不娶秀英，怎得我身榮？將彩鳳冠來取你？取你到京中做一品夫人。三姐，我有三台金印在此，你可收下，三日後來取你，還我金印，如不來取你，就把它撇在萬丈深潭，它不能出世，我不能做官。（旦）官人，如今哥嫂知道了怎麼好？（生）你如今往三叔下住下。（旦）曉得哥哥使心機。（生）

〔註210〕同上註，頁399。

〔註211〕見毛晉原編、黃竹三等人重新校注：《六十種曲評注》第二十一冊（長春市，吉林人民出版社，2001年9月一版一刷），頁464。

明日教他化作灰，善惡到頭終有報，只爭來早與來遲。〔註212〕
這裡的男女主角面對挫折險阻的形象就大相逕庭，李三娘癡情忠貞，堅毅果
敢，劉知遠唯功名利祿是圖，是個寡情又見風轉舵的人，怎比得上李三娘面
對困境的勇氣？同樣的男女思考模式與行爲，也發生在《尋親記》的周羽和
其妻郭氏身上，當周羽被張敏陷害而身陷囹圄時，他對來探監的妻子只是只
交待要保住男性孩子，對妻子改嫁與否，不予反對，但又暗示郭氏爲他守貞
以護子，實爲自私：

（生）難言，妻呵，你若要重婚配，我也難將你管。（旦）丈夫，你
說那裡話。（生）你如今有七個月身孕，若生下女兒，將往事休題，
若生下男兒，取名瑞隆，我那妻，（拜介）與我教道他成人，說與他
終生怨。（背介）我周羽好癡，此行生死尚然不知，何況遺腹孩兒，
我只怕他教別人做爹爹，那時節忘了維翰。（倒介，旦）丈夫蘇醒。
（醒介，合前）（旦）君疑我將身變遷，丈夫，不因這個遺腹子，目
今就死在你眼前。丈夫，你慮我有再嫁之心，只怕我捱不過饑寒，
不久身亡，不能夠教子報冤。……，（生）不須煩惱痛埋冤，只這一
個遺腹子須索保全，妻，無倚靠，只望你心堅，若得子孝共妻賢，
我周羽呵，就死也瞑目九泉。〔註213〕

周羽在遭挫折困境時，只想到如何做安排對自己最好，既要保住家族血脈，
又暗示他的太太爲他守節保子，尤其是這個遺腹子比什麼都重要；相較於周
羽的自私悲觀，其妻面對張員外的苦苦逼婚，就顯得勇氣十足，壯烈而令人
欽佩：

（旦）傷心提起這鋼刀，要全身，難全美貌，張員外你放心前去。（淨
科，旦）將一段禍根苗，與君斷送了。（剖面介，眾下介）（淨）潑
賤人，忒執拗，口欠食，身上無衣，我憐伊美貌，欲作夫妻，你無
知把面皮剖破，看滿身鮮血淋漓，自傷殘貌美，空費我心機。（旦）
畜類奸謀輩，爲富不仁不義，論他弓莫挽，他馬莫騎，我自思家貧
貌美，陷我夫身喪溝渠，有何顏中伊毒計。（淨）貧窮輩，太無知，
買柴如束桂，有朝餐，沒夜食，你守節成何濟！（旦）我守節貞潔

〔註212〕同上註，頁464。
〔註213〕見毛晉原編、黃竹三等人重新校注：《六十種曲評注》第三冊（長春市，吉林
人民出版社，2001年9月一版一刷），頁453。

如冰，不比你畜類之輩，肯重偕犬羊爲婿！（淨）太不是，太不是，不肯重婚配，毀壞花容，再做區處。（旦）更言癡，更言癡，少什麼人家女，誓不將身來輕棄，請出去，請出去，論疾風暴雨，不入寡婦門兒。〔註214〕

一個剛做完月子的虛弱少婦，對抗男性惡霸強權的欺凌，是多麼勇敢果斷，尤其她自明其志的慷慨激昂，把張員外與一干小人罵出門的痛快淋漓，眞是義氣凜然，形象鮮明。相較於張羽的自私、猜忌、悲觀、懦弱，郭氏比男性更具有剛烈的偉大勇氣。而這種面對挫折險阻，男弱女強的意志力表現，在《六十種曲》中屢見不鮮，女性在悍衛自我愛情時的堅強勇敢，把愛情婚姻放在第一位的執著，與男性只把女性與愛情，當做事業或傳宗接代之後的生命次要條件，成爲強烈的對比；男女性如何看待「愛情姻緣」，這在他們面對愛情挫折時的態度就展露無遺。

（三）《六十種曲》中的愛情結果

「有情人終成眷屬」是每一段愛情所期待的美好結果，「大團圓結局」更是群眾在看戲時所樂見的結局，中國人在舖陳愛情故事的時候，似乎特別地喜好「大團圓」的結果：

現實生活的悲苦太多了，人們不能承擔悲劇，娛悅市民的文學也不願承擔悲劇，寧願給群眾播送點歡喜的調子，在愛情婚姻問題的小說中，悲劇的結尾也要強裝點歡容，遇到喜劇便眉飛色舞，用曲折的情節把人間的溫馨渲染給夠，作家代表善良的好心腸的群眾把祝福投擲給獲得幸福結合的男女，從他們的幸福中分享一點人生的快慰。〔註215〕

在這種群眾心態的驅使下，《六十種曲》中的愛情男女，都可以獲得一個美好的結局。

至於，《六十種曲》中的傳奇，怎樣設計著男女主角的愛情結果呢？一般最常見的是兩大方向：第一是男主角進士及第或封高官，接著接受皇上的旌表封賜，男女主角歡喜的大團圓結局，這類的戲劇佔有半數以上，共有三十七齣，包含了《琵琶記》、《香囊記》、《尋親記》、《千金記》、《鳴鳳記》、《三

〔註214〕同上註，頁490～491。

〔註215〕見何滿子：《中國愛情與兩性關係——中國小說研究》（台北市，臺灣商務印書館，2003年5月三刷），頁104。

元記》、《西廂記》、《南西廂記》、《幽閨記》、《明珠記》、《玉簪記》、《紅拂記》、《還魂記》（有二本）、《紫釵記》、《邯鄲記》、《春蕪記》、《玉鏡台記》、《懷香記》、《彩毫記》、《運甓記》、《鸞鎞記》、《玉盒記》、《繡襦記》、《青衫記》、《紅梨記》、《焚香記》、《霞箋記》、《西樓記》、《玉環記》、《贈書記》、《錦箋記》、《種玉記》、《殺狗記》、《節俠記》、《雙珠記》、《四賢記》；這種借著男主角功成名就，皇帝的賞封而得到愛情完美的結局，正符合中國人「洞房花燭夜，金榜題名時」的美好期待，而皇帝的封賜，不僅是錦上添花而已，更是為歷經曲折波瀾的愛情，予以肯定與見證。

　　第二種結局是男女主角歷經愛情挫折或人生苦難的的鍛鍊，也看盡繁華的變遷無常，最後決定辭官還鄉，或是歸隱山林，或是修佛修道；在《六十種曲》中共有十一齣，包含了：《浣紗記》、《南柯記》、《金蓮記》、《四喜記》、《蕉帕記》、《雙烈記》、《獅吼記》、《曇花記》、《龍膏記》、《飛丸記》、《東郭記》；這種結局包含著強烈的宗教思想，人生無常的感嘆，與出世的生命態度，這或許是作家在明代那個詭譎黑暗的朝代，所體悟出來安身立命的方法，他們認為即使和心愛的人在一起，也要在現實政治力量所干涉不到的地方，才能真正享有愛情所帶來的幸福啊！

　　而另外還有十二齣的傳奇戲劇，雖然不在以上所述的模式之內，但是「有情人最後必成眷屬」仍是戲劇創作的不變定律，例如：《荊釵記》中，王十朋在遭遇陷害，貶官之後，錢玉蓮在經歷生死關頭之後，終於在安撫使錢流行的幫助下再次團圓；又如：《琴心記》中的司馬相如與卓文君，在經歷人生一連串的變故、威逼、誤解之後，還是能夠再次廝守一生；再如：《金雀記》中，潘岳和他的妻妾──井文鸞和巫彩鳳，雖然經過多次的分離變故，但是在觀音大士的幫助之下，在機緣巧合的措合之下，三人還是相聚了，共同渡過一生。其他戲劇也是如此，只要是與愛情有關，其結果必定是圓滿甜美的。中國人的生活哲學就是──凡事都要有個圓滿得結果，如果在現實生活中不能達成，那就在文學所創造出來的虛擬世界，找到寄託與安慰吧！從《六十種曲》的愛情結果設計中，我們看到了人們對於美滿團圓等人生理想的衷心追求與熱切期待。

結　語

　　中國在父系社會的基礎下，並且進入科舉的體制之後，男性與女性的出

生就被附予不同的使命,男性的一生就是必須以建功立業為畢生的志向,而女性則是以婚姻和家庭做為其生命的中心。從他們的教育方式就看得非常清楚,明代男性從入私塾讀書開始,就教以舉業有關所有的知識,而家庭長輩對他的期待也是希望他們在仕途上發光發熱,文者進士及第,光耀門楣,武者建功立業,封官加爵,晉身仕途成為所有明代男性唯一追求的目標。至於女性,她們在狹隘的生活空間與嚴謹的禮法限制之下,所受的教育是──道德比才能更為重要的女性教育,她們被要求著三從四德,順從溫柔,嚴守貞節,在精神上與肉體上,完全成為男性的附屬品,而一般知識的學習,女紅的訓練,也是為了將來的婚姻生活作準備,在讀書文學方面,家庭或社會皆對其無所要求或期待,但女子的女紅、紡織、維持家務的基本技藝,卻是在結婚前必要的學習項目,也就是說,明代的女子從懂事開始,其所受的一切教育就是為了婚姻作準備。而婚後的婦女不管是對丈夫、公婆、丈夫的家族,甚至所生的子女(尤其是男性子孫),都要盡心盡力的侍奉、教導,整個家庭的責任都落在女性身上,而男性只須要努力於自己的事業就可以,使得女性的生命的後半段,自嫁入夫家至老死,都以家庭為中心的辛勞著,即使丈夫三妻四妾,她們仍認命地維持一個家庭正常的運作,盡心地侍奉丈夫與公婆,用心地教育子女,完全把自我投入家庭之中,沒有自我的生活意志,更不會有自我實現的可能,但她們從小被強烈地教育著,為婚姻家庭付出一切都是應該的,再加上外來的刺激,或是開放的女性教育都是沒有的,所以她們也就把這一切當做生命本當如此,把自己的一生毫不保留給了家庭與婚姻。

在人的情感上,尤其是愛情上,也受到男以事業為先,女以婚姻家庭為主,以及禮法貞節觀的影響。男性在戲劇中即使表現地再如何愛戀著劇中的女性,當其姻緣路不能順遂時,他可能在寄託於下一個女性,因為一夫多妻制是被允許的,他也可能把注意力轉向科舉功名,在建功立業之後,再談兒女私情,這才是一個成功的男性應有的生存態度──這種觀念被深植在男性的心中;而且當愛情中的男女主角情愛受阻、遭受危難時,男性往往關心其劇中女性所生的後代更勝過關心女性的生死去處,這更反應了男性一生所在乎的是事業、傳宗接代、延續家族,而非專情於一個女性,或應為愛情而堅持下去。相反地,當一個女性進入一段愛情或婚姻之後,她便死心蹋地的守候著一個男性、一段感情、一段婚姻、一個家庭,為了這種堅持,為了維護愛情與家庭的持續與圓滿,女性發揮了體力與意志力的最大潛能,即使遭受

無數的痛苦危難，她們也絕對不放棄後悔。這或許是以丈夫或男性情人爲其一生的寄託，已深深內化在她們的觀念中，也或許是男性創作者，在那個禮法嚴明，又對女性要求貞節的時代，借由女性對婚姻感情的堅持，來教育女性爲男性堅持情感，爲男性謹守節操的重要。

　　不論如何，從明代的男女形象、兩性教育與愛情互動中，我們所觀察到的是：男性一生的奮鬥重心是在功名科舉、建功立業，而女性的生命依託卻是在婚姻家庭，既然二者人生設定的目標不同，則在情感上與對對方的付出上，就永遠不能達到一個平衡對等的狀態。

第四章 被剝削階層的兩性關係

第一節 奴與婢的形象及其兩性互動

中國自古以來就是一個階級的社會，奴婢的存在是一個歷史悠久的社會現象，或是為了勞力須要，或是上層階級為了生活的須要與享受，所以不管那個朝代都存在著奴婢這個階層，男者為奴，或稱臧獲、家奴、僮僕、家僮、家人、義男……等，女者為婢，或稱婢女、義婦、某某家的、家人、丫環……等，在中古之前，其主要的來源是戰犯或是因罪沒入者，宋代中期以後，隨著中國商業經濟的成型，買賣奴婢的行為逐漸增加，奴婢變成像貨物一樣，成為買賣行為中的一種商品。明代奴婢的歷史大致上也是差不多與歷史發展相同的，早期的奴婢也是來自戰犯或是因罪沒入者，到了明代中期以後，奴婢經由買賣而來的，漸漸增加，甚至成為主要的來源。

明代剛建立之初，人力匱乏，國家大量缺乏勞動人口，故明太祖朱元璋反對大量蓄奴僕，主張把人力解放到各項的生產事業中，凡是平民之家大量豢養奴僕，或是收流民為奴僕，或是閹割良家子弟為奴僕的，都會沒入官家功臣家為僕，並沒其家產，對於限制庶民與豪富的蓄奴產生很大的作用。到了明代的中期，由於土地的兼併，賦稅的沉重，商業的發展，豪門大戶經濟力的加強，上層官宦與富商奢豪享受之風的形成，民間大量蓄養風氣也因此形成；富戶官家為了自家的勞動力，或生活上享有被服務侍奉的須要，貧窮人家為避稅賦，自願依附為奴，或者因生活清苦販賣子女為奴以謀生，在一足夠經濟力的家庭中，蓄養奴僕已成一種不可遏止的風氣。甚至把擁有奴僕

當作一種財力與社會地位的象徵；後代學者研究有言：

> 不論是北方地區，抑或是南方地區，奴僕都大量存在。……萬曆初
> 期，松江府華亭縣人徐三重把江南地區諸種社會變異現象看做是末
> 世的表徵，列舉了下列費財十事，「一曰屋舍之弘壯，二曰器用之工
> 巧，三曰廚饌之精典，四曰服飾之華珍，五曰奴婢之眾盛，六曰玩
> 好之收藏，七曰倡（娼）優之嬉褻，八曰寺廟之修建，九曰齋醮之
> 祈讖，十曰婚喪之冗浮。」（徐三重·采芹錄·卷一）其中就包括了
> 奴婢的豢養內容，奴婢不僅是從事生業的勞動力資源，也是縉紳階
> 層及其紈綺子弟標榜聲勢的資本，因此豢養的盛眾也就勢所必然
> 了。〔註1〕

可見奴僕成明代民眾生活與家庭結構中很重要的一部份，通常他們是家庭中
的勞動者，有的從事耕種，有的擔負家庭工作，有的伺候家中成員，如：老
爺、夫人、小姐、公子……等上層階級的人，更有一個「家伎（家樂）」的奴
婢階層，其身份介於奴婢與女伎中間，平日以表演歌舞取悅主人或賓客，沒
有表演時亦可從事家庭中的勞動工作，當家道中落時，便被販賣出去，與一
般女婢相同的是，她們隨時都有可能是男主人或男賓客染指的對象，毫無人
身自由可言。然本節所要探討的奴婢則是以《六十種曲》中主要從事服侍的
奴僕為主要探討對象，因為兩性關係主要是人與人互動間的探討，而這些擔
任服侍工作的人，正是在大型家庭中與人互動最頻繁的一群，並借由這些互
動中來觀察奴僕們在那個年代中的形象是什麼樣子，性別地位是如何；進而
從中了解上下階層的性別差異。

一、男性僕奴的形象與兩性互動

在《六十種曲》的各個劇本中，男性僕人出現的身份通常是屬於一種勞
力的身份，並依照其在家中的工作又分為：奴僕中的上級管理階層，也就是
管家的，以及奴僕中的下級被驅遣階層，也就是僮僕、小廝或家僮，這些勞
力的階層與男主角的關係密切，或是供其驅使，服侍他們的生活起居，或是
具有長者的姿態來保護這年輕的書生，或是陪讀做為他們的同齡伴侶。不過，
若是和小姐身邊的女婢比較起來，男性奴僕在戲劇劇本或戲劇情節的所佔份

〔註1〕見牛建強：〈明代的奴僕與社會〉（史學月刊，第四期，2002），頁102。

量上，似乎較少，這或許是他們對觀眾的吸引力較低，而且在劇中發生與情愛有關的情節也較少有關。以下就針對這些男性奴僕的形象與兩性關係做出分析。

（一）男性僕奴的形象

1、供人驅使的勞役宿命

人類學者認為：

> 奴隸被視做社會的最低階級，在經濟上是被剝削者，……奴隸制度是勞役的一種法律關係，不受契約或親屬關係的約束，奴隸在一種合法的地獄中哀嚎。〔註2〕

在《六十種曲》中，我們能見到的男性奴僕，大致上就是一種提供各種不同形態的勞役人群，有的是富有人家的佃農，它所提供的就是農事上的勞動力，有的是家事的工作者，他就是一種服務與服侍兼具的勞力者，有的是老爺公子的跟隨者，他就是以服侍工作來做為勞力的呈現，但不管是那一種形態的勞力輸出，他們都屬於主人家的財產，也是社會上層者對社會下層者的剝削與控制。舉例而言：在《霞箋記》中有此一段：

> （外）學里孫先生請孩兒會課，司書那裡？（丑上）架疊五千卷，吟成三萬言，成名須及早，堂上好承顏，老爺奶奶，司書磕頭。（外）司書準備金鞍玉勒，隨大相公學中會課。（丑）理會得。老爺，富麗人家氣象，簪纓甲第光輝，驊騮高韀柳陽西，玉轡金鞍無比，放鶴亭前暉色，雲龍山下輕衣，杏花十里去如飛，大相公管取狀元及第。。
>
> （外）這小廝倒會講話。〔註3〕

在這裡所敘述的是主人要求書僮好好地陪公子到學堂中讀書，則這裡的司書（即書僮）所擔任的就是服侍的勞力工作。又如《灌園記》中田法章更名王立後，在太史家中為奴，負責花園澆灌與環境打掃的工作，他自述其工作道：「我鋤得幾條地，灌溉已完。」〔註4〕而家中階層較高的奴僕更是使喚他道：

〔註2〕見基辛著、陳其南校訂、張恭啓、于嘉雲合譯：《文化人類學》，臺北市，巨流圖書公司，1992 年 3 月一版三印。

〔註3〕見毛晉原編、黃竹三等人重新校注：《六十種曲評注》第十五冊（長春市，吉林人民出版社，2001 年 9 月一版一刷），頁 245。

〔註4〕見毛晉原編、黃竹三等人重新校注：《六十種曲評注》第十九冊（長春市，吉林人民出版社，2001 年 9 月一版一刷），頁 346。

「王立在那裡？老相公與客同來園中飲酒，可上緊收拾打掃。」〔註5〕這裡所見的則是一個以家事勞動爲主的奴僕形象。這些一生辛苦，每天不停工作著的男僕，不太可能有飛黃騰達的人生，所做都是爲了求得自身或家人的一口溫飽；更悲慘的是，他們奴僕的身份是世襲的，一旦有了後代，女兒仍爲婢，兒子仍爲僕：

> 在法定地位上，奴婢同於資財，身繫於主，只是依附於主人的一種資財，沒有人格與自由，而且，不但本身得終身服役聽使喚，其子孫累世也脫不了籍，如想成爲良民，簡直難於上青天。即使經政府或主人放免，但主僕名份猶在，仍低人一等。〔註6〕

也就是說一旦是以奴僕的身份出身，不管脫籍與否，一生就是被人當「奴才」看待，不但是一生是勞碌無休的悲慘宿命，更是永被歸爲低賤卑微的一群。

2、忠心護主的老奴精神

奴僕的一生都是在主人家度過，他一生的精力青春也都獻給主人家，所以許多蓄奴的家庭中，往往都存在著一些身份特殊的「老奴僕」，他們不但在家庭中擁有比一般奴僕較高的地位，而且深得主人的信任，有時連主人們也對其相當敬重；面對這些較爲優渥的待遇，這些老奴也都會以眞情與忠心來回報主人，並且在家庭發展，或主人遭遇困頓時適時的發揮作用，伸出援手，例如：《白兔記》中的李家老奴竇老兒，因爲感念李太公在世時，對他們一家三代的信任與厚待，當他見李三娘快臨盆卻無人照看，還要受兄嫂欺凌，便趕忙到磨房去照顧保護李三娘：

> （淨扮竇公上）青竹蛇兒口，黃蜂尾上針，兩般皆未毒，最毒是婦人心，我是李太公家伙公竇老兒便是，我家老員外在時，何等看承我，前村三老官人收留在我家，三阿媽教我去看三小姐分娩，不知是男是女，此間已是磨房，三小姐開門！（旦）是那個？（淨）我是竇老。（旦）你來做什麼？（淨）三阿媽著我來問你，分娩怎麼了？（旦）夜來生下一個小廝。（淨）蝨來押煞了。（旦）是個男兒。（淨）好好，爺去投軍，家裡添個餘丁，謝個青天白天。〔註7〕

〔註5〕同上註，頁366。

〔註6〕見褚贛生：《奴婢史》（台北市，知己圖書股份有限公司，2004年12月初版一刷），頁15。

〔註7〕見毛晉原編、黃竹三等人重新校注：《六十種曲評注》第二十一冊（長春市，吉林人民出版社，2001年9月一版一刷），頁415。

李三娘分娩，兄嫂都不來幫忙，反而是昔日老奴來關心備至；後來李家兄嫂打算把幼小嬰兒害死，也虧得竇公將他救走，並且更一路行乞母乳將嬰孩養活，而後安全地送到劉知遠手中：

> （淨）小三娘，這個孩兒留在此不得了。（旦）竇公，怎麼好？（淨）你哥哥不仁不義，一定要下落他性命，怎麼養得到五歲十歲？我老人家打聽得劉官人在并州，有些勾當，我不辭辛苦，將小官人送到并州，待他顧乳母養他長成，也得子母團圓。（旦）三日孩兒，那有娘乳與他吃？（淨）三小娘不要愁，我攢得些錢在身畔，買塊糕兒餵他，他若要乳吃，路途間人家有小廝吃乳的，我就雙膝跪下：奶奶，沒娘的小廝，求一口乳兒與他吃！一路討將去，不要愁。（旦）竇公請上，待奴家拜你一拜；竇公聽訴因依，兄嫂無知，將他撇在水，謝伊恩義，把我孩兒送到爹行處，見劉郎訴說詳細，問的實甚年歸計。（合）我兒！長成時，休忘了竇公恩義。〔註8〕

以竇公有情有義的行為，已不只是一個老奴而已，他已把李三娘當做自己的女兒一般照料，而激起其情義相助最大的原因，則在於他對老主人長久的情感，對老主人報恩的心，這種主僕間深刻的情誼，則是古代階級社會正向難得的一面，也必須要長久主僕間誠義相待才有的結果。

（二）男性僕奴的兩性互動

在《六十種曲》中的男僕，因為屬於家庭中的低下階層，所以唯一有可能和他產生兩性關係的是同為家庭中低下階層的女僕人（女婢），但是，從戲劇中我們看到男僕與女僕之間的互動有一種較為特殊的現象，即是他們都沒有愛情關係的發生，甚至連一般慾望性的性行為，或結義兄妹情都沒有，在描述二者的互動時，都是以插科打諢，嬉笑怒罵的方式來展現，而且與小姐公子較為文雅的語言表達方式比較起來，他們的對話顯得粗俗，而且還常帶著葷色性的語言，例如：《懷香記》中春英偷窺書生韓壽與小姐賈午行雲雨之事，即將其過程清楚的描述：

> （窺介）我小姐呵，怯怯細腰，含羞谩展，溫溫嫩乳，解扣輕摩，起金蓮而弱態難支，度靈犀而嬌態屢作，流紅一謝，春染鮫綃，翠舌半含，香傾肺腑，恍如鴛侶，何當鸞交，誠仙府之奇逢，實人間

之快事也。小姐呵，在輕瑣雲時流盼，把芳心直恁迷亂，我為妳偷寒送暖通方便，今夜裡呵，似巫姬遇襄王雲雨瀰漫，只見一個錦襠鬆懈，一個香羅解寬，一個情生百媚，一個眉皺兩灣，愛煞恁合歡被暖翻紅綃，顛飛鳳倒舞鸞，貼胸交股樂無厭，看你兩人今宵事，宿世緣，千金一刻不容閒……。〔註9〕

這種幾乎是做愛場面的「實況轉播」，是不可能由小姐或公子書生的口中說出來的，明傳奇的作者都很有默契地把說葷話道色情的這種工作交給下階層的女婢或男僕來做。又如：《玉合記》中女婢輕娥與小廝童子的互虧相諷也是帶有情色意味的：

（內鳥鳴介）咄！何物叫喳喳？（做打鳥介）把青梅閒打，原來是一個鵲兒，兩個鴉兒飛去了，我想那烏鵲也會填橋，織女一年一度，誰似我們，縱有烏鵲填橋，織女還空踏。（丑出介）我是牛郎妳是他。

（貼）呸！誰是牛郎誰是他，這小廝，你是牛郎，可曾沾一滴天河水兒。（丑）你那天河水，賜我一滴兒，也是你陰騭。（貼收介）一滴何曾到九泉。（丑）你就罵我，又說起詩來，我唱一個曲兒贈你。

（貼）使得。（丑）小梅香百樣相勾搭，眼挫將人抹，筵頭謊沒查，凳角忙凹軋，幾番兒眼巴巴，想著那光踢遢。（貼）這小廝會抓人癢處哩！我也唱個曲兒贈你。（丑）也好，也好。（貼）小哥哥後庭花早發，背地和人刮，好處把頭抓，忍處將胸搯，幾番兒吹得飛坋雙眼瞎。（丑倒地哭介）你虧污我，我死了！（貼）癡孩子，你起來，我打桃子你吃。（丑）要你吃半個，我吃半個。（貼）你還要啖我餘桃哩！……。〔註10〕

從以上對話可以發現二人互諷性行為的糗態，彼此思春的情懷，末了小廝還勿忘調戲一下婢女輕娥，從中也不難觀察出女婢、男僕日常的互動，言語的往來之大概情況是如何，所說的話又是什麼。男僕們心中很清楚女婢們是男主人的財產，隨時有可能在一夜之間就變成妾，而成為自己的主子，所以儘管有甚麼非份之想，想有肌膚之親，也不敢付諸於行動，只敢在言語上相互

〔註9〕 見毛晉原編、黃竹三等人重新校注：《六十種曲評注》第十一冊（長春市，吉林人民出版社，2001年9月一版一刷），頁174。

〔註10〕 見毛晉原編、黃竹三等人重新校注：《六十種曲評注》第十二冊（長春市，吉林人民出版社，2001年9月一版一刷），頁677～678。

挑逗，過過癮子罷了。如果他們眞的有機會和女僕結爲夫妻，那也得在主人的同意或命令之下才有可能達成。而文人在創作劇本時，更是刻意地把諢話、粗話、色情語、葷話、或與性器官、性行爲有關的對話，全集中給這些家庭中的下階層來表達使用，以區分他們與上階層的不同，突顯上階層者的文雅高尚，這雖也給下階層的女婢與男僕們塑造出風趣、可愛、討喜的形象，但另一方面，也突顯上階層者的自傲與自以爲清高，及對下階層的鄙視、奴役與物化罷了。

二、女性奴婢的形象與兩性互動

古代的女婢，其生活空間多是在家庭之中，與女主人（小姐或夫人）不同的是，她們是被允許在家庭這個空間當中自由的移動的，有時甚至成爲替女性主人代言的身份；以下對她們的形象與兩性關係做出討論。

（一）女婢的形象

1、聰明伶俐，能言善道

針對女婢，在《六十種曲》中有一特殊的現象，即是小姐的角色多是溫柔嫻靜，必須保持小姐一貫的矜持，但是她身邊的婢女一定是活潑好動，聰明伶俐，能言善道，與小姐的形象成爲強烈的對比，例如：湯顯祖《還魂記》〈閨塾鬧學〉一齣，婢女春香與私塾老師陳最良的對話與互動，可見其俏皮靈活之處：

> （末）凡爲女子，雞初鳴，咸盥漱櫛笄，問安於父母，日出之後，各供其事，如今女學生以讀書爲事，須要早起。……（貼）知道了，今夜不睡，三更時分，請先生上書。……（末）聽講，關關雎鳩，雎鳩是個鳥，關關，鳥聲也。（貼）怎樣聲？（末做鳩聲，貼學鳩聲譚介），（末）此鳥性喜幽靜，在河之洲。（貼）是了，不是昨日是前日，不是今年是去年，俺衙內關著個斑鳩兒，被小姐放去，一去去在何知州家。（末）胡說，這是興！（貼）興個甚的哪。（末）興者起也，起那下頭，窈窕淑女，是幽閒女子，有那等君子好好的來逑他。（貼）爲甚好好的逑他？（末）多嘴哩！
>
> （末）古人讀書有囊螢的，趁月亮的。（貼）待映月耀蟾蜍眼花，待囊螢把蟲蟻兒活支煞。（末）懸樑刺股呢？（貼）比似你懸了樑，損

頭髮，刺了股，添疤疤，有甚光華？（內叫賣花介），（貼）小姐，你聽一生聲賣花，把讀書聲差。（末）又引逗小姐哩！待俺當真打一下。（末做打介），（貼閃介）你待打，打這哇哇，桃李門墻，險把負荊人唬煞。

雖是一副巧言強辯，插科打諢的樣子，卻也是為戲劇增添不少趣味，她的想法天馬行空，動作活潑討喜，卻也因此襯托出老學究的迂腐不通，俗不可耐；又如：《灌園記》中太史氏女的婢女朝英，明明知道自己的主人很喜歡男主角王立（田法章），卻又不敢採取行動，所以故意試探她的小姐：

（小旦）我知道她的意兒了，待我試她一試，（轉身介）小姐，你可憐那王立，就與他一件衣服，未免少東少西，那裡周旋得來？朝英到有一計在此。（旦）有何計？你就說。（小旦）王立只須成了房戶，便有人照管。（旦）這也說的是，怎麼成房戶？（小旦）朝英自幼服侍小姐，今已長成，小姐何不對老夫人說，把朝英配與他？今後他的衣服，自有朝英照管，可不省了小姐費心？（旦慍介）誰要你照管？（小旦微笑介）小姐既不要朝英照管，小姐自家照管了如何？

（旦）朝英，我的心事正要對你說，我要你去母親跟前做一個媒，我爹爹每嘗要招門當戶對的，我卻不情願，只要招贅了王立，便心滿意足了。（小旦）小姐何不自家說？（旦）我害羞，不好說。（小旦）小姐害羞不好說，朝英怕打，不敢說，倘然我說了，夫人發怒起來，說：小賤人，小妮子，良賤不可為婚，你為何輕覷我的女兒？可是誰教你說？那時說朝英自說好？說小姐教我說好？（旦）既如此說，再作理會，衣服已完，明日你與我送去便了。[註11]

從上段主僕的對話中，可見得對話的主導權都在婢女手中，她對小姐的刺探與虧諷是做得不慍不火，在笑虧中尚且帶著體諒的心情，可說是面面俱到了。女婢這種聰明伶俐與能言善道的形象一貫性，筆者以為形成的原因有二：第一，在大家族中求生存的女婢，在個性上必定要被訓練的圓滑多手腕，在處理各種情況時更要夠機警伶巧，否則一旦犯錯，輕則受罰，重則出賣，後果豈不嚴重？而她們所侍奉的大多是身居深閨的小姐、太太，生活封閉，對女婢在家中的處境並無正面的幫助，身為這些眼界狹小的人的身邊體己人，若

〔註11〕見毛晉原編、黃竹三等人重新校注：《六十種曲評注》第十九冊（長春市，吉林人民出版社，2001 年 9 月一版一刷），頁 361。

不能伶牙利齒，做事機敏的話，就容易被冠上失職或未把主人保護好的罪名；在長久的環境訓練之下，自然會塑造出她們的聰明伶俐與能言善道的外在表現。第二，在戲劇人物的塑造上必定要有動有靜，人物表演時才不會沉悶，通常擔任大家閨秀，名門貴婦的多是女主角，限於社會的一般觀念，她們必定要溫柔賢慧，善良嫻靜，這時炒熱表演氣氛，製造輕鬆話題的任務當然就是屬配角性人物的婢女了，在她們風趣言語，誇張動作的帶動下，才能使戲劇的嚴肅主題或人物悲苦命運下，也有趣味一面的展現。

2、忠心為主，在所不惜

在古代奴婢與小姐的關係當中，往往是相互依存的，在社會規範之下，她們是上（小姐）對下（奴婢），主人（小姐）對奴隸（奴婢），但在情感上，卻往往有著一份深厚的情義，因為古代女子的生活空間，生活內容，交往人物都是很少很小的，所以對小姐或奴婢來說，對方都是從小一起長大，朝夕相處的人，其關係必然密切，而情感必定深重，後人研究二者關係時說：「服侍對象是同性，最好的主僕關係便是情同姐妹」，〔註12〕的確二人也就是情感上的一家人，因此當小姐發生什麼大狀況時，女婢往往為她（小姐）挺身而出，即使要做很大的犧牲，她們都願意，例如：《龍膏記》中的侍女冰夷，當老爺誤會她的小姐元湘英不潔時，令親生女兒自我了斷，冰夷馬上出來解圍，把元湘英藏到自己家裡，並交待她母親要好好照顧小姐：

> （小旦）老夫人在上，老爺之怒，未得便解，小姐之事，不可不明，不如尋一個幽僻所在，將小姐暫且寄居，待老爺回心，方請小姐相見，有何不可。（老旦）這倒使得，只是沒個幽僻所在。（小旦）冰夷母親，家在城南韋曲，甚是幽極，況且她是孤身，莫若送去那裡同住，冰夷又好常常往探。……（小旦對丑介）母親，妳在小姐面前，勉力追隨，好侍晨昏，曲意周旋，免使沉吟。〔註13〕

後來元老爺得罪權貴被抄家時，冰夷為了保全小姐的清白安全，也為了避免主人家招惹更多麻煩，竟代替元湘英被發配到汾陽王府為奴，而無怨無尤：

> （外）叫左右，先把元載並妻王氏押送萬年縣，聽候審決，一面抄

〔註12〕 見洪逸柔：〈傳統愛情戲曲中丫鬟角色初探——以《詐妮子調風月》、《西廂記》、《牡丹亭》、《紅樓夢傳奇》為例〉（世新中文研究集刊，第二期，20066月），頁273。

〔註13〕 見毛晉原編、黃竹三等人重新校注：《六十種曲評注》第十二冊（長春市，吉林人民出版社，2001年9月一版一刷），頁176～177。

沒家產。(淨、老旦、小旦哭介),……(外) 還有元載之女湘英在
那裡?(小旦背介) 呀!小姐也不免了,幸喜不在此間,妾身就認
了,倘有患難,我自承當。(轉介) 妾身就是湘英。(外) 奉聖旨發
給汾陽王府中爲奴。(下,丑押小旦介,小旦) 凝望處,白雲高,侯
門一人粉容憔,沉沉幽恨何時了,渺渺游魂甚處飄?(共下)〔註14〕

冰夷的行爲可以說表現出過人的機智,不管是小姐遇難,或家中遭受大災變,
她都站在主人的立場明快的解決,並替小姐受罪罰,被發配爲奴,更是大忠
大義精神之展現。又如:《玉合記》中的義婢輕娥,面對戰亂時代,與主人柳
氏失散多年,在避居道觀爲女道求得人身平安後後,仍對主人念念不忘,最
後甚至不顧戰亂時的危劣局面,決定下山找她與救她:

（貼）貧道本柳家侍女輕娥,向因兵亂,與夫人中途相失,來到華
山,得遇李王孫,就此蓮花庵做了道姑,不覺又是數載;想我夫人
雖曾削髮爲尼,不知當時得到法靈寺否,我縱然游方之外,豈無戀
主之情,這幾時好放她不下也。……今日呵!他怎做浮杯度,我枉
說乘風便,正是千里相思一線牽,須信前生未了緣。與李王孫說,
我還下山,去到長安近處,訪個消息,卻不是好?〔註15〕

台語有俗諺言:「日頭赤炎炎,隨人顧性命」,更何況在戰亂時代,大多人都
只自顧性命,但輕娥卻只擔心著自己主人的安危,主僕間的深厚情誼,輕娥
的有義關心眞是令人感動。古代的女主人與女婢因相處日久,休憩與共,她
們之間有著亦主僕亦友亦姐妹的多重情感,感情甚而比親人更好,尤其當主
人對女婢有情有義,推心置腹的時候,婢女往往就會以性命相許,一心一意
的忠於她的主人,故而發展出許多動人的故事。

小 結

　　然而,特別的是,在《六十種曲》的劇本中,對於女婢外貌的描寫很少,
只是輕描淡寫,例如在《龍膏記》中寫侍女冰夷是「青娥皓齒雙眸斂,半含
羞臉」,〔註16〕在《錦箋記》中寫婢女芳春只一句「居綠衣紫授難齊」,〔註17〕

〔註14〕同上註,頁 200。
〔註15〕見毛晉原編、黃竹三等人重新校注:《六十種曲評注》第十二冊（長春市,吉
　　　林人民出版社,2001 年 9 月一版一刷）,頁 738。
〔註16〕見毛晉原編、黃竹三等人重新校注:《六十種曲評注》第二十三冊（長春市,
　　　吉林人民出版社,2001 年 9 月一版一刷）,頁 136。

或是根本不寫其外貌，似乎婢在戲劇中的品貌並不重要，其重要的是在劇中如何為男主角與女主角串聯起關係，或是專心的為女主角做起「陪襯」的角色即可，這或許是戲劇中主角與配角在戲中戲份重要性的差別，但這也說明這些奴或婢在社會中地位的低落，與身份階層上的不被重視。

（二）女婢兩性互動的特色

1、與男主角的物化關係

明代一個家庭中的女性奴婢，在早期多是罪犯或因罪籍沒的，但是到了中期以後，其來源多是向人口販子買賣而來的：

> 蓄賣，即專門培養一批年幼男女，一段時間後即賣人作奴婢僮僕；
> 如：《玉華堂兩京示稿》指出，蘇州地區有專門從事此營生者，即「蘇
> 郡有等囤戶，見窮人家女兒，即行謀買，在家蓄養，貪得多金，賣
> 與遠者為妾為婢，離人骨肉，陷入終身，莫此為甚。」此處所言等
> 囤戶，即蓄養幼女，等待一段時日再發賣的人家。〔註18〕

或是世代在一戶人家中為奴：

> 前代遺留及家主，此亦奴婢來源之一途。所謂前代遺留，即指原屬
> 上一輩父母的奴婢，而為後人所繼承，如明朝楊繼盛，因犯言相諫
> 嚴嵩之事而受誅，其原有家奴即歸其兒應尾、應箕所有，如分家亦
> 各有所屬。家生，亦稱「奴產子」、「家生孩兒」、「家生的」等，意
> 思都一樣，即家中奴婢相互婚配後所生子女。如元陶宗儀在《南村
> 輟耕錄》中所言：「國初平定諸國日，以俘到男女匹配為夫妻，而所
> 生子孫，永為奴婢。」……從經濟學的角度看，家生奴婢（及勞動
> 力）其實就是奴婢的擴大再生。〔註19〕

如此一來，奴婢們在主人的眼中，不過是一種世代相傳的財產而已，對男性主人來說，他想對她們怎樣，是無人也無法可管的。這在明代的小說《金瓶梅》中描寫的最為深刻，此書的男主角西門慶除了正式的一妻五妾之外，還染指了僕人的老婆宋惠蓮、賁四嫂、王六兒，以及家中的女婢春梅、綉香、

〔註17〕見毛晉原編、黃竹三等人重新校注：《六十種曲評注》第十七冊（長春市，吉林人民出版社，2001年9月一版一刷），頁254。
〔註18〕見褚贛生：《奴婢史》（台北市，知己圖書股份有限公司，2004年12月初版一刷），頁130。
〔註19〕同上註，頁132。

蘭香等人，〔註20〕可謂家中的女性奴役者能染指的都不放過，這就是他把女婢們都物化的結果；相同的在戲劇中，一個男性，當他在追求小姐身份的女主角時，他對於小姐身邊的女婢，也早就視為唾手可得的一種物品而已，對她們或調戲，或佔有，不可能給予人格上的尊重，例如：《錦箋記》中的男主角梅玉向柳淑娘求歡不成，便把其婢芳春當作洩慾的對象，芳春應也是心想，將來柳淑娘若嫁了梅玉，自己定是陪嫁丫環，早晚是梅玉的人，便半推半就的與梅玉雲雨去了：

> （旦作掩門介下）（生捯介）怎到反關我在此，（小旦上）呀！相公何來？（生）小姐送我來，卻又反鎖門兒去了。（小旦）小姐，小姐，你素將玉杵祈，素將玉杵祈，翻做金蟬計。（生）姐姐，你須憐我，休學那小姐。（小旦）蒲柳微姿，敢與松筠比，相公，我雖是借春花蕊，解饞滋味，也須知，未曾慣，風和雨。（生攜小旦欲下）（丑潛上）（小旦悶介）窗外甚麼？（生）月明花影移，月明花影移，夜久重門閉，好整衾幃，早赴陽台會。（小旦）他日休忘此時。（生）海山堪誓，天神鑒取，不要說姐姐，就是小姐的賢德，我口兒言，心兒印，難忘已。（並下）〔註21〕

在當時人的眼光中，女婢不過是附屬在小姐下的人，因此小姐的丈夫（姑爺）和女婢在一起的性行為，是再平常也不過的事了。又如《鸞箆記》中的侍女小道綠翹，明明是替主人送詩並約相幽會的時間的，卻在言語中充滿著自己對男主角的情愛暗示，而溫飛卿的回應更是直接：

> （小生）領命，領命。（貼）你日後把甚麼謝我？（小生）燎師嫁了我，姐姐少不得也隨到我家來，那時節呵，新婚燕爾恰才過，惜玉憐香到你多。（貼）笑煞韓郎休賣弄，我到頭學道賽輕娥。〔註22〕

男主角與婢女在傳信的過程中，大大方方地公然便調起情來了，綠翹根本忘了魚玄機是自己的女主人，或是溫飛卿也暫時忽略自己本來追求的人的人是誰。然而，這些婢女心中對於男性主人或未來的姑爺的心態也是十分複雜的，從家庭中的婦女階層結構而言，最高階層是夫人〈即家中女主人〉，地位最高，

〔註20〕見邱紹雄：〈論金瓶梅中的兩性關係〉（船山學刊，三期，2002年），頁115。
〔註21〕見毛晉原編、黃竹三等人重新校注：《六十種曲評注》第十七冊（長春市，吉林人民出版社，2001年9月一版一刷），頁322～323。
〔註22〕見毛晉原編、黃竹三等人重新校注：《六十種曲評注》第十二冊（長春市，吉林人民出版社，2001年9月一版一刷），頁443～444。

其次爲妾，是老爺（男主人）正式收房的太太，再來是家伎，但並不是每個家庭都有，也沒有什麼實質的地位，最低層的才是奴婢；一個奴婢如果想要改變自己在家庭中的身份地位，最好的方法是與老爺或男主人發生性關係，再被收爲妾，如果再生個兒子，那麼家庭中的地位就更加鞏固了。況且，與其被主人指示婚姻與同階層的奴僕成婚，生下的子子孫孫世世代代爲奴，沒有前途，不如與男主人在一起，未來更有保障，所以大部份的奴婢，對男主人或姑爺的性要求都不會拒絕，只有少數較有心性志氣的不肯屈從，例如：《西廂記》中的紅娘，她是爲了熱心義氣在撮合主人的姻緣，對張君琪的言語挑誘也沒有興趣。然而，就大部的奴婢而言，現實的考量還是勝過於愛情或志氣的。

2、做為主角情愛關係的連繫者

在明傳奇《六十種曲》才子佳人類的愛情故事中，其兩性情愛的發展重點，多是放在生（書生、才子）與旦（小姐、佳人）之間，女婢在此多只是個負責牽線，或是替男女主角傳遞訊息，敲定約會時間地點，以及製造機會讓二人有能產生肌膚之親、魚水之歡的人，本身的情感涉入幾乎是沒有的，與男主角的情愛也是若有似無，非常平淡，甚至沒有，最明顯的例子就是《西廂記》〔註23〕中的紅娘，她在此齣戲中一直扮演著崔鶯鶯和張珙愛情的聯繫者，先是讓二人隔著東牆聽琴約會，她還負責把風的工作，〔註24〕接下來還爲二人傳遞表示愛意的書簡，〔註25〕再來又偷開寺院廂房的偏門，讓二人半夜幽會，〔註26〕最後以探張生之病爲由，乾脆讓鶯鶯與張珙有了夫妻之實。〔註27〕這一路下來的愛情故事的發展，可以說是都由紅娘安排出來的，崔鶯鶯和張珙的愛情根本就是被紅娘推動著催生出來的，但是紅娘本身呢？，她對於與張珙產生情愛關係，或是將來成爲他的妾，卻是一點興趣也沒有的，反而在聯繫的過程當中看到一個女婢的志氣與見識：

> （生）小生久候，多以金帛拜酬小娘子。（貼）唉！你個窮酸徠沒意兒，賣弄你有家私，莫不我圖謀你東西來到此，……我雖是婆娘家

〔註23〕見毛晉原編、黃竹三等人重新校注：《六十種曲評注》第九冊（長春市，吉林人民出版社，2001年9月一版一刷）。

〔註24〕同上註，第八齣：鶯鶯聽琴。

〔註25〕同上註，第九齣：錦字傳情、第十齣：妝臺窺簡。

〔註26〕同上註，第十一齣：乘夜逾牆。

〔註27〕同上註，第十三齣：月下佳期。

有些氣志，則合道可憐見小子，只身獨自！……（貼）這簡貼儿我
與你將去，先生當以功名爲念，休墮了志氣者！你將那偷香手，準
備著折桂枝，休教那淫詞兒污了龍蛇字，藕絲兒縛定鷗鵬志，黃鶯
兒奪了鴻鵠志。〔註28〕

所以，紅娘幫助摧張二人是出於同情與義氣，既不貪財，也不貪圖日後的利益，
如：成爲張珙之妾，更對張珙曉以大義，希望他不要只想到兒女私情而忘了事
業功勳。又如：《玉合記》〔註29〕中的女侍輕娥，在知道韓翃與主人柳氏邂逅之
後，互有愛意，就開始當二人的媒人，先是將韓翃的定情物玉盒交與柳氏，又
勸她改適韓翃也無妨的，〔註30〕還好心的爲柳氏探聽韓翃的身家背景，娶妻妾
否，〔註31〕最後在他們二人洞房時還教韓翃風月七字經，〔註32〕簡直就是個專
業的媒人婆了。後來安史亂起，輕娥與柳氏失散，她也爲了義氣，幫韓翃找到
柳氏，並且設法爲失散的這對夫妻取得聯繫，再次團圓。〔註33〕輕娥對柳韓二
人的姻緣助益可說是盡心盡力，她不但主動牽線，而且有情有義不求回報，她
更沒對韓翃有什麼男女間的情感，後來甚至出家爲道姑，過著清心寡慾的日子。
所以她在柳氏與韓翃的愛情之間只是一個條連絡的線，只是扮演催化者的角
色，本身並未涉入這情愛過程之中。所以大多的女婢在公子小姐的愛情故事當
中，她往往只是扮演著牽引、聯繫、催化、以及傳遞訊息、信物的角色，就算
後來得爲書生之妾，也不見得有情感的成份在裡面，想要改變她們在社會中的
階層，使她們的兒女，雖由賤民所生，但卻可成爲良民階層，才是她們願意做
妾的主因啊！

結　語

　　基本上，明代的奴婢與僕人是不被當作「人」來看，而是極度被物化的
當作「物」來看，他們是被視爲主人的「財產」或「物產」來對待，甚至在
法律中也是這樣規範，明律承自唐律的精神，唐律中規定：

〔註28〕同上註，頁436～437。
〔註29〕見毛晉原編、黃竹三等人重新校注：《六十種曲評注》第十二冊（長春市，吉
　　　　林人民出版社，2001年9月一版一刷）。
〔註30〕同上註，第七齣：參成。
〔註31〕同上註，第九齣：詗約。
〔註32〕同上註，第十一齣：義嫗。
〔註33〕同上註，第二十八齣：感舊、第三十三齣：閨晤。

奴婢賤人，律比畜產。

奴婢同於資財，身繫於主。〔註34〕

而明代初期，雖為了增加社會勞動人力，規定只有在官僚貴族才可以有奴僕婢女：

公侯家不過二十人，一品不過十二人，二品不過十人，三品不過八人。庶人之家，不許存養奴婢，蓋謂功臣家方給賞奴婢，庶民當自服勤勞，故不得存養。〔註35〕

若庶民之家存養奴婢者，杖一百即放從良。〔註36〕

但實際上民間的蓄奴風氣還是很盛的，到了中期之後，商業社會的興起，大戶大家越來越多，奴僕的數量就更驚人了如《陶庵夢憶》一書中，張岱記其家在崇禎七年閏中秋宴客時，服侍客人的童僕家伎數量是：

席地鱗次坐，緣山七十餘牀，衰童塌伎，無席無之。〔註37〕

僅侍宴者就如此之多，那日常使役之奴僕就更多了。這些奴婢或僕人，因為是主人的資財，所以在婚姻選擇上是不自由的，要嫁娶於何人必須得到主人同意，甚至主人也可任意要求他們終身勞役，不得嫁娶，因之，其兩性關係的發生或建立，也是不自由的。男女性奴僕間的不同是：男性的僕人限於禮法的規定，與女性主子之間接觸的機會是很少的，他們互動的對象多是男主人，服務的對象也是男主人。至於女性的奴婢，她們可以同時服侍男、女主人，對女婢來說，在那個禮教嚴防的時代裡，她們是女主人最好的代言人，對外界生活的重要交通者，更是感情上的催生與連絡者，而一旦女主人出嫁了，她們便也成為陪嫁似的陪嫁者。而女婢與男主人之間，則是同時存在著主僕與性伴侶的雙重關係，女婢們往往不能抵抗男主人的威脅染指，這也是身為下層女性的一種悲哀。至於男、女性奴僕間的互動，從《六十種曲》中我們所看到的是友情多於情愛或性愛的，男女僕之間的情感是隱微的，但並不代表實際的社會情況是如此，畢竟明代的婚姻制度是講求階級性的，至於

〔註34〕見長孫無忌著：《唐律疏義・卷六・名例律》（台北：臺灣商務印書館，1965年2月，台一版），頁40。

〔註35〕見《明神宗實錄・卷一九一》（中央研究院歷史語言研究所編印，1979年12月一版），頁6（總：頁3585）。

〔註36〕同上註，《卷四》頁554。

〔註37〕見明・張岱著：《陶庵夢憶》、《西湖夢尋》（北京市，中華書局出版社，2007年4月一刷），頁八九。

男女僕間的兩性關係很少被提及的原因，應是這個階級的婚姻、愛情、性愛關係並不是明傳奇作者描述的重點，也不是觀戲的觀眾所感興趣的對象，所以在《六十種曲》中就省略了。總之，明代的男僕或女婢，他們的兩性關係是不自由的、不平等的、不被尊重的，這代表著明代社會下層人們所遭受的不公平待遇與下層階級生命的悲哀！

第二節　娼妓的形象與兩性互動

中國妓女制度的存在是源遠流長的，說文中對「妓」字的釋義是：「婦女小物也。」與今日妓的意思無關，但是在「伎」字的解釋則為：「被買賣而與己親近之人」，後來應是與「妓」字通假為今天妓女的意思，另外與「伎」、「妓」二自意近的尚有「倡」字，其釋義是：「樂也」，〔註38〕與古代的樂妓有相通之處，可見「妓」的存在的功能是以娛樂買賣為主，至於其情色的因素則是後世慢慢演進的。在《六十種曲》的劇本中，女主角或女配角以妓女身分出現的有十四本，這代表明傳奇的劇本中，妓女對劇情具有重要的影響，這也代表妓女和男性間的情愛故事是民眾們所感興趣的戲劇題材，以下在分析妓女形象與其兩性關係之前，先列表加以分析《六十種曲》中妓女的概況：

劇本名稱	妓女名稱	身家來源	與鴇母關係	在劇中是主角或配角	戀愛或婚姻對象	備註
紫釵記	霍小玉	妓戶之女〔註39〕	親生母女	主角	李益	
玉盒記	柳氏女（外號：章台柳）	李王孫家中歌妓	此齣無鴇母	主角	韓翃	此齣中男女主角之結合是李王孫將柳氏女當禮物送與韓翃

〔註38〕在《說文》中則無「娼」字。

〔註39〕作者在創作《紫簫記》之時，把霍小玉的身份定義的相當模糊，但開頭仍把她當作「煙花」身份視之，故筆者仍將霍歸屬妓女。見毛晉原編、黃竹三等人重新校注：《六十種曲評注》第八冊：〈紫簫記〉》（長春市，吉林人民出版社，2001年9月一版一刷），頁37，第一齣之短評。

金蓮記	琴操、朝雲	樂籍官妓	本齣無鴇母	琴操：主角 朝雲：配角	蘇軾	
四喜記	董青霞	教坊名妓	未言與鴇母關係，但由鴇母不許其從良嫁與宋祁看來，想必為自小買入訓練為妓	三位女主角其中之一	宋祁	
繡襦記	鄭亞仙	煙花里巷之妓（私妓）	親生母女	主角	鄭元和	
青衫記	裴興奴	教坊官妓	養母養女	主角	白居易	
紅梨記	謝素秋	教坊官妓	本齣無鴇母	主角	趙汝州	
焚香記	敫桂英	妓院私妓	賣身鴇母	主角	王魁	
霞箋記	張麗容	樂籍官妓	親生母女	主角	李彥直（玉郎）	
西樓記	穆素徽	教坊名妓	養母養女	主角	于鵑	
投梭記	元縹風	民家私妓	親生母女	主角	謝鯤	
玉環記	玉簫	妓院私妓	親生母女	配角	韋皋	以再生轉世的手法使韋皋與玉簫得遂姻緣
贈書記	魏輕煙	民家私妓	本齣無鴇母	配角	談塵	
玉玦記	李娟奴	构欄私妓	親生母女	配角	王商、咎員外	
雙烈記	梁紅玉	樂籍官妓	親生母女	主角	韓世忠	梁紅玉是《六十種曲》中唯一以武旦身份出現的妓女

在上表的基礎上，筆者以下將分析妓女的生活概況、內、外在形象、與其兩性關係。

一、中國社會的養女制度與妓女制度之演變

（一）中國社會的養女與妓女的關係

所謂的養女是什麼呢？前人的研究認爲：

> 「養女」：指「收養他人之女作爲自己的女兒，不打算將來作爲媳婦的。〔註40〕

也就是說，養女是指女子與養育之父母沒有血緣關係，而爲了某些目的將之養大的女兒，收養養女的目的有很多，有的是爲了增加家中的勞動力；有的是等其長大要收爲妾，或是嫁與自己的兒子；有的是因夫婦久婚不孕，認爲收養一個子女可以爲自家招來親生兒女；有的則是等其長大後賣入娼寮爲妓，以賺取暴利；有的則是因家中沒有子女，只好收養一個來招贅夫婿，爲本家傳宗接代的；總之，收養養女的原因是很多的。〔註41〕而中國的養女制度的存在是很普遍，不分階級，而且源遠流長的，如：《宋史‧后妃傳》講述宋仁宗的周貴妃也本是宮中養女，稍長得侍仁宗方爲妃子：

> 周貴妃，開封人，生四歲，從其姑入宮，張貴妃育爲女，稍長，遂得侍仁宗，生兩公主。〔註42〕

也就是說，不分階級貧賤，即使在皇宮中的嬪妃，也會收養養女，因此，養女是普遍存於中國社會的現象。

而在《六十種曲》中，最早的身份是鴇母的養女，後來被逼而接客爲妓的共有四人，她們有的是從小就被買來，鴇母早就準備等她們長大以後爲妓接客的，有的是自身迫於生活，賣身與鴇母爲妓，仍稱鴇母爲「媽媽」，也可視爲二者之間存在著「養母養女」的關係的，不過這種「媽媽」都被視爲「假母」，養母養女間的相對關係、相處模式，也常因「利益因素」產生變化。是故，我們可以知道，中國養女制度的存在，可以視爲娼妓制度的來源之一，這其間的原因，除了是因養女本身原生家庭的家境不佳，將她賣與鴇母之外，有一部份原因是因爲商業市場上對妓女的大量須求，更大的原因是中國人向來重男輕女，當生養的女兒太多時，就把她們當做商品看，在很小時賣與妓

〔註40〕見曾秋美：《臺灣媳婦仔的生活世界》（台北市，玉山社出版事業股份有限公司，1998 年 6 月初版一刷），頁 17。

〔註41〕見張珣：〈婦女生前與死後的地位───以養女與養媳爲例〉（《考古人類學刊》，第五十六期，200012 月），頁 17～18。

〔註42〕見元脫克脫等撰《宋史‧后妃傳》（台北：藝文印書館，清乾隆武英殿刊本），頁 3210

戶爲雛妓，或在家中經濟出現問題時，便將女賣出以賺取金錢，以免日後要花更多錢財將她養大；就是養大之後，當其要出嫁時，也得準備一筆可觀的財物，作爲她的嫁妝；爲了經濟的種種考量，將女兒自小賣出，做爲他人家的養女，或是賣予最須要小女孩的老鴇當養女，是最有利於一個家庭的。但是，當父母在考慮親生女兒的未來或去處時，都是以「經濟」、「有利本家」來考量，則其父母本身也是把自己的女兒給物化了，不將其當「女兒」看了，親情骨肉的因素全然不考慮，豈不令人心痛！這也是正反映出：傳統上，即使在自己生長的家庭中，兩性的地位也是不平等的啊！

（二）中國妓女制度的演進

中國的妓女分爲兩種：一種是只供主人個人享用的家妓，一種是對外開放，客層遍佈各階層的開放式妓女。中國開放型的妓女最早的出現是爲了軍事的目的，相傳春秋時期的管仲，設「女閭」，中有婦女七百，一方面供國家的軍人發洩其慾望，一方面徵收她們賣身稅，來充實國庫之用，而且她們往往還有爲國家吸引青年才俊來爲國君效命，或是身負女間諜的身份，爲國家搜集情報的作用。從這裡我們發現，中國的妓女制度竟是官妓早於私妓，〔註43〕這代表著，自古以來，女性在男性的眼中只是一種物品，一種可以利用的工具，是不把她們當「人」來看待的。而中國家妓的起源則是因爲社會「奴隸制度」的形成而產生的，學者認爲：

> 夏桀蓄女樂、倡優達三萬人，有人把這稱爲「奴隸倡妓」。……，西周是奴隸制度極盛的社會，蓄女奴之風甚廣，所以可以認爲「家伎〔註44〕」、「奴隸倡妓」自西周始。〔註45〕

奴隸在古代社會是與物品一樣，以金錢交易買賣的，所以家伎的產生也是和女子被物化脫不了關係。總之，妓女的產生一方面是爲了滿足以男性爲中心社會的男性們的獸性本能慾望，一方面也是女性們千百年來被物化的結果。

到了秦漢六朝時期，除了與前代一樣有爲軍人設的「營妓」，有大戶人家供養的「家妓」外，妓的種類變多，她們的隸屬與性質上也產生了改變；首先，妓的階層變成一種世襲的低下階級，只要是犯刑籍沒者或俘虜者之妻女，

〔註43〕　這裡的私妓指的是自己出來賣笑以營生的妓女。

〔註44〕　妓、伎、倡優、倡、或娼，在古代都是妓女的稱謂用語。

〔註45〕　見劉達臨：《中國古代性文化（上）》（三重市，新雨出版社，1995 年 9 月初版），頁 208。

世代皆爲樂戶，且「終其身沉淪爲女樂、倡妓之途，而且世世代代幾無出頭之日，這實在是非常悲慘的。」〔註46〕此外，私妓的數量越來越多，這和城市經濟的興起有很大關係，當有了財富之後，就會尋求享樂的途徑，尤其在商業較爲繁盛的中國江南地區就是如此，如：《玉臺新詠·襄陽樂》一詩：

> 朝發襄陽城·暮至大堤宿，大堤諸兒女，花豔驚郎目。〔註47〕

又如《樂府詩集·湘東宴曲》一詩：

> 湘東夜宴金貂人·楚女含情嬌翠顰，玉管將吹插鈿帶，錦囊斜拂雙
> 麒麟，重城漏斷孤帆去，唯恐瓊籤報天曙，萬戶沈沈碧樹圓，雲飛
> 雨散之何處，欲上香車俱脈脈，清歌響斷雲屏隔，堤外紅塵蠟炬歸，
> 樓前澹月連天白。〔註48〕

以上所寫即是當時江南嫖妓與妓女之盛。到了唐、宋、元時期，妓戶的世襲仍不變，但是政府的介入管理就更深入了，如：唐代的「北里三曲」就是屬地方官管理，地方武將對其也有管理權，尤其到後期的藩鎮割據時期，這種現象就更爲嚴重，唐代的妓女就等同於地方官的財產一樣，等於是公有財產私有化了：

> 唐代武將對官妓往往有著特別的支配權力，尤其是「安史之亂」後，
> 各鎮節度使擁有土地、兵甲、賦稅三大權，武將勢力遠遠超出文官
> 之上，官妓營妓的命運，往往由武將來掌縱，武將可以任意調動樂
> 妓，陪宴助興，也可以樂妓賞賜給部下好友，更可以出動軍士控制
> 樂營妓院。〔註49〕

可見官妓成爲一種誰的政軍勢力大，誰就可以控制的國家物產。到了宋代，控制官妓的權力從武將轉到文官身上，這是宋帝王重文輕武的間接影響，管理的單位仍延用唐宋之制稱爲「教坊」，「瓦肆构欄」則爲其表演營業的場所之一，但是妓女的不被尊爲「人」看，其低微的社會待遇仍相同的，因爲她們仍被歸爲社會上的低賤階層，她們仍是各種階層男人用來滿足性慾的工具

〔註46〕同上註，頁 352。
〔註47〕見南朝陳徐陵撰：《玉台新詠·卷十》（台北市，台灣中華書局，1970 年 3 月，
　　　　台一版），頁 5。
〔註48〕見宋郭茂倩編：《樂府詩集（下）》（台北市，里仁書局，1981 年 3 月初版），
　　　　頁 1398～1399。
〔註49〕見嚴明：《中國名妓藝術史》〈台北市，文津出版社，1992 年 8 月初版一刷〉
　　　　頁 57。

或玩物而已。但唐、宋、元時期的妓女之昌盛所反應的是中國工商業已開始繁榮，變為重要經濟體，而商業資本社會也即將來臨。

明清時期，中國的工商業〔註50〕更加的繁榮發達，而妓業也是跟著一起發達起來，此時的妓女更發展出「名妓文化」，所謂「名妓」不是單純從事妓女工作而已，她們具有「審美意趣、才華美貌、堅忍自信、高雅脫俗、智慧光華、獨立自主的個性……等特點，她們是明代女性的中的精華與佼佼者」，〔註51〕她們的品味與生活與行為，甚至會成為當朝婦女模仿的對象，可以被視為一種「高級妓女」，其性質上的某些改變為前代所無，但是她們身為性工作者的悲劇本質仍是千古不變的；以下將就《六十種曲》中的妓女們的形象及兩性關係做一分析。

二、明代的妓（養）女的形象

（一）有情有義的精神

明代的妓女與前代妓女最大的不同是她們相當重視精神層次的問題，尤其是較具聲名的名妓們更是如此：

> 她們身份低下，卻心性高潔，希望能得到狎客們的賞識和尊重。〔註52〕

> 她們也有著才情、氣質和嚮往獨立人格的追求，卻也常常不被人理解，人們總是認為她們生活在風塵中，視其為不潔身，為紅顏禍水，她們的清高孤傲也往往受到他人的輕視。〔註53〕

也就是在這種背景之下，一個渴望得到尊重的妓女，一旦遇見其心目中認可的真命天子，她就會對這個男人有情有義，為他付出一切與一生，最常見的是，一旦遇到了即刻閉門謝客，把自己的心靈與肉體只交與此一人，接下來若二人的愛情遇到阻礙，不管有沒有分離，她都可以為這個男子堅守貞操，即使遇到折磨苦難、顛沛流離，也不放棄，如：《紫釵記》中的霍小玉，在李益離去尋求功名的三載間，是日日的相思與苦苦的盼望：

〔註50〕此處的中國工業仍屬於第一級的勞力密集工業，以手工業為主。

〔註51〕見柳素平：《晚明名妓文化研究》（武昌市，武漢大學出版社，2008年8月一刷），頁3～7。

〔註52〕同上註，頁159。

〔註53〕同上註，頁160。

奴家自別三郎，三秋杳無一字，正是：叢菊兩開人不至，北書不寄
雁無情也！……夫，俺這裡平沙翰海把圍屏指，你那裡落月關山橫
笛吹，心兒記，夢魂中有路透河西。〔註54〕

甚至因為愛他，閉門謝客無收入，為了找他音訊，散盡家財，屢遭詐騙，最
後還重病臥床，病到氣若游絲：

奴家府中，一自李郎去後，家事飄零，望他回來，重新整理，誰知
他議婚盧府，一去不還！……已曾博求師巫，遍尋卜筮，果有靈驗，
何惜布施，一向賂遺親知，使求消息，尋求既切，資用屢空。〔註55〕

（旦做病上）去也春光，月地花天，相思影瘦地不成模樣，為伊蹤
跡，廢盡思量。……（旦）蕙帳金爐冷篆煙，寶釵分股無合緣，菱
花塵滿慵將照，多病多愁損少年。〔註56〕

從霍小玉對李生的不停尋找，為其閉門謝客，誤會冰釋之後，選擇再次原諒
接納他，可見她對李益是多情又多義。又如：《西樓記》中的穆素徽，在與于
鵑交好時以〈楚江情〉一曲傳其情並私訂終身：

（生）卿與小生交淺言深，不知何緣，得此雅愛？……（旦）妾千
槳數行，豈泛泛雪濤之筆，情之所投，願同衾穴，不知意下若何？……

（生）小生永期秦晉，決不他圖，如負恩背義者，有如日！（旦）
片刻相逢，百年定約，如偶他志者，亦有如日！

（旦）隨歌而沒，亦足明志，待吾謾歌你聽：朝來翠袖涼薰籠擁床，
昏沉睡醒眉倦揚，懶催鸚鵡喚梅香也，把朱門悄閉，羅幬漫張，一
任他王孫駿馬思綠揚，夢鎖葳蕤，怕逐風蕩，只見蜂兒鬧紙窗，蜂
兒鬧紙窗蝶儿過粉牆……，怎解得咱情況？〔註57〕

可謂句句深情，亦道盡妓女感情歸宿上的期望與無奈；在鴇母、富商池同、
與于父的破壞、強迫分離下，又悲泣不已，一心尋死：

（旦上）心事上，淚中流，一段離情兩處愁，歸夢不忘樓上月，癡
魂猶記渡頭舟，根深不怕風搖動，樹正何愁月影斜，這歹賊嫌我來

〔註54〕見毛晉原編、黃竹三等人重新校注：《六十種曲評注》第八冊（長春市，吉林
人民出版社，2001年9月一版一刷），頁264～265。

〔註55〕同上註，頁304。

〔註56〕同上註，頁325。

〔註57〕見毛晉原編、黃竹三等人重新校注：《六十種曲評注》第十五冊（長春市，吉
林人民出版社，2001年9月一版一刷），頁533～532。

家，被我要死要活，不得戲狎，今日爲何大驚小怪，又待進房來，
萬一不幸，有死而已，只是放于郎不下耳。〔註58〕

（旦驚介、淨怒打介），賊潑賤，沒道理，在我跟前喬弄嘴，惡言語
緊迫。（旦）飲恨含冤無好氣，要奴相隨，甘心做鬼。（淨）無計溫
存，只苦打伊。（旦）受刑不過，惟求速斃，須惹得旁人講是非。（淨）
苦我打官司，先已弄殺你。（旦）我也要死。（淨）敢恁地拖刀弄劍，
怕你差池。（旦）欲言不語淚珠垂，速死待何疑，于郎、于郎，西樓
枉訂死生期！〔註59〕

由上文可見得，穆素徽即使被虐打到了生死關頭，也是死守著對于鵑的情義
不放，不能與于鵑在一起，她就惟求一死；所以看的出，妓女一旦對意中人
投入了情感，就有了義無反顧的勇氣。然明代的妓女情義觀之中，竟也參雜
著不少「貞節」觀念，例如：《四喜記》中的董清霞對宋祁、《繡襦記》中的
鄭亞仙對鄭元和、《青衫記》中的裴興奴對白居易、《投梭記》中的元縹風對
謝鯤……等等。情義是內在自發的，貞節觀是外在社會規範所造成的，二者
怎麼會結合於一起呢？再者，妓女工作終日送往迎來，所見之人太多了，這
其中必有條件很好的恩客，只要依附他，必能終身衣食無虞；是什麼力量讓
她在戲劇的表現中，是堅守著貞節，苦苦的等著一個人呢？

首先，我們必須了解，戲劇人物的塑造，與戲劇中要闡揚的思想，是作
者塑造出來的，則僅管戲劇的女主角是妓女，她的行爲價值觀也必定是作者
一手塑造出來的，所以妓女們的所思所想，也必定被身爲作者的文人們之道
德價值觀牽引著，甚至理想化了。而明代文人雖然到後期自我行爲放蕩不羈，
思想奔放，但在對女性的要求和思考模式上卻仍維持著非常傳統的父權主義
與物化佔有；所以即使是他們用來發洩寄託情感的妓女們，他們還是希望這
些女性最後能成爲傳統以來文人心目中理想化的「良家婦女」：

然而，悖謬的是，素徽（《西樓記》）和素秋（《紅梨記》）的這種貌
似大膽的叛逆行動，實質上也隱含著父權主義的意識，她們無法擺
脫，並且也接受了父權社會施加在歌妓身上的雙重準則；一方面，
她們不像良家婦女那樣，必須受到各種規矩的束縛，一方面，也獲

〔註58〕同上註，頁595。
〔註59〕同上註，頁597。

得人們的尊重，她們卻又比良家婦女更依賴婚姻。〔註60〕
她們的走向家庭，就如同一般婦女一樣的遵循傳統女子美德一樣，這也是父權主義社會下，文人所附予女子道德觀的展現；同樣的標準一樣反映在妓女強調自我貞節上，她們或許在閱讀的書上看過，或許在與文人士子的交往中聽得，但其內心深處；未必有這樣強烈的貞節觀念，然而在文人筆下，文人的重視女子貞節的傳統禮法觀轉化成爲妓女重視自我貞節內化精神，文人在女妓癡心的爲一個男性苦守貞操中，得到了男性維持社會發展主導權的合理性與持續性，也得到男性佔有女性，將其物化的優越感與征服感。所以說，在明傳奇社會文化環境中，不斷地描寫著妓女自己把情義與貞節等同視之，其實是一種社會道德環境下所造成的現象。有學者分析藝術創作與社會文化之間的關係時說：

> 在文化發展過程中，一些積澱了民族特有的性格特徵，和特有的道
> 德好惡的形象，都會對藝術創作造成很大的影響，它們構成了一些
> 民族文化中最常見的範式，從本質上限制了一般藝術家們的想像
> 力，同時也限制了一般藝術家的視野。〔註61〕

創作者的思考範圍被侷限住了，其在藝術作品中所創作出來的人物也必定在其思想侷限的範圍之內，明傳奇中守貞節、講情操的妓女就是這樣被戲曲家塑造出來的啊！

（二）才色兼具的佳人

古代的妓女要吸引客人上門，「外貌（色）」與以「才藝（才）」是很大的因素，直接地說，這是她們工作上的兩大利器，這也關係著她們是否能登上名妓之列很重要的因素，李佑球研究以爲：

> 貌是二人結合的首要條件，在傳奇劇本中，無論是生抑或是旦，在
> 容貌上均得到了作者的肯定，男子要求女子傾國傾城，女子要求男
> 子「好風神水湛清秋」。……《投梭記》中謝鯤一見元縹風「看她
> 面如明月‧輝如朝霞‧色如桃范‧肌如凝雪，乍見如紅蓮透水，近
> 覷如彩雲出山。」……才是指二人內在的靈氣，這是二人結合的重
> 要因素，……在旦角而言，主要表現彈琴等技藝，……《青衫記》

〔註60〕見孫玫：《中國戲曲跨文化研究》（北京市，中華書局，2006年1月一版一刷），頁117～118。

〔註61〕見傅謹：《戲曲美學》（台北市，文津出版社，1995年7月初版），頁163。

中白居易與裴興奴相見後，戀之不忘，「她姿容獨步，才技無雙，一夕爲歡，十分留意。」裴興奴因善彈琵琶贏得了白居易的留心，因而，才是兩人結合的重要因素，是兩人彼此傾羨，相互愛慕的基礎。〔註62〕

所以說，才色兼具的妓女是明傳奇在描述才子與名妓故事時的重點，例如:《玉合記》中的柳氏女，她是李生家之家妓，對於外在裝扮不多注意，主人是否寵愛也不在意，但對自我才能的培養卻相當注重:

> （旦）我性厭繁華，情耽藻翰，合歡裁扇，班婕好彤管齊名，素手縫裳，薛夜來神針可數。〔註63〕

從上文看出柳氏對自我才能的要求是很高的，與一般人對妓的印象「以貌取人」是不同的。又如:《焚香記》中的敫桂英，她是賣身葬父母才淪爲妓女的，而買她的謝家老翁媼，會相中她的原因是:

> 近來取一義女，年方二八，名叫桂英，誰知她是宦家之女，琴棋書畫，針黹女工，無所不曉，……。〔註64〕

可見得在明代，買女爲妓，她是否有才，或是將來是否有被訓練爲才女名妓的可能，也是娼家們經營旗下妓女考慮的重點之一。再如:《紅梨記》中的謝素秋，一向就是個頗有才名的名妓，所以才會引來男主角趙汝州（字伯疇）的追求:

> 如小生之風流才調，必得天下第一個佳人，方稱合璧，向來聞得人言云:「男中趙伯疇，女中謝素秋。」（笑介）不知素秋怎麼樣一個女子，就堪與小生作對？一向問人，並無識者，昨日京來，才知教坊妓女……。〔註65〕

以趙汝州在當時之才名，與之匹敵之女性，必也是有高才之女妓。這也就反映出明代對妓女才與色的標準，才色兼具雖是妓女們出名的必然條件，但是當二者同時放在一起衡量的時候，才的要求似乎高過於色，外貌可以平常，

〔註62〕見李佑球:《六十種曲愛情劇研究》（湖南師範大學研究所，2007年四月，中國古代文學碩士論文），頁15。

〔註63〕見毛晉原編、黃竹三等人重新校注:《六十種曲評注》第十二冊（長春市，吉林人民出版社，2001年9月一版一刷），頁574。

〔註64〕見毛晉原編、黃竹三等人重新校注:《六十種曲評注》第十五冊（長春市，吉林人民出版社，2001年9月一版一刷），頁47。

〔註65〕見毛晉原編、黃竹三等人重新校注:《六十種曲評注》第十四冊（長春市，吉林人民出版社，2001年9月一版一刷），頁537。

但文學與藝術的才藝卻必須在一個標準之上，才能得到文人的青睞：

> 妓的成名離不開傳統藝術的薰陶，藝術滋養了名妓高雅的氣質，其
> 「色」藉「才」，而有韻味，藝術才能更是名妓參加各種交往活動的
> 資本，爲其成名提供機會和條件。〔註66〕

誠如學者所言，具備多項的才能，擁有才女的美名，使妓女們謀生的能力被
強化了，她們也可因此才名、豔名同時遠播，而得到更多的生意，或是因此
找到好的歸宿；而且歷代以來，明代的妓女們的這種才勝於色的要求是更被
突顯出來的：

> 無論是皇家貴族、權臣豪門，還是文人學士、富商巨賈，都對名妓
> 藝術表現出不同程度的著迷欣賞，甚至文化水平不高的市民布衣和
> 農村夫婦，也對名妓藝術表現出濃厚的興趣，這一切都蘊釀出明代
> 社會中特殊的文化氛圍，這種文化氛圍既有利於名妓的產生，也有
> 利於名妓藝術的競爭發展。〔註67〕

> 清代花榜多偏重美色，與明代品藻才貌、技藝相比，缺少一種高雅
> 風情，顯得庸俗。〔註68〕

由上二引文可見，明代的妓女們追求本身才能藝術的精進及受肯定，已成爲
妓女界一種生存與競爭的普遍現象。至於造成這種現象的原因是：第一，和
妓女較偏好與文人交往有關，爲了使自己打入文人的世界，甚至在文人群中
找到性靈的知音或終身的伴侶，加強自我藝術素養，尤其是在文學與哲學方
面的素養，更是與文人交流的重要工具，所以，妓女們當然會致力於加強自
我之「才」了。第二，在妓女的心理層面而言，具有才能，可以在無形中充
實她們空虛的心靈，淡化其體會自我悲劇人生的悲傷感，並藉著作品來抒發
其人生歷程上的負面情緒，而才能的傑出，更可降低她們在階級與職業上的
自卑自憐情緒，借由眾人的肯定與稱讚，來找回身爲「人」的自信與價值。
是故，有才能的妓女就能當名妓，雖是明代的社會大環境催化出來的結果，
其實這其中，還存在著妓女這種身份，爲女性帶來負面影響，以及妓女們想

〔註66〕 見柳素平：《晚明名妓文化研究》（武昌市，武漢大學出版社，2008 年 8 月一
　　　　刷），頁 114。

〔註67〕 見嚴明：《中國名妓藝術史》〈台北市，文津出版社，1992 年 8 月初版一刷〉
　　　　頁 108。

〔註68〕 見柳素平：《晚明名妓文化研究》（武昌市，武漢大學出版社，2008 年 8 月一
　　　　刷），頁 192。

擺脫這些屬於妓女之不幸的內在因素。

（三）勢利無情的狠角

　　妓女自古以來就是一個充滿爭議的身份，有人覺得這些女性也是多情有義的，只是命運多舛，才會淪為妓女，前文所分析的形象多是如此。但是這只是文人作家的一廂情願的想像而已，因為大部份人仍覺得妓女就是勢利而狠心，唯金錢是圖的人。在《六十種曲》中出現的負面性妓女只有一人，就是《玉玦記》中的李娟奴，她拐騙了士子王商的錢後，就與鴇母合計硬是把他趕出門庭，讓王商差點活不下去。〔註69〕後來又勾引富商咨喜，在花盡其錢財之後，又想故技重施，但咨喜卻趕也趕不走，最後乾脆和鴇母謀計將其毒死，〔註70〕可謂心狠手辣，只要錢，不顧人情道義的。在明代的俗文學作品中，我們也可以看到這一類的妓女，例如：《初刻拍案驚奇・卷十五・衛朝奉狠心盤貴產・陳秀才巧計賺原房》中的陳秀才，為一富豪子弟，一心迷戀風月女妓，因此秦淮女妓們，「利之所在，無所不趨」，一心的巴結他，討其歡喜，陳秀才最後因而散盡家財，落魄的得與妓女借錢，昔日與他相好的女妓此時都不理睬他了，只好以田產房子借高利貸，把家產敗得一乾二淨。〔註71〕而在《曇花記》中，當木清泰在寺廟修煉時，百花娘子奉西方佛祖之命來試驗他的定力時，也是化成妓女的形象來探其對色戒是否已看破；〔註72〕可見得妓女在社會大眾心中仍是不好的女性，否則為什麼不用其他身份的女性來試探木清泰呢？在《贈書記》中的老奴奚奴就說妓女是：「紅顏雖足怡情，妓女最為無義」〔註73〕、「妓女們的心性是不可料的」，〔註74〕又說倡館酒樓是「這煙花叢裡謾恣風騷，況書中自有紅顏，何須向平康述好？」〔註75〕對於倡業是貶抑批評的，也認為妓女們的人格

〔註69〕見毛晉原編、黃竹三等人重新校注：《六十種曲評注》第十冊：〈玉玦記〉，第二十二齣：〈改名〉（長春市，吉林人民出版社，2001年9月一版一刷），頁147～149。

〔註70〕同上註，頁189～192，〈第二十九齣：商嫖〉。

〔註71〕見凌濛初著：《初刻拍案驚奇》〈台北市，五南文化出版圖書公司，200年2月初版一刷〉頁271～287。

〔註72〕見毛晉原編、黃竹三等人重新校注：《六十種曲評注》第二十二冊：〈曇花記〉，第二十一齣：超度沉迷（長春市，吉林人民出版社，2001年9月一版一刷），頁173～180。

〔註73〕見毛晉原編、黃竹三等人重新校注：《六十種曲評注》第十七冊（長春市，吉林人民出版社，2001年9月一版一刷），頁14。

〔註74〕同上註，頁33。

〔註75〕同上註，頁32。

道德是有問題的；在《古今小說·第三卷·新橋市韓五賣春情》一篇中，當新橋里坊的居民知道金奴是個私娼，公然在他們住居一代接客後，便罵金奴一家是「賊做大的出精老狗，自家幹這般沒理得事」，〔註76〕又擔心妓女會對鄰里帶來不良影響：

> 我這裏都是好人家，如何容得這等塵糟的在此住，常言道：「近姦近殺」，倘若爭鋒起來，致傷人命，也要帶累鄰舍〔註77〕

可見得當時一般人對妓女的形象還是負面且排斥的，而大部份妓女所展現出來的仍是唯利是圖，易惹是非的樣子。然而，這種形象的形成是有因可循的，明代是一個娼業發達的時代，相對的，妓女們間的競爭也就相當激烈，誰都想當最受歡迎的那一個，被富商士子高高地捧著，在那種環境當中，自然會養成她們重錢重利的個性，以及用錢來衡量一切的價值觀；再則，妓女們再有才藝，妓業仍是一個以色事人的行業，當年華老去，容顏凋零，榮景不再的時候，唯一可以仰賴以度終生也只剩下「錢財」，所以大部份的妓女不是在操業之時，便設法在恩客身上能得多少就得多少，以大量儲蓄錢財；便是找定一個足夠財力的人家，委身為妾，以盼後半輩子有所依靠；利益金錢對她們而言，是關係是否能生存下去的重要因素，「情義」又如何與「錢財」相提並論呢？我們可以說，妓女這種重利輕情，或為利忘義的形象，是被生存環境逼迫出來的，這是她們為求生存於世間一種不得不為的手段啊！

三、妓女的兩性互動

（一）與書生才子的互動

文人和妓女的互動向來是非常的密切，尤其是明中葉以後，政治環境的黑暗，思想道德的解放，使得文人流連於歌樓酒館，耳目聲色更加頻繁，也由於妓女素質的提高，使得文人對妓女產生一種「知音」的心理依賴感。相同的，如果以妓女不同性質或不同職業的客群來說，她們的確較好與文人往來，例如：《投梭記》中的元綃風，她不計較謝鯤家貧，欣賞他的才能骨氣，一心只想嫁其為妻，不管鴇母怎麼威脅也不屈服；又如《青衫記》中的裴興奴，因與白居易的一面之緣，兩人相知其心，相惜其才，所以儘管被鴇母逼

〔註76〕見明馮夢龍著：《古今小說（上）（下）》（台北市，里仁書局，1996年5月初版），頁69。

〔註77〕同上註。

嫁給茶商劉一郎，她仍抵死不從，最後還自己告官，爭取到自己想要的婚姻；這些妓女們捨棄多金的商人，一心只想嫁與文人，這其中包含著現實考量的因素與妓女內心與未來想望的感性因素；首先在現實的因素上，文人以詩詞和妓女相唱和，提高了妓女的知識水準，也提升了妓女們的才藝，使她們更能以才名遠播四方，而成為名聞一時的名妓：

> 這種大規模的名妓名士交往活動中，名流雅集，殊麗薈萃，觀者如堵，二者之間有這種互動的「共生」效應，對名妓來說，不僅是一種宣傳效應，擴大了知名度和影響，而且也是一次結交名流，提高見識的機會，對士人來說，獲得了一種從理學壓制下，解放自己的身體，以清麗脫俗的名妓為伴，展現自然人性的愉悅。〔註78〕

名妓借著各種與文人間的文學藝術的創作，展現了自我的才能，提高了自己的名聲，對於她的妓名和客群水準的提高大有助益，妓女也因為名聲的提高，漸漸有了自己選擇客人的權利；對文人來說，家中的妻子，或許是父母之命，媒妁之言娶來的，或許是為了傳宗接代的選擇，都無法深入他的內心，抒發他的情感，只有溫柔體貼而嫻熟文學創作的妓女，能深達其內心，以文學詩歌來交流內心深處的感觸。而妓女們何嘗不是如此，她們苦悶、不自由、不被尊重的人生歷程裡，也希望能找到真情真愛，遇見真正疼惜她們的人，多情多才的文人士子，便是她們千挑萬選後的選擇，這也是她們喜歡與文人交往的感性因素：

> 歌妓與文人的交往，主要以歌舞娛樂等精神活動為主，妓女們或談笑諧謔，或擅長歌舞音律，都容易與文人產生共鳴。〔註79〕

> （妓女與文人）彼此之間互相依戀，互相尊重，這種關係縱然不能稱為真正的平等，至少也是互爭妍媚、互敬互重，文士與歌妓做詩酬和，一起出游，在政治與道德承諾上同肩共擔，彼此發展出真正的友誼。〔註80〕

在馮夢龍的《醒世恆言·賣油郎獨佔花魁》文前的一段議論中也有提到妓女

〔註78〕見柳素平：《晚明名妓文化研究》（武昌市，武漢大學出版社，2008 年 8 月一刷），頁 192。
〔註79〕見李蓮秀：《隋唐五代時期下層婦女的社會生活研究》（福建師範大學研究所，2003 年四月，中國古代文學碩士論文），頁 71。
〔註80〕見柳素平：《晚明名妓文化研究》（武昌市，武漢大學出版社，2008 年 8 月一刷），頁 201。

與恩客間要交心往來的心態是：

> 有錢無貌意難合，有貌無錢不可，就是有錢有貌，還須著意揣摩，
> 知情識趣俏哥哥，此道誰人賽我。〔註81〕

可見得在女人的內心深處，還是有著被了解、疼惜的想望，有著希望被尊重
的尊嚴，她們的這種心理要求，只有受過良好教育，與深厚文學、哲學思想
薰陶的文人能夠滿足她們，所以在《紅梨記》中，謝素秋在高官王黼與窮書
生趙汝州二人中選擇了趙汝州，原因是：

> 看他詩中字字芳心懂，怎割捨風流業種，男中趙伯疇，女中謝素秋，
> 不知向來何故有此言語？想我兩人才貌呵相同，故教人作頌。〔註82〕

從上文就知道，謝素秋要的未來，不只是一個衣食無缺的生活，她要的對象
要與自己才貌相當，更重要的是「心靈上」的相知與相通；又如《霞箋記》
中的張麗容與李彥直（玉郎），因互傳霞箋，從相互欣賞文才，借由霞箋傳情，
進而互訂終身，後來雖有富商公子與完顏丞相的相逼，但張麗容仍是堅守著
對李彥直的情感，只因二人曾相知相惜的互相誓約：

> （旦）今見君子，可托終身，即便洗乾紅粉，焉肯再抱琵琶，若不
> 捐棄風塵，情願永侍巾櫛。（生）既蒙卿家真心待我，願為比翼，永
> 效鶼鶼，若有私心，神明作證！（旦）若然如此，和你對天蒙誓。
>
> 〔註83〕

張麗容在這裡所求的是一片待她的真心真情，至於世俗的富貴、金錢、權勢，
她都不放在眼裡。所以說，與文人相知而相結合，變成明代一些因才色出眾而
氣性甚高的妓女們，心目中一個美好未來的設定，因為多情感性文人，在心理
上、精神上、在作為一個人的尊嚴上，較能給妓女們以滿足與安慰，即使現實
生活環境再怎麼殘酷困難，只要能和理想中的人在一起，妓女們都有十足的勇
氣去克服一切。這也是明代的妓女們與前代的妓女們相比，較為勇敢的一面。

（二）與商人權貴的互動

妓女的生活，再怎麼說，就是活生生的商業行為，所以大部份的妓女仍

〔註81〕見馮夢龍：《醒世恆言》（台北市，三民書局，2009 年 5 月二版二刷），頁 33。
〔註82〕見毛晉原編、黃竹三等人重新校注：《六十種曲評注》第十四冊（長春市，吉
　　　　林人民出版社，2001 年 9 月一版一刷），頁 561。
〔註83〕見毛晉原編、黃竹三等人重新校注：《六十種曲評注》第十五冊（長春市，吉
　　　　林人民出版社，2001 年 9 月一版一刷），頁 286。

是沒有選擇客人的權力，而隨著明代商業社會的發展，富有的人越來越多，商人與權貴，在財力雄厚的基礎之下成為妓女們的大客戶，因此，除了唱和於文人士子，應酬這些社會上的有錢人，在妓女的工作生涯中也是很重要的一部份，而富有之人的賞賜多，也成為妓女們重要的經濟收入來源，更因為富有，使得控制妓女的鴇母們對商人權貴另眼相看，所以，在商業繁盛，富裕繁榮的明代社會，商人其實和妓女的關係是很密切的，在《金瓶梅》中寫陳經濟開張新酒樓的景況是：

> 一日開張，鼓樂喧天，笙簫雜奏，招集往來客商，四方遊妓。〔註84〕

可見有酒樓茶肆的地方必有商人與妓女的存在，後人研究，明代商人、富賈、權貴多集中在南京、揚州、山西、陝西、安徽等地，而其嫖妓的大本營則多在南京與揚州二地，他們或基於生理須求，或基於心理須求，或是為了顯耀財富，多在歌樓妓館的妓女身上砸下了大筆的錢財，甚至連政府也看準了商賈在這方面的消費力，設立公家妓院來滿足他們的須要，也趁機充裕國庫：

> 根據徽州以及山西當地的俗例，商人一般在十五、六歲就已邁出家門，一出就是幾年，十幾年甚至幾十年不能返鄉，為了滿足長期獨身生活的須要，他們在娶妾宿妓方面一反菲嗇故習，出手十分大方。……《二刻拍案驚奇·第十五回》亦指出：「徽州人有個癖性，是烏紗帽、紅繡鞋，一生只這兩件事不爭銀子，其餘諸事就慳吝了。」〔註85〕這些評論，是很切中商人實際的。〔註86〕

> 明初，建都南京，朱元璋曾下令把全國各地近兩萬豪富遷到南京來，一方面加強對他們的控制，另一方面也借以充實首都的財富，同時，朝廷還在南京開設官方妓院〈稱富樂院〉，任商人出入，並派專人管理；……當時在南京，像富樂院這樣官妓聚集的地方共有十六處，號稱「十六樓」，這些娼樓妓館專為縉紳商賈提供侍宴侑商的服務，商人整日混跡其中，大量的商人資財在此消耗掉了。〔註87〕

可見的，商人在明妓的生計環境中真的是大客戶，而且還是為了生存不能拒

〔註84〕見笑笑生著：《金瓶梅》（台北市，三民書局，1991 年 3 月一版一刷），頁 977。
〔註85〕見凌濛初著：《二刻拍案驚奇》（台北市，三民書局，2007 年 8 月二版一刷），頁 307。
〔註86〕見王兆祥、劉文智：《中國古代商人》（台北市：臺灣商務印書館，1999 年 2 月初版一刷），頁 215。
〔註87〕同上註，頁 214。

絕的大客戶，他們更是老鴇眼中的大「肥羊」，豈能容妓女們輕易放過，而商
賈權貴們也捨得在妓女身上一擲千金，毫不吝惜，但這種砸錢來討得妓女青
睞的舉動，是否所有妓女都接受呢？而商人最主要的情場敵手——文人士
子，又是如何來看待商人這種大手筆買歡的行爲呢？

我們從《六十種曲》中情節與人物的安排可以分析，文人與妓女如何來
看待商人這個身份，與商人、妓女間的關係；《六十種曲》中除了《三元記》
的馮商被設定爲是殷實敦厚的好商人以外，其他的商人都是以負面的形象出
現，而妓女中，除了《玉玦記》中的李娟奴，因爲與鴇母一樣，認錢不認人，
會主動接近多金的商人賀員外，拋棄已被她搜刮一空的書生王商外，其他的
妓女，都是選擇在財力上大不如商人富裕，但卻浪漫多才的書生，如《青衫
記》中的裴興奴，自與白居易一見傾心後，只想與他廝守，不但自己跑去找
白居易的妾樊素、小蠻，要求要跟著她們一起去找白居易，還威脅鴇母若不
成全，就永不再接客，在婚姻與未來上堅持跟隨文人，厭棄商賈：

> 〈旦〉二位夫人在上，奴家有一言相告，當初在京時，原與相公有
> 約，前日青衫已送還夫人，夫人既往任所，奴家欲隨侍同行，重見
> 相公一面，不之尊意如何？〈貼、小旦〉長途寂寞，挈伴同行，有
> 何不可？〈丑〉二位夫人，這個斷然使不得，老身只有此女，支持
> 門戶都在她身上，前日有個浮梁茶客，肯出千金娶她，老身尚在遲
> 疑，她若去了，教老身依靠何人？〈旦〉母親，若你不肯放我去，
> 我就在，也決不接客，一守著白相公便了。〔註88〕

可謂字字句句中都見裴興奴對白居易的堅定跟隨之情。又如《西樓記》中的
穆素徽，縱已被鴇母騙到岸邊的商人船旁，也一心抵死不從，只想與才子于
鵑在一起：

> 〈旦哭介〉我有一人曾罰咒。〈丑〉可不就是于叔夜麼？這樣牙疼咒，
> 那裡作准。〈旦〉向日于叔夜，肯分地唱出關雎。〈丑〉可記得前夜
> 麼，停舟，你眼盼盼不肯來相就，你漫想破甑難重奏，癡迷見，全
> 差謬。〈旦〉縱是他差，我不罷休，也須當面討回頭，豈甘送人機關，
> 便忘那籌，決不嫁禽和獸。〔註89〕

〔註88〕見毛晉原編、黃竹三等人重新校注：《六十種曲評注》第十四冊（長春市，吉
　　　　林人民出版社，2001 年 9 月一版一刷），頁 422。
〔註89〕見毛晉原編、黃竹三等人重新校注：《六十種曲評注》第十五冊（長春市，吉

她把商人比喻為禽獸，可見得心中對其有多輕賤痛惡，後來更為了替于鵑守節上吊，差點沒命。

妓女們會如此鍾情於文人士子，一方面是因她自小受過教育，頗知詩書，進而惜才，相對的，內涵與修養差的商人在內在上就差多了；另一方面，富裕的商人僅管能使其一生衣食無缺，卻無法滿足她們精神的空虛，不安全感，更不要說體貼與關心，但這些卻都是心思較為細膩的文人可以做到的；更何況，商人雖然多金，卻無法專情，處處宿妓養情婦，一些較有氣性的妓女們當然不甘只是商人諸多金屋藏嬌中的一嬌而已，這是有損她們身為人的尊嚴感的，相較之下，文人書生縱使落魄貧窮，也比商人來得專情，懂得憐香惜玉多了。此外，傳奇的作者多是文人，他們在現實與商人的爭鬥中，或許會因財力不及商人權貴，而輸掉被美妓、名妓青睞的機會，但在戲劇這個被塑造出來的理想世界中，他們卻可以盡情發揮，反敗為勝；這也看出來在資本主義逐漸發展的明代社會，文人書生們已漸漸感受到隨著商人階層的興起，在其驚人財力的壓迫下，自古以來崇高的「士」階層，已明顯地感受到自我的社會地位受到巨大的威脅，而在現實環境中，他們也可能常常真的因財不如人而輸得一敗塗地，甚至還要反過來祈求商人的資助呢！因此在傳奇的情節設計上中，佳人選擇才子，唾棄商賈，也或許是文人借筆來大大抒發心中對商人地位影響力驟升，心感不平的一條重要管道吧！

（三）鴇母對妓女異性選擇的影響

在《六十種曲》中，有鴇母出現的戲曲共有十一齣，分別是《雙烈記》、《玉玦記》、《玉環記》、《投梭記》、《西樓記》、《霞箋記》、《焚香記》、《青衫記》、《繡襦記》、《四喜記》、《紫釵記》，其中妓女與鴇母是養母、養女關係的是《西樓記》、《焚香記》、《青衫記》、《四喜記》，這種養母與養女的關係，有可能是自小就抱養來，準備好好的教授一番，長大之後好出去接客賺錢的，例如：《西樓記》中的穆素徽，是鴇母乜氏，自小將他收養來的，〔註90〕《青衫記》中的裴興奴是鴇母唯一收養賴以維生的妓女，《四喜記》中的董青霞與董鶴仙是鴇母收養訓練歌舞長大的妓女花；此外，也有可能是因環境所逼迫，不得不自我賣身的，例如：《焚香記》中的敫桂英就是賣身以葬父母；而在《六

林人民出版社，2001 年 9 月一版一刷），頁 574。

〔註90〕見毛晉原編、黃竹三等人重新校注：《六十種曲評注》第十五冊（長春市，吉林人民出版社，2001 年 9 月一版一刷），頁 512。

十種曲》中是親生母女關係的是《雙烈記》中的梁紅玉、《玉玦記》中的李娟奴、《玉環記》中的、《投梭記》中的《霞箋記》中的張麗容、《繡襦記》中的李亞仙、以及《紫釵記》中的霍小玉，雖然她們和鴇母間是親生的母女關係，但很可悲的是，因為生長在樂籍之中，她們也不得不自小以當「妓女」為目標的教養著，再加上中國人自古以來都是「重男輕女」的觀念，與其把女兒當「賠錢貨」地養在身邊，長大就送給別人當媳婦，還要為其籌措一筆嫁妝，還不如好好地利用她來養家活口，自古以來的童養媳、養女就和這些妓女們是一樣的，她們出娘胎後可以活下來，或是養大她們，就是要利用她們女性的功能來謀利。

　　但是，受過教育且閱人無數的妓女不是盲目的，她們也會想追求一個自己喜歡的未來，她們也盼望著有一天，她們可以像一般女性一樣，找一個知心的、了解、體貼、尊重自己的人，來依靠終生，她們不認為自己的存在價值是用美色或金錢利益來衡量的；但是這種夢想恰恰與鴇母利用她們來賺錢的目的是不同的，所以，妓女們與鴇母們之間就存在著矛盾與衝突：

> 她們已變成了一種商品，其身體已折價賣給了龜鴇，所以妓女實際上成為龜鴇的私有財產和賺取利潤的可變資本，妓女的衣食須要和賣淫場所、設施都由龜鴇提供，因而她們計時計次賣淫的收入，也全部由龜鴇佔有，只有嫖客在常價之外，私下所贈可歸妓女所得，妓女即使有機會落籍從良，也要向龜鴇教一大筆贖身費，由此可見，妓女和龜鴇之間，實際上是一種人身依附關係，同時也是一種剝削與被剝削的關係，而這種關係完全是由金錢、由超額利潤所締結和維繫的。〔註91〕

也就是說，妓女對鴇母而言，是一種投資後一定要有回饋的商品：

> 鴇母領著幾個妓女創家，從置宅院，賣家什到調教妓女詩書琴畫，投入了很大成本，不可能完全縱容名妓性子，隨意拒客而失去了賺錢的機會，如：《板橋雜記》所言：「娘兒愛俏，鴇兒愛鈔者，蓋為假母言之耳」。〔註92〕

〔註91〕見劉達臨：《中國古代性文化（上）》（三重市，新雨出版社，1995 年 9 月初版），頁 934。

〔註92〕見柳素平：《晚明名妓文化研究》（武昌市，武漢大學出版社，2008 年 8 月一刷），頁 235。

但是妓女卻一直要跳脫這種被當成商品販賣，或被當成搖錢樹與玩物的命運，她們的尊嚴自覺，最後一定會與掌握她們生活一切的鴇母起衝突。在《六十種曲》中，除了《玉玦記》中的李娟奴，會和鴇母一鼻孔出氣，坑陷男人的金錢外，其他每一齣出現鴇母的戲目，最後妓女與鴇母間一定會爲了妓女要追求理想中的伴侶與理想中的未來生活起衝突，如：妓女與鴇母是養母女關係的《青衫記》中的裴興奴，她所想託付終身的對象，就與鴇母對她的期待大不相同：

> （旦上）奴家裴興奴是也，生長教坊，粗通文史，雖是煙花門戶，甘心冷淡生涯，自幼曾拜曹善才爲師，學得幾曲琵琶，無奈叫官身的再無虛日，媽媽又時常嗔怒。……（丑上）你曲子也不學一學，琵琶也不去彈一彈，到只想從良，你不要觸犯老娘的性子，我性兒焦心兒躁，怪我家生俏，家生俏忒恁妝喬，把歌和舞鎮日輕抛，教咱怨著，竟不顧我淒涼門戶發蕭騷。（旦）我娘，你只愛錢才竟不顧我終身之事，恨娘行惟耽鈔，下金鉤把兒郎釣，笑癡兒慾火延燒，好一似精衛填橋，我心中想著，怎教人做得花月之妖。（丑）我兒，你今日也要從良，明日也要從良，只道從良有甚好處？你嫁了一個人，未曾出門，大老婆就扯起架子來，除下你的低鬟，勒你跪便跪，拜便拜，又不容老公和你同睡，衾寒枕冷，多少淒涼；及至老公千求萬求，求得容你同他一宿，大老婆又忍酸吃醋，聒噪不休，未到天明，就要起身，日裏還要受她幾場嘔氣，要穿沒得穿，要吃沒得吃，要來不得來，要去不得去，要高高不得，要低低不得，才懊悔不聽做娘的說話，卻便難了，你如今快快梳妝接客，若再如此，我一頓皮鞭打得你稀爛，定不饒的。〔註93〕

又如：妓女與鴇母是親生母女關係的《雙烈記》中的梁紅玉，也是同樣的遭遇：

> （老旦扮老鴇上）老身梁氏，東京教坊人也，隨駕南渡，僑居京口，親生一女，小字紅玉，眞個蓮臉星眸，娥眉蟬鬢，……一時豪貴英賢爭賞，無論京都遠近馳名，只是我那女兒別是一般行徑，全非門戶心情，不肯迎人接客，只願裙布荊釵，咳！卻是怎了？，身邊又

〔註93〕 見毛晉原編、黃竹三等人重新校注：《六十種曲評注》第十四冊（長春市，吉林人民出版社，2001年9月一版一刷），頁346～347。

　　無三個兩個，並無別樣營生，終日拈作抱杖，教我怎去支撐？〔註94〕

　　（旦）奴家梁氏，小字紅玉，父亡母在，占籍教坊，東京人也，誰憐身世飄蓬，每漬素綃有淚，自恨煙花墮落，欲憑紅葉無媒。〔註95〕

　　（旦上）萬恨千愁人易老，任教繡户生芳草，青樓歌舞春風好，我自無緣，應惹旁人笑，……奴家雖欲從良，恨未落籍……。〔註96〕

由上兩段引文就可以明白的看到，鴇母的立場與妓女想望，是非常明顯地不同，鴇母只想妓女接越多客越好，而所接之客若是有錢的更好，心中所想只是如何藉由妓女以謀利的商業利益行爲；妓女一心嚮往從良，對於這種每天應酬男人，出賣肉體的生活充滿厭惡，她們幻想著從良後，可以過著一般女性的正常生活，與相知相惜的有緣人共度一生，再也不用看人臉色，受人羞辱。但是大部份的妓女並沒有那麼幸運的如願，若沒有得到老鴇的同意，或是順利得到官方的除籍，她們就無法從良嫁人，也就是說，大部份的妓女沒有對於異性的選擇權，這方面的決定權都來自於鴇母，而鴇母在利益與未來生存的考量之下，往往都是選擇妓女所不喜歡的對象，把她的終身大事，用脅迫或買賣的方式交易出去，因此造成許多妓女的愛情或婚姻悲劇。況且，妓女即使從良，她在所嫁家庭中，地位是卑微的，還要忍受其他妻妾們的臉色、欺負、與刁難，即使她生了兒子，也因其出身不能被扶正，她的一生就註定是悲慘的，即使有了嚮往已久的家庭與婚姻生活也是如此。

結　語

　　妓女是自春秋以來一個歷史悠久的行業，她們的身份，不管朝代如何演變，都是屬於低賤的階層，但隨著歷史的演變，教育和知識程度卻越來越高，能受教育雖是古代女性生命歷程中的奇蹟，但卻也是一種悲哀，因爲妓女們的知識、文學、與藝術素養，只是被鴇母刻意訓練出來，用以維生的工具。她們嚮往婚姻，但礙於身份，最高也只能成爲「妾」階層或是「繼室」；她們也冀望能在恩客中找到少數有情的知音，但是自小將她們撫育教養長大的，和她們關係最密切的鴇母，卻只是把她們當做商品在販賣，鴇兒愛金愛錢，

〔註94〕見毛晉原編、黃竹三等人重新校注：《六十種曲評注》第二十冊（長春市，吉林人民出版社，2001年9月一版一刷），頁31。

〔註95〕同上註，頁33。

〔註96〕同上註，頁87。

使得這些妓女們的命運註定走向悲劇，即使她們勇於追求未來，亦往往都不能如願，即使最後宿願以償的，也要幾經苦難的磨練，所以她們是無法與一般家庭的婦女比較的。

此外，明代的妓女與前代較為不同的是「名妓文化」群的產生，這些妓女不一定擁有過人的美貌，卻擁有出群的才能與見識，配合著明中葉後的道德禮法解放的文化背景，使得她們和士階層的往來接觸更為頻繁深入，創造出許多才子佳人的美談，並深刻的反映在小說戲劇的創作當中；她們與文人的相知相惜，一方面使其情感與內在心理上得到安慰，另一方面也使得大時代下精神苦悶的文人，找到精神生活的發洩的出口。然而相對於和文人的深情交流，名妓們對另一大客群——商人權貴卻是冷淡輕視多了，正如唐詩〈琵琶行〉詩句所言：「商人重利輕別離」，這使的妓女們，多把商人權貴當做「客人」而不是「朋友」，但多金的他們卻深受鴇母歡迎，這種矛盾也造成不少妓女最後是被以商品的形式，販賣出去，妓女的一生，也就以以悲劇收場。總之，因為我們的社會仍以男性為本位，而男性都會有生理須求，而這種須求卻無法用法律或社會強制力去規範它，故在社會歷史的發展中，絕不可能沒有性工作者，況且這種須求，多被視為一種理所當然的商業交易，故妓女們的人格與人權也因此會被一直踐踏下去，在這種沒有尊嚴與自由的身份前提下，她們的命運註定走向悲劇！

第五章　經濟活動下的兩性互動

　　商業經濟活動的發展，是一種文明進步的象徵，人類從農業的交換經濟，進入貨幣兌換的商品經濟，正代表著經濟發展與人類文化演進的大躍進。中國自唐宋元以後，商業就逐漸發達起來，也興起了政治與商業合一的大城市，到了明代，商業的繁榮已達到了極盛的狀況，城市的興起與商業有了更密切的關係，商業城市更具獨立的商業性，〔註1〕除了大的城市，更有了以某項手工業爲主的小型市鎮的興起，〔註2〕使得明代的商業可以說是達到中國經濟史上的鼎盛新境界。而商業行爲中的主角——商人，在明代的社會中更具有舉足輕重的地位，並且和歷代以來社會的中堅份子——士人，有了並駕齊驅、相互抗衡的地位，甚至產生「士商合流」的現象，這都是前代所未有的，這群在社會中的新興有錢階級，不但對社會發展有著強大影響，對兩性相處關係也產生了衝擊與影響，故本章筆者將討論明代商業的狀況、商人的形象，與商業、商人對兩性生活、互動所產生的影響。

第一節　明代的商業特色

一、土地兼併造就大地主

〔註1〕見陳學文：《明清社會經濟史研究》（台北縣，稻鄉出版社，1991年一版一刷），頁87～88。
〔註2〕見張啓豐：《潘之恆及其品劇觀研究》（台北市，國立台北藝術大學，2008年7月一版一刷），頁14。

　　明代初期，對於土地的控制是很嚴謹的，全國大部份的土地，透過各種方法，都使其成爲官田，或是用屯田之法，使荒地也變成國有的田產：

> 明土田之制凡二等，曰官田，曰民田。初，官田皆宋、元時入官田地，厥後，有還官田、沒官田、斷入官田、學田、皇莊、牧馬草場、城壖苜蓿地、生地、園陵墳地、公占隙地，諸王公、勳戚、大臣、內監、寺觀賜乞莊田，百官職田、邊臣養廉田，軍、民、商屯田，通謂之官田。其餘爲民田。〔註3〕

由此看來，明初的公有土地是相當廣大的，國家朝廷便成全國最大的地主，再來是貴族、功勳、官僚，而一般的老百姓，則全是像佃農一樣爲國家耕地貢獻，或是只能有一小塊屬於自己的私有土地養家活口。但是，這種現象到明代中葉有了變化，中央對土地的控制越來越薄弱，老百姓的貧富差距也越來越大，土地落入了兩種人的手中，一是朝中有權有勢的大臣，一是家中有財有錢的商人手中：

> 神宗賚予過侈，求無不獲，潞王、壽陽公主恩最渥。……王府官及諸閹丈地徵稅，旁午於道，扈養廝役，廩食以萬記計；……熹宗時，桂、惠、瑞三王，及遂平、寧德二公主莊田，動以萬計，而魏忠賢一門，橫賜尤甚。蓋中葉以後，莊田侵奪民業，與國相終云。〔註4〕

皇帝憑個人喜好濫賜土地，代表中央對國家土地的管理已漸趨薄弱，國家官田的控制勢必受到影響，而貴族官員們兼併土地全靠官威與特權，更是與民爭利，陷百姓生活於不安之中。另外在明中葉之後吞併土地，剝削一般百姓生活與勞力的是富商，他們所憑藉的是強大的財力，大量買入或逼迫自耕小農賣地給他們，讓其個人及家族成爲大地主，並靠著這些土地，更強大其財力：

> 張英對於「恆產論」的提出，就是這一時期地主階級治生之學的典範。……，他極力論證，地產是最好的財產，地租是最可靠的收入，認爲「田之爲物，雖百千年而常」，而其它財產，「皆畏水火盜賊之患」……，認爲「有祖父遺產，正可循隴觀耕，策蹇課耕」，把佔有地產，剝削地租當作可樂之事，而且認爲地主喪失地產最大來自因負債而「賣田」，因此，《恆產瑣言》還詳細論述了「防鬻產」的措

〔註3〕見清‧張廷玉等著：《明史‧志六‧食貨一》（北京市，中華書局出版，1974
年4月一版），頁1881。
〔註4〕同上註，頁1889。

施，張英的「恆產論」，目的就是要讓地主保持、擴大私人封建地產，

極力維繫自給自足。〔註5〕

中國人一向把土地當作最重要的資產，土地越多，則代表其擁有的財富越多，並且能藉此擴大宗族的影響力，所以明代的商人一旦經商致富，便是在故鄉或相近故鄉的地方大量購買田產，一方面以土地保有財富的價值，一方面借收租或放貸再賺一筆，雖說在明代資本主義已有萌芽的趨勢，但礙於傳統觀念的影響，他們卻沒有投資理財以活絡市場資金運用的觀念，保有身邊明確擁有的財富，尤其是土地與田產，對他們來說，才是最實際的作為。然而這種土地的兼併，無異於逼使這些原本擁有極少土地的自耕農，通通都變成大地主們的佃農，他們只能仰大地主、富商人的鼻息生活，日久自會心生不滿；另一方面，土地擁有比例差距，無異是加速人民貧富之間差距的擴大，而社會上財富的分配，向來是不患沒有，患「不均」的，這也形成一個明代嚴重的社會問題。所以明代中業之後土地的兼併，富裕大地主與貧苦小民的強烈對比，已成為一個明代社會的重要隱憂。

二、漕運暢通，海運發達

　　明代的商業另一個比前朝進步的地方是：他們不只走陸路的商業路徑，他們對於水路交通商業的掌控亦更加的嫻熟與活用，其中包括了兩大部份，一是河水的漕運，一是海洋的海運。

（一）明代的漕運與商業

　　明代的漕運會受到重視，主要是因為明成祖遷都至北京，然北方的物資卻不足以供給大量的朝臣與百姓，富庶的南方，豐饒的物產勢必成為供給的最主要來源，是故位居運輸要鈕的河漕勢必受到重視，《天工開物》中也記載明成祖時代開始，南北漕運成為全國最重要的交通要道：

> 凡京師為軍民集區，萬國水運以供儲，漕舫所由興也。元朝混一，
> 以燕京為大都，南方運道，由蘇州、劉家港、海門、黃連沙開洋，
> 直抵天津，制度用遮洋船，永樂間因之，以風濤多險，後改漕運。
> 平將伯陳某，始造平底淺船，則今糧船之制也。〔註6〕

〔註5〕見王燕玲：《商品經濟與明清時期思想觀念的變遷》（昆明市，雲南大學出版
　　社，2007年3月一版一刷），頁167。
〔註6〕見宋應星：《天工開物》（臺北市，世界書局，1997年3月初版七刷），頁172。

可見的永樂帝爲了解決北方的糧食物資問題，開漕運，以運行較平順的漕運替代陸運與海運，明人邱浚亦云：

> 我朝建都幽燕，東至於海，西暨於河，南盡於江，北至大漠，水涓滴皆爲我國家用，其用最大，其功最鉅者，其運河也；……，國家都北而仰於南，恃此運河以爲命脈。〔註7〕

正因爲運河交通，是明代國家生存的重要命脈，故開國以來，就逐年修築漕河，整治漕河，如：明成祖時：

> 永樂九年二月，明成祖從濟寧同知潘叔正之請，命疏浚會通河；會通河，全長四百五十里，爲元代運糧故道，洪武末年因黃河在原武決口，淤塞三分之一，修浚尚稱方便，於是，明成祖命工部尚書宋禮等人往勘，徵集山東、徐州、應天、鎮將諸處民夫三十萬人，歷時「二十旬而工成」，自會通河開，南極江口，北盡大通橋，運道三千里，濟寧至臨清可通舟楫，漕船直達北京通州，不僅整修了運河，使北京的糧食供應得到滿足，而且對運河沿岸，乃至整個北方地區的農工商生產，都產生了具大的推動作用。〔註8〕

明代治河雖不算成功，也勞民傷財，但是對於漕運的重視，使得物資南來北往更爲方便，也促使了商業的發達，及倚賴河運交通商人的興起，例如：明代著名的「徽商」即是一個很好的例子，他們在地狹人稠的徽州地區，不得不向外地發展，剛好地處江水河運輻輳之地，所以就因水運之便到各地去發展商業，古籍載之；

> 徽郡保界山谷，……，田少而值昂，又生齒日益，盧社墳墓不毛之地日多，濱河被沖嚙者則廢爲沙磧，不復成田，以故中家而下皆無田可業，徽人多商賈蓋其勢然也。(明嘉靖《徽州府志·卷八·食貨志·下·歲役》)〔註9〕

> 編民亦苦田少，不得耕耨而食，并商游江南北以迨齊、魯、燕、豫，隨處設肆，博錙銖於四方，以供吳之賦稅，兼辦徭役，好義急公，

〔註7〕見王雲五編：《四庫全書珍本（二集）》之邱浚：《大學衍義補·制國用·漕輓之宜（下）》（臺北市，臺灣商務印書館，1971年，影印版），頁27-1～28-2。

〔註8〕見梁勇等著：《百捲本：中國全史：中國明代經濟史》，北京市：北京人民出版社，1994年，1月一版一刷），頁27。

〔註9〕見謝國禎選編：《明代社會經濟史料選編（下）》（福州市，福建人民出版社，2005年4月一版二刷），頁25～26。

　　茲山有焉。(顧炎武《天下郡國利病書・蘇・下》)〔註10〕

由此看來，運河河道的連接開通，的確促進了明代社會的商業發展，也爲日益增多的明代人口，在農業之外，找到求的生計的另一條路徑，並在國家賦稅傜役上造成影響；今人亦研究之：

> 商幫的興起，還與交通條件緊密相關，徽商所在的徽州府雖然處於群山環抱之中，但是有水道與外界相通，新安江是徽州最大的水系，順新安江東下可達杭州，由績溪境內的徽溪和乳溪順流而下可出江南，西部祁門一帶，則由閶江入鄱陽，江南是中國最富庶的地區，也是徽商最爲活躍之地。〔註11〕

明代的水運發達，重視治河修漕，最初雖是政府因運輸糧食與物資而形成的，但卻間接的促成了明代河漕商業的繁榮，也塑造出一批新興社會貴族——商人，他們挾持著強大的財力爲後盾，對國家政治、社會生活，階級生態，道德價值觀念等都造成極大影響；更使得中國人對商業經營本身的產業觀，與商人的階層觀產生新的觀感與評價。

(二) 明代的海運與商業

　　明代的各個時期，雖然爲了政治因素或國防因素都頒布過海禁，但是明代的海上交通仍是很繁榮發達的，一方面是東南海邊的居民爲了生活養家，必須靠海上商業謀生，一方面與葡萄牙人、日本人或合法或走私的交易利潤，是相當豐厚的，故而雖在大海與政府法令間搏鬥，人民仍是對海上貿易趨之若鶩，而國內對這些從海外進口的商品或是當時的奢侈品，也的確存在著市場，故明代在海上進行的商業貿易相當地繁忙興盛，從事這方面的商人亦是不計其數，學者言道：

> 明清雖曾實行海禁，但私人海上貿易並未斷絕；，明成化、弘治間，福建的「豪門巨室，間有乘巨艦，貿易海外者。」嘉靖年間，「彰閭之人，與番舶夷商貿販方物，往來絡繹於海上」。海禁放寬後，「五方之賈，熙熙水國」，分東西兩路，捆載珍奇到海外貿易，美歲所貿金錢數十萬，海禁廢除後，富商大賈前往菲律賓等所謂東洋貿易的人很多，明萬曆年間，每年前往馬尼拉的商船一般在二十至三十隻，

〔註10〕同上註，頁 34。
〔註11〕見唐力行：《商人與中國近世社會》(台北市，臺灣商務印書館，1997 年 7 月初版一刷)，頁 46～47。

多時可達五十隻。終明之世，通倭之禁雖甚嚴，但從事對日貿易的
商人仍不少。〔註12〕

由此可知，與河漕之運的繁榮比起來，明代的海運所造就的商業繁榮，驚人
利益，一點也不遜色，而船隻熙來攘往於日本、臺灣、菲律賓之間，這些海
上商人不但有冒險犯難的精神，更有精明的經商手段，他們拿本國的絲綢，
茶葉、陶瓷……等商品，與外國商人交換香料、白銀、奇珍異物……等貨品，
並從中獲得巨大的財富利潤，使得自己由一介窮鄉僻壤的貧民，成爲腰纏萬
貫的富商，不但改善了自我的生活，更活絡了大明王朝的經濟。可惜的是，
明代政府並未有遠闊的國際觀，不能在民間海上貿易繁榮的基礎上，經營海
上勢力，錯失成爲海上強國的良機。

小　結

　　縱觀明代的商業發展，水路交通的方便與健全是一個重要的因素，在河
運、漕運、海運的相互支持之下，明代的商業空前的繁榮興盛，明代從商者，
更是跨越各個階層，雖然，這爲明帝國帶來驚人的財富，但是也對明代的社
會、國家、人民產生強大的影響與衝擊。

三、民間手工業興盛

　　明代的手工業發展，大多都是屬於第一級的勞力密集性工業，尚未有機
械生產的方式，但是以十六、十七世紀的世界工業發展來說，在各項的手工
業技術上，中國已經算是一個相當進步的國家，不管在食品的加工，如：鹽
業、製茶業……等，或是物品的製造，如：陶瓷，冶鐵、紙張、棉織業……
等，都達到相當的水準，所以中國的商品，不管在國內自需，或國外供需上，
都擁有廣大的市場，也因此以手工業爲主的商業是相當繁盛的。不過，在明
代初期，爲了提供宮廷得龐大需求，明政府對於手工業的發展，與手工業的
工匠，都是採取中央集權控制的方式，好的各地工匠，甚至要固定一段時間，
必須到京城去輪值製造器物，使得工匠無法專心發展本業，甚而感到不勝其
擾，鹽、鐵、採礦……等與民生息息相關的工業，也都在中央政府的嚴格的
掌握之中發展：

〔註12〕見丁長清：《中國古代市場與貿易》（台北市：臺灣商務印書館，1999 年 2 月
　　　　初版一刷），頁 132。

洪武十九年議定:工匠驗其丁力,定以三年爲班,更番赴京,輸作三月,如期交代,名約輪班匠。行間,工部侍郎秦逵復議,量地遠近,以爲班次,且置籍爲勘合付之,至期,賚至工部聽撥,免其家傜役,著爲令,於是諸將便之。(何孟春《余冬序錄‧卷八》)〔註13〕

(洪武二十六年)凡工匠之役於京師,有輪班者,有存留者,又有機籍而執役於府之織染局者,其事不一,輪班以各色人匠編成班次,輪次上工,以一季爲限,工滿放回,周而復始。有五年一班者,有四年一班者,有三年一班者,有二年一班者,亦有一年一班者;……,其存留在京各色人匠,則廩食於官,每月上工一旬,而以二旬爲歇役,其隸於織染局者,則拘役在官,遞年織造鍛匹以供用焉。(顧炎武《天下郡國利病書‧浙‧下》)〔註14〕

在中央的強力主導控制之下,明代初期的工業難有繁榮進步的發展,當然也不可能創造商業利潤,爲國家帶來財富。但是到了明代中期開始,朝廷的腐敗,對民間工業的發展,其控制力越來來弱,加上商業興起,百姓生活日趨富裕,手工製品的需求量越來越大,民間獨立經營手工業的工匠與商人也越來越多,於是手工業的發展開始呈現一片欣欣向榮的狀態,如:棉織業,在織法與成品上都比前代來得進步精細,主要發展在長江中、下游與福建一帶:

改機,故用五層,明弘治間,有林洪者,工杼軸,謂吳中多重錦,閩織不逮,遂改緞爲四層,故名改機。(明萬曆《福州府志‧卷三七‧食貨志‧物產》)〔註15〕

嘗聞尚衣縫人云,上近體衣,俱松江三梭布所製,本朝家法如此,太妙紅紵絲拜裀,立腳處乃紅布,其品節又如此,今富貴家佻儻子弟,乃有以紵絲綾鍛爲袴者,暴殄過份,甚矣!(明陸容《菽園雜記‧卷一》)〔註16〕

又如:造紙業:

〔註13〕見謝國禎選編:《明代社會經濟史料選編(下)》(福州市,福建人民出版社,2005年4月一版二刷),頁358。

〔註14〕同上註。

〔註15〕見謝國禎選編:《明代社會經濟史料選編(上)》(福州市,福建人民出版社,2005年4月一版二刷),頁103。

〔註16〕見王亞民等編:《歷代筆記小說集成(四十四)‧明筆記小說‧菽園雜記‧卷一》(北京市,河北教育出版社),頁2。。

> 衢之常山、開化等縣，人以造紙爲業，其造法，採楮皮蒸過，擘去
> 粗質，摻石灰浸漬三宿，踩之使熱，去灰，又浸水七日，復蒸之，
> 濯去泥沙，曝晒經旬，舂爛水漂，入胡桃藤等藥，以竹絲簾承之，
> 俟其凝結，掀置白上，以火乾之，白者，以磚板製爲案桌狀，圬以
> 石灰，而錯火其下也。（明陸容《菽園雜記・卷十三》）〔註17〕

在當時造紙業的技術已經非常細膩進步，紙的須求量大，就代表著印刷出版
事業也跟著興盛。再如：陶瓷業：

> 凡白土曰堊土，爲陶家精美器用，中國出惟五、六處，北則眞定、
> 平涼、華亭、太原、平定、開封、禹州，南則泉郡、德化、徽郡、
> 婺源、祁門。德化窯惟以燒造瓷仙，精巧人物、玩器，不適實用，
> 眞開等郡瓷窯所出，色或黃滯無寶光，合併數郡，不敵江西饒郡產，
> 浙省處州麗水、龍泉兩邑，燒造泑杯碗，清黑如漆，名曰處窯。（明
> 宋應星《天工開物・卷中・陶埏第七・白瓷附青瓷》）〔註18〕

明代，從北到南都有名窯，其品質雖不盡相同，卻可見得當時燒瓷業的興盛，
而且陶瓷在當時是中國對外極爲重要的輸出商品，對明代商業發展與商人獲
利有著密不可分的關係。明代手工業的發達，是商業發展的基礎，是市場交
易必定繁榮的指標，而社會的產業結構的形態，與人民尋求生存出路，事業
發展的想法必定也會隨之改變。

小　結

明代的商業，在水路交通發展、土地制度改變、產業更新之下，有了長足的
進步，也產生了空前的繁華景象，而外在環境的改變，也影響著內在思想價值的
改變，商人階層的興起，給與士人莫大的衝擊，商人與士人間的同性互動有了改
變，民眾對商人的觀感也有了改變，產業結構的變動，社會階層結構的變動已是
勢所難免。

第二節　商人在《六十種曲》中的形象

在討論《六十種曲》中的商人形象之前，我們有必要對此套書中的商人
出現狀況做一個概況的論述，尤其並不是每一齣戲中都有商人的出現，故筆

〔註17〕同上註，頁140。
〔註18〕見宋應星：《天工開物》（臺北市，世界書局，1997年3月初版七刷），頁139。

者列出下表加以說明，以使商人在戲劇的形象更加清楚，而商人在社會中營生的狀況也更易明白：

出現的劇目	商人名稱	形象取向	備註
投梭記	烏斯道	反面	淨
雙珠記	王章	正面	外
青衫記	劉員外	反面	浮梁茶商
尋親記	張敏	反面	出借放高利貸者：淨角
焚香記	金壘	反面	淨
西樓記	池同（池三爺）	反面	淨
玉玦記	咎員外	反面	淨
三元記	馮商	正面	生
殺狗記	孫華	反面	生
義俠記	王婆	反面	牙婆：賣女用品串門子的婆子：丑
香囊記	張媒婆	無	淨
錦箋記	何老娘	正面	虔婆：專門介紹色情仲介或販賣女性人口的人：淨
紅梨記	花婆	正面	牙婆：賣女用品串門子的婆子：老旦

　　從上表發現，在《六十種曲》的六十個劇本當中，只有《三元記》的馮商與《殺狗記》的孫華是純商人，而且還當劇中的主角，前者為正面形象，後者則為一惡劣之人，對比非常強烈，可見當時社會上對商人的評價應是兩極化的。此外，這也正反映了商人仍舊不是明傳奇所描述的主體，明傳奇的主角或是情節，還是偏好著才子佳人故事，這現象是因為傳奇的作者仍是以文人為主體，他們的創作一方面要貼近其生活環境、生活經歷，一方面也因明中葉後商人掘起，對文人造成威脅，故借戲劇以表達他們對商人的不滿。以下就說明明代商人的形象特色。

一、趨利風氣與好色行為

　　明代的商人，在《六十種曲》中所表現出來的兩個特點相當一致，一個是喜好美色，一個就是追求利益（不管是商業的或是個人的）的傾向都非常一致，在追求美色上，如：《尋親記》中的放高利貸的商人張敏員外，借錢給鄰人周維翰，他的目的卻不在高利錢，而是要趁周秀才還不出錢來時，逼他

以妻代債：

> （淨吊場）著意種花花不活，無心插柳柳成陰，周維翰的娘子十分
> 美貌，來借銀子，他這文契也不及看他的，就與他兩錠銀子去了，
> 且看他文契怎麼樣寫的？（讀介，笑介）妙！妙！妙！這文契原來
> 是空頭的，正中吾計，我如今要圖他也不難，多填他娘幾十錠幾百
> 錠，也不打緊，他沒錢還我，這老婆就是我的了。〔註19〕

正所謂「醉翁之意不在酒」，張敏一看到美麗的張秀才妻子，便喪盡天良，用
假造欺騙的手法，要逼得張秀才將妻子典賣與他，好色之形是再清楚也不過
了。又如：《投梭記》中描寫商人烏斯道為追求名妓元縹風，將她騙回江西家，
和老鴇元鴇子商議了偷天換日的欺瞞之計，以把元縹風弄到手：

> （淨笑介）……，我貨俱發盡，正要算清帳，再裝些景德貨來賣，
> 你莫若同我到江西去，好歹住幾時，一來避了老謝，二來你女兒到
> 彼，不怕她不從我，我多與你些茶禮，快活了下半世如何？（丑拍
> 手笑介）老烏，事不宜遲，則這幾日起身便好。（淨）只愁你女兒不
> 肯去。（丑）這那得由她！我鞭杖行中自有規矩，自有法度，你卻不
> 要管我。……（淨）雖然如此，女兒前還不要說起，明日我雇船在
> 江東門相等，來日便是端午，只哄她看龍船，桃葉渡叫個小船，連
> 家伙盡數裝載了，到江東門來上大船。（丑）曉得。〔註20〕

商人與老鴇的結合謀計，對飽受擺佈控制的妓女來說，無異是一件最悲慘的
事，多少妓女因此渡過悲慘的人生。所以很多妓女或一般良家女性的一生，
往往都毀在奸淫商人的手上，以上所舉二例不過是冰山一角而已。商人另一
個最為人垢病的特色就是「重利」，漢代的恒寬、晁錯的文章中曾寫道：

> 是故明君貴五穀而賤金玉。……而商賈大者積貯倍息，小者坐列販
> 賣，操其奇贏，日遊都市，乘上之急，所賣必倍。故其男不耕耘，
> 女不蠶織；衣必文采，食必粱肉，亡農夫之苦，有阡陌之得。因其
> 富厚，交通王侯，力過吏勢；以利相傾，千里遊敖，冠蓋相望，乘
> 堅策肥，履絲曳縞。此商人所以兼併農人，農人所以流亡者也。〈晁

〔註19〕見毛晉原編、黃竹三等人重新校注：《六十種曲評注》第三冊（長春市，吉林
　　　人民出版社，2001年9月一版一刷），頁411。
〔註20〕見毛晉原編、黃竹三等人重新校注：《六十種曲評注》第十六冊（長春市，吉
　　　林人民出版社，2001年9月一版一刷），頁112。

錯・論貴粟疏〉

> 文學曰：孔子云：「富而可求，雖執鞭之事，吾亦爲之，如不可求，
> 從吾所好。」君子求義，非苟富也，故刺子貢不守命而貨殖也，君
> 子遭時則富且貴，不遇退而樂道，不以利累己，故不違義而妄取。〈恆
> 寬・鹽鐵論・卷四・論貧富〉

這說明著自古以來，文人等知識份子，對於商人逐利的行爲是予以否定的觀
點的，甚至認爲他們與民爭利，是一群重利、不義而妄取，會危害到國家的
整體發展的人。但是，這種觀念到了明代卻隨著工商業的鼎盛發展有了改變，
在社會中因經商而求利益，追逐錢財，變成一種必然的社會風氣，《二刻拍案
驚奇・疊居奇乘客得助・三救厄海神顯靈》中寫道：

> 卻是徽州風俗，以商賈爲第一等生業，……，徽人因是專重那做商
> 的，所以凡是人歸家，外而宗族朋友，内而妻妾家屬，只看你所得
> 歸來的利息多爲輕重，得利多得，盡皆愛敬趨奉，得利少的，盡皆
> 輕薄鄙笑，猶如讀書求名的中與不中歸來的光景一般。〔註21〕

其商家人士對錢與利的現實態度描寫十分傳神；後人研究亦指出：

> 當時社會上，末富居多，本富益少，農夫利薄，商販利厚的情況，
> 因此更加速了人們走向經商的道路；這些爲了安身立命，養家活口
> 的商人，對於金錢與財貨的追逐，流露出極爲濃厚的興趣，他們在
> 經商過程中，也表現出積極進取的冒險精神，和百折不撓的堅毅性
> 格。〔註22〕

在商業經營可以獲利豐厚的前提之下，商人們無不向錢看，向利追，即使要
克服千萬種困難也阻擋不了他們的逐利競勝之心。這種商業風氣，在商人南
來北往之間，在商業漸成爲社會上最重要的產業之時，「逐利」的風氣，也漸
次的感染到社會各個階層，甚至是向來自命清高、重義甚於利的士階層：

> 明清時期是世風由質趨文，從淳樸至浸染驕奢，從安於耕作趨向汲
> 汲求利的時期，「今人爭名於朝，爭利於市，蠅營苟苟，至老死而不
> 知止者」（歸有光・〈李君墓志銘〉），利欲觀念的傳播和擴散，使整

〔註21〕見凌濛初著：《二刻拍案驚奇》（台北市，三民書局，2007年8月二版一刷），
　　　　頁671。

〔註22〕見盧韻如：《晚明話本小說專集中商人形象研究》，中興大學中文研究所，2007
　　　　年6月，碩士論文。

> 個社會陷入利來利往的泥淖；……，這一時期更出現一些工商業者，
> 操縱地區產地市場，或深入農村，直接控制小生產者的包買壟斷行
> 為，以攫取超額利潤，此外，高利貸剝削盛行，也可以看出這一時
> 期，一些握有巨資的工商業者們追逐高額利潤的心理趨勢，然而，
> 拜金求利意識在明清時期，已遠遠超出了工商業者的範圍，而廣泛
> 擴展和存在於社會各個階層成為普遍的社會心理和士風。〔註23〕

所以，明代中晚期之後，隨著商人逐利致富的例子越來越多，社會上的風氣
已不復見明初之前的淳樸單純，轉而追逐金錢利益所帶來的生活上與精神上
的享受，人們也不以為這有什麼不對，或違反道德價值的，反而認為這是自
己努力討生活所應該得到的代價，連當時的學者都說：

> 財利之於人，甚矣哉！人情循其利而蹈其害而猶不忘夫利也，故雖
> 敝精勞形，日夜馳騖，猶自以為不足也，夫利害，人情所同欲也，
> 同欲而共趨之，如眾流赴壑，來往相續，日夜不休，不至於橫溢泛
> 濫，寧有止息，故曰：「天下熙熙，皆為利來，天下攘攘，皆為利往」，
> 窮日夜之力，以逐緇銖之利，而遂忘日夜之疲瘁。〔註24〕

明人競利若此，不分階級，都生活在逐利、競利、拜金、求財之中，富裕的
生活已經成為一種全國百姓所共同追求的目標，筆者認為，這是因為商業逐
漸成為社會的主流產業，從事商業就等同於得到財富地位，其與士子舉業已
居等同之地位，而商人流寓各地經商，把這種逐利拜金的觀念推展到全國各
地，並影響到社會各個階層，故而，商人逐利好財的形象不但深入人心，對
人心的變化也產生實質的影響。

二、附庸風雅

明代的商人，與前代的商人不同，除了社會地位較高，擁有更大的財力
資本以外，他們與文人的互動，與歷代商人比起來，是更為頻繁的，這與他
們從小即受有良好的教育有關，也與其想提高自我地位，品味也有很大的關
係，因為商人在一般人眼中是勢利、庸俗、好色、貪財、拜金的，為了扭轉

〔註23〕見王燕玲：《商品經濟與明清時期思想觀念的變遷》（昆明市，雲南大學出版
　　　　社，2007年3月一版一刷），頁7。
〔註24〕見明‧張翰著：《松窗夢語》（北京市，中華書局出版社，2007年5月三刷），
　　　　頁80。

一般人的觀感，也爲了提高自我身心上的、生活上的層次，加強與文人間的
往來便成爲一個重要的管道，借由文人的交流與感染，可以提高自己的文化
水準。所以，找文人來到家中吟詩作對，欣賞研討戲曲、古籍就成爲生活中
必要的社教活動了。如：《六十種曲‧玉玦記》中，就寫道昝員外與妓女秋天
到錢塘將上觀潮，並邀修道之文友一起與會，會中便做起小令來：

> （末）難得佳辰，遇著員外，又有大姐，不可虛度各出小令，取樂
> 如何？（淨）是，妙！妙！妙！要兩句古人看潮詩，第二句比著席
> 間一位，後來還要頂一句古詩，小子占先了，先長似內丹，我就說
> 李白詩云：海神來過惡風回，潮似連噴雪來。（丑）後韻。（淨）好
> 比丹成生羽翼，碧桃花滿玉成堆。（丑）好一個仙人。（小旦）我就
> 背師父外丹之術，朱餘慶詩云：暗雪噴山雷鼓聲，客帆皆過浪難平，
> 莫非丹鼎中央敗，貢海翻秋失太清。（淨）好個沒用丹客，這鼎銀使
> 不成了。（末）貧道斗膽，奉比員外，劉禹錫詩：八月清聲吼地來，
> 頭高數丈觸山回；員外，眞如福地多儲積，郿鄔黃金自做堆。（丑）
> 好。好一主大錢，貧道不當比著大姐，羅隱詩云：怒聲隱隱熱悠悠，
> 羅隱將邊地欲浮；大姐，卻似明朝送人別，淚珠常伴枕函流。（末）
> 怎麼有許多眼淚？……，（淨）將酒過來，天塹錢塘，瀉滄溟千里濫
> 觴，非妄分洪洚，帶束禹門岩障，遐想，罔象神奸，水伯冰姨乘波
> 吞浪。（合）凝望，想赤寘自流萍，得似楚人曾賞。〔註25〕

除了吟詩作對，在商人與士人們的聚會中，戲劇也是非常重要的交流媒介，
因爲戲劇除了有文學性，更有著娛樂性，除了品味尚且能帶來歡樂，故商人
家中蓄養家妓、戲班，並且提供金錢生活援助，幫忙文人創作，在明代是很
司空見慣的事，而隨著商人四處作生意，對明代各種戲曲聲腔、曲調的產生、
改革、流播更是有著推波助瀾的效益，故有「商路即戲路」之說；明人顧起
元的《客座贅語‧卷九‧戲劇》中有記載道：

> 南都萬曆以前，公侯與縉紳及富豪，凡有讌會、小集多用散樂，或
> 三四人，或多人，唱大套北曲，樂器用箏、甎、琵琶、三弦子、拍
> 板，若大席，則叫教坊打院本，乃北曲大四套者，中間錯以撮墊圈、
> 舞觀音、或百丈旗、或跳隊子。後乃變而盡用南唱，歌者只用一小

〔註25〕見毛晉原編、黃竹三等人重新校注：《六十種曲評注》第十九冊（長春市，吉
林人民出版社，2001年9月一版一刷），頁132。

拍板，或以扇子代之，間有用鼓板者。今則吳人益以洞簫及月琴，
聲調屢變，益為悽婉，聽者殆欲墮淚者。大會則用南戲，其始指二
腔，一為弋陽，一為海鹽，弋陽則錯用鄉語，四方土客喜閱之，海
鹽多官語，兩京人用之，後則又有死四平，乃稍變弋陽而令人可通
者，今又有崑山，較海鹽又為清柔而婉折，一字之長，延至數息，
士大夫稟心房之精，靡然從好，見海鹽等腔已白日欲睡，至院本北
曲，不啻吹篪擊缶，甚且厭而唾之矣〔註26〕

關於這種商人因附庸風雅，或追求娛樂而對戲劇產生影響的現象，江婉華：《明
中葉至清中葉商人與戲曲之關係研究》一文，對此也有深入的研究：

關於明代萬曆年間徽商的家班，潘之恆曾做了許多專門的介紹，為
我們研究這一時期的徽班，提供了不少寶貴的資料，例如：他在介
紹徽商汪季玄的家班時寫道：「社友汪季玄招曲師，教吾兒十餘輩，
竭其心力，自為按拍協調，舉步發音，一釵橫一帶颺，無不取盡其
致。」而當湯顯祖的《牡丹亭》完成不久，徽商吳越石的家班就披
以崑腔，奏之上場，而且「一字不遺，無微不及」，潘之恆佩服湯顯
祖的同時，對於吳越石的「逸興」，和扮演杜麗娘，及柳夢梅的兩名
演員也給予了極大的讚美，根據潘之恆的介紹，吳越石家班排練《牡
丹亭還魂記》共經歷了三個階段：「主人越石，博雅高流，先以名士
訓其義，繼以詞士合其調，復以通士標其式。」在這兒所謂的「名
士」、「詞士」、「通士」可說是在戲曲方面有一定造詣的專家，「博雅
高流」的主人，請這些專家們分別在劇本內容、曲調音樂、以及演
出排場等方面，給參加演出的演員們悉心指導，可見主人在戲曲演
出上的用心。〔註27〕

這裡所謂在戲曲上有一定造詣的人，往往大多是文人，也可以看到明代的商
人們，借由戲曲的支持、交流、切磋、琢磨，和文人們往來頻繁的現象。明
代的商人在文學上的交流，除了有著附庸風雅，以提高社會風評的心理外，
他們自身的財力，和自小所受的足夠的教育與修養訓練，也是支持他們深入

〔註26〕見明顧起元著：《客座贅語》（北京市，中華書局出版社，2007 年 8 月三刷），
　　　　頁 302～303。
〔註27〕見江婉華：《明中葉至清中葉商人與戲曲之關係研究》（逢甲大學中文研究所，
　　　　1999 年 6 月，碩士論文），頁 52。

文人文學活動的基石，他們中間有些人或許對戲曲文學意味不是眞正的了解，但是他們的參與，的確對明代文壇注入了許多得以蓬勃發展的力量。

三、期許子孫科舉求仕或捐官求仕

商人在經商致富之後，除了累積更多財富，廣置田產之外，如何使家族的社會地位也隨之提高，並借著政治力量，來保護鞏固家族的地位與資產，也是他們會愼重考慮規劃的事，要進入政治仕途這個世界，甚至獲取高官，由商人家族，成爲舉足輕重的政治家族，對明代的商人來說，途徑有二：一是從小積極栽培自己的子弟去考科舉，以求進士及第，光耀門楣；一是經由政府的捐官制度，謀得一官半職。以科舉取士來進入政治在明代中晚期的商人家族是很普遍的思維，而身爲商人子孫的讀書人也樂於爲了家族，或從小接受的仕宦才是建功立業之正途的觀念而從事舉業，進入仕途：

> 明中葉以後，商人可入仕，士商合流，商人社會地位亦有所改變，
>
> 例如：唐寅便是出身商人世家。〔註28〕

唐寅是明代著名的士人，在其商家族的栽培下，進士及第，後來得罪當權被連坐免官，終日與客宴飲，過著放浪的生活，〔註29〕如果沒有家族雄厚的財力做後盾，他怎麼可能在做官前專心讀書考舉，罷官後又衣食無虞呢？唐寅只是商人子弟從官的一小例而已，後世對徽商中的鹽商做過統計道：

> 在《徽州府志》中有一張「進士表」，所載的九百七十八名進士裡面，
>
> 有三百零四名出自落籍於其他省、府、州、縣的鹽商家庭。〔註30〕

一州的進士就有三分之一都出自鹽商家庭，其他產業商人家庭所產生的進士還未統計進去，可見得，商人在擁有財富名聲之後，借由科舉來鞏固家族勢力、家族事業，提高社會政治地位，變成爲一個商人家族中相當重要的一件事，也是明中葉之後，普遍的存在商人圈中的一個重要奮鬥目標，正如：《三元記》中，富裕商人馮商，家大業大，但並不積極地要自己好不容易得來的孩子留在家中，繼承家業，反而是從小注重他的教育，待其長成後，送他進

〔註28〕見楊永漢：《虛構與史實——從話本〈三言〉看明代社會》（臺北市，萬卷樓圖書股份有限公司，2006 年 5 月初版），頁 53。

〔註29〕見清・張廷玉等著：《明史（二十四）傳三・文苑傳二》（北京市，中華書局出版，1974 年 4 月一版），頁 7352～7353。

〔註30〕見王兆祥、劉文智：《中國古代商人》（台北市：臺灣商務印書館，1999 年 2 月初版一刷），頁 163。

京赴試：

> （生上）當今天子選賢良，游子天涯去路長。（旦上）一念感穹蒼，
> 願得他名題金榜，員外萬福。（生）孺人拜揖。（旦）員外，孩兒應
> 取科舉，不知功名之事若何？（生）榮枯得失，皆由天命，孺人不
> 必掛念，暮景生兒，愛惜猶如掌上珠，若不爲功名二字，怎割捨得
> 他途路奔馳，父子東西？天哪，願他平步上雲梯，高車駟馬還鄉里。
> （合）心內憂疑，倚門懸望捷書飛至。（旦）景人桑榆，得紹箕裘慶
> 有餘，只合恭耕畎畝，形影相隨，早晚相依，員外，心高過望顯門
> 楣，教他背景離鄉地。〔註31〕

馮商和其妻，雖然對其子思念不已，但是還是希望馮京能求得功名回來，光
宗耀祖，明顯反映出明代大地主、大商人，在富裕的多金生活之外，對於子
孫們功名的追求，也是等同的重視。

　　至於在捐官方面，對於有經濟力的商人來說，是比培養一個科舉及第的
子弟更容易的事了，因爲只要肯出錢就能得到的；況且，明代自成祖崩逝後，
國庫日益空虛，但是戰事與災荒卻日益增加，所以以納捐來解決國家的財政
問題，便是不可避免的事了，據《明史‧選舉志》載：

> 例監始於景泰元年，以邊事孔棘，〔註32〕令天下納粟納馬者入監讀
> 書，限千人止；行四年而罷。成化二年，南京大饑，守臣建議，欲
> 令官員君民子孫納粟送監，禮部尚書姚夔言：「太學乃育才之地，近
> 者直省起送四十歲生員，及納草納馬者動以萬計，不勝其濫，且使
> 天下以貨爲賢，士風日陋。」帝以爲然，爲卻守臣之議，然其後或
> 遇歲荒，或因邊警，或大興工作，率援往例行之，訖不能止。〔註33〕

可見得，明代捐官之風，起於景泰元年（1450），而到成化（1465～1487）年
間，已經成爲一種浮濫，但卻又禁止不了的政治風氣，對執政者而言，它是
一個解決國家財政問題最快的手段，對商賈來說，他們又比任何一個階層有
能力對國家做經濟援助，況且援助後，就可輕鬆拿下一官半職，達到光耀門
楣，提高社會地位的目的，再加上中國官場向來官官相護，只要在得到官位

〔註31〕見見毛晉原編、黃竹三等人重新校注：《六十種曲評注》第五冊（長春市，吉
　　　　林人民出版社，2001年9月一版一刷），頁345。

〔註32〕此指英宗時的土木堡之變及其後瓦剌的進犯。

〔註33〕見清‧張廷玉等著：《明史‧志三‧選舉志一》（北京市，中華書局出版，1974
　　　　年4月一版），頁7352～7353。

後，透過官場的交際管道，與其他有實權，具影響力，得寵於皇帝的官員建立起親密良好的關係，那麼他的家族事業豈能不穩如泰山呢？所以，明代的商人，比起前代的商人更熱衷於官場，也更有實力打入政治圈當中，因為其在政治上的付出是微不足道的，因為，一旦作官的之後的回報與利益、對家族或事業的助益、與個人及家族名聲的提升，那才是大到不可計算的政商報酬啊！

四、偶有重義輕利之清流者

中國自古對義利就有著掙扎的看法，就儒家的觀點而言，義是符合道德的標準的行為，利是大家所追求的，但是必須取之有道，這在《孟子》一書當中是討論最多的：

> 孟子見梁惠王，王曰：「叟不遠千里而來，亦將有以利吾國乎？」孟子對曰：「王何必曰利？亦有仁義而已矣！，王曰何以利吾國，大夫曰何以利吾家，士庶人曰何以利吾身，上下交征利，而國危矣。……，苟為後義而先利，不奪不饜，未有仁而遺其親者也，未有義而後其君者也，王亦曰『仁義』而已，何必曰利？」《孟子・梁惠王第一》
>
> 〔註34〕
>
> 為人臣者，懷利以事其君，為人子者，懷利以事其父，為人弟者，懷利以事其兄，是君臣、父子、兄弟，終去仁義，懷利以相接，然而不亡者，未之有也。……，為人臣者，懷仁義以事其君，為人子者，懷仁義以事其父，為人弟者，懷仁義以事其兄，是君臣、父子、兄弟，去利懷仁義以相接也，然而不王者，未之有也，何必曰利？
>
> 《孟子・告子》〔註35〕

可見得重義輕利，是數千年來儒家教育下的士人，被深植的觀念，但就實際的社會生活而言，明代人們似乎對利的興趣大過於對義的實踐，所以我們可以在明代的通俗文學作品中看到許多每天逐利而行的商人。不過，在這些商人中，也偶有重義甚於重利的清流，被寫入戲劇當中，雖然是屬於少數，也是要提出來討論的，在《六十種曲》中出現之重義輕利的商人有兩人，分別

〔註34〕見朱熹集註・蔣伯潛譯注《四書讀本・孟子》（臺北市，啓明書局，1997年一版），頁3～4。
〔註35〕同上註，頁290～291。

是《雙珠記》中的王章，與《三元記》中的馮商。《雙珠記》中王章的出現，並不是一個關鍵性的角色，但是卻對男女主角王楫與郭氏留下血脈，對其家庭有很大的恩惠，並為日後王家的大團圓留下合理的劇情發展路線：

> （旦悲介）我那兒呵！今日娘懷，明朝在誰手？此際情何限，天地同高厚，說到堪傷淚自流沉痛黃泉兀未休。（外、末上）身離竹鎖橋邊地，眼望雲橫嶺天外，作急趲行路程。（外）王安，你看那一個婦人抱著一個孩兒，走來走去，啼啼哭哭，不知為何？（末）要知心內事，但聽口中言，待小人去問他，便見分曉。（問介）娘子為何啼哭？（旦）客官不好說得，奴家丈夫，為事在獄，欲賣這小兒來用，一路行來，沒個好主，故此啼哭。（外）可憐可憐。……，（旦）成問及，容奴家告稟：吾夫是合絞囚。（外）因何犯此重罪？（旦）為奸豪攢成寇仇。（外）想未詳允，或有可生之路。（旦）青蠅未聚毫端，無計祈天佑。（外）丈夫果有不測，正當育孤守寡，為何把兒棄了？（旦）丈夫死期既近，奴家義不獨生，拼捨這弱息螟蛉，要表我終生箕帚。（外）你令郎既要與人，不知肯托老夫麼？（旦）若得攜歸鞠養，感當不朽。（外）聽伊語，見慮周，使人聞心傷眉皺，娘子，我老夫呵，暮齡無嗣，希求令子承吾後。（旦）如此甚好。（外）既蒙見允，乞借令郎一看。（旦放兒在地，外看介）好，好，真英雄也，想原是上天麒麟，今做了璞中瓊琇，娘子，你家姓王，老夫亦姓王，若論祖先，未必不是同宗，請問令郎何名？。（旦）小字九齡。
> （外）原仍此名，我也不改了，管取氣求聲應，箕裘胥茂，老夫陝西商人，在此經過，囊無餘鈔，聊奉白金三兩，少充茶禮，待令郎成立，自有厚報。（放銀在地介，旦）此禮本不當受，但我夫婦處生死之際，不敢虛辭了。……。〔註36〕

王章遇到郭氏只是一種偶然，但是他出於善心與同情，對郭氏多加鼓勵，但見郭氏死意堅定，而自己又剛好沒有孩子，所以同理心與正義感使然，決定收養王九齡，又怕郭氏無以為生，送她白金三錠，可謂人情義理都兼顧了；這和《六十種曲》中所寫的商人多是冷酷現實的印象是大不相同的，我們看到了王章的同情心、義氣、慈悲與和善。在《六十種曲》中另一個形象正面的商人是《三

〔註36〕見毛晉原編、黃竹三等人重新校注：《六十種曲評注》第二十五冊（長春市，吉林人民出版社，2001年9月一版一刷），頁115～116。

元記》中的大地主馮商，他雖擁有很多金錢與田產，但卻一直有無子嗣之憾，雖然如此，他對自己的原配妻卻不離不棄，也沒有為了傳宗接代多娶小妾；對於自己所屬的佃農，體諒他們被官員橫征薄斂的辛苦，不但沒有收其田租，也不答應他們用妻女抵押，反而送他們金錢讓他們日子過下去。而出外經商，遇到他人因窮苦或報恩，將妻女要送與他的，他也是堅辭不受；無意中撿到巨款，也老實地在原地等人回來認領，最後終於錢歸原主；也因為他一再行善，所以玉皇大帝最後賜他一子以承香火，且此子長大後大富大貴，光耀門楣，所謂善有善報正是如此。〔註37〕在此劇中的馮商，不但具有善心，還老實的可愛，而且知足惜妻，這與其他明代戲劇中所塑造的商人的確不太一樣。事實上，商人們經商致富之後，並不完全都是只過著奢華享樂的生活，商人也不全然都是拜金求財的勢利份子。他們其中的某些人也會急公好義的助人，尤其對家族中的事業更是盡心盡力，例如：擴建修葺宗祠以光耀宗族聲威；又如：購買義田，興建義學，以幫助宗族中的貧困子弟，使他們能安心求學，以便將來求取功名，使家族的名聲得以光大。〔註38〕有些人也會在災年之時，開家倉振濟災民……等等。所以，明代的商人整體的形象雖然不好，但是在其中也是有著社會清流，為人民、家族、社會、國家做出貢獻。

第三節　商人的兩性互動

　　商人的生活特徵之一是居無定所，少年養成時，或許大多時間是在家中的，但是一旦從事經商，尤在生意做大之後，南來北往的奔波，居無定所的苦辛，當然就是不可避免的了。而身為男人，必定是有生理與心理上的須要的，再加上古代社會法律規範或道德習俗，對於男性並沒有什麼規定限制，而古代「男人三妻四妾，妻妾成群是合理的」這樣的觀念盛行，所以商人不管是在家庭中，或是在外面，總是有著以不同婚姻形或交往關係存在女性，其中，以家庭而言，其正妻是與其關係最密切，並且是影響家族最大的；在外面，居於風月場所中的妓女，則是和他們往來最密切的異性伴侶，至於同

〔註37〕見毛晉原編、黃竹三等人重新校注：《六十種曲評注》第五冊（長春市，吉林人民出版社，2001年9月一版一刷）以下各齣〈助納〉、〈博施〉、〈毀券〉、〈鬻女〉、〈遣妾〉、〈秉操〉、〈完璧〉、〈格天〉。

〔註38〕見陳寶良、王熹著：《中國風俗通史——明代卷》（上海市，上海文藝出版社，2005年2月一刷），頁608～614。

性的性關係探討,則留待後面章節再加以探討;而商業興起使得兩性擇偶觀產生前所爲有的改變,這在明代社會中也逐漸被突顯出來,對明人的婚姻價值觀,產生極大影響,故本段以商人在經濟高度發展社會中的兩性關係互動:包含正妻與妓女,以及經濟發展後,中國傳統婚姻觀隨之而變的現象,都是本章所探討的重點。

一、家中的正妻

(一)商婦長久獨守空閨的無奈寂寞

一般而言,明代男性初次成婚大多是在滿十六歲之後,〔註 39〕父母就會積極地爲他們物色對象,籌備婚事,然後盡早完婚,對商人家庭來說,對「先完婚,後方可出外打拚事業」的觀念更加重視,例如:《六十種曲》之《三元記》中的馮商〔註 40〕、《警世通言》中〈玉堂春落難遇夫〉中苦苦追求玉堂春的老商人沈洪,〔註 41〕就是早早已有結髮的正妻在家,然後遠遊各地經商的商人。至於爲什麼商家之子要早婚?早婚對其家族有何利益呢?筆者以爲可以由以下幾個角度來思索:第一,男子一旦成婚,就被視爲成年人的地位,讓他出遠門經營事業,對其雙親有心理上的安定作用;第二,傳宗接代是一個家族中的大事,如果男性未婚即出遠門,投入利害關係複雜的商業活動中,萬一不幸遭遇不測,那他這一房豈不是斷了香火?故商人的長輩會希望他在出門遠行之前即娶妻,最好再生子,否則在短暫的新婚生活裡,也要有留下後代的可能性,這是他對一個家族非常重要的責任;第三,在講求孝道的中國古代社會,父、母親健在而遠行,不能善盡照顧之責,是非常不孝的行爲,所以娶一個妻子來替他照顧父母,維持家庭,教養子女,這樣才能彌補其對家庭(家族)責任的缺憾,他才能安心在外打拚其事業,無後顧之憂。然而,在那麼多的考量中,我們可以發現,其實被娶進來女性,她的角色一直都是被要求的,被動的,被付予很多責任或義務的,則其個人之意願、尊嚴與權利,都是未被考慮的,這又是一種身爲中國女性的悲哀──只能默默的接受

〔註39〕這也包含男性與童養媳或養女的圓房年齡。見魏林、蘇冰:《中國婚姻史》(台北市:文津出版社,1999 年初版一刷),頁 285。

〔註40〕見毛晉原編、黃竹三等人重新校注:《六十種曲評注》第十六冊(長春市,吉林人民出版社,2001 年 9 月一版一刷),頁 228～389。

〔註41〕見明馮夢龍著:《警世通言》(台北市,三民書局,2009 年 6 月二版二刷),頁 318～355。

男性本位社會對其命運的所有安排與要求。

　　商人們的遠遊固然是家庭的生計，甚至是一個家族的興衰，但是在男性與女性心理上的孤獨與生理上的需求都是相同的，男性在社會規範法律的保障下，他們可以在外恣意地尋求慰藉與發洩，但是在女性的角度來看就沒那麼自由，甚至一點也不符合人性的用道德規範桎梏著她們，例如：在《警世通言·〈卷三十三〉·喬彥傑一妾破家》中言道：

> 話說大宋仁宗皇帝明道元年，這浙將路寧海軍，即今杭州是也，中城眾安橋北首，觀音庵相近，有一個商人姓喬名俊，字彥傑，祖貫錢塘人，……喬俊看來有三萬貫資本，專一在長安崇德收絲，往東京賣了，販棗子胡桃雜貨回家來賣，一年有半年不在家，門首叫賽兒開張酒店，雇一個酒大公叫作洪三，在家造酒，其妻高氏，掌管日逐出進錢鈔一應事務，不在話下。〔註42〕

一對夫妻，因為先生的生意，一年見面相聚不到半年，更何況回家也不見得會待在家裡陪著正妻，因為故事中的喬俊乃為一好色之人，怎麼可能因為回到家，本性就轉變了而安份下來呢？所以其妻高氏不管先生在不在家，都是內心孤寂的，多是日復一日地獨守空閨的，其寂寞、無奈、及心中的埋怨，是可想而知的，但是，她仍是安著自己的本份，為先生守住家門家業：

> 高氏立性貞節，自在門前賣酒，無有半點狂心。……，當時小二與周氏到家，見了高氏，高氏道：「你如今回到家一處住了，如何帶小二回來？何不打發他去了？」周氏道：「大娘門前無人照管，不如留他在家使喚，待等丈夫回時，打發他未遲。」高氏是個清潔的人，心中想道：「在我家中，我自照管著他，又甚麼皂絲麻線」遂留下叫他看店。〔註43〕

高氏可謂商婦中的賢慧、有德、有能者，她不但忍受丈夫長年不在家，與風流成性所帶來的孤單人生的痛苦，更得為了丈夫管好這個家庭，管好他的事業財產、管好他的小妾，貫徹歷史上「男主外，女主內」的家庭理想分工；但從另一角度想這何嘗又不是中國婦女數千年來以家為唯一生活空間，以夫家利益為唯一思考目標的無情枷鎖呢？同樣的獨守空閨的辛苦商婦還有《六十種曲》之中《三元記》中的馮商之妻金氏，她見馮商欲赴京經商，不但不

〔註42〕同上註，頁318～476。
〔註43〕同上註，頁480～481

會強留他，還準備一筆白金，要馮商趁機討幾個妾回來，爲他們馮家傳宗接代，以彌補自己無法生育之缺憾：

> （旦）員外萬福。（生）卑人欲往京師，將促告別了。（旦）員外，你有才雖富，無子實貧，我願助白金數笏，娶婢妾一人，倘生一子，庶不絕嗣。〔註44〕

在丈夫即將遠行之時，心中的哀苦乃可想而知，仍得視大體爲其設法納妾求嗣，古代商家正妻立場之艱難可想而知，尤其無生養子嗣的正妻更是如此。而在馮商離開之後，金氏的心中更加孤單不安了，她在花園中面對盛開之牡丹，美好之春景，亦無觀賞之心，所以她只能感嘆道：

> （旦）桃臉瘦，柳眉垂，天涯游子未曾歸，閒花滿地無人掃，賴有東風著意吹。……，（旦）將酒過來。（小貼）賞花人在花前立，人不如花顏羞澀。（旦）一杯淡酒酬花神，酒滴花枝似垂泣。（淨）人生富貴家，庭栽富貴花。（旦）賞花人憶種花人，種花人在天之涯。
> （丑）花如人面白，人似花顏色，花謝明年還再開，人老少年不再得。（旦）看花今日人團圓，惟願常年似花好。〔註45〕

金氏借著春景、花的開謝之無常，描述出自己身爲一個商人之婦的傷心與憂慮，雖然她知道丈夫職業性質必須長年在外，也是她拿錢叫丈夫趕快娶妾，以完成爲家族傳教的任務，但她仍害怕丈夫因爲各種因素不再歸家，害怕自己青春年華的老去，丈夫回來後將不再喜歡自己；別人羨慕她生在有錢富貴之家，錦衣玉食，生活無虞；但她心中的小小心願卻只是希望丈夫能對自己的情感能持續，早一點回家，以求一家團圓。對家庭圓滿的渴望，對自己在丈夫心中地位的不安全感，對大部份的商婦來說，這是她們共同的心聲與心酸吧！正如明人的〈商婦吟〉一詩所寫：

> 嫁夫嫁商賈，重利不重恩，三年南海去，寄信無回言，妾身爲婦人，
> 不敢出閨門，縫衣待君返，請君看淚痕〔註46〕

明代商人之婦，面對丈夫的出遠門經商，長年不在家，都必須要體諒忍受，但是卻管不住丈夫的情感與誠信，獨守空閨的寂寞，生活空間的遭限制，害

〔註44〕見毛晉原編、黃竹三等人重新校注：《六十種曲評注》第五冊（長春市，吉林人民出版社，2001年9月一版一刷），頁250。

〔註45〕同上註，頁275～276

〔註46〕見清代陳夢雷編：《古今圖書集成‧閨媛典‧卷十三‧閨媛總部》（北京市，中華書局，1990年初版），頁47673。

怕成為棄婦的煎熬，心靈與肉體上的道德枷鎖……等等，讓她們的生活是無法形容，無人可訴的孤獨痛苦，身為商家的女主人，或許有家財萬貫的表象，但卻永遠沒辦法享受一般家庭團圓和諧，丈夫陪伴身邊的平安幸福。

（二）商婦沉重的守節與家庭責任

明代的商人家庭，由於男主人經常在外經商，較無法發揮其家庭功能，再加上他如果經濟力足夠，往往是妻妾成群，家庭組織龐大，在家庭經營的責任上，就自然而然的落在正妻的身上，她除了要教育自己的孩子，還要管理一個龐大的家庭，眾多的家庭成員，更要伺候先生的長輩，代替夫婿善盡孝道，所以一個商人之婦，其生活責任與心理壓力其實是很大的，然而只有善盡一個商人之妻的責任，才能符合社會道德規範，如蔡沅玲研究就說：

> 當商人們出外經商，以男性為主的家庭功能無法運作時，此時只能由女性擔任起維繫家庭的角色；……，由女性擔任起奉養公婆及教養幼孩的責任，不僅是就事實情況的考量，也是在方志書寫時被視為婦女的美德之一。〔註47〕

所以，這種商婦的賢慧與忍受力，是她們在成婚前就被社會道德價值制約，而婚後又不得不一肩扛起的重大責任了，如：《山西通志》載明末有一韓氏商婦道：

> 韓氏，張廣來妻，廣來服賈遠方，姑患癱，轉側需人，婦事之惟謹，食必侍，動必扶，肩養掩抑，無所不至，數年無倦容；夫遠歸，姑命與同室，氏曰：「婦事夫之日長，事姑之日短，願奉姑不欲離也。」姑促迫再四，不肯去，至以屬色相加，始如命，而中夜猶數往視姑之安否，戚黨皆稱羨之。〔註48〕

一個媳婦，丈夫長年不在家，還要侍奉一個長久癱瘓在床的婆婆，甚至丈夫難得回家，仍是以侍奉婆婆為第一優先考慮，可見的她在代替丈夫侍奉父母的責任上，是盡心盡力的，這是一個身為商婦，對於侍候長上責任的真心真意，而其過程之艱辛，決不是旁觀外人所可以理解的。商婦另一個重要的家庭使命就是傳宗接代與教養子女；對商婦來說，丈夫長久不在家，小孩就是

〔註47〕見蔡沅玲：《明清之際華北商家婦女形象探析》（成功大學歷史研究所，2008年6月，碩士論文），頁23。

〔註48〕見清王軒等修纂：《山西通志・錄12-10・列女錄第十》（北京市，中華書局，1990年11月），頁11643。

她唯一的精神寄託，而且夫婦長久分離，受孕不易，如果能生養子女，尤其是兒子，更能奠定她在家中的地位；萬一丈夫真的不能回來，或是不願意回來了，這個孩子還關係到整個家庭或家族的的命運，所以，一般而言，明代的商人之正妻，對於有沒有生養男性子嗣，以及子孫後代的教育是非常重視的。例如：〈三元記〉中的馮商之妻金氏，雖然丈夫很久沒有回來了，她固然想念，但是她更掛心著丈夫到底有沒有娶個妾回來傳宗接代：

> （旦上）玉郎一自京師去，添我離愁緒，鱗鴻不見書，不知娶得妾還
>
> 未，勸夫娶妾也非癡，只圖他生個小孩兒，要與馮氏承宗嗣。〔註49〕

對於一個家庭的女主人來說，傳宗接代是她的宿命，當她無法完成時，為丈夫找到可以有子嗣的方法，例如：為他娶妾或鼓勵他娶妾便成為她的責任了。至於在孩子的教育方面，學者研究徽商的妻子發現，她們對孩子的教養極度的重視，並呈現以下幾個特色：

> 其一，能夠將「養」與「教」有機的結合起來，既重「養」，更重「教」，在徽商婦看來，對子女「食之教之」是一個母親應盡的重要職責，而且從某種程度上說，「教」比「養」更為重要，如果只重「養」兒不重「教」，無疑是對子女的極度不負責任，正如她們自己所說的「逸居無教是棄之耳」。……懂得培養後代良好行為習慣與刻苦學習精神的重要性，徽商婦深知「教婦初來，教子嬰孩的道理」，注重從小培養子孫良好的行為習。……，其三，深知「子孫才」則家興、族大的道理，她們明確領悟到家教不僅關係到子孫的個人成長，更關係到整個家庭和家族的發展，封建時代，家中一人得勢，便可封妻蔭子，光宗耀祖，而一人犯法，則殃及全家，甚至株連九族，每個家庭成員的命運對整個家庭和家族的命運，都會產生很大的影響。〔註50〕

故而，子孫的教養，不僅僅關係到商婦未來的命運，是否能擁有賢孝子孫，更關係到家族命運的發展，所以，教育兒女對商人之婦來說是一個不能輕忽的重責大任。此外，商婦面對丈夫不在身邊時，另一個要恪守的責任就是守節。商人在外，他可以為了各種須要，如：發洩性慾、排遣寂寞、傳宗接代……

〔註49〕見毛晉原編、黃竹三等人重新校注：《六十種曲評注》第五冊（長春市，吉林人民出版社，2001年9月一版一刷），頁311。

〔註50〕見李琳琦、宗韻合著：〈明清徽商婦教子論述〉（收錄於：王玉祥等合編：《第十一屆明史國際學術研討會論文集》；天津市，天津古籍出版社，2007年7月一版一刷），頁406～407。

等，到處拈花惹草，卻是正大光明公開的。可是，就女性來說，她們的身體與心靈都是飽受限制的，她們必須為出門在外的丈夫謹守節操，在精神與身體上，都不容許一絲一毫的出軌，這樣才能符合當時的道德要求，也才是一個有賢德的女性，眾多古籍中不乏其例，如：

> 余文大妻周氏：按未豐縣志：周氏余文大妻，文大輸糧省中，歿於途，世年三十，長子九齡，次子襁褓，家貧拮据，扶櫬歸葬，苦節五十餘載，邑令表其門。〔註51〕

又如：

> 按石隸縣志：陳氏，沈明德妻，結褵未幾，明德遠出無蹤，氏年十九，返母家，紡織以給，年七十終。〔註52〕

周氏與陳氏都是在丈夫離家，而又遠出失蹤後，堅持不再改嫁，含辛茹苦地養大小孩或求自我生存，其共同點就是守節不嫁，而且一過就是數十年的漫長歲月，無怨無悔，堅守到底，如此沒有人性，也不符合自然法則的生活，卻能甘之如飴一直到死亡，可見得當時對於女子堅守節操教育，做得有多麼徹底，而女性們從小被這樣的強化教育著節操的重要性，長久下來，這個觀念就內化在她們的心中和價值觀念中，所以才在丈夫死後，能心甘情願地守節下去，並把它當做是畢生的責任之一。

小　結

　　學者董鷗曾分析婦女在家庭建設中的功能有以下幾個：第一是管理整個家庭的各方面，第二是建立良好家庭氛圍，與樹立家風，第三是引導家庭消費文化，第四是對家庭成員，特別是子女有一定傳染性；〔註53〕對明代的商人之婦來說，無疑的，她們在這幾方面都具備了，在一個沒有長期沒有男主人的家庭中，商婦們承受著多重的壓力與責任，卻能咬緊牙關地渡過，並且終其一生，無怨無悔，其對家庭乃至家族的貢獻是很卓著的，其驚人的毅力與專一的精神，更為令人感佩。

〔註51〕見清代編：《古今圖書集成・閨節部・一九四卷》（北京市，中華書局，1990年初版），頁139。

〔註52〕同上註，頁49560。

〔註53〕見董鷗：〈女性在家庭文化建設中的作用〉（中華女子學院學報，第三期，1996），頁34～35。

二、商人與妓女的不可分割性

　　自古以來，商人和妓女間就有著密不可分關係，因為娼樓、妓院本來就是針對男性性須求所開設的商業場所，要進去裡面消費享受性服務，必定要有一定的經濟能力才有可能，故而商人就成為妓女重要的客人來源，一方面，他們遠遊在外，必須有發洩慾望，排遣心裡寂寞的管道，另一方面，他們也有足夠的經濟能力來妓院消費，所以，他們成為妓院掌控者——老鴇，眼下心中最受歡迎的人物，所謂「小娘愛俏，鴇兒愛鈔」，在金錢上，商人是比其他的階層，更佔有優勢，因此勢利的妓女與只看錢財不看人的老鴇，就與商人有著密不可分的關係了。

　　不過就商人和妓女的互動關係來說，他們互相對應的心態是大不相同的，商人對妓女，多是因其美貌，也是為了找到慾望發洩的管道才到妓院消費的，如：《玉玦記》中，啻員外看上李娟奴即是因為：

> （淨）（啻員外）若耶溪上春風面，傾城一笑嫣然，水沉微霺裳乍寒，
> 將妃羅襪翩躚。〔註54〕

他看上李娟奴的地方，和大多數的男人看上妓女的原因都一樣，都是為了美色，這些客居他鄉的男性，在尋歡作樂時，多是以貌取人，追逐名妓，仍是以其是否有美貌做為取捨的標準；又如：《警世通言‧第二十四卷‧玉堂春落難逢夫》中，沈洪見過玉堂春後，驚為天人，書中故事說其：

> 沈洪自從中秋夜見了玉姐，到如今朝思暮想，廢寢忘餐，叫聲：「二
> 位賢姐（翠香與翠紅），只為這冤家害我一絲兩氣，七顛八倒，望二
> 位可憐我孤身在外，舉目無親，替我勸化二姐，叫她相會一面，雖
> 死在九泉之下，也不敢忘了二位活命之恩。」說罷，雙膝跪下。……
>
> 〔註55〕

其敘述雖是誇張諷刺，但是馬商沈紅的確是被玉堂春迷得神魂顛倒，用盡一切手段也要得到她，其原因他雖是說「孤身在外，舉目無親」的孤獨寂寞，但事實上仍是為了玉堂春的青春美貌，由色起心，才會苦苦哀求同一妓院的妓女相助，以得到玉堂春；所以說，商人對妓女的迷戀，多建立在美色與情

〔註54〕見毛晉原編、黃竹三等人重新校注：《六十種曲評注》第十九冊（長春市，吉林人民出版社，2001 年 9 月一版一刷），頁 100。

〔註55〕見明馮夢龍著：《警世通言》（台北市，三民書局，2009 年 6 月二版二刷），頁342。

慾之上，所謂：「家花那有野花香」、「妻不如妾，妾不如妓，妓不如偷」，對
於商人來說，妓女們存在著家中正妻與小妾們所沒有的風情韻味，有的商人，
更是把尋花問柳當做生活中的重要調劑，在妓院歌館中，找尋到一般家庭生
活中所沒有的縱樂放肆的快感。然而，令人懷疑的是，他們與妓女之間，是
否存有真心真情真意，那就有待商榷了；因為他們來找妓女的動機實在太多，
對妓女好的，可能在其身上揮金如土，甚而為其贖身，只為博得美人歸，如：
謝肇淛《五雜組》說：

> 然新安人衣食亦甚菲嗇薄糜鹽虀，欣然一飽矣，唯娶妾、宿妓、爭
> 訟則揮金如土。〔註56〕

又如：《二刻拍案驚奇·第十五回·韓侍郎婢做夫人，顧提控掾居郎署》寫道：

> 徽州人有個癖性，是「烏紗帽」、「紅繡鞋」，一生只這兩件事不爭銀
> 子，其餘諸事就慳吝了。〔註57〕

其明白記載商人在迷戀的妓女身上花了多少心血金錢，只求得美人一笑與數
日、數月之溫存，更好的還將其娶回家為妾，完成大多妓女一心從良的心願。
不過，仍是有很多商人，對妓女抱著玩完了就好的心態，或是待其年老色衰
之後，或是遇到比她更好的妓女，就將其棄之如敝屣了。所以說〈古詩十九
首·青青河畔草〉中言：

> 昔為倡家女，今為蕩子婦，蕩子行不歸，空床難獨守。〔註58〕

唐詩人白居易的〈琵琶行〉亦言：

> 弟走從軍阿姨死 暮去朝來顏色故，門前冷落車馬稀，老大嫁作商人
> 婦，商人重利輕別離，前月浮梁買茶去，去來江口守空船，繞船月
> 明江水寒，夜深忽夢少年事，夢啼妝淚紅闌干。〔註59〕

所謂「蕩子行不歸，空床難獨守」、「商人重利輕別離」，道盡多少妓女嫁入商
人家後的孤單與寂寞，如《六十種曲·青衫記》中的浮梁茶客劉員外，被裴

〔註56〕見明·謝肇淛撰：《五雜組》（上海市，上海書店出版社，2009年四月一版一
　　　刷），頁74。
〔註57〕見凌濛初著：《二刻拍案驚奇》（台北市，三民書局，2007年8月二版一刷），
　　　頁307。
〔註58〕見王蒔父箋註：《古詩源箋註》（臺北市，華正書局，1992年11月初版），頁
　　　114。
〔註59〕見中華書局編輯部點校：《全唐詩》（北京市，中華書局，2005年一版一刷），
　　　頁4832。

興奴多次拒於門外，春宵夢碎之後，索性帶著僮僕到別家妓院享樂去了：

> （小丑上）員外，三更半夜，為何在此發惱？（淨）這小廝你不曉
> 得。（小丑）員外，你不要瞞我，我都曉得了。（淨）你曉得什麼？
> （小丑）員外方才乘其酒興，要與興奴姐那話兒，他執意不從，故
> 此在這裡嚷鬧。（淨）便是，這等無禮，可惡得緊，待我打開了艙門，
> 拿她出來，打她一頓，方釋我的氣。（小丑）員外，你且耐心，我當
> 初勸你不要討她，你就說我吃醋，反罵我起來，如今費了許多心，
> 淘了許多氣，兀自不得到手，著甚來由如今夜已深了，酒已醒了，
> 她又睡了，門又關了，前面江邊酒樓上多少妓者，也有彈的，也有
> 唱的，何不到那裡自樂一樂，別他娘十日半月，他熬不得了，少不
> 得要上手。（淨）此計甚妙，正是此處不留人，自有留人處。〔註60〕

若是劉員外對裴興奴是癡心真意，該用真情去說服她、感動她，怎是再找其
他的妓女尋樂了事就好呢？很多妓女好不容易可以擁有一個正常的家庭生
活，卻在現實生活的分別與被冷落中，認清身為妓女、小妾命運的悲哀，以
及對未來希望的完全破滅。商人對妓女不見得有真情，有也不見得長久；但
是，妓女一旦決定跟隨某個商人，要從良嫁與其家，她就會把所有的情感，
對一生所有的冀望都放在這個商人身上，此時的商人對她來說，已不再是露
水姻緣的恩客，而是終生到老的伴侶，一生唯一的依靠；可惜的是，多金又
飄泊不定的商人，很少會去體會這種古代妓女們既不安又深情的心情，因此
也造成許多妓女與商人的情感悲劇。

此外，對商人來說，妓女除了是情慾上的良好對象之外，妓女所在的妓
院，更是他們商業交易上的一個很重要的場所；張岱的《陶庵夢憶‧秦淮河
房》中說：

> 秦淮河河房，便寓、便交際、便淫冶，房值甚貴而寓之者無虛日，
> 畫船蕭鼓，去去來來，周折其間。〔註61〕

同書〈二十四橋風月〉一文亦言：

> 名妓匿不見人，非嚮道莫得入，歪妓多可五六百人，美日傍晚，膏

〔註60〕見毛晉原編、黃竹三等人重新校注：《六十種曲評注》第十四冊（長春市，吉
　　　　林人民出版社，2001年9月一版一刷），頁449。
〔註61〕見明‧張岱著：《陶庵夢憶‧卷四》（北京市，中華書局出版社，2007年4月
　　　　一刷），頁46。

沐薰燒，出巷口，倚徙盤礴於茶館酒肆之前，謂之「站關」，茶館酒
肆岸上紗燈百盞，諸妓挣映，閃滅於其間，……，遊子過客，往來
如梭，摩眉相覷，有當意者逼前牽之去。〔註62〕

而鄭板橋的《板橋雜記‧開卷》中則描寫道：

金陵爲帝王建都之地，公侯戚畹，甲第連云，宗室王孫，翩翩裘馬，
以及烏衣弟子，湖海賓遊，靡不挾彈吹簫，經過趙李，每開筵宴，
則傳呼樂籍，羅綺芬芳，行酒糾觴，留髡送客，酒闌棋罷，墮珥遺
簪，眞欲界之仙都，昇平之樂國也。〔註63〕

從張岱與鄭板橋所描寫妓院客人熙來攘往的盛況，可以知道，妓院、歌樓、
娼館也是商人在外經商，交際應酬的重要要場所，尤其是高級妓女所在的區
域，更是富商巨賈、王孫貴族的留連之地：

舊院爲高檔妓院所在地，所謂南曲名姬皆集中於此，貴族顯官，文
人騷客，乃至豪富巨賈往往也都麇集於此，征歌選勝，品花銷魂，
可謂集一時之盛。〔註64〕

就在觥籌交錯，妓女的鶯聲燕語，彈唱歌舞之中，商人完成一筆又一筆的大
生意，交際手腕高的妓女，更會利用她們的美言撒嬌，替熟客催化交易的完
成，借此討好客人，甚至贏的豐厚的回饋，和來妓院談生意的商人互得其利。
這都是商人們待在家中，深居簡出的正妻，無法爲他們達到的經濟效益。

　　而另一方面，明代商業的發達，從事商業的人日益增加，商人對倡妓的
須求，及二者的互利關係，使得倡妓業也無形中更加昌盛起來，所謂市場須
求與商品生產數量的增加會成正比，此種經濟理論用在倡妓業的發展上也是
相符合的，商人的須求擴大了倡妓的市場，倡妓形同一種商品，在市場須要
大增下而大量增加，不但妓戶、樂戶用心培養自己的女兒，以冀養成之後，
能爲自己帶來大筆的財富，他們還到民間買取貧賤之家的幼女，養在家中，
加以教育訓練，長大就逼其接客賺錢；此外從明太祖即位至宣帝宣德年間，
明法律有所謂「犯罪者女性家屬連坐入罪，而籍沒入官妓者」，〔註65〕使得明

〔註62〕同上註，頁51。

〔註63〕見余懷著：《板橋雜記》（台北市，第一文化社，1992年8月初版一刷），頁1。

〔註64〕見嚴明：《中國名妓藝術史》（台北市，文津出版社，1992年8月初版一刷），
　　　　頁99。

〔註65〕見修君、鑑今：《中國樂妓史》（北京市，中國文聯出版社，2003年7月二版
　　　　一刷），頁296～297。

代妓女業的繁榮，爲其前代所未見，凡有文人商客處，必是樓船、妓館、酒樓、茶肆林立之處，在余懷的《板橋雜記》一書中，記載甚詳：

> 「舊院」人稱曲中，前門對武定橋，後門在鈔庫街，妓家鱗次，比屋而居，屋宇精潔，花木蕭疏，迴非塵境。〔註66〕

> 秦淮燈船之盛，天下所無；兩岸河房，雕欄畫檻，綺窗絲帳，十里珠簾，客稱既醉，主曰未歸，遊楫往來，指目曰某名姬在某河房，以得魁首者爲勝，薄暮須臾，燈船畢集，火龍蜿蜒，光耀天地，揚槌擊鼓，蹋頓波心，自聚寶門水關至通濟門水關，喧闐達旦，桃葉渡口，爭渡者喧聲不絕。余做〈秦淮燈船曲〉中有云：「遙指鍾山樹色開，六朝芳草向瓊臺，一團燈火從天降，萬片珊瑚駕海來。」又云：「夢裡春紅十丈長，隔簾偷襲海南香，西霞飛出銅龍館，幾隊娥眉一樣粧。」又云：「神絃仙管玻璃杯，火龍蜿蜒波翠崔嵬，雲連金闕天門迴，星舞銀城雪窖開。」皆實錄也。〔註67〕

> 金陵，都會之地，南曲靡麗之鄉，紈茵浪子、蕭瑟詞人，往來遊戲，馬如游龍，車相接也，其間風月樓台，尊罍絲管，以及孌童狹客，雜伎名優，獻媚爭妍，絡繹奔赴，垂楊影外，片玉壺中，秋笛頻吹，春鶯乍囀，雖宋廣平鐵石心腸，不能不爲梅花作賦也！〔註68〕

其把商業城市、旅客商人最會出現經商之地，妓業之盛況描述詳實，商業帶動妓業之盛是不容置疑的。所以，商人與妓女，因爲職業的型態，因爲人性的基本須要，因爲都要謀生活下去的基本目的，其中間就存在著密不可分的關係，所以儘管在一般人眼中，商人俗鄙，比不上文人的多情，深解風情，但是仍有妓女選擇嫁予商賈做妾或繼室，以求得一生衣食無虞的安樂生活。

三、商業經濟繁榮對明代婚姻觀的影響

商人階層社會階級的上升，對社會上的另一個影響，就是整個婚姻觀念的改變，明人在婚姻的選擇上，逐漸由重視對方的社會地位，改爲重視對象家庭金錢財富的多寡；本來，士人之家，是傳統婚姻上，女方家長的首選，

〔註66〕見余懷著：《板橋雜記〈上卷〉雅游》（台北市，第一文化社，1956年初版），頁1。
〔註67〕同上註，頁2～3。
〔註68〕同見於余懷著：《板橋雜記〈下卷〉軼事》頁20～21。

因為女婿是讀書人，未來就有飛黃騰達，顯揚其家的可能，然而，隨著社會
價值觀的改變，商人與讀書人生活經濟水準的落差，讓女方的父母不得不重
新思考將女兒嫁與商人或士人，何者為佳？這就造成婚姻場上的機會競爭，
尤其是大戶人家，如：官家、望族、富戶人家的女兒，一向是對士人官途最
有幫助的婚配對象，現在商人亦可為官了，自然士人的機會就變少了，所以
婚姻場上的排擠效用，便成士商之間一個很大的矛盾。

我們從明代的文人筆記資料中，可以發現商人靠金錢納捐為官的普遍
性，如：明代的進士鄭曉，在他的著作《今言・卷二・第一百三十五條》中
就記載道：

> 成化中，太監張敏卒，姪太常寺丞苗，傾貲上獻，乞侍郎，上曰：「苗
> 本由承差，若侍郎，六部執政不可，可授南京三品。」左右急持官
> 制請，竟得南京通政使。是時，四方白丁、錢虜、商販、技藝、革
> 職之流，以及士夫子弟，率夤緣近侍內臣，進獻珍玩，輒得賜太常
> 少卿、通政、寺承、郎署、中書、司務、序班，不復由吏部，謂之
> 傳奉官，閣老之子若孫，輔齔齓已授中書，冠帶牙牌，支俸給隸，
> 但不署事。朝參大抵多出梁芳之門，弘治間，馬端肅公言：「經官額
> 一千二百餘人，傳俸官乃至八百餘人，內實支薪俸者九十一人，冗
> 官莫甚於今日，……。」〔註69〕

成化年間到弘治年間，明政府實施納捐制度已三十多年，這三十餘年，商人
靠著納捐，佔掉了士人近三分之二晉身中央的機會，且步步逼進，這些商人
不但有錢，還靠著捐官提升自己的社會影響力，要得榮耀顯揚的機會與士人
是相同的，甚至因金錢做為強大的後盾而更佔優勢，如此一來，在無形間，
讓他們在婚姻的嫁娶上，也佔到了優勢。

中國人向來注重「婚姻大事」；婚姻關係是組成一個家庭的一項重要手
續，對於家庭極為重視的中國人來說，沒有家庭則象徵著人生的不圓滿，更
嚴重的是無法延續整個家族甚至宗族的生命，是故，婚姻乃人生之大事。而
自魏晉以來，由於門第觀念的形成，中國人——尤其是士人，在擇偶時特重
「門當戶對」，而傳統上的門當戶對，重視的是嫁娶的階級，人品的好壞，當
然一向被視為「奸者」的商人，就不會在士人的考慮中，相對的，士族家庭

〔註69〕見明・鄭曉著：《今言》（北京市，中華書局出版社，1997年11月二刷），頁
80～81。

也成為一般人在婚配時嚮往的對象，故在婚姻上，讀書人是佔有階層觀念上的優勢的。但是，明代商業空前繁榮的社會變革，卻讓幾百年來的優勢遇到了挑戰，在人們的心中，一場婚姻關係的「利益連結」已超越了「門當戶對」的重要性，這種婚姻亦逐利而行的風氣在明人小說中即透露出來：

> 這靠山第一是財，第二纔數是勢，就是勢也脫不過要財去結納，若沒了財，這勢也是不中用的東西，所以這靠山也不必要甚麼著己的親戚，至契的友朋，合那居顯要的父兄伯叔，但只有財揮將開去，不管他鄉知不相知，認識不認識，也不論什麼官職的崇卑，也不論什麼衙門的封憲，但只有書儀送進，便有通家侍生的帖子回將出來，就肯出書說保薦、說青目，同縣的認做表弟表兄，同省的認做敝鄉敝友，外省的認做年家故吏，只因使了人的幾兩銀子，……。〔註70〕

所以有錢的商人，漸漸超越不事生產的讀書人，或是沒錢的官吏。商人之家成為明代百姓搶著與他們建立關係的首選，婚姻關係是一種由陌生人變成家人的親密連結，在當時的社會認知下，選擇多金者，未來的報酬率、可依勢力也較穩當，考慮到此，婚姻也重有錢之富戶，也是理所當然的了，近代學者曾研究說：

> 明代中後期婚姻觀念的改變，突出的表現為當時人們對婚姻門第的觀念改變上，秦漢以來的封建社會，人們對婚姻十分講究門第，強調男女雙方要「門當戶對」，隨著世風日下，迨至明代中葉，社會發生了許多異乎往昔的變化，門第觀念日漸淡化，人們婚姻則往往重禮聘（金錢），而不注意門第了，「當時婚娶，但論門閥……，今女家許聘，輒索財禮。」「門當戶對」的舊習不再是談婚論嫁的唯一籌碼，財婚、奢婚風靡一時。〔註71〕

對於財婚、奢婚，在當時文人徐渭亦多所批判：

> 吾鄉近世嫁娶之俗浸薄，嫁女者以富厚相高，歸之日，擔負舟載，絡繹於水陸之途，繡袱冒箱筍如鱗，往往傾竭其家，而有女者亦始自矜高，閉門拱手，以要重聘，娶一第若被一命，有女雖在襁褓，

〔註70〕見明・西周生：《醒世姻緣傳（下）第九十四回》（台北市，三民書局，1999年初版二刷），頁1263～1264。

〔註71〕見王燕玲：《商品經濟與明清時期思想觀念的變遷》（昆明市，雲南大學出版社，2007年3月一版一刷），頁90。

則受富家子聘，多至五七百金，中家半之，下此者人輕之，相率以
爲常。《徐渭集‧卷九》〔註72〕

從上文當中我們可以看到當時人對婚姻要求是建立在金錢的多寡與誇耀之上，
但是徐渭對此卻是批判的，因爲這對一般的士人而言，他們沒有雄厚的財力做
後盾，自然是較爲吃虧的，故而在婚姻場上，他們又被商人給排擠掉了。從《六
十種曲》的劇本寫作當中，我們可以觀察到，這種人品與金錢之爭，書生與商
人之爭，多是發生在以書生與妓女的愛情劇之中，如：《投梭記》中謝鯤（士）
與烏斯道（商）爭奪元縹風，〔註73〕《青衫記》中白居易（士）與劉員外（商）
爭奪裴興奴，〔註74〕《焚香記》中王魁（士）與金壘（商）爭奪敫桂英，〔註
75〕《西樓記》中于鵑（士）與池同（商）爭奪穆素徽，〔註76〕《玉玦記》中王
商（士）與瞀員外（商）爭奪李娟奴，〔註77〕表面的敘寫上，好像都是因妓女
之才貌而引起，然而這些文人作者，眞正要反映的是，在社會上一片唯利是圖
的風氣之下，他們的婚姻爭奪之戰是受到商人的莫大威脅的，而且結果文人們
在眞實社會中往往是輸家，只好借用戲中書生與妓女大部份都能得到大團圓結
局來聊以自我安慰。

　　仕途、家庭、婚姻，是中國人在一生中最重要的三件事，在門第觀念盛
行，士人地位凌越其它族群的時代，對士人來說，只要用功的讀書考試，這
些事都是易如反掌的事，然而，明代中葉以後，商人階級的地位上升，拜金
求利的風氣瀰漫，士人的優勢逐漸喪失，在婚姻上，因爲財力不如商人，自
然挑到好人家爲對象的機會也減少，相對的，商人成爲炙手可熱的結婚對象，
不管是官宦之家、商紳之家、一般人家、甚至是妓女，都寧可與富裕的商人
締結婚姻關係，以保下半輩子的衣食無虞，是故，商人在社會結構中地位的

〔註72〕見明‧徐渭：《徐渭集‧卷十九》（北京市，中華書局出版社，1983年四月一
　　　　版一刷），頁546
〔註73〕見毛晉原編、黃竹三等人重新校注：《六十種曲評注（十六）》第十六冊（長
　　　　春市，吉林人民出版社，2001年9月一版一刷），頁9～263。
〔註74〕見毛晉原編、黃竹三等人重新校注：《六十種曲評注》第十四冊（長春市，吉
　　　　林人民出版社，2001年9月一版一刷），頁334～470。
〔註75〕見毛晉原編、黃竹三等人重新校注：《六十種曲評注》第十五冊（長春市，吉
　　　　林人民出版社，2001年9月一版一刷），頁31～202。
〔註76〕同上註，頁483～708。
〔註77〕見毛晉原編、黃竹三等人重新校注：《六十種曲評注》第十九冊（長春市，吉
　　　　林人民出版社，2001年9月一版一刷），頁15～240。

提升，使整個明代的婚姻觀念產生很大的改變。

第四節　女性商業活動出現的意義與影響

一、女性經商從事經濟活動在明代的普遍性

明代由於土地的兼併嚴重，許多農民家庭不得不轉向其他行業發展，而此時的商業發達，使人力得以投向手工業或其他的交易性行業；明代某些的女性，尤其是低下階層的女性，在產業轉變的歷史背景之下，因此投入商業的就業市場，選擇適合她們性別的職業來從事商業活動，並且對當時的女性和兩性關係造成影響，對當時的社會秩序，與以男性為中心的價值體系帶來震撼。

（一）女性所從事的行業

在女性可以從事的行業當中，最普遍的就是手工業當中的績紡成衣業，以及姑婆類的職業，如：卦姑、師婆、藥婆、虔婆、牙婆、賣婆、媒婆、穩婆……等等人，這些行業都與女性的性別特質有很大的關係。

1、績紡業

以績紡業而言，自古以來，紡織刺繡就被為視為婦女的四德之一，女紅是一個婦女出嫁前最基本的學習訓練項目，故張履祥曾說：「女工勤者，其家必興，女工游惰，其家必落，正與男事相類」，[註78] 但是到了明代中期以後，女紅的紡織製衣刺繡已經成為一般平民家庭的重要收入來源，其參與經營規模大的，甚至連家中男性也參與其中，但是仍是以婦女為紡織業的生產中心人物，如《上海碑刻資料》中即載道：

　　匹婦晨起，經理吉具之事，由花而集，由枲而紗，由紗而始為布，

　　中間揀料彈軋，以至紡織，每匹二丈，七日而始得告成焉。[註79]

又如：《松江府志》曾記載當地婦女不分日夜的辛勞從事紡織工作，對於家中經濟提供相當重要的助益：

〔註78〕見張履祥輯補，陳恒力校釋：《楊園先生全集：補農書（下）總論》（台北市，環球書局，1968 年 3 月初版），頁 899。

〔註79〕見上海博物管圖書資料室編：《上海碑刻資料選集》（上海市，上海人民出版社，1979 年 1 月初版），頁 89。

井臼之餘，刺繡旨蓄，靡不精好，至於鄉村紡織，尤尚精敏，農暇
之時，所出布匹，日以萬計，以織助耕，紅女有力焉。〔註80〕

婦女們紡織所得，在高稅制的明代中晚期，甚至已經成爲家中開銷，收入經
濟的主要來源，連男性耕作所得，都只能納稅，無法養家，家庭經濟的維持
就靠婦女的織作所得了，無怪乎當時紡織業也很興盛的吳江地區流行一首民
謠道：

四月裡來暖洋洋，大小農戶養蠶忙，嫂嫂家裡來伏葉，小姑田裡去
採桑，公公街上買小菜，婆婆下廚燒飯香，乖乖小孫你莫要與媽媽
嚷，養蠶發財替你做新衣裳。〔註81〕

因爲婦女織紡工作對家中經濟收入的重要，所以叫其孩子不要吵母親工作，
連家中事務的分工也產生變化，老人、長輩都得分擔家務事，讓年輕女性可
以積極投入續紡工作，爲家中掙得更多養家活口的金錢，相形之下，男性的
收入所得就微薄的一點都不重要了。有學者研究指出說：

在商品化與市場化的趨勢下，明清婦女的勞動力漸漸在生產方面佔
有一席之地，在明清這段時期，因爲人口過剩，導致社會面臨了人
地比例失調，以及農業生產力的侷限，卻有越來越多的婦女從事農
副業或家庭手工業，藉此彌補家計，甚至爲提高競爭力而走向更專
業化的分工。……迨自明代後期起，所謂「男耕女織」的分工生產
模式逐漸確立，之所以出現這樣的變化，一則是因爲明清時期人口
的膨脹使得人均耕地面積縮小，由丈夫一人耕種即可，婦女不須下
田，可以有更多時間待在家內從事紡織，培養熟練的技術，將更有
利其織品於市場上的競爭力，這可以說是家庭勞動力最合理的分
配，不但生產率高，報酬率也高，所以明清婦女從事紡織業的所得
較過去提高許多，對家庭的生計來說，是很重要的經濟來源。〔註82〕

商業社會的形成，以及耕地的縮小，使得婦女們在家中的經濟收入日漸重要，
其紡織、製衣、刺繡之所得，成爲家中重要經濟來源，對家庭的貢獻也不再

〔註80〕見宋如林、孫星衍編：《松江府志・卷5》（台北市，成文出版有限公司，1983
　　　年3月，台一版），頁166。

〔註81〕見顧頡剛等輯：《吳歌・吳歌小史（己集）》（南京市，江蘇新華書店，1999
　　　年8月一版一刷），頁501。

〔註82〕見巫仁恕：《奢侈的女人──明清時期江南婦女的消費文化》（台北市，三民
　　　書局，2005年初版一刷），頁54～55。

是生育及家務事之操作而已，然這種經濟收入結構的改變，只對整體家庭生活的經濟有所助益，對於女性在家中地位的影響則有待討論。

2、姑婆業

中國有所謂的「三姑六婆」〔註83〕之說，其中除了尼姑與道姑之外，其他的姑或婆都是女性用來賺錢的行業，這包含了卦姑，是替人算命的女性；媒婆，是替人謀合婚姻的人，例如：《六十種曲・香囊記》中的張媒婆；牙婆，是買賣婦女所用物品如：針黹、裝飾品、女用小東西的人，例如：《義俠記》中的王婆與《紅梨記》中的花婆；鉗（又作虔）婆，是專門介紹色情仲介或販賣女性人口的人，例如：《錦箋記》中的何老娘；藥婆，則是捉牙蟲、賣安胎藥、墮胎藥的女性；師婆，就是今天說的女巫；穩婆，則是替婦女接生的人；到了明代，這些「姑婆業」的人就更多元化了，還有所謂的繡花娘或繡花婆，是出入婦女閨房，教她們繡花、裁衣、做女紅的人；而看香娘、看水碗娘、念佛婆，也是和巫覡同性質的女性；此外還有醫婆，是替婦女看婦女病的女性郎中；奶婆，則是替婦女餵嬰兒奶水，照顧嬰幼孩的人。〔註84〕不管是那一種姑或娘或婆，〔註85〕其所做的工作都與婦女本身的生活有很大的關係，因爲這些生理上或生活上的事要近身的貼近婦女，在生活空間與禮教規範的約束下，這些工作由婦女來做是較爲恰當，也是男性所較爲允許的。對女性來說，這些人的出現，替她們解決切身而無法對男性說的問題，如：婦女病、教養小孩、女紅工作的困難、夫妻生活間的問題、生活的甘苦……等等，有了這些姑婆，她們還可以經由姑婆們知道外面世界所發生的五花八門的事，增廣自己的見聞；或請教閨房的問題，以及夫妻之間相處的困擾。這對長期被禁錮在深閨大院中的女性，等於是一種精神壓力的舒解，她們孤單無聊的生活，因爲三姑六婆們的精彩故事雜談，而變得有樂趣起來，她們難以啓齒的婦女問題也因此得到請教的對象，甚而得到解決，讓這些姑婆們進出她們的閨房，對她們來說，是多了一群有趣的女性朋友一樣。然而對主宰女性生活，又掌握一個家庭大權的男性來說，三姑六婆的存在，對他們是

〔註83〕所謂的「三姑六婆」之說出現在元初趙素之《爲政九要》一書，其言：「三姑者：卦姑、尼姑、道姑也；六婆者：媒婆、牙婆、鉗婆、藥婆、師婆、穩婆。」
〔註84〕以上各行業解說見衣若蘭：《三姑六婆——明代婦女語社會的探索》（台北市，稻鄉出版社，2006年6月再版），頁6～7。
〔註85〕所所謂的「姑、婆、娘」的分別在於其結婚與否，結過婚的稱爲「婆或娘」，還未成親的稱爲「姑」。

一件相當矛盾的事；自己家中的女性，遇到較爲女性化、私密性的問題，如：婦女病、生產、哺乳、育嬰等問題，當然不希望藉由其他男性來幫忙解決，所以姑婆們的存在就顯得很重要。可是這些三姑六婆們又會爲自己掌控中的女性帶來太多的外來資訊，恐怕會因她們的進入家庭，使家的女性們受到外面花花世界的引誘，而破壞掉數千年來辛苦建立的男性爲中心的威權體系，甚至會做出敗壞門風的事來，如：南宋《袁采》一書寫道：

> 尼姑、道婆、媒婆、牙婆、及婦人以買賣針黹爲名者，皆不可令入
> 人家，凡脫漏婦女財物，及引誘婦女爲不美之事，皆此曹也。〔註86〕

可見得在一般士人的心目中，這些具有職業賺前能力的婦女，其形象多是不好的，除了會誘拐家中婦女做出不道德的事外，她們能言善道，伶牙俐嘴，說起人事物來天花亂墜，更是具有破壞家庭安定的危險性，《醒世恆言·賣油郎獨佔花魁》故事中，即批評虔婆劉四媽說：

> 你的嘴兒好不利害，便是女隨何，雌陸賈，不信有這大才，說著長，
> 道著短，全沒些破敗，就是醉夢中，被你說得醒，就是聰明的，被
> 你說得呆，好個烈性的姑姑，也被你說得她心地改。〔註87〕

可見得在禮教的環境下，三姑六婆這種女性族群的存在，對講求道德禮教的明代社會秩序，以及擁戴這種秩序，以控制女性自由的男性們，是具有一定的威脅性和破壞性，即使從謀職業以求生或自主生存的角度來看，這些明代的「職業婦女」仍很難被男性認同。除了會誘拐良家婦女與巧言令色外，三姑六婆另一個被垢病的缺點就是「嗜財好利」。《金瓶梅》第十五回中應伯爵說的一個笑話，頗能表現三姑六婆這種形象來：

> 一個子弟在院裡嫖小娘兒，那一日作耍，裝作貧子進去，老媽見他
> 衣服藍縷，不理他，坐了半日，茶也不拿出來，子弟說：「媽，我肚
> 飢，有飯尋些來我吃。」老媽道：「米囤也晒，那討飯來？」子弟又
> 道：「既沒飯，有水拿些來我洗洗臉罷。」老媽道：「少挑水錢，連
> 日沒送水來。」這子弟從袖中取出十兩一錠銀子放在桌子上，教買
> 米顧水去，慌得老媽沒口子道：「姐夫吃了臉洗飯，洗了飯吃臉。」

〔註86〕見宋袁采《世範（卷下）》：收錄於《筆記小說大觀（四編）》（台北市，新興書局，1974 年 7 月一版一刷），頁 2374。

〔註87〕見明馮夢龍著：《醒世恆言（上）（下）》（台北市，三民書局，2009 年 5 月二版二刷），頁 45。

〔註88〕
虔婆看到銀子前後的態度是一百八十度的不同，這笑話對婆子們的愛財可說是
諷刺至極了；而明代社會中流傳著一個諺語是：「世上虔婆，無不愛財」〔註89〕；
今之學者衣若蘭說：

> 無論買賣商品的賣婆、牙婆，為人媒介的媒婆、虔婆，還是替人看
> 產的穩婆，甚或皈依佛門的尼姑、師婆；都離不開好利的形象，是
> 故「三姑六婆」被譏為貪財者，幾乎無一倖免。〔註90〕

愛財在三姑六婆這種職業女性的身上，恐怕是永遠也撕不掉的標記，故而，
要提升她們的社會形象是很困難的。

二、女性從事經濟活動的兩性文化意義

女性可以參與的商業活動不多，多有以女性特質為中心的限制，如：績
紡業、販賣女性用品、醫治婦女病、為女性接生……等等，但在那個保守的
時代與社會當中，已屬難能可貴之事，在工作當中，她們不但養活自己，甚
至養活整個家庭，成為家中的經濟支柱，在某種程度上，她們必定發現自己
的工作能力不輸於男性的工作能力，以及她們自我存在的價值，這對長期被
貶抑的女性，心理上或思想上必有正向的鼓舞作用；只是在那個時代裡，她
們最依賴的男性沒有出來公開讚揚她們的能力，而她們也不懂得如何去引起
世人注重她們的經濟自主能力，甚至會被教育說：「為了整個家庭的生計，如
此努力工作是應該的！」因此而錯失了女性自覺的機會，可見的古代的女性
就算想要站出來為自己發聲，外在環境的壓迫力量仍是很大的。

此外，當時的男性，也不願意見到女性因經濟自主了，就失去對她們的
掌握權，再加上具有職業與經濟能力的女性，多是中下階層的人，所以上階
層的男性對其多所貶抑與防範，他們仍是強調男性在家庭、社會、國家的主
導性是不可替代的，所以大多禁止家中的女性與這些有經濟能力的女性往來
過於密切，以保有男性主導權的穩固，以避免社會中男性各方面的優勢，因

〔註88〕見笑笑生原著、劉本棟等校注：《金瓶梅》（台北市，三民書局，2009 年 1 月
三版二刷），頁 123。
〔註89〕見凌濛初著：《初刻拍案驚奇》（台北市，五南文化出版圖書公司，2000 年 2
月初版一刷），頁 353。
〔註90〕見衣若蘭：《三姑六婆──明代婦女與社會的探索》（台北市，稻鄉出版社，
2006 年 6 月再版），頁 33。

女性經濟能力的改變，而受到威脅或替代。學者徐泓在〈明代的婚姻制度〉一文認為：明代後期社會經濟雖然蓬勃發展，促成社會風氣的改變，但家庭與婚姻制度卻少變革。〔註91〕學者衣若蘭亦認為明代的家庭階層結構是：

> 母親與妻子在家庭中按照尊卑長幼倫序，權力的行使基本上幾與父夫相等，但仍從屬於男性，傳統家庭的權力結構並不因此動搖，看來，明代婦女在家庭中的地位與權力的行使，是否因為參與勞動生產而提升，仍十分值得玩味。〔註92〕

所以，筆者認為，明代的婦女，即使已有個人經濟獨立的能力，但是她們要真正在兩性地位上得到相同的待遇，從以男權為尊的附屬關係中走出來，仍是有一段漫長的路要努力，畢竟家庭與社會加之於其身的教條規範，不是因為女性經濟力提升，或一個短時間的社會現象，就能得到改善的，相反的，女性經濟力的提升，對男性的地位產生了威脅，更會促使男性產生優勢地位被取代或社會家庭地位因此而下降的危機意識，而使男性更加強對女性的控制，並大力貶抑具有經濟能力的女性，以防止社會地位女升男降，此種危害男性主導社會現象的發生。

結 語

　　明代的商人最特殊的地方是：其性別是橫跨兩性的，其階層是跨越商人以及士人的，從商變成明代社會一個普遍的職業風氣。而造成商業頂盛的背景原因是：明代土地兼併嚴重，富商大量置產買地，壓縮一般自耕農的生活空間，轉而將人力投入手工業，再加上市場對商品的須要龐大，以手工業為基礎的明代商業就因此而繁榮了起來；此外，漕運與海運的暢行無阻，使得貨物可以快速的流通，也間接的促使商業的發展越來越興盛，交通因素對明代的商業榮盛發達實是功不可沒的。但是，中國自古以來對商人是有偏見的，所以一般來說，商人多被冠上好利拜金，甚至是好色鑽營的形象；為了改善自我的形象，商人們廣結士人，附庸風雅，並且借由科舉或捐官進入仕途，用此來提高自我的社會地位，改善社會的觀感；但是，商業興盛，也助長著

〔註91〕見徐泓：〈明代的婚姻制度〉(《大陸雜誌》，1989 年 1 月，七十八卷第一期，頁 26～37、1989 年，2 月，七十八卷第二期，頁 68～82)。

〔註92〕見衣若蘭：《三姑六婆——明代婦女語社會的探索》(台北市，稻鄉出版社，2006 年 6 月再版)，頁 122。

好利風氣的興起，社會各階層競相逐利的結果，就使得中國人傳統的婚姻擇偶觀產生變化，所謂的「門當戶對」，再也不是建立在身份門第之上，而轉變成一種經濟力的競爭，商人在婚姻選擇上越佔上風，使得原本佔有社會地位優勢的士人，加深對商人的敵對感。

至於商人與異性的關係，則是多元化的，大多數的商人雖然在遠處經商，但是家中都有一個賢慧的正室妻子為他操持家庭、處理家族事務、孝敬父母、教養子女，完成中國社會理想化「男主外、女主內」的家庭模式；但是另一方面，商人遠遊在外，基於各種需要，他們和妓女們產生密切的關係，有的是他們事業上的助手，有的是露水姻緣，有的則是娶回家做妾以傳宗接代，甚至促進明代妓業的發展，不管與妓女相處的目的是什麼，妓女都是商人們經商生涯中非常重要的一環。

此外，明代女性從事著商業經濟活動的出現，可以說是一個前所未有而令人驚奇的歷史現象，這代表女性從家庭走出來，尋找自己的另一片天地，僅管她們的社會地位大多低下，也被衛道者或傳統讀書人鄙夷，但是她們的出現，為許多大門不出，二門不邁的深閨女子帶來生活上與思想上的刺激，也為社會風氣與價值造成衝擊。

總之，明代是一個中國歷史上工商業興盛，商人社會地位大幅提升的年代，除了與士人間亦敵亦友的同性關係值得討論外，其與異性的互動，及對社會上兩性關係所造成的衝擊影響，也是在中國性別史上值得注意的議題。

第六章　宗教環境中的兩性形象與互動

　　明代是一個宗教繁盛發展，深入百姓生活的時代，其主要的信仰體系有三：第一是發源自中國本土的道教，第二是發源自西方印度的佛教，第三是雜揉各種思想儀式的地方秘密宗教；這些宗教在政治上，社會運轉上，乃至於日常的食、衣、住、行，都深深的影響著各個階層的生活，有些影響是正面的，有些則是對百姓國家造成傷害，在本章中，我們要探討的是宗教思想、僧、尼、道的生活、與各種宗教儀式對明代兩性所造成的影響有那些。首先，筆者要分析的是，在明《六十種曲》中，一共有那些劇本，出現與宗教相關的議題與人物，以下將先以列表的方式加以分析：

戲曲名稱	本戲中宗教人士身份	本戲中各個角色與宗教人物發生互動者的原因	備　註
琵琶記	佛教僧	佛寺為女主角的避難所	
荊釵記	無	一般的祭祀亡魂	
香囊記	道士	替男主角祈平安的法會	
尋親記	金山大王與鬼判（民間信仰）	托夢為男主角脫困	
千金記	道教游仙者	贈韓信寶劍兵書 張良退隱山林修道	
精忠記	佛教和尚	為男主角看相、解夢、說災厄	
鳴鳳記	廟宇女道士	男主角與友人至廟中游仙祈求功名	
八義記	圓（解）夢人（民間宗教）	為趙盾全家圓夢	
三元記	玉帝、四方土地神與、與眾仙	賜子與男女主角，並封其後代顯揚五世	
西廂記 南西廂記	佛寺（自家所捐蓋的寺宇）與僧侶	提供女主角家庭一暫時棲身之所	

明珠記	世外修道人	爲男女主角完成姻緣	
玉簪記	道教道姑	爲女主角暫時避難處，也爲男女主角提供戀情發生的場所與機會	
紅拂記	道教道士	望氣、觀星座、分析天下發展大勢	
還魂記（共二齣）	道教道姑	爲女主角守墓，並助其還魂、與男主角完成姻緣	
	地獄判官	判杜麗娘得還魂人間，追求愛情	
紫釵記	佛道夾修的尼姑	爲女主角祈求姻緣圓滿	
邯鄲記	呂洞賓（道教）	引渡開悟男主角：呂生	
南柯記	佛僧與道姑	渡化開悟淳于棼立地成佛	
春蕪記	觀音寺與山僧	引發男女主角戀情的佛教法會	
玉鏡台記	修有仙術之人：郭璞	以法術助男主角與妻舅打贏敵人	
懷香記	卜卦者（民間信仰）	爲男女主角卜算姻緣	
彩毫記	女道李騰空與諸男修道者	助男女主角修習道術，並渡化其入道	
運甓記	郭璞：會道術、卜筮的修道者	爲男主角和它的友占卜前途	
鸞鎞記	道觀	爲女配角落難的避難處，也是姻緣產生處	
玉合記	深山道觀	一爲女配角輕蛾落難的避難處，一爲李王孫志願修道處	
金蓮記	佛教在家修居士與女尼	蘇軾之友潁濱居士說明自身與佛教姻緣、蘇軾之紅粉知己琴操削髮爲尼	
四喜記	道教果報思想	道教許眞君觀與城隍廟中祈雨、宋郊救蟻得陰德換骨之報	
繡襦記	道教道觀淨眞道姑	男女主角前往道觀求子	
紅梨記	民間宗教	人死後幻化爲女鬼、以及人幻化爲花	
焚香記	民間宗教：海神王	女冤鬼訴說冤情，海神王爲男女主角解姻緣	
西樓記	道教	魂魄離身做夢，夢到情人（女主角）拒絕男主角	
投梭記	佛教驂雜民間宗教	鹿精幻化爲伊尼大王，危害民間女子爲男主角收服	
玉環記	民間宗教與道教思想	女主角爲父親向神明祈壽，說明爲父子母女的前世今生因果	
金雀記	民間宗教	七夕乞巧的風俗與儀式過程	
贈書記	佛教寺廟	女主角避難處所	

錦箋記	佛寺尼姑	爲女主角一家說佛法、爲男女主角姻緣牽線	
蕉帕記	道教	精怪修練、求陰陽交合、作法、生異象	
紫簫記	佛教	女主角因思念男主角作夢、請人解夢、請人作法尋找男主角	
水滸記	道教	女鬼勾情人魂魄，一同歸西	
玉玦記	民間宗教	癸靈神：說明因果並執行對女配角的報應	
種玉記	民間宗教	相士：爲衛青衛少兒看相 福、祿、壽三星贈玉與霍仲孺	
双烈記	民間宗教	梁紅玉見韓世忠化虎之異象	
獅吼記	佛教	禪師帶陳慥妻冥游地獄以示告戒	
白兔記	民間宗教	神靈廟：男女主角相遇處 李太公與李三娘見劉知遠身現異象	
殺狗記	民間宗教	孫氏兄弟祭墳 土地公助楊氏、迎春警醒其夫	
義俠記	民間宗教、道教	武大冤魂向五松訴冤、賈氏避難於道觀之中、賈氏在廟會慶典時爲蔣門神調戲、賈氏母女請道姑解夢	
曇花記	佛道相雜的修練故事	木清泰隨僧、道修練雲遊証道，其妻妾於自家尼庵中隨之清修，最後全家均証道果，同登仙界	
龍膏記	道教精於仙術的道姑	道姑袁大娘贈男主角金盒龍膏，並說明男女主角姻緣之因果關係	
飛丸記	民間宗教：土地公	暗助男女主角以飛丸傳情、訴情	
節俠記	佛教	山僧無名（原爲唐臣駱賓王）說明英雄不得時隱身山林的心情，並爲男主角裴伷先說明天下政局發展趨勢	
雙珠記	民間宗教：北斗玄天上帝、術士袁天綱	袁天綱爲男女主角闡說運途、玄天上帝又命袁爲其二人消難解厄，使其一家團聚	
四賢記	民間宗教：玉皇大帝及民間游神 佛教：王氏後出家爲尼	玉皇大帝聽民間眾游神之稟，賜子烏古孫澤一家，姨娘王氏見責任已盡，遂出家於白鶴庵	

　　經由上表，我們發現：明傳奇《六十種曲》的六十個劇本中，其內容牽涉到與宗教有關的內容就高達五十三本，比例是百分之八十八，不管這些宗

教性劇情的敘述在文本中所佔的比例高或低，但這麼多的敘述所反映的是宗教生活是明代各種階層的生活中很重要的一部份，而宗教人士當然與明代各個階層的互動也是相當密切的，自然對其言行舉止，思想觀念也會有很大的影響；以下就針對明代戲劇中所看到的宗教問題，以及宗教活動、宗教人士對社會上兩性關係所產生的影響做一探討。

第一節　明代的宗教背景

一、明代的宗教政策

明太祖朱元璋以一介平民，經過一番腥風血雨的努力，登上九五之尊，所以他對於整個國家社會的控制慾與防範心特別的強，這種控制與猜忌的雙重傾向，對於他的宗教政策，也有著很大的影響。朱元璋在中國歷史上的皇帝來說，是經歷很特別的一位——因爲他和宗教的淵源特別深：

> 至正四年，旱蝗，大饑疫，太祖時年十七，父母兄弟相繼，貧不克葬，里人劉繼祖與之地，乃克葬，即鳳陽陵也，太祖孤無所依，乃入皇覺寺爲僧，逾月，遊食合肥，道病，二紫衣人與俱，護視甚矣，病已，失所在，凡歷光、固、汝、潁諸州三年，復還寺。〔註1〕

> 韓林兒，欒城人，或言李氏子也。其先世以白蓮會燒香惑眾，謫徙永年，元末，林兒父山童鼓妖言，謂「天下當大亂，彌勒佛下生」。河南江淮間愚民多信之，潁州人劉福通與其黨杜遵道、羅文素、盛文郁等復言「山童，宋徽宗八世孫，當主中國」。乃殺白馬黑牛，誓告天地，謀起兵，以紅巾爲號。……，初，太祖駐和陽，郭子興卒，林兒牒子天敘爲都元帥，張天祐爲右副元帥，太祖爲左副元帥，時太祖以孤軍保一城，而林兒稱宋後，四方響應，遂用其年號以令軍中，林兒歿，始以明年爲吳元年。〔註2〕

所以，太祖不但曾出家爲僧，還曾與民間白蓮教所組成的政權有關係，因此，他深深知道宗教與政治力量相結合的力量影響力有多大。而太祖之後另一個

〔註 1〕　見清・張廷玉等著：《明史・傳一・列傳第十》（北京市，中華書局出版，1974年 4 月一版），頁 3681～3685。

〔註 2〕　見清・張廷玉等著：《明史・傳一・列傳第十》（北京市，中華書局出版，1974年 4 月一版），頁 3681～3685。

奠定有明一代政策走向規模也很重要的是明成祖朱棣，他在推翻自己姪子建
文帝的政權，發動靖難一役時，也大力地借重宗教人士的助力，尤其是學過
道教陰陽術數之學的僧侶姚廣孝（僧號：道衍）：

> 太祖崩，惠帝立，以次削奪諸王，周、湘、代、齊、岷相繼得罪，
> 道衍遂密勸成祖起兵，成祖曰：「民心向彼，奈何？」道衍曰：「臣
> 知天道，何論民心！」乃進袁珙及卜者金忠，於是成祖意益決，陰
> 選將校，勾軍卒，收材勇異能之士。燕邸，故元宮也，深邃，道衍
> 練兵後院中。……，建文元年六月，……，成祖遂決策起兵，適大
> 風雨至，簷瓦墮地，成祖色變，道衍曰：「祥也，飛龍在天，從以風
> 雨，瓦墮，將易黃也。」兵起，以誅齊泰，黃子澄爲名，號其眾曰
> 「靖難之師」。……，成祖即帝位，授道衍僧錄司左善世，帝在藩邸，
> 所接皆武人，獨道衍定策起兵，及帝轉戰山東、河北，在軍三年，
> 或旋或否，戰守機事皆決於道衍，道衍未嘗臨戰陣，然帝用兵有天
> 下，道衍力最多，論功以爲第一。〔註3〕

明成祖廣用道僧術士，得以擁有天下，故登帝爲後，對其重用不已，在宗教
政策上難免不受其影響。太祖、成祖之後的帝王，對宗教沉迷者亦不乏其人，
所以，明代帝王與宗教人士的關係是極其密切的，也因爲他們和宗教人士的
來往頻繁，參與宗教活動的熱衷，所以對宗教的社會、政治、群眾力量知之
甚深，其在政治上對宗教的統治，就更加謹慎小心。大致來說，明代帝王的
宗教政策方向是——對佛道二教是既鼓勵又限制，對民間秘密宗教則加以嚴
禁。

　　第一、對主要宗教——佛教與道教——採既鼓勵其發展，又利用以控制
人民，借之宣揚道德倫理法統，又加以嚴密監督控制的態度，例如：在道教
方面：

> 明太祖朱元璋爲了奪取天下，曾利用道人周顛、鐵冠子爲他編造神
> 話製造輿論，藉以表明其勢力的發展是天神的旨意，並且得神之助，
> 他登基之後，他即徵召正一派第四十二代天師張正常、全真道領袖
> 張三丰、以及鄧仲修、傅若霖、劉淵然等，改封張正常爲「真人」，
> 正二品，與世襲，對他們優禮有加，極力扶持。與此同時，又在全

〔註 3〕同上註《明史·傳二·列傳第三十三》（北京市，中華書局出版，1974 年 4
　　　月一版），頁 4080～4081。

國設立道教管理機構，並頒布一系列敕令，對道教加以扼制，使之控制在朝廷手中，能有效地爲維護明朝的統治服務。洪武元年（1368年），他詔立玄教院（洪武四年廢），洪武十五年（1381 年），改設道錄司，負責掌管天下道教事務。〔註 4〕

《道教志》中亦分析說：

他（明太祖）曾親自注解《道德經》頒行天下，稱讚該經有益於王朝政道，洪武七年（1374 年），又敕命道士宋宗眞等人編成《大明玄教立成齋醮儀》，作全國道教宮觀統一行用的齋醮儀軌，朱元璋利用道教，主要是出於加強專制政的政治目的，因此在利用的同時，也加強對宗教的控制管理，嚴格限制寺觀僧道的數額及其活動，禁止道士隨意遊走城鄉山林，修道講法，混雜於民。〔註 5〕

而在佛教的經營管理上，他的態度也是大同小異：

朱元璋目睹了元朝崇尚喇嘛教所產生的眾多流弊，進而演變成爲造成腐敗亡國的因素之一，因此深知佛教界的內幕及其與社會政治的關係，朱元璋做了皇帝後，對佛教採取的是既利用又整頓，著重在控制的手段，使佛教在明王朝的中央集權統治下合理發展。〔註 6〕

第一‧設置了佛管理機構，洪武元年（1368 年），明太祖下令在南京天界寺設立善世院，管理佛教；洪武十五年（1382 年），建立僧官制度，在中央設僧錄司，府設僧綱司，州設僧正司，縣設僧會司。……，第二‧制定免費給牒制度，唐宋以來，歷代各朝大多實行計僧售牒，以限制僧人數量的增多，洪武六年（1373 年），明太祖下令，對全國各地僧尼普遍免費發給度牒，後來又規定，每三年發一次度牒，爲出家的僧尼提供更大的方便。第三‧規定了佛門講經內容及念經方式，洪武十年（1377 年），明太祖「詔天下沙門講《心經》、《金剛》、《楞枷》三經」，……，共同之處在於它們都宣揚「一切皆空」思想，明太祖此舉的目的，在於引導佛教在思想上的

〔註 4〕見陳梧桐主編：《中國文化通史——明代卷》（北京市，中共中央學校出版社，2000 年一版一刷），頁 244。

〔註 5〕見中華文化通志編輯委員會：《中華文化通志——道教志》（上海市：上海人民出版社，1998 年 10 月一版一刷），頁 111。

〔註 6〕見吳平著：《圖説中國佛史》（上海市，上海書店出版社，2009 年 5 月一版一刷），頁 126～127。

統一，以達到「愚及世人」的目的，另外，還對和尚應採用何種法
事儀式，和具備何種資格等做了具體規定。……第四・整頓佛教，
強化對佛教的管理。如：禁止僧俗混淆，禁止僧人交結官府，聚斂
財富，禁止僧人干預政事等等，目的是爲了通過淨化佛教，而達到
利用佛教的目的。明太祖的如上舉措，表明他對佛教的命運非常重
視，其高明之處在於：他對佛教的護持不僅僅體現在舉辦法會，大
度僧尼等形式上，而是從佛教發展的長遠利益著眼，從整頓入手，
妥立規矩，強化管理，再爲僧人的傳教活動提供方便，其目的是爲
了使佛教在維護明王朝統治的前提下，得以順利發展，這是明太祖
崇佛、佞佛卻又與後來諸帝有所不同之處。〔註7〕

明太祖在明代的帝王之中可以說是對佛道教控制的最嚴密的一位，還特別設
立中央的宗教管理機構好控制兩大宗教的發展，後來的君王對宗教的控制就
日漸鬆散，甚至沉溺其中，但是他的確爲明代的宗教管理立下一個很重要的
原則，而後來的帝王也持續遵循著，那就是：對於佛教也好，道教也好，可
以給它們一個寬廣的發展空間，也可以給僧侶、尼姑、道士修練、講經、說
法上的自由，但是這些自由是在政府法令規定上的自由。而且宗教人士本爲
方外之人，最好不要與一般百姓太過雜處接近，破壞中間的應有的距離，否
則對國家及社會秩序是會有不良影響的。此外，宗教活動，講經說法，是爲
了要替政府淨化人心，導正風俗，所以做任何儀式，說什麼法，念什麼經，
當然是以政府認可的爲優先才合於法度，這樣才是明代帝王所認可的宗教。
也就是說，明代帝王對於宗教，還是主張要以政治的力量去控制它們的發展
方向，並且要它們都成爲爲國家服務的工具，這樣宗教才能被允許在國家的
統治範圍生存下去。

　　而明代政府的第二大宗教統治政策是：壓制並迫害民間秘密宗教，〔註8〕
因爲這些非正統的，各種思想雜揉的民間秘密宗教，恰恰與第一項統治宗教

〔註7〕 見陳梧桐主編：《中國文化通史——明代卷》（北京市，中共中央學校出版社，
　　　　2000年一版一刷），頁257〜259。
〔註8〕 秘密宗教原起始於民間普通信仰，混合揉雜佛道教規制節儀，以及民間日
　　　　常神祀慶典，純爲普通宗教活動，並無任何秘密組織，惟創教人假託神祇，
　　　　故示神異，再配合淺俗經典，以及佛道故事、神仙傳說、冊子圖像、符咒禁
　　　　忌‧‧‧等等誘人禮拜，以爲廣收徒眾，騙化金錢，以圖生活之資。（見王爾
　　　　敏：《明清社會文化生態》（北京市，商務印書館，2002年10月一版二刷），
　　　　頁324。

的原則背道而馳，以朱元璋所稱帝前所依附的白蓮教來說，它就是一個融合民間信仰、拜火教、摩尼教、佛教思想、道教術數……等說法而成的一個宗教，這種依附於各種神仙思想，宗教學說的宗教，都能成爲憾動元代政權的一大力量，朱元璋必定會把它視爲辛苦建立起的帝國的一大威脅，所以登上帝位之後，爲鞏固王朝的強固安定，以及中央政府對百姓的統治，便大力的禁止民間宗教的發展，如《大明律》中有載：

> 凡師巫假降邪神，書符呪水，扶鸞禱聖，自號端公、太保、師婆，
> 及妄稱彌勒佛、白蓮社、明尊教、白雲宗等會，一應左道亂正之術，
> 或隱藏圖像，燒香集眾，夜聚曉散，佯修善事，扇惑人民，爲首者，
> 絞，爲從者，各杖一百，劉三千里，□若軍民裝扮神像，鳴鑼擊鼓，
> 迎神賽會者，杖一百，罪坐爲首之人，□里長之而不首者，各笞四
> 千。〔註9〕

後世學者亦有分析，太祖在登帝位之前與之後，對民間的秘密宗教信仰的態度是截然不同的，而這樣的轉變，也實有其政治與統治上的考量：

> 渠所深惡痛絕者，實爲當時秘密結社、陰謀顛覆政府之明教、白蓮
> 社耳。……太祖所以痛斥明教、改變態度者，一則因天下已定，
> 無再利用之須要，二則彌勒降生、明王出世等，皆含有革命之意，
> 太祖既能以明王自居，取元統而代之，是以在所必禁，而明教徒除
> 部份爲太祖所吸收外，其餘在野之失意者，不時興眾作亂，歷有明
> 一代而不絕，諸帝幾無不以此爲戒，嚴爲防範。〔註10〕

因爲秘密宗教的親民性、深入民間生活的程度、還有對民眾的影響力，聚集力，比其他宗教更大，所以對明代帝王來說，便成爲政治統治上的一大隱憂，時時害怕宗教性的民變會顛覆他們的政權，所以不能不加以禁止，甚至積極地消滅其勢力。但是，就明朝一代而言，這些民間信仰還是頑固的存在於民間，就算老百姓知道政府禁止他們去接近民間秘密宗教，他們在精神生活上，對其仍是依賴甚深，並且願意出錢出力地去支持它們，形成政府與民間各行其事的矛盾宗教態度。

〔註9〕 見黃彰健編著：《明代律例彙編（下）卷十一・禮律一・祭祀》（台灣：中央研究院歷史語言研究所，1994 年，景印一版），頁 589。

〔註10〕 見楊啓樵：《明清史抉奧》（台北市，明文書局，1985 年 1 月初版），頁 15～16。

二、明代社會的宗教環境

　　明代社會，是一個對宗教非常狂熱參與的社會，上自帝王，下至百姓，對於宗教活動，都是大力地支持，尤其是佛教與道教，對於具有宗教身份的人物，也都有一定程度的尊重。而明代的開國帝王——朱元璋，更因為有著曾為僧侶的經歷，所以對於宗教有著相當程度的了解，這也影響其子孫治國時，對於宗教的態度。明代帝王對於宗教的沉迷程度，應該是史上絕無僅有的，例如：明武宗朱厚照，因沉迷佛教而自托名為「大慶法王」，明世宗朱厚熜，因沉迷於道教，不但大毀宮中、民間佛寺，燒毀佛骨，還自號為「靈霄上清統雷元陽妙一飛玄真君」，〔註11〕帝王的這些行為，也間接的對臣下與民間的信仰活動有著鼓舞的作用。明代的官吏、商人、士人對於宗教信仰動亦是熱衷，尤其到了明代，三教（儒、釋、道）合一的思想深入知識文化階層，甚至擴大到民間：

> 儒、釋、道三教合流至明代達到高潮，在知識界不僅互相吸收，而且公然標榜三教合一，如：李贄、王畿、管志道、焦竑等儒者，元賢、袾宏、真可、德清、智旭等高僧，張三丰、陸西星等高道，皆倡導三教合流，這種思潮影響到其他文化領域，擴散到民間。〔註12〕

當知識份子對宗教信仰活動也產生認同，並將其與傳統儒學結合在一起之後，宗教對上層知識階層的影響力就更大了。而民間百姓對宗教信仰的依賴程度，向來就超過社會上階層的人士，因為宗教不但可以安定其心靈，更是他們日常生活中解決各種問題的管道，對於受教育不深的百姓而言，遇到問題，如：消災厄、解夢、預卜未來前途、推算人事吉凶、醫治疾病……等等，尋求以宗教途徑來解決，求助於宗教人士的幫助，是最直接、最快、也是最方便的；於是，各式宗教活動，以及寺廟的興建贊助，百姓們都積極的捐助參與，如《萬曆野獲編‧淹九》中就記載全真教派的「淹九」日活動，京師中的男女，全真教派的道士，都積極的參與：

> 京師正月燈市，例以十八日收燈，城中游冶頓寂，至次日，都中士女，傾國出城西郊所謂白雲觀者，聯袂嬉遊，席地布飲，都人名為

〔註11〕見明‧沈德符著：《萬曆野獲編（下）卷二十七》（北京市，中華書局出版社，2007年10月五刷），頁679。

〔註12〕見牟鍾鑒、張踐撰：《中國宗教通史》（北京市，中華書局，2004年2月再版），頁642。

> 耍煙九，意以爲火樹星橋甫收聲采，而以煙火得名耳。……或云燈
> 事闌珊，未忍遽舍，取淹留之義，似亦近之，既得之都下者者舊則
> 云，全眞道人邱元清，以是日就閣，故名閣九。……，京師是日不
> 但游人塞途，而四方全眞道人，不期而集者不下數萬，……，分曹
> 而談出世之業，中貴人多以是日散錢施齋。……〔註13〕

一個道教的紀念日活動，就能讓人民廣散金錢以捐獻，產生觀中游人如織，
道士四方聚集而來，更何況是大型的廟會、法會活動呢？在《帝京景物略·
東岳廟》一文中，更可以看出從皇室至平民對宗教活動的狂熱，與宗教捐獻
的大方：

> 廟在朝陽門外二里，元延祐中建，以祀東岳天齊仁聖帝，殿宇廓然，
> 而仕女瞻禮者，月朔望日晨至，左右門無閒閾，座前拜席爲燠，化
> 鍺錢爐，火相及，無暫息。……，正統中，益拓其宇，兩廡設地獄
> 七十二司，後設帝妃行宮，……，宮二浴盆受水數十石，道士贊洗
> 目，無目諸疾，入者輒洗，帝妃前懸一金錢，道士贊中者得子，入
> 者輒投以錢，不中不止，中者喜，益不止，罄所攜以出。三月廿八
> 日帝誕辰，都人陳鼓樂、旌幟、樓閣、亭彩，導仁聖帝游，帝之游
> 所經，婦女滿樓，士商滿坊肆，行者滿路，駢觀之，帝游聿歸，導
> 者取醉松林，晚乃歸。〔註14〕

由此可見得，明代的宗教活動，是一個不分階級，不管上層領導者，士人，
紳商，或下層的一般民眾，販夫走卒，都狂熱參與，且對宗教布施捐獻毫不
吝惜，出手闊綽乾脆的，並且，宗教信仰活動也是上下階層融洽參與，一起
同歡的重要民間社會活動，從其場面的盛大，參與人數的繁多，我們可以知
道，宗教在百姓間的影響必定是很巨大的！

　　明代的宗教信仰，除了佛教和道教之外，民間秘密宗教信仰也是歷代以
來最興隆的。明太祖朱元璋當初建立天下，就是依附在民間的明教勢力之下
〔註15〕；太祖得天下之後，雖然嚴以禁止民間的宗教團體，還把各種民間宗

〔註13〕見明·沈德符著：《萬曆野獲編（補遺卷三）》（北京市，中華書局出版社，2007
　　　　年10月五刷），頁901～902。

〔註14〕見明：劉侗、于奕正著《帝京景物略》（上海市，上海古籍出版社，2009年
　　　　5月一版一刷），頁97～98。

〔註15〕明教（明尊教）即摩尼教，或稱牟尼教，爲波斯人摩尼（公元二一六～二七
　　　　七）所創唐代傳入我國，……，至北宋，與出於佛教淨土宗之白蓮教及彌勒

教歸屬於「邪教」，但是它們在民間的發展仍是方興未艾，且幾乎都雜揉著
各種宗教的思想，在民間推廣著，成為一股影響民眾的潛在力量，學者在《中
國明代宗教史》一書中統計，明代的秘密地下宗教至少有白蓮教、羅教、三
一教、聞香教、黃天教、……等等九種，〔註16〕這還是史書有載的，其他組
織較小，未見於歷史資料的尚不知凡幾，這些宗教由於產生於民間，發展於
民間，而領導者也多是一般平民百姓，再加上他們善用佛、道教思想，甚至
傳統儒學禮法，用以雜揉在自己的傳教之中，故其深入民間的程度，更甚於
其他宗教，對老百姓的日常生活影響更大，相對的，一般群眾在生活上心理
需求上，更加地依賴這些了解其需求的民間秘密宗教人士了；所以，明代的
民間宗教盛行是其宗教發展史上的另一特色。

小　結

　　明代的宗教有著多元的發展，不但佛教、道教被各種身份的人大力支持
著，連民間神秘的小型宗教組織，也有著一群忠心的支持者，所以宗教上便
成為繁榮發展，百花齊放的景況。明代的帝王雖沉迷於宗教，但為了鞏固政
權，也不忘對宗教加強控制，他們認同歷史悠久的佛教、道教，壓迫民間的
秘密信仰，可是一般百姓卻是對政府的規定陽奉陰違，他們熱烈地對民間宗
教加以崇敬支持，他們廣交各類的宗教人，借由他們的開示，或一些宗教活
動，宗教捐獻來安定自我的精神生活，解決生活中的疑難雜症，對各式各樣
的神明更是崇敬不已，不敢違逆其神旨，將其視為身心靈與生活的指引方向；
而處於社會中堅階層的知識份子，因為生活、前途的苦悶，無處得以發洩，
以及三教合一學說的提倡，對於宗教活動也都是採取支持的態度，而與宗教
人士也往來密切，有的將其視為摯友般的交往著。因此，明代的宗教，不管
是那一種性質，都有其支持者，故能夠蓬勃的發展，也因為宗教發展環境的
良好，所以宗教得以深入民間生活觀念，社會上不管是男性或女性，都會接

佛教相合，信者頗多，……，倡言明王出世或彌勒佛降生，……，至元末，
其徒以赤幟為號，紛紛起兵，號稱紅軍，當時若徐壽輝、劉福通、陳有諒、
明玉珍、韓林兒等皆以此為號召，擁眾起事，太祖初入郭子興行伍為卒，郭
氏即受韓林兒節制者，故太祖亦為明教徒，隸屬紅軍，奉韓宋正朔。以上見
楊啓樵：《明清史抉奧》（台北市，明文書局，1985 年 1 月初版），頁 15。

〔註16〕見何其敏著：《百捲本：中國全史：中國明代宗教史》（北京市：北京人民出
　　　　版社，1994 年 1 月一版一刷），頁 136～159。

觸到宗教人士，甚至與其頻繁的往來，間接的影響到兩性的生活，兩性的關係，以及兩性對性觀念的發展

第二節　《六十種曲》中宗教人士的兩極化形象

　　中國古代社會，宗教勢力對中國人思想觀念影響最大的莫過於佛教與道教，而且這兩個宗教的思想儀式也深入到中國的地方性或民間性的宗教團體，因此對於人們的生活習慣，或者遇到問題時的解決，就產生很大的影響，在科學不發達的那個時代，宗教深深的影響每一個人的生活與心靈，也爲了滿足這些生活上或心靈上的須要，不管那個階層的人，都與宗教人士往來密切，從《六十種曲》的劇本當中，我們可以看到近九成的劇本中都會出現宗教事件與宗教人物，就可以印證其影響的深入，然而，較爲筆者好奇的是，這些宗教人士與老百姓往來雖然密切，也的確某些時候爲他們解決生活上的疑難雜症，安定了他們的心靈，但是在一般人的眼中，這些宗教人士到底呈現著怎樣的形象？也就是說，一般人表面上與宗教人士交好，包括文人士子都是如此，而實際上，在他們的心中，他們是用那一種眼光在看待這些所謂方外之人呢？從《六十種曲》劇本上的描寫看來，明代的宗教人物呈現著非常兩極化的形象，好與壞呈現著極大的反差，以下就其形象加以說明。

一、正面形象：救助危弱的俠義精神

　　從《六十種曲》的劇本當中，我們不難發現當劇中的人物遇到危難時，宗教人士常常是適時出現，以救助劇中人物的人，而且這些幫助他們的不管是和尚、尼姑、道士、道姑、精怪、神仙，他們往往都是不求回報，對劇中人物出自眞心的情義相挺，這種義氣情誼，正是難能可貴的俠義精神之展現；例如：《龍膏記》中的袁大娘與《蕉帕記》中的狐仙 [註 17]：袁大娘是一個修道的道姑，因修煉有成，已經是半道半仙的人，她可以說是《龍膏記》的男主角張無頗一生的貴人，她本來是要完成玉帝交付她的任務，完成天宮司香散使（張無頗）與水府織絹仙娘（元湘英）的宿世姻緣，而送了張無頗一盒龍膏，沒想到反而害他姻緣未竟，還身陷牢獄，爲了使他平安渡過劫數，袁大娘都會適時出現，如張無頗身陷牢獄，快被獄卒害死時，袁大娘及時出現了：

―――――――――――――――

〔註17〕此狐仙得道前，原名霜華大聖，得道後則被呂洞賓賜名長春子。

（老旦戎裝扮袁大娘上）暫乘風下天，暫乘風下天，霜衣霜點，須
臾千里塵寰遍，嘆鰥生負淵，嘆鰥生負淵，桎梏已堪憐，危亡更應
念，且從容斬關，且從容斬關，須續姻緣，忍淪坑塹？（打門進扶
生起介）張先生，你受苦也！（生）呀，你莫不是袁大娘麼？（老
旦）正是。（淨、末驚，攔倒介，生哭拜介）謝神明救援，謝神明救
援，暫寬危難，天高地厚恩何限，望始終保全，望始終保全虎穴莫
流連，龍潭亟離遠，願回鳳早還，願回鳳早還，速挈沉淵，上超霄
漢。（老旦）你不須絮煩，你不須絮煩，且休憂嘆，好教脫卻桁楊難，
笑幽垣戒嚴，超海等如閒，挾山同轉眼。（淨、末攔介，老旦），任
伊家阻攔，早出重關，已登霄漢。（挾生下）（淨、末）好古怪，怎
麼一個婦人，好好的打將進來，便把張無頗取了出去，他是個要緊
人犯，怎麼沒得，快快報與老爺知道，作速追趕。〔註18〕

這是袁大娘對他的救命之恩；後來還助他投靠郭子儀，在郭府再次遇到冰夷
與元湘英，終於姻緣得踐。而在《蕉帕記》當中的狐仙，本是爲了完成修煉，
因「終缺真陽」，必須「交媾男精」，而且此男還必須是「玉貌冰姿，兼有仙
風道骨」〔註19〕所以她找上此劇的男主角——龍驤，化爲龍驤的意中人弱妹，
與其陰陽交媾，以求修爲過程的完成，但是也因其化爲弱妹之形，而爲龍驤
惹來許多麻煩、誤會，她因心懷感激之情，所以以法術爲他化解了一連串的
問題，促使他與真的弱妹能結成姻緣；另一方面，龍驤在成親後進京求取功
名，狐仙又用幻術換卷，使他一舉中狀元，〔註20〕後來，他被秦檜派到邊防
戰事中，狐仙又再次展其仙術以助之：

（小旦上）天兵此日破重圍，酒色昏迷尚不知，叛逆到頭終有報，
只爭來早與來遲。我長春子，先自顯個神通，與龍生大雪三尺，待
迷了劉豫的行蹤，只是那廝有萬夫不當之勇，書生臨陣，怕到底抵
不過，我如今閃入敵營，先攝了他的魂靈，使他昏迷不醒，教戰之
時，墮落陷坑，多少是好，真是饒君脫得去，扯破紫羅襴。

〔註18〕見毛晉原編、黃竹三等人重新校注：《六十種曲評注》第二十三冊（長春市，
　　　　吉林人民出版社，2001年9月一版一刷），頁208～209。

〔註19〕以上括號引據句見毛晉原編、黃竹三等人重新校注：《六十種曲評注》第十七
　　　　冊（長春市，吉林人民出版社，2001年9月一版一刷），頁539。

〔註20〕見毛晉原編、黃竹三等人重新校注：《六十種曲評注》第十七冊（長春市，吉
　　　　林人民出版社，2001年9月一版一刷），頁678～679。

在戰場上，於明處，於暗處，長春子也眞的幫了龍驤大忙，讓他最後能大獲全勝，一舉擒賊，建下戰功。狐仙因爲感恩與眞情，在龍驤的一生中助其娶得美眷，助其獲取功名，最後還爲他們解說因果，讓其在五十年後入山修煉成仙，可謂對龍驤仁至義盡了！這些修道的宗教人士，或基於完成天命任務的使命感，或是眞心對劇裡人物的情義相助，或是對劇中人物眞的動了眞情，都盡心地爲了幫助劇中人物完成願望而努力以赴，即使他們算是方外之人，應是不管俗事的，但是基於人情義氣，他們還是來回的奔波忙碌，比一些自私好利，或者表面滿口道德仁義，私底下壞事做盡的世俗之人，更具有淑世助人的熱情。明代文人與宗教人士往來密切，對他們行爲之好壞自是瞭若指掌，刻意的營造出他們的俠義行爲，筆者以爲其原因有二：第一，宗教人士常常爲了修行遊走四方，在江湖中打滾的時日並不算短，自會沾染江湖遊俠古道熱腸，有情有義的，而這種俠義精神正是文人所欣賞的，所以在塑造某些人物形象時，會刻意的把他們這方面的特質強調出來；第二，明代中晚期以後，政治腐敗，社會好利現實，但面對這種生活環境風氣的改變，明代的文人卻充滿無法改革現狀的無力感，他們心中應是盼望著此時有人能出來爲混亂的社會重建秩序，爲人民百姓救苦救難，這些具有宗教背景，甚至號稱有超自然能力的人，就成爲他們寄託希望的對象，無法用公權力來改善社會的黑暗，至少借宗教力量來安定其心靈吧！所以，明代的宗教人物，在戲劇當中往往扮演著使男、女主角由困境邁向順境的關鍵角色，也爲戲劇情節的發展增加可看性。

二、負面形象：好利不守清規

明代的宗教人士大多是表現一種外在出世清修，實際行爲卻是深入世俗百姓的生活，有的甚至貪財、好色、拐騙、裝神弄鬼、大行不義之行，使得明代的宗教人士，不管隸屬那一個宗教派別，都是社會上充滿爭議的一群，例如：《白兔記》中，李太公全家要到馬鳴王廟中去祈福，這廟中的道士和神職人員的表現是：

> （淨扮道士上）官清公吏瘦，神靈廟祝肥，鄉閭來朝賀，社戶保災非，自家馬鳴王廟中提典是也，今年會首〔註21〕卻是前村李太公承

〔註21〕 會首就類似今天民間廟宇中作醮時的大頭家，他對於該區信眾的影響力很大，尤其是該次廟會中金錢的積聚與運用、對該廟的奉獻金額是多少，有很

賽，昨日已去報知，今日擺下香案，待我請神則個。（念介）奉請東
方五千五百五十五個大金剛，都是銅銅銅頭銅腦銅牙銅齒銅將軍，
都到廟裡吃福雞嚼福鴨，天尊！（內介）道人，不見下降！自古東
方不養西方養，奉請西方五千五百五十五個大金剛，都是鐵頭鐵腦
鐵牙鐵齒鐵將軍，都到廟裡吃福雞嚼福鴨，天尊！（內介）為何又
不來？道人，我家養家神道在那裡？（內介）請他出來。（馬鳴王鬼
判上介）神道自古敬如父母，使如奴僕，今年會首，乃前村李文奎，
他家極志誠，若還討筊，要聖筊便是聖筊，不可三疑四惑，若還不
聽我說，我教你不要慌，暫辭神道去，迎取會首來。〔註22〕

從大、小道士與馬鳴王鬼判等人的對話中，我們可以發現，其中所謂道教的神
力法術，其實是沒有的，否則請神怎麼會亂請一通，請半天請出來的還是一個
信徒要什麼就給什麼的鬼判，說不定這鬼判還是人扮的，廟中所用之筊還是特
製的呢！而他們之所以對李太公一定要有求必應的原因其實很簡單，就是為了
錢，除了為了讓他用心辦宮廟活動，更為了他本身的捐獻，以及他動員信徒們
捐獻的多寡，也就是說，宮廟與民眾的互動成為一種互利的行為，而這些宗教
神職人員更是在大多時候，對信眾的請求所展現出來的回應，根本就是一種欺
騙的行為。又例如：《紫釵記》中，霍小玉為了尋回李益的人與心，四處求神拜
佛，求籤問卜，最後弄得家中囊篋一空，尚且須變賣東西，向人借貸：

　　（旦上）……已曾博求師巫，遍詢卜筮，果有靈驗，何惜布施，一
　　向賒遺親知，使求消息，尋求既切，資用屢空，前著浣紗將篋中服
　　玩之物，向鮑四娘家寄賣，還未到來，天呵！苦自愁煩，有何音耗？
　　（尼持籤筒上）一點凡胎，到了九蓮臺，相思打乖，救苦的那些來？
　　自家水月院中小尼姑便是，久聞鄭小玉姐為夫遠離，祈求施捨，不
　　免奉此靈籤，哄她幾貫鈔使，又一道姑來也。（道姑拿畫軸小龜上）
　　冠兒正歪，人道小仙才，這龜兒俊哉，前去打光來。（尼惱介）光頭
　　盡你打！（道）不是，吾乃王母觀道姑，聞得鄭小玉姐尋夫施捨，
　　要去光她一光。（尼）要龜兒畫軸何用？（道）畫上有悲歡離合故事，

大的影響力。

〔註22〕見毛晉原編、黃竹三等人重新校注：《六十種曲評注》第二十一冊（長春市，
　　　吉林人民出版社，2001 年 9 月一版一刷），頁 330。

－195－

看龜兒所到，定其吉兇。（尼）這等同進去。〔註23〕

眾家尼姑道姑，聽說或小玉為了挽回丈夫，不惜一擲千金，大家便蜂擁而至，而其來霍家之目的並非為了解決問題，而是要「哄她幾貫鈔」，「光她一光」，其騙財之動機鮮明可見，在看她們為霍小玉抽籤、解籤、說因果的過程，其不合宗教道義的行徑就更清楚了：

> （旦）十指纖纖拜，白蓮花根裡來，離恨天看不見人兒在，相思海摸不著針兒怪，救苦的慈悲活在。（尼請抽籤介）好，好，得夫妻會合上籤，討緣簿來。（旦寫介）水月道場助三十萬貫。信女鄭小玉為求見夫主拜施。（合）說什麼凡財，早償了尊神願在。（道）也到俺王母娘娘顯靈顯聖了。（旦拈香拜王母介）青鳥銜書去，他何曾八駿來？怎得似東王公相守到頭花白，怕？李夫人看不見蟠桃核，誤了俺少年顏色。（道）沒籤，看這畫軸上龜兒卦。（捉龜兒錯走）（譚介）好，好，龜兒走在破鏡重圓故事上，不久團圓，請寫施薄。（旦寫介）瑤池會香錢，安十萬貫，信女鄭小玉拜提。（合前）（尼）俺們謝了！
> （旦）有勞了！

很明白的看出來，這些來為霍小玉解姻緣的尼姑與道姑，只是一昧的符合霍小玉的期待來卜卦說姻緣，擺明就是要來騙取金錢的，並沒有什麼過人的神力或超能力啊！又如：《萬曆野獲編》中描寫杭州大觀「顯靈大德宮」時，亦說此宮廟的道士是：

> 每年四季遞換袍服，焚化如靈濟宮，而珠玉錦繡歲費至數萬焉，據元人雜劇，有薩真人夜看碧桃花者蓋祖此。〔註24〕

又說此宮的壯麗是「雄麗軒敞，不下宮掖」，〔註25〕這些華麗又替換頻繁的道袍‧這座壯麗唐皇的宮廟，那一個不是靠龐大的金錢堆積而來？而這些花費，不是來自信徒的奉獻，就是來自朝廷的賞賜，朝廷的錢又是搜括民脂民膏而來，原來是用以清修的宗教場所，竟成了搜括積聚百姓財富的地方，這種違反真正宗教精神的事，當朝者還大力支持，怎不令人感嘆？至於明代宗教人士怎麼會變成這般的模樣呢？明代的僧眾到後來數目是相當龐大的，大部份

〔註23〕見毛晉原編、黃竹三等人重新校注：《六十種曲評注》第八冊（長春市，吉林人民出版社，2001年9月一版一刷），頁304。

〔註24〕見明‧沈德符著：《萬曆野獲編〈上〉〈中〉〈下〉》（北京市，中華書局出版社，2007年10月五刷），頁917。

〔註25〕同上註。

人選擇出家或是加入各式各樣的宗教團體，並非是為了偉大的宗教信仰熱誠，大部份的人都有其現實生活的生存考量，或是人性欲望的須求，例如：很多宗教人是為了逃避服刑、賦稅、勞役、而出家，或是實在生存不下去了，依附不用納稅亦可免費吃住的廟宇便成為維持生活的最佳選擇；對這些宗教人士來說，他們怎麼可能專心在自己的戒律教義的修為體悟之中呢？再加上政府濫發度牒，不但使得出家之人品類不一，品行更是低下不堪，也使得宗教團體要養活的人數大為增加，不設法廣開財源，這個宗教組織將如何與其它廟宇寺院競爭，繼續生存下去呢？更有些宗教人士，對於教義一知半解便自稱大師或得道者，矇騙社會大眾，只致力於擴充寺產，把廟宇、寺院建立的壯觀華麗，以騙取信徒更多的捐獻。此外，明代中晚期之後，商業愈加繁盛，好利聚財風氣充斥社會，與世俗信眾往來頻繁的宗教人士必定會受到影響，積染此習，當慾望戰勝良知，則出家人就越加世俗化，忘卻宗教本義規律，助人救世的宗教道德責任，則宗教人士在社會上的負面形象的形成，宗教人士的愈加自甘墮落，就成為時勢所趨，不可避免的了。

小　結

從社會發展的狀況角度來看，明代不管是那一階層裡的人，其生活都深深地被宗教人士影響著，但由於出家之眾過於龐大，每一個人出家的理由都不一樣，再加上政府單位根本無力管理，帝王又過度迷信宗教，寵愛宗教人士，導致明代宗教人士的品德不一。其善者，俠風義骨，除了認真於自我的修為鍛鍊之外，更在百姓須要他們時，救人於危難之時，助人於孤苦之中，成為令人景仰的真正修道人。但是其惡者，則無所不用其極的裝神弄鬼，掠奪錢財，白天誦經，夜間則酒肉不離口；其更甚者，色慾薰心，做出無數傷風敗俗，殘害良家婦女之事，讓明代的宗教人士飽受批評，使明代的宗教場所成為縱慾享樂的社會陰暗處，並造成各種信仰都倍受質疑；是故，從明代文學作品的描述，我們看到的是明代的宗教人士，有著兩極化的形象，反映在這些作品當中。而從戲劇創作的角度來看，戲劇人物的設計本來就有正反兩面的對立，使得戲劇情節可以激盪變化，明傳奇中的宗教人物正具有這樣的特性，從他們的出現，到與戲劇中角色的互動，都能使劇情更合理化的推演，並且蘊釀下一個新情節的開展，他們不管具有良善的性質，或邪惡的性質，都能把劇中主角或其他配角映襯地更具特色，使得他們成為在明傳奇創作中不可或缺的角色。

第三節　宗教人士的兩性互動

　　宗教場所本來就是一個開放性的場所，凡有須要、有所求者，或只是純游賞，甚至只是生活上習慣性的祭祀，任何人都可能進出其中，而在出出入入之間，與宗教人士有所接觸，進而產生交集性的關係，也就在所難免了，本段落將探討宗教人士與各種俗世的婦女的關係互動；此外，寺廟不同於一般民家，其內部有一定的門禁規範，無形中成了一把防止外人進入的保護傘，所以我們可以發現，當戲劇中男、女人物落難、或不幸得逃難時，寺廟便成為他們的避護所，所以筆者在後文也將探討在戲劇中這個普遍出現的情節安排。最後，「愛情」是兩性關係中極為重要的一環，筆者也會討論，宗教場所與宗教人士，對於明代男女愛情關係，到底產生了怎樣的作用。

一、婦女熱衷於參與宗教活動、結交宗教人士的原因

　　明代的宗教活動，不管是臺面上的道、佛二教，或是隱身民間的秘密宗教，其宗教活動都殊為興盛，而身為社會一份子的婦女，當然也不可能置身在這些鼎盛的宗教活動之外，不過明代的社會規範與政府的態度及法律，其實對婦女從事宗教活動是很反對的，因為他們認為世俗婦女與僧尼雜處必定會做出違背禮法的事來，甚至會因此招來無法挽回的禍事，如：《大明律》中記載，明代帝王有鑑於元末僧侶擾亂宮廷，敗壞朝政，以致元亡國，故規定曰：

> 褻瀆神明：……，若有官及軍民住持之家，縱令妻女於寺觀神廟燒香者，笞四十，罪坐夫男，無夫男者罪坐本婦，其寺觀神廟住持及守門之人，不為禁止者，與同罪。

> 嘉靖問刑條例（一款）：一、凡僧道軍民人等，於各寺觀神廟，刁姦婦女，因而引誘逃走，或誆騙財物者，俱發邊衛充軍，若軍民人等，縱令婦女於寺觀神廟有犯者，問罪，枷號一箇月發落。〔註26〕

其誡律宗教人士與女性的往來，可見朝廷害怕宗教人士破壞社會風氣，對其防備之深。又如：《明史》中亦曾載道：

> 夏四月己卯……，詔曰：「天下大定，禮儀風俗不可不正，……，僧

〔註26〕見黃彰健編著：《明代律例彙編（上）（下）》（台北：中央研究院歷史語言研究所，1994年，景印一版），頁588。

道齋醮離男女，恣飲食，有司嚴治之。」〔註27〕

可見得，在法律規章上，明代婦女根本就不被允許出入於寺廟這個空間的；而民間代表社會禮法制度的士大夫族群，又是如何看待婦女參與宗教活動、與宗教人士往來這樣的事呢？明人呂坤在其著作《女小兒語》與《呂氏宗約》二書中就曾對婦女信仰宗教一事提出其看法：

> 婦人不明，鬼狐魔道，簌箸下神，送祟禱告。撥龜相面，迴避安胎，哄將錢去，惹出禍來。《女小兒語·四言》

> 隨邪婦，求福買鬼神，蓋塔修寺燒金紙，好道齋僧費鈔銀，婆孃不離門。《呂氏宗約·望江南》

> 無爲清淨與白蓮，暗結同心滿世間，明來夜去啜婦女，焚香拜斗斂銀錢，傳頭教主該千剮，道友法師罪一般，莫耍欺心胡算計，朝廷福份大如天。《呂氏宗約·戒邪教》

從上面的法律或君王、仕人的觀點來看，明代的男性允許男性出入宗教場所，但是，對女性出入宗教場所，卻是反對的，價值標準是兩套的。可是就實際社會狀態來說，卻是如何也禁止不了的，相反的，明代的婦女對參與宗教活動是十分熱衷的，與宗教人士，不論男性或女性的，都很樂於結交。爲什麼婦女們會這麼熱烈地參與宗教活動呢？我們可以從以幾個角度來思考：首先，在禮法的規範下，婦女們很少有機會出門，活動空間也相當狹小，一旦有機會可以出門，她們必定會十分珍惜，而且她們出門到寺觀之中的理由還可以非常光明正大，例如：爲家人祈福、求子嗣，消災解病……，在那個科學不發達的時代，人們是相信宗教能爲家庭帶來好處，或解決家人的問題，，男主人或家中的家長，對婦女提出到廟宇的祈求解災的要求，或是婦女要到廟中參與廟宇活動，是很難加以否決的，如：《白兔記》中，李文奎剛好爲社長，〔註28〕便帶著妻子與未嫁的女兒李三娘，到廟中參拜祈福，捐香火錢：

> （外）燃起道德香，燃起道德香，超三界爐煙細，甍閣甍樓殿，通情旨，弟子家住沙陀村裡。（合）同家眷男女，到來瞻禮。（老旦）舉眼望瑤池，舉眼望瑤池，早已之慚愧，見臘雪呈祥，預報豐年瑞，並無旱澇蟲蝗，麥生雙穗。（合前）（旦）三娘本嬌媚，三娘本嬌媚，

〔註27〕見見清·張廷玉等著：《明史·本紀第二，太祖二》（北京市，中華書局出版，1974 年 4 月一版），頁 27。

〔註28〕類似今日所說廟中作醮時主其事的大頭家。

父母多年紀，生長村莊勤紡績，攻針黹，願降慈祥，父母雙全喜。……（老旦）神道親臨下降，（旦）願得消除災障，（淨）為香金錢還得志誠，三拋都是上上。（老旦、旦、丑俱下，淨）請老員外通誠。（外通誠介，淨打筊介）好筊，好筊，三聖連迎筊，災殃疾病消，再停三五載，平步上青霄。〔註29〕

在這個祭祀活動中，一家之主的男性不但親自參與，還把家中女眷，尤其是尚未嫁人的女兒李三娘都帶來了，就是因為身為當年祭祀活動社頭的他，深知大力支持這個宗教活動，能為全家帶來平安與好運，那麼女子的參與也就無須忌諱了。又如：求子、為丈夫祈福也是明代婦女為什麼會出入宗教場所很重要的原因，如：《玉合記》中，柳氏女見韓翃久於外地為官未歸，故與婢女一起到廟中為他祈頌平安早歸：

（旦拜介）長安信女柳氏，頂禮諸天：嬌婿是韓翃，畫省署高名，他如今呵！過家休汝騎，出塞佐戎兵，（合）試憑金粟如來證，供養香燈，願歸早與功成。（貼）輕娥也一柱香，我相公與夫人呵！！連理共枝生，他如今去了，比目卻單行，舊人妨薄倖，短夢悔多情。

〔註30〕

從柳氏的祈禱，可看出她對韓翃的深情，而從婢女輕娥的言語，更可見柳氏最終的心願還是希望能與丈夫長相廝守，不管他是否功成名就，其思考還是以她的丈夫為中心的。而在求子嗣的目的上，則可見於《繡襦記》中女主角的宗教祭拜：

（貼）大姐，久不到竹林院燒香了，此為相公上姓？（旦）是滎陽鄭相公。（貼）到此貴幹？（旦）奴家目下與他成婚，特來求嗣。（貼）如此請上香。（丑）方才來到就上香，待我送下香錢才是禮。（生）有，自當奉謝。（貼）相公請上香。初拜、二人同拜。（生）夫婦願和諧，鸞鸞早投胎，易生還易長，無難亦無災。文（合）大開方便門兒，待六道輪迴，生化果奇哉。（旦）神靈，願我夫主鄭元和呵，他應試顯奇才，步武上金階，碧桃和露重，紅杏倚雲栽。〔註31〕

〔註29〕見毛晉原編、黃竹三等人重新校注：《六十種曲評注》第二十一冊（長春市，吉林人民出版社，2001年9月一版一刷），頁332～333。

〔註30〕見毛晉原編、黃竹三等人重新校注：《六十種曲評注》第十二冊（長春市，吉林人民出版社，2001年9月一版一刷），頁697。

〔註31〕見毛晉原編、黃竹三等人重新校注：《六十種曲評注》第十四冊（長春市，吉

李亞仙後來雖然在鴇母的逼迫下與鄭元和分開，但她對鄭元和是有眞情的，所以在爲鄭元和祈求功名與求子的當下，應是眞心誠意的，不是敷衍的；所以求子嗣，也是讓男性無法反對女性從事宗教活動的原因之一；祈求全家平安、祈求丈夫得到功名、求子嗣、求姻緣，這些到寺廟中參與的寺廟宗教活動，都是女性因爲男性的因素而去做的事，則就女性個人而言，她們熱衷於宗教活動的個人因素又有那些呢？第一個，宗教活動的參與是她們在狹小的生活範圍中一種行動上與心靈上的解放，她們平日處於深閨，遵守禮法，但心靈上仍是希望能有「出去」與尋找短暫「自由」的渴望，各項的宗教活動，無疑替她們找到一個難能可貴的機會，她們又怎會不把握良機呢？如：《金雀記》中的女主角井文鸞，一聽說廟中辦元宵燈會，便迫不及待地叫婢女去探聽狀況，並且大膽地向父親提出要去看燈會的要求：

> （旦上）滿目梅花清秀，正值元宵時候，記得舊年時，燈月交輝如畫，輻輳輳，輻輳，不決滿懷情實；……靜處安閒，無它煩憂，時移物換，又值元宵，聞說洛陽燈市，十分華麗堪觀，已曾吩咐侍兒翠竹、紅霞，尋問消息，爲何此時尚無回音？……（外上）花萼樓前雨露新，洛陽城裡太平人，？龍街火樹千燈燄，地湧金蓮萬樹春。呀！女孩兒，你與丫頭在此講些甚麼？（旦貼丑見介）翠竹、紅霞往探春信而回，只見十里紅樓，都是王孫仕女，六街館墅，盡多才子佳人，俺姐姐若去看燈，怕不壓倒紅顏翠黛？（貼旦丑唱介）龍閣下祥光映，鳳城中喜氣生，鰲山上萬盞金蓮盡，天街上千朵芙蓉盛，大都中幾許游人并韻幽幽簫管最堪聽，整齊齊逐戶戶排春盛。
> （外）……，女孩兒既要看燈，丫環相伴而行。〔註32〕

井文鸞爲了排遣無聊的空閨生活，只能以宗教活動參與群眾的活動，並且藉此變化她一成不變的生活內涵，所以一聽到有燈會，才會如此熱烈的參與。又如：《玉簪記》中的耿衙小姐，爲了還願，親自到金陵女貞觀中：

> （小旦耿小姐、末門公、小丑梅香上）（小旦）日映朱門，松影裡，香霧靄，瑤池鏡台，初學畫娥眉，羞步怯，軟腰圍，松幾株，柳幾株，紅白蓮花香滿池，離巢燕學飛，這邊低，那邊低，花剌茸茸扯

林人民出版社，2001 年 9 月一版一刷），頁 153～154。

〔註32〕見毛晉原編、黃竹三等人重新校注：《六十種曲評注》第十六冊（長春市，吉林人民出版社，2001 年 9 月一版一刷），頁 593～595。

住衣，向前還自遲，進興通報。（末）知道了，老師父，拜揖，耿衙
小姐來還香願。（老旦）快請，快請，小姐請坐。（小旦）爲因上年
曾許花旛、燈燭，特備白銀十兩，伏乞領納通神，以酬心願。（老旦）
小姐請坐，待我寫疏正名。……，（老旦）疏已寫完，請小姐燒香。
（小旦）鼎爐沉檀，深深拜，瞻禮曇花蓋。（老旦掛旛科）好旛，好
旛，旛幢五色裁，絲絲繡出眞堪愛。（小旦）合掌扣來，願增福壽如
山海。（老旦）請過清芬軒告茶。〔註33〕

還願這種事，其實可以不用嬌貴的小姐親自來實行，叫家中較有份量的家奴
代而爲之就可以了，但她卻親力親爲，原因無它，一個尊貴人家的小姐，借
著出來還願，呼吸外界的新鮮空氣，才是她眞正想來女貞觀的原因；而且她
一擲十金，毫不皺一下眉頭，可見得當時的婦女在宗教方面眞的很捨得下重
金，以求的心靈上、生活上的紓解，與安全感的建立。此外，對這些教育環
境、師資、教材都很單純的深閨婦女來說，尼庵、寺廟、道觀，甚至是民間
秘密宗教的神壇，都是她們增加見聞，以及接受另一種形態教育的場所，她
們平時的學習思想是被箝制的，學習範圍書籍也是被嚴格限定的，而且顯得
枯燥乏味，但是，一旦到了廟宇之中，師父、道長的講經說法，禪唱，說唱
宗教故事等形式，內容豐富有趣多了，故婦女無不熱愛之，若有僧道尼來講
經，婦女們無不非常歡迎其到來，並且專心聆聽，如：《曇花記》中木清泰的
妻妾們，隨夫進行在家修，但佛理無邊，總有不通之處；一日聽說有一游方
之尼，馬上延請中至家爲眾人說法：

開門！開門！（旦）何人扣門，凌波去一看。（相見科，照）貧尼雲
水尼僧，求見太夫人。（旦）適言佛法無處參求，既是尼僧，不妨相
見，或者他知道些法門。（請見科，照）太夫人稽首。（旦）師父稽
首。（貼、小旦相見科，旦）師父雲水游蹤，遠蒙垂顧，必有見教，
弟子請問佛法？（照）貧道頗之佛法一二，但不知太夫人要從何處
說起？（旦）請問何爲十法界？（照）十法界者，佛、菩薩、緣覺、
聲聞、天、人、阿修羅、餓鬼、地獄、畜牲……，（旦）講得好，再
問何爲十善十惡？十惡者，貪、嗔、痴、殺、盜、淫、妄言、綺語、
兩舌、惡口，戒去十惡者，便是十善……，（旦）何爲止觀？（照）

〔註33〕見毛晉原編、黃竹三等人重新校注：《六十種曲評注》第六冊（長春市，吉林
人民出版社，2001年9月一版一刷），頁715～716。

止者，外除雜念，觀者，內照靈心，……，（旦）何為定慧？（照）
定從戒得，外邪不染，內境自寧，慧從定生，定水不波，心珠自
現，……，（旦）請問如何便罷了心？（照）了心之法，不是無心，
不是有心，……，有無雙冥，心又何了？（旦同貼、小旦拜謝科）
多謝師父指教，使弟子輩心地豁然……，（旦）奉香齋，還受優婆戒，
淡飯黃齏菜，感如來特降雲軿，遠自清涼界，妙義寶蓮開，天花落
講台，剖真全頓使生深解。（貼、小旦）掩蒿菜，靜室聞清唄，雲外
飄幢蓋，是如來現比丘尼，說法垂玄誨，不用拂塵埃，菩提種自栽，
駕慈航一路超香海。〔註34〕

從水尼僧的開示說法當中，木清泰的妻妾們多有領悟，對於丈夫遠行修行想
必更能釋懷，等於是上了一堂心靈課似的。明代的婦女，教育資源有限，受
教的內，容又多以婚姻準備與婦德為主，宗教場所的傳道講經，社交往來，
提供她們一個另類且有趣的教育模式，她們當然趨之若鶩。

　　明代的婦女熱衷於宗教活動，這其中包含了很多複雜的因素，一方面，
出嫁的女性的生活中心家庭與丈夫，未出嫁的則是家庭與父親，〔註 35〕所以
她們到寺廟中有一大部份是為了與家庭及男主人有關的事，如：為丈夫或父
母等家人祈福解厄、為他們求仕途事業順利、求子嗣，求姻緣……等等。而
在女性自我的部份，則多是因為生活空間與道德規範的禁制，到寺廟道觀從
事宗教活動、與宗教人士的社交往來，成為她們暫時在精神上解放的一大契
機，所以只要有適當的藉口與機會，她們無不極力爭取，好到外面透氣嘗鮮；
此外，明代的女性在特別強調禮法的環境下，並沒有太多機會受到與女教以
外有關的教育內容，或是得以增廣其他見聞的機會，是為公共場所的寺廟，
及人群聚集的宗教活動，因此成為她們接觸有趣的活動與新事物，增加新知
識最好的方式，所以婦女們對宗教活動無不熱心參與，對於宗教人士無不歡
喜結交，是故，儘管法令規章，社會規範對婦女出入宗教場所與宗教活動在
怎麼三申五令的反對禁絕，卻是怎樣也禁止不了的啊！

〔註34〕見毛晉原編、黃竹三等人重新校注：《六十種曲評注》第二十二冊（長春市，
　　　　吉林人民出版社，2001 年 9 月一版一刷），頁 374～376。
〔註35〕傳統家庭中的母親是附屬於父親的，一個家庭都是以父親的意見為最後的定
　　　　論，母親也多以父親的意見為自己的意見，所以筆者認為女兒的生活與思想
　　　　仍是以父親為中心。

二、宗教與兩性愛情姻緣發展的關係

在男女之防嚴密的明代社會，男性與女性要有接觸的機會，「場所」是一個很重要的因素，「宗教場合」恰恰就是一個男女兩性可同時出入的地方，因此在無形中對兩性的互動與命運產生了影響，以下就從兩個面向來探討宗教與兩性姻緣互動的關係：

（一）宗教場所對兩性的庇護作用

在《六十種曲》中，我們常會看到戲劇中的角色出現險阻危難的落難狀態，這些落難的情節往往是戲劇中劇情發展的一個轉折，也爲下一個情節高潮或衝突的產生作蘊釀，有趣的是，在男女角色出現落難情況的時候，他們常常不約而同地選擇「宗教場所」，如：道觀、寺院、廟宇，作爲躲避危難的地方，因爲宗教之地在一般人的觀念中是屬於非世俗生活之地，和常民生活的社會空間是分隔的，外來的干擾較少，一般民眾要進入此地也往往有所顧忌，所以在傳奇劇情的安排上，宗教場所便成爲劇中男、女人物最佳的災難避護所，例如：《玉簪記》中的陳嬌蓮，本是官宦之後，誰知家鄉遇荒災，國家遇叛亂，又在逃難過程中與母親走散了，投靠民家，又因男女之防的顧忌遭拒，最後只好投身女貞觀，暫時出家爲道姑以避災厄：

> （旦）奴家是宦家之女，因遭兵火，子母分散，自幼不出閨門，那知途路，前後無投，在此欲尋個自盡。（貼）卻原是家破無依，那些個人來投主，女娘，奴家欲留你在家安置，因有兒夫，內外不便，今見女娘如此苦處，況且干戈未息，也難前進，不免往此村中，有一女貞觀，皆是女姑出家，我引你進庵暫住，意下如何？（旦）若得如此，就是重生父母，再養爹娘。……，（旦）女貞觀現在何處？（貼）就在前面，轉過小溪流水外，朱門低掩綠楊西，此間就是，有人在麼？（老旦觀主上）香三炷，理六時，聽人聲，早堂前報知，張二娘稽首，此爲娘子何來？（貼）她是宦家子女，因遭兵火，子母拆散，迷失路途，奴家偶然相見，特引投師卦搭。（旦）奴家願拜爲弟子。（老旦）做我弟子不打緊，只是一件，空門滋味捱黃虀苦守著閒時序……，但願你受著五戒三皈，說什麼琛繡金翠，須知，這都是有緣千里有緣能會。〔註36〕

〔註36〕見毛晉原編、黃竹三等人重新校注：《六十種曲評注》第六冊（長春市，吉林人民出版社，2001 年 9 月一版一刷），頁 663～664。

在陳嬌蓮投奔女貞觀的過程中，我們發現，男女之防的考慮，的確是戲劇中角色投奔宗教場所時，所考慮的一個重要條件，否則，張二娘早就收留陳嬌蓮了，不用刻意帶她去投奔女貞觀以避禍。又如：《金雀記》中的巫彩鳳，在被胡人賊兵追迫到走投無路時，也準備一死以明志，但是這時作者安排觀音大士來救她，也是把她救到宗教場所——尼姑庵中：

> （貼）突遭危亂喪吾身，苦難禁，深崖棄殞，忽驚眼亂與神昏，為何因，清風一陣？奴家方才被賊人擄略，勵志投崖，不知為何，有物負身，只聞耳邊有風雨之聲，將我送於此處。……，又不知何州何郡，惟聽鐘磬聲，想必是所不二靜禪林也囉。廟門雖閉，牌額上有六個字，紫雲峰觀音庵。……，奴家平日奉祀菩薩，想是慈悲救難，庵內必有僧尼，待我扣門則個。……（貼見介，老旦），襖娘子稽首，檀越莫不是河中巫彩鳳麼？（貼）奴家便是，老師何以知之？
>
> （老旦）昨夜呵，三更一夢蹺蹊甚，道巫姬來奔庵門，果逢妝次多欣幸，想節義定超群，致菩薩相憐憫〔註37〕

巫彩鳳因有節義，所以得避賊寇，飛了兩千多里，安身於尼庵之中。這種安身避難的安排，一樣也是考慮到女性是否守禮法，守節義的因素。至於在《六十種曲》中，男性落魄遭厄而選擇避難到廟宇之中，則只出現於兩齣戲中，一是《贈書記》中的男主角談塵：

> （外急上）一心忙似箭，兩腳走如飛，官人，不好了！（生驚介，外）老奴走到街坊上，只見喧喧嚷嚷，捱捱擠擠，都在那裡看什麼榜文，……，原來把官人與老奴畫影圖形，各處張掛，……，不舉首者，一體同罪，我們怎生走得脫身？（生作沉吟介）老蒼頭，我有計了，……，這等我……，削髮披緇，寺院裡就好容身了。（外）也不好，你法便落了，面貌原有，人還認得出。（生）這怎麼好？（外）老奴個計在此，官人，你年紀尚小，鬚髯不曾見影，況且容貌嬌嫩，又像個處子，不如扮作女人行徑，他如今只在男子隊裡尋你，那個把你做女人物色？你隨便投在尼姑庵裡，權住幾時，有何不可？……，（生悲介）我是男子，怎麼倒改了女妝，可不羞死人了！

〔註37〕見毛晉原編、黃竹三等人重新校注：《六十種曲評注》第十六冊（長春市，吉林人民出版社，2001 年 9 月一版一刷），頁 710～711。

（外）官人，事到如今，也説不得了，快梳妝起來。〔註38〕

從談塵與老蒼頭的思考模式看起來，寺廟仍是他們要躲災避難最終也是最好的選擇，雖然談塵最後是以改扮女妝的狀態躲到尼姑庵中，但是這仍改變不了宗教場所一直是古代人心中目中災難臨頭時，躲避時「最安全」的地方之事實；另一個把宗教場所當落難庇護所的是《白兔記》中的男主角劉知遠，在他被仇傢債主追逼到走投無路，且肚餓難耐到極點時，他第一個想到的，也是到寺廟當中去求援：

（生）奈何奈何，恨蒼天把人耽誤，自恨時乖運苦，怎禁這般挫折，朦朧暗啞家豪富，智慧聰明卻受貧，年月日時該分定，算來由命不由人，我劉知遠身上無衣，口中無食，受這般狼狽，風雪又大，無處趕趁，不免到馬鳴王廟中躲避則個。凍雲垂，凜凜朔風起，刮體難存濟，自思之，枉有一旦英雄，到此成何濟，身寒肚又饑，身寒肚又饑，愁煩訴與誰，空教我滴盡英雄淚。此間已是廟前，進得門來，你看東廊下，風又大，西廊下，雪又緊，且往正殿上去，呀！且喜大開在此，不免把平昔心事，訴與鳴王知道，……，呀！你看旌幡隊隊，鼓樂喧天，想是賽會的來了，不免躲在供桌底下，取些福禮充飢，有何不可？，呀！正是：一日不識羞，三日不忍餓。〔註39〕

所謂，英雄亦有落難時，不論是書生才子談塵，或是英雄好漢劉知遠，他們在遭遇困頓險阻時，不約而同選擇「宗教場所」作為他們避難及賴以生存下去的場所。所以，我們可以發現，宗教場所因為他們性質上的特殊性，無形中就成為兩性落難時選擇躲避的庇護之所。一方面，宗教場所在教規上講求嚴隔的男女之防，禮法規限，所以成為古代柔弱又無謀生能力的女子，遇到危難時躲藏的最佳場所，雖然明代的宗教場所，也有它違禮混亂之處，但相較於民間社會，它仍算是個男女之防，強調禮法較強硬的地方，所以女性們才會將其當成危難庇護所；此外，宗教場所和一般的民間住宅，或一般的民眾會出入的公眾場所不一樣，因為其宗教性的關係，它們成為一種非完全對外開放的公眾場所，當人們遇到困頓時，躲在這些不能開放、隱避性較高的

〔註38〕見毛晉原編、黃竹三等人重新校注：《六十種曲評注》第十七冊（長春市，吉林人民出版社，2001 年 9 月一版一刷），頁 55。

〔註39〕見毛晉原編、黃竹三等人重新校注：《六十種曲評注》第二十一冊（長春市，吉林人民出版社，2001 年 9 月一版一刷），頁 330～331。

地方，則其安全就較有保障了。總之，在明傳奇《六十種曲》的戲劇情節安排中，當劇中男、女人物遇到危難時，躲避到宗教場所之中，然後才能否極泰來，把戲劇劇情發展領向另一個高潮，成為一種對戲劇人物，在劇中經常性且合理性的安排，也為戲劇的劇情走向增加順暢性與合理性。

（二）宗教對兩性愛情的助益

「宗教場所」儘管再怎麼的戒律森嚴，它仍必須是一個半開放性的地方，因為他們在寺廟、道觀的經營管理上，仍必須考慮到經濟的問題，一個宗教修行之地，就算自耕自食，也不可能達到自給自的地步，大部份的經濟來源仍是靠信徒的供養，所以，女道觀、尼姑庵，仍得讓男信眾出入，男道觀、和尚之寺，也要提供女信徒參拜，如此一來，宗教場所無可避免的要成為男女可以共同出入的地方，就算在怎麼迴避，在宗教場所之中，還是會有相遇的時候；這也大大地增家男女接觸的機會，這種有意無意的接觸，在《六十種曲》的戲劇中，就成為男女觸發愛情的開始，也為男女角色提供傳情說愛的場地，如：《西廂記》中的張珙，利用在廟中的各種機會，或向崔鶯鶯本人，或透過紅娘表情達意；如：〈牆角聯吟〉一齣：

> （旦長吁科）（生）聽小姐倚欄長嘆，似有動情之意，夜深香靄散空庭，簾幕東風靜，拜罷也斜將曲欄檻憑，長吁了兩三聲，剔團圞明月如玄鏡，又不是輕雲薄霧，都則是香煙人氣，兩般兒氤氳不分明，我雖不及司馬相如，我則看小姐頗有文君之意，試高歌一絕，看他說甚的？（吟介）月色溶溶夜，花陰寂寂春，如何臨皓魄，不見月中人。（旦）有人在牆角吟詩。（貼）這聲音便是那二十三歲不曾娶妻的那傻角。（旦）好清新之詩，我依韻和一首。（貼）你兩個是好做一首兒。（旦和云）蘭閨久寂寞，無事度芳春，料得行吟者，應憐長嘆人。（生）好應酬得快也呵。……，更那堪心兒裡埋沒著聰明，她把那新詩和的忑應聲，一字字，訴衷情，堪聽。〔註40〕

又如同戲〈錦字傳情〉一齣，紅娘對張珙說明鶯鶯有多思念他，還為二人傳情書情簡：

> （貼）憔悴潘郎鬢有絲，杜韋娘不似舊時，……，我且把門敲一聲，金釵兒敲門扇兒。（生）是誰？（貼）我是個散相思的五瘟使，俺小

〔註40〕見毛晉原編、黃竹三等人重新校注：《六十種曲評注》第九冊（長春市，吉林人民出版社，2001年9月一版一刷），頁366～367。

姐想著風清月朗夜深時，使紅娘來探你。（生）既然小娘子來，小姐必定有言語。（貼）俺小姐至今脂粉未曾施，念到有一千番張殿試。（生）小姐既有見憐之意，小生有一簡，煩請小娘子達知肺腑。……，（貼）顛倒寫鴛鴦鴛鴦兩字，方信道在心為志，看喜怒其間覷個意兒，放心波學士，我願為之，並不推辭，自有言詞，則說道昨夜彈琴的那人兒，教傳示。〔註41〕

從張琪和崔鶯鶯、紅娘互動之頻繁，我們可以想見，宗教場所中的確有很多地點與時機，可提供男女之間表情說愛，這是在一般民宅中所做不到的，而在寺廟中，另一個常出現的愛情場景是男、女人物的邂逅初遇，引燃愛情，一見鍾情，例如：《春蕪記·瞥見》一齣中描寫道：

（旦、小旦西行，生束上）空需愁寂耽宴眠，芸窗懶事遺編，聽滿院松風清籟遠，把浮生暫爾偷閒，招尋僧院。（相遇，旦作驚介）呀！秋英，那邊有人來了，我與你方丈去罷。（小旦作笑介）小姐，不妨事，他有眼睛看我們，我們也有眼睛去看他。（生作笑尾後自語介）還是這一位小娘子說得是。（旦回身見生驚下，生望介）怎麼世上有這等標致的女子，不知誰家宅眷，恍疑是飛來先媛，舒望眼，這愁情倩誰消遣？……，（生作遠望介，旦）秋英，你看適才迴廊下的那人，又在那邊窺望了，怪何來無知少年，驀地裡將人流盼。（小旦笑介）咦！小姐，難怪他看妳，口裡雖只如此說，心下一定思忖，倒若得諧繾綣，不枉了百年姻眷。（旦）呸！這丫頭什麼說話。〔註42〕

在此戲中，我們看到男主角宋玉與女主角季清吳的相遇是如此湊巧，但在眉目相望之間又是如此多情，在禮法嚴明的明代，男女在公眾場合中要眉來眼去，相互窺看，還得在人來人往，群眾人數不少的寺廟當中才做得，所以說，宗教場合是明代男女愛情極易發生的地點啊！此外，宗教場所除了幫助男女愛情發生，提供談情說愛的安全角落之外，明代人喜與宗教人士交往，無形中或是基於雙方情誼之下，宗教人士也會幫助青年男女追求他們嚮往的愛情，成為愛情發展的一股助力。

〔註41〕同上註，頁435～436。
〔註42〕見毛晉原編、黃竹三等人重新校注：《六十種曲評注》第十冊（長春市，吉林人民出版社，2001年9月一版一刷），頁49～50。

　　而宗教活動或宗教人士對男女姻緣的直接幫助上，最常見的形式就是爲戲中角色解姻緣夢，如：《義俠記》中，武松的岳母沒來由的做了一夢，於是請觀中解夢高手跐子道姑爲他們解夢：

　　（老旦上）別館蕭疏冬夜，孤燈牢落羈魂，鄭圖殘蕉，邯鄲一枕，醒後偏縈方寸。……，昨宵夢境，未知兆吉誰承顧。（旦）何事憂疑，兒亦驚，心欲訴知。（老旦）我的兒，你爲什麼驚心？（旦）若眞夜來得一夢，不知主何吉凶，以此驚心。（老旦）有這等事！做娘的也得一夢，且請觀主出來，煩她講解一番。……，（小旦）我這觀中有一跐子道姑，極會圓夢，待我喚她出來，跐婆那裡？（丑）頭白清晨掃佛堂，無門訴苦只顛狂，百年三萬六千日，到底渾如夢一場，……，媽媽且先説來。……，（老旦）夢田間種玉光潤，分明照曜寒門，手掌珠胎滾，猛可裡日光引得珠玉混，使愁人駭魄驚魂，夢醒後沉吟自忖，向娘行試將疑慮先訊。（丑）曉得了，小娘子夢見什麼來？（旦）從來夢境多安頓，只有昨晚神不穩，夢天邊鳳飛方迅，忽然降下山門，奴身已如風引，也化做一只清鸞同飛奮，上雲霄我也駭魄驚魂，夢醒後無言自忖，向娘行試將疑慮相訊。‧‧‧‧，（丑）媽媽，豈不聞女婿呼爲玉潤，兒女呼爲掌上之珠，你這夢呵！應招子婿稱玉潤，會看愛女榮閭閻。（老旦）這也解的好。（丑）小娘子，你曉得那雄鳥爲鳳，雌鳥爲凰麼？鳳求凰預傳芳信，相將共人青雲。（小旦）這語話堪憑準？（丑）兩個都是好夢。（小旦）小娘子，看有日命裡紅鸞交新運。（老旦）若新春果爾成婚。（旦）便是返故里也難忘謝恓。（眾）論榮枯會合都是前因〔註43〕

本來賈氏母女爲了武松的安危，賈氏與武松的婚姻問題，擔心不已，但是跐婆子這樣的解夢法，無疑是給當事人賈二娘建立了很大的信心，對於自己感情未來充滿希望，所以更加願意待在道觀中等待武松來迎娶她的那一天。而更大膽的宗教人士，乾脆在男女的愛情中間擔任鼓勵催化的角色，即使二人相偕私奔也大力助之，如在《還魂記》中，杜麗娘一還魂過來，道姑怕陳最良這個食古不化的老學究破壞柳、杜二人的姻緣，也怕掘挖杜麗娘之墓事情曝光，所以準備衣飾盤纏，讓這對年輕人快快私奔而去：

〔註43〕見毛晉原編、黃竹三等人重新校注：《六十種曲評注》第九冊（長春市，吉林人民出版社，2001年9月一版一刷），頁197～198。

（扶旦上，淨）怎了？怎了？怎了？陳先生明日要上小姐墳去，事露之時，一來小姐有妖冶之名，二來相公無閨闈之教，三來秀才做迷惑之讞，四來老身招發掘之罪，如何是了？（旦）老姑姑，待怎生好？（淨）這柳秀才待往臨安應取，不如早成親事，叫童兒尋隻贛船，寅夜開去，以滅其蹤，意下如何？（旦）這也罷了！（淨）有酒在此，你二人拜告天地。（拜把酒介）（生）三年一夢，人世兩和諧，承合卺，送金杯，比墓田春酒還新醅，才醱轉，人面桃腮。（旦悲介）傷春便埋，似中山醉夢三年在。（淨）看伊行鸞鳳和鳴，還休訝土木形骸。（丑扮疙童上攬船介）門外船便，相公纂下小姐班。（淨辭介）相公、小姐，小心取了。（生）小姐無人服侍，望老姑姑一行，得了官時相報。（淨）俺不曾收拾。（背介）事發相連，有為上計。（回介）也罷〔註44〕

從石道姑的行為之中，我們發現，她不但不以禮法的觀點來看待柳夢梅和杜麗娘在一起這件事，反而樂觀其成，充當月老，最後還和她們一起離開杜府，逃往他鄉，且一路上及日後柳夢梅赴京應試時，對杜麗娘照顧有加，彷如其再世父母般，在此宗教人士，成了男女情愛的催化者與撮合者。明代時期，不管男女，對自身與宗教人士的交往，多不排斥，加上宗教界觀念開放，出世與世俗間的界限模糊，故他們對男女姻緣的締結多所協助之事，也就屢見不鮮了。

三、宗教內部兩性關係紊亂

明代的宗教人士另一個為人所垢病的地方，就是無法控制自我的情慾，造成宗教場所中兩性關係紊亂，僧尼、道士道姑相互有染，或是僧人、道士禁不住誘惑，淫人婦女，更甚者，宮廟、道觀、寺院幾乎與妓館無異，出家者成為地下的淫媒，從中賺取酬庸，使得明代的宗教人士社會地位與道德評價更加的低落不堪，以下舉一些戲劇中的例子，加以說明：如在《鸞鎞記》中的魚玄機，她雖然對於來追求的男性都採著拒絕的態度，但是她實際的心思上，還是非常渴望愛情的滋潤，害怕青春年華的老去，更期待真正的有緣知心人的出現：

（小旦上）……只為我才貌出群，聲名遠播，京中多少王孫公子、

〔註44〕見毛晉原編、黃竹三等人重新校注：《六十種曲評注》第二十五冊（長春市，吉林人民出版社，2001年9月一版一刷），頁661～662。

騷人墨客、戶外之履常滿，笥中之句頻投，他雖多炫飾之心，我終
絕應酬之意，仔細想將起來，苦空之守，尚未卜於久長，伉儷之緣，
頗留心於選擇，只是要一個可意的人兒，眞也難遇，目今初冬天氣，
好不淒楚人也。翠屛空，令風蕩，鴛瓦上，霜初降，空對著景物悽
涼，偏惹的情懷悒怏，雲窗月宇，料得難終傍，待覓個人兒相隨唱，
整衣衫賣弄容光，學吟哦矜誇伎倆，那些可心情便許成雙。〔註45〕

魚玄機（蕙蘭）進入道觀之中，本就非其所願，再加上追求者眾多，其自我
情感是很難用宗教的感化力量去將其壓抑下來，更不是用道教清規就能加以
規範得了，所以，她傷春傷年華，她一直期待眞正「可意人兒」的出現，在
此情況之下，多情才子溫飛卿的出現，就再也禁不住她的情感想望，於是主
動示愛，以鸞鑷爲信物私訂終身；但是，在佩服她勇敢追求愛情之餘，我們
不要忘了，她終究是個道姑，而且還未正式還俗，她做這樣的事，還是不符
合一個出家者的規範與行爲，而且也有辱宗教場所之清名。同樣的情況，也
發生在《玉簪記》的陳妙常（嬌蓮）身上，她本是爲了避戰爭之難而投身道
觀之中，前數年，清持自守，符合一般出家者的行爲操守，但是自從書生潘
必正出現之後，其芳心大動，再也無法抵禦心中情慾的波動奔騰，其作詞云：

松舍青燈閃閃，雲堂鐘鼓沉沉，黃昏獨字展孤衾，欲睡先愁不穩，
一念靜中思動，遍身慾火難禁，強將津吐咽凡心，爭奈凡心轉盛。

〔註46〕

詩中對陳妙常心中的情慾發展，描寫地非常露骨，從詩中可以了解，她縱然
再想如何遵守清規，把持自己，最後還是沒有辦法的，所以當潘必正半夜偷
偷溜進她她的房中，看完其詞，便大膽求愛，二人便綻放其愛情慾望，共享
巫山雲雨之歡了：

（生、旦同上）兩情濃同下籃橋，戰兢兢歡娛較少，成就了鳳友鸞
交，休忘卻天長地老，爲你病懨懨只自耽，瘦怯怯難自保，爲著今
朝，相偎相抱，力怯體嬌，你休把私情漏泄，兩下裡攻狀難招。奴
本是柔枝嫩條，休比做牆花路草，顧不得鶯雛燕嬌，你恣意兒鸞顚

〔註45〕見毛晉原編、黃竹三等人重新校注：《六十種曲評注》第十二冊（長春市，吉
　　　　林人民出版社，2001年9月一版一刷），頁435。
〔註46〕見毛晉原編、黃竹三等人重新校注：《六十種曲評注》第六冊（長春市，吉林
　　　　人民出版社，2001年9月一版一刷），頁770。

> 鳳倒，須記得或是忙、或是閑、或是遲、或是早、夜夜朝朝，何曾
> 知道，這些關竅，春風一度，教我力怯魂消，從今淡把娥眉掃，妝
> 一個內家腔調，把往日相思一旦兒拋。〔註47〕

在此處的陳妙常，已經借由性愛關係的發生，從一個宗教界人士，變成一個世俗界的人了，享受著情愛的歡娛，也擔心著自己情愛會不會被輕待？自己會不會遭遺棄？和情竇初開的青春少女並無不同。所以明代的寺廟道觀中，許多僧尼、道士、道姑，出家清修往往只是表面，其在暗處所做的情色行為，或是大談兒女私情，甚至縱慾尋歡，與寺院廟宇外的凡夫俗子並無兩樣。在豔情小說《禪真逸史》中也描述著類似的故事；在此書的第五回到第八回中，〔註48〕所敘說的正是妙相寺住持鍾守淨的淫僧行為，他在法會中見到少婦黎賽玉之後，便魂牽夢縈，情慾難禁，於是透過趙婆（一老女尼），把黎賽玉騙到寺中過夜，欲成秦晉之好，那知一波三折，一直不能遂其所願，最後終於在趙婆的撮合與使計之下，先完成二人魚水之歡之願，然後嚇走黎賽玉之夫沈全之後，二人便公然的成為一對情人，夜夜偷歡，搞得鄰里皆知，編成一首小曲，諷刺二人道：

> 和尚是鍾僧，晝夜胡行，懷中摟抱活觀音，不昔菩提甘露水，盡底
> 俱傾。賽玉是妖精，勾引魂靈，有朝惡貫兩盈盈，殺這禿驢來下酒，
> 搭個蝦腥。〔註49〕

鍾守淨是個出家很久的和尚，而且還做到了住持，但一旦凡心大動，仍是把持不住自己的情感慾望，和黎賽玉大行男女之歡，最後還騙走她的丈夫，等於是拐人妻子了。

在這個故事中，我們還看到在明代的宗教場合中，出家人為財為利兼做淫媒，幫著出家人引誘一般婦女，那就是故事中的趙尼姑，她雖是個在家修為的居士，但是反而借著居士身份的方便，誘騙其他婦女和和尚們亂搞男女關係，例如鍾守淨與黎賽玉二人，從第一次有機會親密接觸，到最後相鄰而居，夜夜同眠，其相遇的機會、地點、時間、掩人耳目的方式等等事情的安排，全都靠趙尼婆的幫忙，則與其說她是個居士，還不如說她是個淫媒，尼婆的身份不過是幫助她賺取到更多仲介費的有利工具。同樣的人，也發生在

〔註47〕同上註，頁 778。
〔註48〕見明·方汝浩編撰：《禪真逸史》（濟南市，齊魯書社，2008 年 4 月二版二刷），頁 29～64。
〔註49〕同上註，頁 61。

前文已述及的《玉簪記》第十八齣〈叱謝〉中，有個王尼姑，收了溧陽縣王公子的錢財，來向陳妙常說媒，勸她還俗嫁給王公子，更勝於在道觀中當個道姑：

> （淨）溧陽縣中，有個王公子，人物標致，潑天富貴，他慕你儀容，欲求婚配，未知你意下若何？（旦）阿彌陀佛！我與妳是出家人，怎麼說這等落地獄的話？（淨）夫妻之情，誰人不愛，享榮華富貴，強似在此清貧苦奈。（旦）休得多言，聽我道：門外游蜂，門外游蜂，花間浪蝶，隔芳塵簾箔長遮，雲寒月冷，這是自甘孤潔。（淨）妳好硬心腸。（旦）心硬如鐵，又何勞嚷嚷，強來饒舌，清閒分同松柏老，豈肯做凡外牆外折。（淨）他家十分富豪。（旦）從教富貴更豪奢，怎知我清貧守道，自有決烈。（淨）鬢軃輕雲，鬢軃輕雲，眉彎新月，更可人海棠雙頰，休把性兒撇，看鴛鴦帳暖，那春生鳳凰衾熱，他指望連枝比翼，那知急煎煎鏡破簪折。〔註50〕

王尼姑明知道陳妙常是一個道姑，還用情愛、錢財、富貴、夫妻溫存來引誘她還俗嫁人，簡直是一個女掮客，不是一個女尼姑了。所以，明代的三姑六婆中的「三姑」，作為引人爭議，就在於她們有時並不是一個真正的清修者，而只是一個借身份之便，行誘騙之實的人，學者衣若蘭在其著作中說：

> 「三姑六婆」裡，尼姑的形象尤為鮮明，巧言利口有她，貪財誘騙有她，姦宿淫樂也有她。文人對尼姑的描述皆側重在她們對世俗社會的嚮往，性生活的渴望，以及縱慾敗德之行為。凌濛初說，那些不正經的姑婆當中，最狠毒的是尼姑：「他借著佛天為由，庵院為固，可以引得內眷來燒香，可以引得子弟來遊耍，見男人問訊稱呼，禮數毫不異僧家，接對無妨。到內室念佛看經，體格終須是婦女，交搭更便，從來馬泊六、撮合山，十樁事到有九樁是尼姑做成，尼庵私會的。」文人總認為，她們藉著佛門弟子的身份哄騙良婦，納賄斂財，甚或嗜慾縱淫。〔註51〕

然而，這不是只有存在明代的尼姑中的負面現象，它們是普遍地存在於明代

〔註50〕見毛晉原編、黃竹三等人重新校注：《六十種曲評注》第六冊（長春市，吉林人民出版社，2001年9月一版一刷），頁771。

〔註51〕見衣若蘭：《三姑六婆——明代婦女語社會的探索》（台北市，稻鄉出版社，2006年6再版），頁133。

整個失序的宗教界中，宗教人士自身行爲不檢，甚至誘騙愚惠一般的群眾，男信眾勾搭尼姑、道姑，女信眾與和尚道士互有情愛或性關係，只要有人給這些宗教人士足夠的報酬，他們就甘心情願地當中間牽線的人，也顧不得什麼戒律、道德、教化、與清規了。所以在明代小說《醋葫蘆》中，熊陰陽一聽說成珪要讓二娘出家到尼姑庵裡，雖然也贊同女兒出家，但還是不免要向成珪交待一番，就怕女兒出家去，選錯尼姑庵，倒惹出是非禍患：

> 熊老道：「員外，你眞是個老實人，豈不曉得古人說：『僧敲月下門』，正爲那關的，所以要去敲。裡邊專一吃葷吃酒，千其百怪，勝似男人，無所不爲，無所不做，還養得好光頭滑腦梓童帝君相似的小官，把來剃了頭髮，扮做尼姑，又把那壯年和尚放在夾壁衖裡，有人來時，只做念佛看經，沒人來時，一昧飲酒取樂，甚至假修佛會，廣延在城在郭縉紳、士庶之夫人、小姐及人家閨女、孤孀到於庵內修齋念佛，不許男客往來。……那些婦女們挨到黃昏夜靜，以爲女眾庵中不妨住下，其家中父親、丈夫也不介意，誰知上得床時，便放出那一班餓鬼相似的禿驢來，各人造化，不論老小，受用一個，那粉孩兒一樣的假尼姑，日間已就陪著一爲夫人、小姐，晚來伴寢是不必說。其內婦人之中，有些貞烈性的，也只插翅難飛，沒奈何，吃這一番虧苦，已是打個悶將，下次決不再來，惟恐壞了聲名，到底不敢在丈夫跟前說出，那爲丈夫的也到底再悟不透。及至那等好淫的婦人，或是久曠的孤孀，自從吃這般滋味，以後竟把尼庵認爲樂地，遭遭念佛，日日來歇，與和尚們弄出姙孕，倒對丈夫說是佛力浩大，保佑我出喜了，你道那般爲父爲夫的，若能知些風聲，豈不活活羞殺？故此在下說，極可惡是那關門的尼姑哩！」〔註52〕

熊老這一番話，可以說把明代佛門、道觀、寺廟中紊亂的性關係，做了一個全面的說明，這種宗教內部的僧、尼、道姑、道士的互染，不但破壞了宗教本體的修爲清靜，使明代的宗教界蒙羞倍受批判；而且，宗教人士假借各種名義、法會、助修、場合等等借口，對一般的良家婦女造成身心的威脅傷害，更因此間接破壞其家庭，或害一些未婚之婦女因此尋短，造成社會的犯罪事件，治安的破壞，都是造成明代宗教人士有許多負面形象的原因，然而令人

〔註52〕見西子湖伏雌教主編：《醋葫蘆》（中和市，雙笛國際出版社，1995年一刷。），頁223～225。

痛心的是，宗教人士並沒有因為社會輿論批評愈加強烈，而有來自宗教內部的自省或改善，反而隨著明代國家的日漸衰弱，其宗教秩序的紊亂，宗教人士兩性關係的敗壞更加嚴重不堪！

結　語

　　明代是一個宗教鼎盛的時代，自皇室到官吏、到平民、到低下階層的百姓，對於宗教都非常熱衷。明代初期，對於宗教嚴格監控，對於佛教與道教是表面上鼓勵，私下卻嚴格限制的懷柔政策，對於民間宗教團體則一律嚴禁，以符合其極度強調中央集權的政策。但是，明代中晚期以後，政治力量對宗教的控制逐漸減弱，所以各種宗教信仰活動，化暗為明，大為昌盛起來，而宗教場所中的開放空間，也給男女宗教人士與男女俗家信眾有了頻繁接觸的機會。宗教人士方面：明代社會對於宗教人士有著兩極化的看法，一方面肯定他們助人於危難的俠義熱腸，以及宗教所強調的淑世精神，因而喜歡和他們交往；但一方面又對於宗教內部好利、好色、不守清規、道德敗壞提出強烈的攻擊與批判。這種矛盾的心態也反映在明代男性對女性參與宗教活動的態度。明代的女性是很喜歡參與宗教活動，結交宗教人士的，因為那是她們道德限制嚴格的生活下，狹小的生活空間中，一個抒發自我，呼吸自由空間的重要管道。而明代的男性，一方面知道女性到宗教場所中可以為家人祈福求子，消災解厄，是對家庭有利的，但另一方面又害怕混亂的宗教環境帶壞，甚至傷害到家中婦女，因此對於婦女是否該涉足宗教活動有兩極化的看法。此外，宗教場所的半開放性的性質，也無形中對兩性生活與情感產生影響。在宗教場所中，某些對外封閉的空間，就成為男女兩性遇到危難時最佳的避護所，而在其對外開放的空間中，由於男女信眾雜遝，就成為男女兩性產生情愛，或是談情說愛的最佳場所。而且，明代的一部份宗教人士也是相當入世的，當他們看到青年男女的感情受阻時，往往會伸出援手，助其姻緣的完成，所以明代的宗教人士無形中也成了愛情進行的催化者。不過，明代的中晚期之後，宗教圈的內部日漸的混亂，宗教人士與宗教人士之間，宗教人士與男女百姓之間，不只純粹地進行宗教活動，兩性關係亦極度地混亂不堪，真正守清規，有修行的宗教人士越來越少，宗教內部風氣越來越敗壞，終使明代的宗教因自我的淪喪墮落，成為眾所指責的對象。

第七章　特殊環境的兩性關係

第一節　變童癖與同性戀的性關係

　　人類的性傾向來是複雜的，除了被以「正常狀態」視之的「異性相吸」之外，中國自古以來，「同性」間似乎也不見的是「相斥」，同性間的超越友情之外的發展出來的情感，在中國似乎是源遠流長，不以爲有恥辱或罪惡的，這種現象和西方的文明初期發展，對兩性情愛的模糊界定是不謀而合的，例如：古希臘的著名學者幾乎都愛戀著俊美而洋溢著青春氣息的青少年，在他們的社會文化中將之視爲常態：

> 古希臘人愛的不是成年男子，也不是幼年男孩，而是處於青春期的
> 青少年，他們的這種愛雖含有情慾因素，但是更多的是一種教育和
> 責任，社會輿論對此並不加以譴責，反而認爲這是一種十分高尚的
> 行爲。〔註1〕

這和中國自古以來以蓄養變童爲常態一般的自然，甚而給與高度意義了。又如：古羅馬帝國的君主台比留，命許多少年奴隸與其共浴，並輕咬其陽具以取樂；〔註2〕這已經把同性相戀和變童癖性結合在一起了，所以說，「同性戀文化」與變童癖習性的發展，中外歷史都是源遠流長的。在《六十種曲》中，

〔註1〕　見胡宏霞：《愛琴海的愛情──中國與希臘的性文化比較》（呼和浩特市，遠方出版社，2008年12月一版一刷），頁177。
〔註2〕　見胡宏霞：《歡情與迷亂──中國與羅馬的性文化比較》（呼和浩特市，遠方出版社，2008年12月一版一刷），頁116～117。

言及變童癖與同性戀的篇章文字亦是有的，但是有一共同點是：都以敘述男性間的爲主，全然不描述女性的部份，筆者以爲這與戲劇作者本身是男性爲主有很大的關係，因爲古代的「性」是一個可意會不可言傳的，可以做的很露骨，卻不能說得很明白的話題，其隱諱性使女性的眞實性傾向不易爲男性所了解〔註3〕，而男女之防的嚴謹，使得男性作家亦沒有管道深入女同性戀者的團體中，所以儘管知道某女子與另某女子相好，多以女子間是「友誼深厚」來詮釋所看到的現象，再則，以男性主導爲中心的社會下，女子的生活就被邊緣化了，只要有婚姻生活的她們，完成了女性生兒育女的任務，或是沒有婚姻生活的她們，不要來侵犯到男性的社會權威中心，她們要在私底下與女性友人做什麼，男性也不會有興趣去干涉或關心，基於以上的因素，致使他們在創作立場上也是以男性的性觀點在寫女性，不可能去寫到女性隱密、眞實、卻不足爲外人道的部份。〔註4〕因此在文本的限制下，筆者本節的研究也以文本中的男性來探討明代的同性情愛與情慾，並配合著一些通俗小說中的記載，來分析變童癖與同性戀在明代的發展狀況。

一、變童與同性戀在中國的發展

（一）何謂變童癖與同性戀

變童癖可以說與同性戀有重疊也有與其相異的地方，在早期的研究與社會觀感中，二者都是一種變態性心理的行爲展現，同性戀者可以借由變童癖或攻擊性侵男童〔註5〕來達到性慾的滿足，但是，變童癖者有時還帶有戀童的心理因子，所以他也可能去性侵女童或青少年來達到心中的慾望滿足，但這兩種人都是被社會給予負面評價的。但是在現代的文獻闡述中，對於變童癖者，已轉變爲用犯罪心理來分析他們的性傾向與性行爲，也就是說從社會道德價值轉而用「法」的觀念來闡述變童癖者；至於對同性戀者，則是對他們的觀感越來越開放與人性化，不再用「變態」，這個辭彙來描述他們，而是改用「性心理異常」來描述這些人，而所謂的「異常」，並不是一個否定的辭彙，而是說同性戀者和大多數人的性傾向不一樣而已，不能再以病態或變態視

〔註3〕即使是女性的同性戀也不得不在社會行爲標準下，結婚、嫁人、生子。

〔註4〕關於女同性戀的部份，在以文字觀賞爲主的小說中都很少見，更何況是在大庭廣眾下展現的戲劇形態，將其表演或說唱出來呢？

〔註5〕此處的男童包含青少年，或是更廣至三十歲以下面貌年輕的男子。

之，美國精神醫療協會更寬鬆的認為：同性戀是「未能分裂的性心理異常」，不是病態，更不是精神異常，只要不構成自我與他人的不適，他們就無須接受任何治療，也就是說，同性戀者的行為是完全正常的。〔註6〕以下就以專家學者之定義來說明變童癖者與同性戀者。首先在變童癖方面，蓄養變童的人，一定程度上有戀童情結，何謂戀童心理呢？楊士隆認為：

> 係指個體對幼童從事性騷擾與性侵害活動，以獲取性慾滿足之行為狀態。〔註7〕

而劉達臨則是主張：

> 誘童狂既一種心理變態，也是一種性犯罪，誘童狂者的性慾對象不是成人，而是同性或異性的兒童，他們常常對兒童進行性侵犯，以獲得自身的性滿足；誘童狂者時常使用暴力、威脅、或強迫手段，也可能採取小恩小惠來引誘兒童就範。〔註8〕

而其發生的原因是：

> 自覺無法成功的扮演男性角色，……曾經從成年女性得到性的挫折感，充滿不安定感與被拒絕感，而訴諸原始的行為模式，……由於精神疾病、心智缺陷、機體失衡或早衰而無法控制性衝動所引起，……戀童行為的發生，不全然由於情緒問題或性問題所造成，其原因可能是多方面的。〔註9〕

而林天德則是以為：

> 戀童癖是以玩弄兒童的性器而取得性滿足的行為，患者多半為四十歲左右的男性，而受害者女童佔男童的兩倍，患者偶而要求孩童玩弄他的性器，真正性交則少見，他或是不成熟，只敢與小孩玩「性遊戲」，或是太太紅杏出牆，開始懷疑自己的男性角色，只敢以小女孩為滿足對象，或是個反社會性格症患者、酒癮、與腦傷之老年人；……戀童癖是一種性犯罪，然其犯罪率比患病率低

〔註6〕 以上有關同性戀者的闡述見 T.Costello 原著、趙居蓮譯：《變態心理學》（台北市：桂冠圖書股份有限公司，1995年初版），頁284～285。
〔註7〕 見楊士隆：《犯罪心理學》（台北市，五南書局，1999年12月二版），頁243。
〔註8〕 見劉達臨：《世界性史圖鑑》（新店市，八方出版社，2006年7月初版一刷），頁219～220。
〔註9〕 同上註，頁244～245。

的多。〔註10〕

可見的戀童癖在社會上是一種潛在著危險的性行為傾向，除了心理、性行為
經驗、情緒等因素外，還有許多尚未被發覺的複雜因素所造成，而明代男性
間的變童癖風氣的興盛，就是由很多因素所建構而成的。至於同性戀又是什
麼？其行為特徵與產生的原因又是那些呢？同性戀很明顯的是以相同性別的
人為性愛戀與性行為對象的人，但是有的同性戀，同時也具有雙性戀的傾向，
他們可以同時與不同性別的產生性愛，所以同性戀又分為：單一的同性戀、
異性戀佔主導，僅偶爾有同性戀的、異性戀佔主導，但同性戀也不少的、異
性戀和同性戀幾乎相等、同性戀佔主導，但異性戀也不少的、同性戀佔主導，
但偶爾有異性戀的；〔註11〕所以說，在現實社會中，同性戀關係的展現是很
多元的，這可以是本能的性傾向，也有可能是社會大眾尚未對同性戀普遍接
受的關係。至於同性戀者產生的原因，學者有人以為是天生的，也有人以為
是後天生長環境，或成長歷程所造成的影響。筆者以為，兩派說法都有其可
取之處，如：認為是先天因素的這派以為：性傾向受到激素的影響，在胎兒
期或是青春期時，某些激素分泌不平衡，如：睪丸素等，所造成的；〔註12〕
也有人研究是控制情感的大腦構造之影響：

> 一連串對於大腦的研究，辯識出某些在異性戀和同性戀男人之大腦
> 構造上的差異，……性傾向是固著於大腦的，或許甚至規制了性偏
> 好的特定性與強度。〔註13〕

亦有學者以為是來自於卵子上的遺傳作用，也就是母親家族的遺傳；〔註14〕
不管是大腦說、遺傳說、或激素說，在科學進步的今日，想必很快可以得到
研究結論。至於主張後天因素的人，也有很多不同的看法，如著名的心理學
家佛洛依德（1856～1939）以為男同性戀者是：

〔註10〕見林天德：《變態心理學》（台北市，心理出版社，1995 年 5 月再版一刷），頁
220。
〔註11〕見劉達臨、胡宏霞合撰：《性學十三講》（珠海市，珠海出版社，2008 年 1 月
一版一刷），頁216。
〔註12〕見 Pepper Schwartz、Virginia Rutter 著、陳素秋譯：《性之性別》（台北市，韋
伯文化出版有限公司，2004 年 1 月一版），頁29。
〔註13〕同上註，頁33。
〔註14〕學者 Kallman 以及美國國家癌症研究所都研究如此認為；見徐碨著：《變態心
理與犯罪行研究》（成都市，四川大學出版社，2007 年 12 月一版一刷），頁
152。

戀母情結在青春期未能克服，他希望佔有他的母親，而結果卻產生
了被閹割的恐懼，因此產生了與異性交往中的心理障礙。……大多
數同性戀男子都來自母親佔統治地位並富有誘惑力，而父親則是疏
遠和冷酷的家庭。〔註15〕

至於女同性戀者的形成，有人以為是「陰莖羨慕」的心態，女權主義者西蒙·
波娃（1908～1986），則以為是：

女人的同性戀是許多性需求之中的一種，促使她的自主身份與被動
肉體獲得妥協的嘗試，而如果真要談起自然，我們可以說女人都是
天然的同性戀者，女同性戀者的特點即拒絕男性而愛好女性肉體，
但每個青春少女都害怕被戳入，被男性統治，她並對男性身體感覺
某種憎惡，另一方面，女性身體在她眼裡，正如在男人眼裡，同樣
是件可欲之物。〔註16〕

以上兩種說法，都是根據男、女性在青春期時心理的變化做出同性戀形成的
分析。而尚有一派說法以為「環境」才是造就同性戀者的最大原因：

兒童在性別角色形成之前，如果特殊的環境或人物，可能會發生角
色錯亂：……例如：有些家長出於某種目的，經常讓孩子穿異性服
裝，裝扮成異性，或者家中嚴格限制孩子與異性交往，抑制了異性
愛的發育。……異性戀中的挫折也可能導致受挫折者轉而喜歡同
性，促使同性戀的產生。現實生活中的某些因素，也可能誘發同性
戀的行為，這些因素主要包括男女的嚴格分離狀態，如：遠洋輪船、
軍隊、寄宿學校、修道院、監獄等地方，往往是產生同性戀行為的
有利環境。〔註17〕

總之，同性戀者到底是天生的，還是後天的，或是先天或後天因素交錯而成，
目前尚且莫衷一是，但同性戀者自古以來確實的存在於我們這個社會，卻是
不能否認的事實。以中國古代的同性戀者而言，是自上層至下層社會人士都
存在著，且被稱為「男風」，筆者以為，他們還與變童癖交織著發展，在上層
社會或有錢有勢的人家，被公開的興盛存在著，且與今日不同的是，這種同

〔註15〕見劉達臨、胡宏霞合撰：《性學十三講》（珠海市，珠海出版社，2008 年 1 月
　　　　一版一刷），頁 220～221。
〔註16〕同上註，頁 221。
〔註17〕見徐礦著：《變態心理與犯罪行研究》（成都市，四川大學出版社，2007 年 12
　　　　月一版一刷），頁 153。

性間的情誼不被認爲是錯誤或羞恥的，更不用像今日社會中的「同志」躲躲藏藏的存在著，尤其是明代更加如此，其開放接納的程度，想必是現代社會中的同性戀者所欣羨不已的吧！

（二）明代以前中國社會中變童癖者與同性戀者

中國的變童癖與同性戀最早是何時？傳說是在黃帝時代，這種說法在《閱微草堂筆記》一書中有提及：雜說稱變童始黃帝。〔註18〕但今日的學者大部份認爲是不可信的，因爲黃帝的遠古傳說尚且無法得到印證，更何況說當時存有變童癖與同性戀，更無法證明了。商、周的史學作品《商書·伊訓》與《晏子春秋》二書，是目前確定記載中國的變童癖與同性戀最早的記錄，《商書·伊訓》載道：敢有侮聖言，逆忠直，遠耆德，比頑童，時謂亂風。〔註19〕而《晏子春秋》云：

> 景公蓋姣，有羽人視景公僭者，公謂左右曰：「問之，何視寡人之僭
> 也？」羽人對曰：「言亦死，而不言亦死，竊姣公也。」公曰：「合
> 色寡人也，殺之。」，晏子不時而入見曰：「蓋文君有所怒羽人。」，
> 公曰：「然，色寡人，故將殺之。」晏子對曰：「嬰聞，拒欲不道，
> 惡愛不祥，雖使色君，於法不宜殺也。」……。〔註20〕

在此所見的是，上古時代就有變童與同性戀者的事例了。到了漢代，男風主要產生在上層社會之中：

> 學者統計，自西漢高祖至東漢獻帝，就有十個帝王有過男同性戀的
> 史跡，在西漢二十五個劉姓帝王中，占了百分之四十。〔註21〕

例如：漢武帝與李延年同臥起，哀帝與董賢過著如夫妻般的生活……等；這些男寵，有的是臣子，有的是宦官，但都與帝王相當親暱。到了魏晉南北朝與唐代，社會風氣更加地開放，同性戀或蓄養男童在社會上已經是相當普遍的風氣，富者家中變童、伶官、男樂，不計其數，都成爲男主人染指的對象，

〔註18〕見紀曉嵐：《微草堂筆記》（台南縣永康市，博元出版社，1989 年一版），頁231。

〔註19〕見漢孔安國傳、唐孔穎達等正義、許輝分段標點：《十三經注疏·尚書正義》（台北市，新文豐出版公司，2001 年 6 月初版），頁307。

〔註20〕見晏嬰原著，李萬壽譯：《晏子春秋》（台北市，台灣古籍出版社，1996 年 8月初版一刷），頁459～460。

〔註21〕見劉達臨：《中國古代性文化（上）》（台北縣，新雨出版社，1995 年 9 月初版），頁358。

如《玉台新詠》中的張翰〈周小史詩〉、劉永詠〈繁華〉、劉孝綽〈小兒采菱〉、無名氏〈少年〉、昭明〈伍嵩〉等詩都是在歌詠孌童之美與描述當時孌童狀況的作品，而大戶人家，還把孌童當做比較的對象，如：

> 晉朝的富戶石崇與王愷為了比誰富有，以孌童為賭注，或下棋比輸贏，而輸贏往往以孌童幾百人計。〔註22〕

可見得孌童不但是男性美色的的代表，更成主人財產多寡的象徵。到了唐、五代，男風更開放了，甚至和妓業結合在一起而產生了男妓，這等於讓男同性戀有了更加自由發展的空間，而一般人也習以為常，不認為男同性戀行為有什麼不可以，或是違背禮法的，如：《教坊記》中言道，

> 以氣類相通者為香火兄弟，每多至十四、五人，少不下八、九輩，有兒郎聘之者，輒被以婦人稱呼；……，兒郎既聘一，其香火兄弟多相奔之，云學突厥法，又云：「我兄弟皆憐愛，欲得嘗其婦也。」
>
> 〔註23〕

因此男妓同女妓一樣，不過是一種以男性為對象的肉體交易行為罷了，甚至有多個男妓共侍一男客人的情況發生。到了宋代，理學家們雖然主張禁慾主義，但是矛盾的是，他們對於也是慾望展現的男風，卻是頗為熱衷的；《五雜組》一書言宋人與男妓間的密切互動道：

> 史謂：自咸寧太康以後，男寵大興，甚於女色，士大夫莫不尚之，海內仿效，至於夫婦離絕，動生曠怨。……陶穀《清異錄》言：「京師男子，舉體自貨，迎送恬然。」則知此風唐宋已有之矣。〔註24〕

男風到南宋更加熾盛，甚至男妓們連女扮男裝的裝束都出現，甚至到了雌雄莫辨的地步，如周密的《癸辛雜識》所寫：

> 吳俗此風尤盛，新門外乃其巢穴，皆敷脂粉，盛裝飾，善針指，呼謂亦如婦人，以此求食，其為首者，號「師巫」、「行頭」……。〔註25〕

由上引文可見，宋代男性在男色上用力用心之深，已不下男性對待女性的態

〔註22〕見劉達臨：《中國古代性文化（上）》（三重市，新雨出版社，1995年9月初版），頁365。

〔註23〕見唐・崔令欽撰：《教坊記》（北京市，中華書局，1985，北京新一版），頁2～3。

〔註24〕見明・謝肇淛撰：《五雜組》（上海市，上海書店出版社，2009年四月一版一刷），頁145～146。

〔註25〕見周密撰：《癸辛雜說・禁男娼》（台北市，大西洋圖書公司，1980年5月一版），頁49-1。

度。筆者以爲，性的慾望如洪水一般，是不可禁抑的，只能適當的宣之導之，宋代文人在外道貌岸然，對女性又大大強調道德禮法的約束，反使自我陷入慾望無從發洩的困境之中，故用男色的褻玩來當做人性精神上發洩的替代品的象徵；此外，男性與男性的交往，文人道學家們尙且可以用是「友情」交流，而非「慾望」與「情愛」的展現爲理由，來自我欺騙，來做爲發洩慾念的掩飾與藉口，如此就不會違背宋代道學家的道德主張，故文人們當然就堂而皇之的行斷袖之風了。元代爲蒙古人統治，更不講漢族的道德禮法，而變童癖與同性戀的發展就更可以發展傳承下去了。

二、《六十種曲》中所反映的明代變童與同性戀的現象

（一）明代變童與同性戀現象的發展背景與原因

明代是一個對思想與行爲桎梏很深的時代，但是在這個時代的男同性戀與變童的行爲卻是大爲開放興盛的，也就是社會風氣與社會規範顯然的是背道而馳的，會有這種矛盾，致使男風、同性戀、與蓄養變童那麼普遍，筆者以爲有以下幾個因素：

1、變童與同性戀的普遍性

明代的男性與男性間的情色，可以說是一種全國風行，不分階層都趨之若鶩的風氣，尤其明代的有斷袖之癖的皇帝多達全數十六人的四分之一，〔註26〕其中最有名的就是明英宗、明神宗、明武宗、與明僖宗，〔註27〕例如：《明史·佞倖傳》中寫明武宗與臣子江彬與宦官錢寧之事：

> 彬狡黠強狠，貌魁碩有力，善騎射，談兵帝前，帝大悅，擢督指揮檢事，出入豹房，同臥起。〔註28〕

> 錢寧，不知所出，或云鎮安人，……，正德初，曲事劉瑾，得幸於帝，……，帝在豹房，常醉枕寧臥，百官候朝，至晡莫得帝起居，密伺寧，寧來，則知駕將出矣。〔註29〕

〔註26〕這是見於正史有記錄的，若加上野史所載、恐尚不只如此。

〔註27〕見何大衛：《中國古代男色文學研究》（臺灣大學，2006 年 5 月，中文研究所碩士論文），頁 56。

〔註28〕此「同臥起」乃指明武宗與江彬夜間於豹房同枕共眠，見清·張廷玉等著：《明史（二十六）》（北京市，中華書局出版，1974 年 4 月一版），頁 7886。

〔註29〕同上註，頁 7890～7891。

從上文可知，明武宗是一個喜好男色的人，而且其所染指的對象遍及宮中的宦官與朝中的大臣。又如：《萬曆野獲編・卷三・英宗重夫婦》中寫道：

> 又有都督同知馬良者，少以姿見幸於上，與同臥起，彼自南城返正，益厚遇之，馴至極品，行幸必隨，如韓嫣、張放故事，一日以妻亡在告，久未入直，上出至內苑，忽聞鼓樂之聲，問之，知良續婦，又知爲陽武侯之妹，上怒曰「奴薄心腸乃爾。」自此不復召。〔註30〕

從上文所敘，明英宗與馬良竟如異性情人般，英宗會因其男寵馬良續弦而爭風吃醋，可見其好男風之甚。而所謂上行下效，風行草偃，宮中的男風都如此地開放興盛，其群臣百姓豈有不群起而效的道裡，在明代的同性戀小說如：《宜春香質》、《弁而釵》、《龍陽逸史》，〔註31〕以及明代的情色小說《金瓶梅》中都多所記敘，如：《金瓶梅・第三十四回・書僮兒因寵攬事・平安兒含憤戳舌》中隱諱地寫道，西門慶與家中書僮在書房中發生性行爲，卻不巧被另一書僮偷看到的情景：

> 書童一面接了，放在書篋內，又走在旁邊侍立，西門慶見他吃了酒，臉上透出紅白來，紅馥馥唇兒，露出一口糯米牙兒，如何不愛？……，那平安方挐了他（青衣人）入後邊，打聽西門慶在花園書房內，走到裡面，剛轉過松墻，只見書童兒在窗外基臺上坐的，見了平安擺手兒，就知西門慶和那書童幹那不急的事悄悄走到窗下，聽覷半日，沒聽見動靜，只見書童出來，與西門慶舀水洗手，看見平安兒在窗子下站立，把臉飛紅了往後邊挐去了。〔註32〕

此處所描寫，正是明代官僚富戶，在家中亂搞性關係，男、女性皆染指的狀況，與明武宗正德皇帝的風流，男女不忌，簡直如出一轍；又如：《龍陽逸史・第三回・喬打合巧誘舊相知，小黃花初識眞滋味》中寫道：

> 湯信之道：「這個一發不難，俗語說：『毒龍難鬥地頭蛇』，我便做些錢鈔不著，送到他門上去，不怕不隨了我。」喬打合道：「這個行不

〔註30〕見明・沈德符著：《萬曆野獲編〈上〉》（北京市，中華書局出版社，2007年10月五刷），頁79。

〔註31〕見何大衛：《中國古代男色文學研究》（臺灣大學，2006年5月，中文研究所碩士論文），頁68～69，此篇論文作者以爲：此三部小說，爲中國男色文學史上，最重要的三部書。

〔註32〕見蘭陵笑笑生原著，謬天華校閱：《金瓶梅》（台北市，三民書局，1991年3月，修訂再版），頁289。

> 通，倘是那徽州人吃起醋來，卻怎麼好。」湯信之道：「不妨，拼得
> 與他當官結煞。」〔註33〕

寫的是麻陽富商湯信之，爲了與徽商汪通爭奪男色唐半瑤，〔註34〕與牽頭喬打合商計著如何透過金錢與告官，來搶得美少年唐半瑤，其手段與搶奪名妓並無不同，可見得，好男色在富商之家也是司空見慣的事。明代的男同性戀或變童之風，可以說是由皇帝→仕宦→富賈→平民→賤民，層層而下，都存在的社會現象，之所以會如此，即是由皇帝公開帶頭，而風行草偃，上行下效所致，是故明代男風之盛，在社會上是非常普遍的現象。

2、時代思想的解放

一個時代百姓的行爲表現，必定有這個時代的思想背景做爲行爲發展的依據，並且當時的思想會成爲一種隱形的力量，引導著當時的人們的外在表現；兩性關係也是如此，當一個時代的思想開放，兩性間的種種互動就成爲台面上可以大方探討的話題，但是如果思想主張趨於保守，則兩性議題就成爲隱諱的禁忌。明代的前期就屬於後者，在程朱理學的引領下，一切趨向保守，禮教規範深受重視，且較爲落實到實際的生活與教育中；而明代中晚期則屬於前者，思想的解放，然異性與同性間的種種關係或行爲，成爲公開的生活議題，其開放的程度，令人咋舌，以本節所討論的「同性戀」或「變童」問題而言，在現代是一種禁忌，有「變童癖」更是一種犯罪行爲，但明代中晚期的人們，卻將其當做一種正常的性行爲，其最大原因就是他們的思想支持著他們去將這些行爲視爲正常生活的一部份。筆者以爲，明前期到明中期、明晚期的開放，有著三大特色，使得同性行爲也因此興盛公開化了起來。

（1）陽明的心學啓迪了人的本性與情感

明代前期的人們，在特別強調禮教的社會規範中，特別壓抑著屬於自我人性的那一部份，連情感欲念也得跟著壓抑著；但是到了明代中期陽明先生的心學思想一提出，情況就不一樣了：

> 他（王陽明）說：「無心則無身，無身則無心。」並指出「心之本體」
> 之樂，「雖不同於七情之樂，而亦不外於七情之樂。」喜怒哀懼愛惡
> 欲，「俱是人心合有的，但要認得良知明白。」便「不可分別善惡」

〔註33〕見京江醉竹居士編：《新鐫出像批評龍陽逸史》（台北市，台灣大英百科股份有限公司，1994年11月一版），頁129。
〔註34〕唐半瑤在故事中實具有男妓的身份。

這就肯定了人的正常欲求的天然合理性。〔註35〕

也就是說，從王陽明的啟迪中，明代人開始有勇氣去思考人欲與人性間的關係，以及人欲必定存在的事實，所謂的七情六欲，只要「良知」將之控制得當，明辨是非對錯，則面對自我欲念就不須再壓抑或逃避了，這對明代人尋個性的解放是多麼大的一個鼓舞呀！

（2）「率性而為」的主張讓明人的行為得到解放

受到王陽明的鼓舞，中晚期的思想起了很大的改變，其中對兩性問題有著極大影響的即是「率性」主張的提出。例如：明代學界的領導者——李贄即為其中一人；學者潘運告分析李贄的〈童心說〉即言：

> 他（李贄）講童心，即指真心，講生知，及指人生來有知的本性、
> 本能，他的「童心說」，即是「自然人性說」，他從這種理論出發，
> 把人進行社會思維的本性、本能，看成同人的生理機能一樣，都是
> 天賦、天生的。人寒要穿衣，飢了要吃飯，同樣只要其童心不失，
> 見了美好的事物就喜悅，見了醜惡的事物就厭惡。〔註36〕

人的行為只要在純真童心的趨使之下，隨著本性、本能去發展，無須用外在的道德規範去拘束它，這便是李贄對本性與行為連結的看法。另一個主張「率性」說的代表人物是焦竑，他說：

> 人患不能復性，性不復則心不盡，不盡者，喜怒哀樂為忘之謂也，
> 由喜怒哀樂變心為情，情為主宰，故心不盡。〔註37〕

人在恢復本來之性後，對於情感的表達將更為自然盡興，所以對明人來說，率性之後所產生的重要影響，就是對自我情感的承認與坦然面對，這個情感的對象當然也包括對男性的喜愛，率性之說解套了男色之風的道德約束，也使明人的情愛漸為大膽。

（3）主「情」派的主張讓明人的情感隨之奔放

另一個使明人大膽的同時與男性、女性談情說性的思想，即是明人的「主情觀」，這是前代所未有的。正統儒家對情，不管對象為何，都主張要溫柔敦厚，含蓄矜持，但明中晚期的文人可不如此以為，他們很強調「情」在生命

〔註35〕見潘運告：《從王陽明到曹雪芹——陽明心學與明清文藝思潮》（長沙市：湖南教育出版社，1999 年 11 月一版一刷），頁 6。

〔註36〕同上註，頁 95。

〔註37〕見明·焦竑：《焦氏筆乘〈上〉》（北京市：中華書局出版社，2008 年 5 月一版一刷），頁 280。

中的份量，如通俗文學大師馮夢龍即言：

> 天地若無情，不生一切物，一切物無情，不能環相生，生生而不減，
> 緣情不減故，四大皆幻設，惟情不虛設。〔註38〕

> 萬物生於情，死於情，人於萬物中處一焉，特以能言，能衣冠揖讓，
> 遂為之長，其實覺性與物無異。〔註39〕

馮夢龍認為，人之所以在天地萬物間顯得高尚，與萬物不同，在於人是有情的；另一戲劇大師湯顯祖在〈還魂記‧題詞〉中則是說：

> 情不知所起，一往而深，生者可以死，死可以生，生而可以死，死
> 而不可復生者，皆非情之至也。〔註40〕

湯顯祖肯定了情愛偉大的力量，「主情觀」的提出，使得明人在進行同性情愛時，更為奔放，看待同性戀或變童癖的眼光、角度更加自然，因為同性之情愛也是可感可貴的。

總之，思想的逐步解放，對明代人的同性戀與變童癖具有推波助瀾的效用，進而形成明代兩性的風氣與特色。

3、商業富戶的興起

明代商業的發達是比前朝更為興盛的，在本論文第二章第三節「商業經濟」〔註41〕一節中已提及，以下再引明人劉侗與于奕正所著之〈燈市〉一文加以佐證：

> 上元十夜燈，則始我朝，太祖初建南都，盛為彩樓，招徠天下富
> 商，……，燈市者，朝逮夕，市，而夕逮朝，燈也，市在東華門，
> 東亙二里，市之日，省直之商旅，夷蠻閩貊之珍異，三代八朝之骨
> 董，五等四民之服用物，皆集。衢三行，市四列，所稱九市開場，
> 或隨隊分人不得顧，車不能旋，闤城溢郭，旁流百也。〔註42〕

這般繁榮的景象，是明代國力的象徵，也是明代商人財力的象徵，明代的商

〔註38〕見馮夢龍：《情史（上）情偈》（台北市，廣文書局，1982年初版），頁1-1。

〔註39〕見馮夢龍：《情史‧卷二十三‧情通類‧相思石》（台北市，廣文書局，1982年初版）。

〔註40〕見毛晉原編、黃竹三等人重新校注：《六十種曲評注》第七冊（長春市，吉林人民出版社，2001年9月一版一刷），頁697～698。

〔註41〕見本論文第貳章頁21～23。

〔註42〕見明：劉侗‧于奕正著：《帝京景物略》（上海市，上海古籍出版社，2009年5月一版一刷），頁88。

人往往才是國家財富真正積聚的階層，連官府士人都不得不對其敬讓三分。
而在商人本身而言，當其有財富之後，飽暖思淫慾，當然就會想到享樂尋歡，
耳目聲色，男色就是他們尋樂的一種方法，蓄養買進孌童更是他們炫耀財力
的一種方式，明人汪逸有詩言：

> ……明珠盡屬蛟官攫，秘典如從禹穴探，易得金錢仍易擲，難逢彝
> 鼎亦難參，高呼牌帽來中使，疊坐鞍轎覿美男……。（節自汪逸·〈城
> 隍廟市詩〉）〔註43〕

說明了商人繁華都市中尋找男妓孌童享樂的普遍現象；這最大的原因就是商
人具有龐大的財富做為他們縱欲享樂的後盾，後世學者研究亦言道：

> 徽商所積聚的財富，及其商業交易的勢力範圍，為他們帶來了不少
> 社會關注，但並非所有這些都是值得羨慕的，一般平民心目中的徽
> 商形象，是那些與人爭辯不已，而且揮霍重金、攜妓獵色的貪婪典
> 當商，不管形象如何扭曲，徽商的確操控了典當業，作為旅居者，
> 他們的確比其他人更多的消費於性服務，而且有錢這樣做。〔註44〕

文中所言，雖是在說明明代百姓對徽商的看法，其實也就是大多數明人對於
商人以財力獵色縱慾的觀感，這也間接說明了：富有商人的性需求，對異性
戀、同性戀、或孌童癖，都是一股發展的助力，有需求才有市場買賣，所以
明代男色之風得以興盛發展，男妓得以同女妓般營業爭寵，都是因為這商業
繁榮，商人富裕多金的社會背景而形成的。

4、特殊人文地理條件的影響

從文化的角度來看，一種文化風氣的形成，除了歷史背景因素的影響外，
自然地理環境也是一個很重要的原因，因為人必須順應著環境去尋求適當的
生存方式，兩性行為當然也是如此；由此分析明代男風的發展，也因為著地
區的不同而有不同的興盛程度和發展順序。由古書記載看來，是南方影響北
方，東南盛於西北：

> 士人致孌童為廝役，鍾情年少，狎麗豎若有昆，盛於江南而漸染於
> 中原，至今金陵坊曲，有時名者，競以此道博游媟愛寵〔註45〕

〔註43〕同上註，頁243。

〔註44〕見卜正民著：《縱樂的困惑：明朝的商業與文化》（台北市，聯經出版社，2009
　　　　年5月一版一刷），頁88。

〔註45〕見明·沈德符著：《萬曆野獲編（中）卷二十四》（北京市，中華書局出版社，
　　　　2007年10月五刷），頁622。

明人謝肇淛的《五雜俎》一書談及明代男風時亦說：大率東南人較西北為盛也。〔註46〕在南方之中，此風最盛的，又以福建閩南一帶是最多的，故又諧其音稱「男風」為「南風」，這與其地理文化條件有關：

> 福建是明代男同性戀比較公開普遍的地方，當時，福建海運很盛，
> 去菲律賓、臺灣、日本等地通商的很多，而航海的人都相信，船上
> 不能有女人，否則船會出事，這樣，長期在海上的人，就以同性戀
> 做為性發洩。……，中國傳統的同性戀的關係，當要受社會承認時，
> 就要舉行一種「契」的儀式，建立「契父」和「契兒」、「契兄」和
> 「契弟」等關係，在福建地區，這類關係很多。〔註47〕

所以說，福建閩南地區，因為其海洋地理條件、漁業禁忌文化等特殊原因，造成男風特盛的狀態，這是由於特殊的人文地理條件，造成男同性戀被常態化的現象，甚至產生類似夫妻的契父子、契兄弟的買賣行為與同性關係，這在情慾橫恣的明代男風現象中是較為特別的，因為它是地理環境及產業因素，大於社會風氣因素的影響，所塑造出來的一種性別文化現象。

（二）明代變童與同性戀的互動

1、主動者多為在上位者，且變童癖、雙性戀與同性戀並行

通常同性間性關係的產生，必定有一個主動者，一個被動者，即使是兩情相悅，也要有一方先表明情意與性傾向，則同性戀的關係才會產生，而玩弄變童更是一方為強迫者，一方為被強迫者的非自願性性關係，從《六十種曲》各劇本所描寫的同性關係中，我們可以發現：同性戀或者是變童癖的發生，其主動的一方都是在社會上或家庭中地位較高的那一方，而且同性戀的對象多以年輕而且外貌俊美的男性為主，例如：《東郭記》中，陳賈、景丑、田戴三人，為了要巴結當權的王驩（王子敖），竟願扮美人，裝婦人媚態來，滿足王驩的男風之癖，得到王驩的歡心：

> （王）陳郎少年，美如冠玉，若作婦人，不知得人多少愛也。（賈）
> 既明公過愛，便當改作紅妝，以宥明公之酒，（賈去冠、帶，作婦人
> 扮介，王）妙人，妙人，怎就曉得俺子敖酷愛男風，備此物色。（賈

〔註46〕見明‧謝肇淛撰：《五雜俎》（上海市，上海書店出版社，2009 年四月一版一刷），頁 146

〔註47〕見劉達臨：《中國古代性文化（下）》（三重市，新雨出版社，1995 年 9 月初版），頁 955。

奉酒介）右師爺請酒。（王笑飲介）（賈）喜值青年，全然未鬚，何
妨巾幗羅襦，搽脂抹粉媚如狐，不數龍陽和子都，深深拜，款款趨，
衾稠夜抱夜深余，無陽氣，不丈夫，朝中仕宦盡如奴。（田）王子敖，
就將陳傾作如夫人何如？（王笑介）（田）何物陳娘，偏叫美都，渾
身膩滑如酥，豐肌弱骨是明妹，皓齒明眸女不如。〔註48〕

從上文分析，在這段同性媚同性而取樂的過程中，王子敖是好男風者，為因
應他的癖好，陳賈才扮為女，所以地位較高的王子敖仍是同性情色關係的主
動者，地位較低的陳賈是被動者，且陳賈因尚為年輕，有青春的臉龐與女性
化的動作，方得王子敖之歡心，若換成後來也學做婦人態以詔媚王的景丑，
因年紀較大，王子敖可只當笑話在看了。然而相同的，在現實生活中，王子
敖、陳賈、景丑，都是異性戀者，都有自己的「夫人」，則他們的同性情色行
為，仍是雙性戀與變童癖之相結合而已。而由此例，我們亦可見得明代時，
王孫貴族，富貴人家的斷袖之癖，已是公開的事情，所以戲劇作者才會在劇
情之中公然展現出來這群人的互動。

　　筆者以為，明代文人的同性間的性互動，若要用性心理或性傾向來分析
或定義，是相當複雜的，他們的行為是結合真正的同性戀、雙性戀、戀童癖
的綜合體，與其說是受到個人性傾向的影響，不如說是受到社會風氣的帶動，
因為當時搞同性關係的人太多了，即使是異性戀者，也會有想要試試的慾念
吧！再則，從男與男的互動中，地位高的人，通常是主動者，而且性剝削、
性玩弄的意念，多於真正對這些被動者的感情，一旦發洩慾念過後，便不把
他們當一回事了，這除了是下層者不受重視，另一方面，這些富貴者或文人，
多把自己的僮僕當財產視之，根本不可能尊重他身為「人」的人格尊嚴，所
以蓄養變童跟養寵物是大同小異的，僮僕也了解自我地位的低下，與身為下
人的命運，所以大多也麻痺了自我尊嚴，任主人洩慾玩弄，則對他們性剝削
的上層男性，其行為是多麼地可鄙啊！

　　2、蓄養變童為社會普遍現象

　　從《六十種曲》的劇本當中，我們可以發現，蓄養變童在明代是一種很
普遍的現象，基本上，「變童」在家庭當中最主要的身份還是勞動人口，其工
作除了家中大量的勞力事務以外，最重要的工作還是服侍主子，也因為他們

〔註48〕見毛晉原編、黃竹三等人重新校注：《六種曲評注（二十四）》（長春市，吉林
　　　　人民出版社，2001年9月一版一刷），頁179。

與男主人終日近身的接觸，所以男主人才有狎邪他們的機會。在《萬曆野獲編·卷二十四·風俗·男色之靡》中亦記載當時士人好狎孌童的狀態：

> 士人致孌童爲廝役，鐘情年少狎麗豎若友昆，盛於江南而漸染於中
> 原，至今金陵坊曲有時名者，競以此道博游壻愛寵。〔註49〕

可見得當時的士人對於孌童的確頗有偏愛；又如：張岱的《陶庵夢憶》中，也闡述了當時的士人出外冶遊，不但是帶著妓女，更帶著家中蓄養的大量孌童一起同行：

> 虎丘八月半，土著流寓士大夫眷屬，女樂聲伎，取中名妓戲婆，民
> 間少婦好女，崽子孌童及游冶惡少，清客幫閒，傒童走空之輩，無
> 不鱗集。〔註50〕

可見孌童們在當時士人富戶家庭中，是聚會時不可缺少的娛樂角色，在《六十種曲》的劇本中，我們也不難發現相關的記述，如《懷香記》中，韓壽帶著二個孌童赴聘任：

> （淨、丑上）書童生得清標，清標。琴童且又生的蹊蹺，蹊蹺。畫
> 堂終日把臀搖，薰風盛，忒妝喬，家主見，也難饒〔註51〕

由上文可知，明代的男人，只要有那個經濟能力，多養幾個書童以爲孌童，也是很普遍的事，而且在他們未娶妻納妾之前，這些孌童還是他們平日發洩慾望的對象，也就是書童也兼當主人的孌童。又如《獅吼記》中的蘇軾本來就是風流成性的，家中養了很多妾與孌童是必然的，而本戲中的主角陳慥逮到機會，遠離了悍妻的控制，就終日與歌妓孌童取樂了：

> （生）……小生別了室家，遨遊洛下，幸遇故人蘇子瞻，追歡朝夕，
> 今日乘此春光，山川秀朗，約他同琴操行樂一番，因此帶了妖姬孌
> 童，鈿車寶馬，步障隱囊，花氈綉毯，錦瑟瑤笙，悉皆齊備。呀，
> 遠遠望見子瞻同琴操來了。……（見介）（小生）侍女優童望若仙，
> 未曾浮白已陶然。〔註52〕

〔註49〕見明沈德符《萬曆野獲編（中）》（北京市：中華書局，2007 年 10 月一版五刷），頁 622。

〔註50〕見張岱著：《陶庵夢憶》、《西湖夢尋》（北京市，中華書局出版社，2007 年 4 月一刷），頁 64～65。

〔註51〕見毛晉原編、黃竹三等人重新校注：《六十種曲評注》第十一冊（長春市，吉林人民出版社，2001 年 9 月一版一刷），頁 14。

〔註52〕見毛晉原編、黃竹三等人重新校注：《六十種曲評注》第二十冊（長春市，吉林人民出版社，2001 年 9 月一版一刷），頁 407。

此時的陳慥與在家中那個懼妻膽小的陳慥簡直判若兩人啊！以明代當時的經濟條件而言，一個公子士人，蓄養一、兩個，甚至更多的變童是很平常普遍的現象，也可以說是一種特別的社會風氣吧！然而我們要關切的是，這些平時已經很勞苦的低下階層，在主人性致來的時候，還要充當他們發洩性慾的對象，其命運豈不太可悲了嗎？此時的變童們，與在社會上飽受歧視、羞辱的妓女、戲子又有何不同呢？而摧殘他們的這些平時光鮮亮麗，滿口經史子集、仁義道德的人，相較之下，是多麼的虛偽無恥呀！

3、描述用的語詞大多淫穢，而描述者多是下階層之人

在《六十種曲》中，我們可以發現許多有關同性間性行為的描述，而且都描述的相當露骨淫穢，例如：《南西廂記》中的張珙，其僮僕琴僮便說：

> 琴童生的青標，每日街上擺擺搖搖，日間跟隨官人出入，夜間與官人撒腰，昨夜與官人同睡，渾身上下把我一澆，我只道葫蘆裡放出的水，官人原來是個老瓢。（見介）官人有何吩咐？……。〔註53〕

由上文可見，張生在認識崔鶯鶯前，就已是一個好男色的人，經常與男僮僕同枕共眠，且會發生男與男之間的性行為。又如：《金雀記》中的潘岳，不只喜歡女人，也喜歡俊俏的男人，其性對象更是不分男女：

> （小淨上）自家名喚彩鶴，平生最喜要樂，日間與相公執鞭，晚間與相公暖腳，惹得他高興起來，取出一件東西，其實有些兇惡，頭子豹綻青筋，根下毛衣落索，他狠狠毒毒往裡面一篙，俺忍著痛掏摸，也只是不倒金槍，試把屁股扭上一扭，就像似螃蟹吐沫，官人有何吩咐？……。〔註54〕

在此，潘岳的變童，對性描寫的就更露骨了，連主人的性器官都描述地很大膽而細膩，可見得明代人對男性與男性間的性行為有多麼開放，可以公開在舞台上對觀眾講述出來；但是，若翻遍每一本有提到變童或同性戀行為的劇本，我們可以發現，幾乎會安排來闡述此種行為的角色，都是處於低下階層的僮僕或小和尚，〔註55〕反而在男與男性行為上的主動者或侵犯者──士人、公子、富商、官宦，絕不會說出這樣的話來。為什麼會如此呢？從戲曲

〔註53〕見毛晉原編、黃竹三等人重新校注：《六十種曲評注》第五冊（長春市，吉林人民出版社，2001年9月一版一刷），頁467。

〔註54〕見毛晉原編、黃竹三等人重新校注：《六十種曲評注》第十六冊（長春市，吉林人民出版社，2001年9月一版一刷），頁603。

〔註55〕關於宗教人士的同性戀，於下一點再討論。

安排的角度上來說，這些配角本來就是用來插科打諢用的，由他們口中說說色情笑話，在舞台表演上，的確可以有娛樂的效果。而作者在角色的塑造上，也必須保護主角人物的美好形象，所以說淫道穢的任務，便落到這些小人物的身上了。然而，我們不能忘記的是，戲曲劇本的創作者本身就是文人，他們必定會隱瞞自己為性剝削者的事實，來為自己保有美好的形象，他們在道學的教育下成長，怎麼能承認自己有男風的傾向呢？所以這樣的戲劇台詞的劃分，就可以隱諱的反映社會上的男風，又把道德上的責任推給地位低下又沒受教育的奴僕身上了，這種虛偽的心理，真是令人不齒，也再一次令人為僮僕們在性地位上的不平等對待感到同情。

4、宗教場所中亦多有此男風

明代的宗教人士，不管是和尚、尼姑、道士、道姑，其行為都有多所爭議處，尤其是在「性」的方面，其開放程度與一般平民百姓、富賈士子是不相上下的，我們從《六十種曲》中可窺得一二，在描述和尚的方面，如：《精忠記》中說道：

> （丑上）做長老事頭多，遇花酒不空過，夜來抱著沙彌睡，這場快
> 活誰似我？……小僧是靈隱寺住持和尚是也。〔註56〕

這說的是住持和尚對小和尚的變童癖；又如：《精忠記》中兩個小和尚的對話：

> （淨上）和尚生來也是個人，怎叫慾火便離身，……，你一向好嗎？
> （丑）說不得，近來有些干結不通。（淨）好了嗎？（丑）其實虧了
> 師公。（淨）怎倒虧他？（丑）他道服藥不如針灸，與我幹了一夜南
> 風，真個十分爽利，迴蟲也落出了一綜。……。〔註57〕

這裡則是由年輕小和尚的口中敘述老和尚對他的性行為；較為特別的則是當沒了小和尚或小道士可以發洩時，他們也找一般女性，呈現雙性戀的行為，在《六十種曲》中的劇本《紅拂記》中也出現了這樣一段對話：

> （小淨、末扮僧道上）……，別人不見老婆，偏我們沒了徒弟，卻
> 好了，你看前面兩個婦人，只待拿來出氣，姐姐，我和你同伴兒走。
> （僧、道、妓女打笑諢介）……。〔註58〕

〔註56〕見毛晉原編、黃竹三等人重新校注：《六十種曲評注》第四冊（長春市，吉林人民出版社，2001年9月一版一刷），頁156。
〔註57〕見毛晉原編、黃竹三等人重新校注：《六十種曲評注》第十七冊（長春市，吉林人民出版社，2001年9月一版一刷），頁289。
〔註58〕見毛晉原編、黃竹三等人重新校注：《六十種曲評注》第七冊（長春市，吉林

隱約的暗示著小和尚是年長的和尚平時用來發洩性慾的對象，所以我們可以發現，所謂和尚、道士，甚至尼姑、道姑的同性戀行爲或變童癖，亦不見得是他（她）們本身有這方面的傾向，大部份都只是拿來當做一種欲求的發洩爲多，只是在異性較少出現或過夜的寺廟道觀中，他（她）們只好拿小沙彌、小尼姑、小道士、小道姑來當做洩慾的工具；這就是學者金西說的，同性性行爲發生原因之一：環境中缺乏異性造成的同性戀：

> 對有些成年人來說，沒有異性戀的機會就會轉向同性戀，例如：監獄、修道院、軍隊、遠洋輪、男女分開的學院、和其他以性別區分的場所，同性戀的發生率是非常高的，研究表明，在長期服刑的犯人中，有百分之八十以上有過同性的性行爲，而這些犯人一旦獲釋，回到大社會環境中，其中絕大多數則又轉化爲異性戀。〔註59〕

因此在宗教場所中的同性戀行爲，或者長者狎弄變童（如：小沙彌、年輕貌佳的道士、道姑、尼姑），是因爲在他們所處的環境大部份沒有異性，而爲了屈服於教律清規的約束下，所以就找同性者來當做性伴侶。此外，明代社會風氣開放，與文人雅士往來密集的和尚、道士，其思想觀念、外在行爲也不免受他們影響地放蕩起來；再加上社會上逐利好財風氣鼎盛，因而廟宇往往已無法自成清流，獨立於世俗風氣之外，成爲一個純粹追求宗教信仰，清修寧靜的場所了，故做出一些有違禮法的行爲也就所在多有了。

結　語

　　同性之間的愛情或情慾的產生有先天或後天的原因，然而筆者認爲，從《六十種曲》所看到的明代的同性情慾多是由後天環境所造成，所謂的同性戀或變童癖是一種明代社會縱慾風氣的反映，再加上富裕社會享樂主義的推波助瀾所造成的，學者亦有研究言道：

> 大約在正統至成化年間，經濟的恢復和財富的積聚，使社會上逸樂風氣開始抬頭，兼之以陽明心學的流行，士界思想受到極大震動，長期被壓抑的慾望，終於從沉悶中掙脫出來，造成了晚明社會上人慾橫流的局面。……晚明縱慾風氣經常是與男性同性戀交

人民出版社，2001年9月一版一刷），頁161～162。

〔註59〕見劉達臨、胡宏霞：《性學十三講》（珠海市，珠海出版社，2008年1月一刷），頁217。

纏在一起的，男性同性戀在晚明和清代社會上不是個別現象，而
是一種普遍風氣，酒樓戲園，大量的陪酒歌童，是明清社會特有
的風景。〔註60〕

所以說，真正蓄養孌童或玩弄同性伴侶的男性主動者，本身不見得是同性戀
者，只是在有錢的基本條件下，社會觀感的允許下，縱情地享受著同性情愛
帶來的快樂。但是，值得討論的是，這種快樂是否帶著真正的情感，還是這
些有著斷袖之癖的主動者，對同性的男妓或孌童只是如嫖妓一樣，只是為了
發洩肉慾，玩玩就好呢？在戲曲中，我們大部份看到得都只是男主人憑藉著
上位者的身份玩弄著僕人，或權貴者因自身的威勢性剝削下屬，在通俗小說
中，則有少數是男性與男性真誠的愛戀，如：男孟母教合三遷〔註61〕這個
故事，但這畢竟是少數，大多仍是一種強勢的男性對弱勢男性的欺壓、佔有、
與玩弄，也就是說，在男性主動者的眼中，被他們性剝削的男子，只是一種
用來享樂的物品，或是因富有用金錢買來的財產，無須對他講真情真義，而
被剝削者，自己也體認到自身的低下與弱勢，就認命的被玩弄，這就是有錢
有權者對低下階層者的弱肉強食，也無怪乎明代中期以後會被視為一個縱慾
享樂的時代。另有兩個令筆者在研究完明代的同性關係之後，好奇的事是：
第一，女性的同性戀應當也是存在的，但是在《六十種曲》中卻一齣也沒提
到，因為劇作家全是男性，無法窺探閨房密友的情誼，則要研究明代的女同
性戀，仍有待著以後各式各樣文本的搜集分析，方能一探究竟。第二，同性
間的情慾在古代是被這樣大剌剌的展演或刊刻成書籍，展現在民眾的眼前，
明代的同性戀議題也是如此大方的被大眾談論著，而現代所謂的男、女同
志，卻得害怕被人知道，戰戰兢兢的生活著，同性戀在現代或許是一個很好
的學術研究或輿論議題，但是真正的遭遇其中者卻得痛苦的在社會中爭取生
存權，難道今反不如古嗎？每一個人都有自由選擇愛與被愛的對象之權利，
看了明中晚期對同性愛的社會開放觀感，我們是不是也應該給現代人中，先
天或後天真正具有同性愛的人們，更多發展的空間與人性的尊重呢？

〔註60〕見吳存存：《明清社會性愛風氣》（北京市，人民文學出版社，2006年6月一
　　　　版一刷），頁3。
〔註61〕李漁：《笠翁小說五種·卷十三·男孟母教合三遷》（台北市，成文出版有限
　　　　公司，1970年1月，台一版），頁5381～5454。

第二節　選宮制度下的兩性關係

一、明代選宮制度的特色

　　中國古代是一夫多妻制的婚姻制度，然而一般平民的男性再怎麼多妻，也比不上帝王對於女性的荒淫，所謂「天下莫非王土」，對君王來說，天下之女也莫非「王妻」，所以帝王之後宮可以「佳麗三千」，甚至宮中專供其發洩情慾的女性可以不計其數，但是帝王只有一個，那麼多的女性不見得都有幸能得其臨幸，最後孤苦一生，或是死在後宮中某個角落，無人聞問的，是大有人在，故而，進入皇宮當帝王的女人，雖然有富貴的可能，但是變成一個擁有悲慘命運的女人機率更大。雖然如此，每一代的每一個君主，還是大肆選取女子，供自己洩慾，為自己生孩子，以穩固其帝王的尊嚴。

　　明代的帝王也是如此；明代的帝王雖然呈現明顯的兩極化，宣宗之前，都還算賢明，就算不能如太祖、成祖般建立豐功偉業，也能守成有佳，英宗開始，就出現一連串昏君幼主，國家逐漸衰落，終至敗亡，但是不管是賢君還是昏主，他們的好色之心都是一樣的，其所選宮人人數更是超越各朝，為歷史之冠，在明末，宮人多達九千多人，〔註62〕歷代君王後宮，無人能出其右。

　　后妃明代的選宮制度最大的特色是，前代或清朝的后妃大多家世顯赫，但明代的則多來自民間良家女子，家世都很平凡，以下列表以唐、宋、明三代做比較：〔註63〕

朝代	品級至后或妃的人數	后妃身家來源	備註
唐	六十人	來自門閥世族家庭者：16人 來自官僚軍貴家庭者：16人 來自普通地主家庭者：8人 出身家庭不詳者：20人	資料來源：張萍萍：碩士論文《從唐代后妃看唐代的政治與社會》〔註64〕

〔註62〕見張春曉：《嬪妃》（上海市，上海辭書出版社，2004年9月一刷），頁18。

〔註63〕不列元、清代后妃來源，乃因其種族與歷代不同，自有其民族制度，不與漢人建置制度的價值觀相類之故。

〔註64〕本資料統計人數見張萍萍：《從唐代后妃看唐代的政治與社會》（天津：天津師範大學，碩士論文，2009年3月），頁9～23。

宋	五十四人	來自王親國戚者：4 人 來自高位階文官家庭者：12 人 來自高位階武官家庭者者：14 人 來自刺史家庭者：3 人 來自平民、小官家庭者：10 人 出身家庭不詳者：11 人	資料來源：《宋史·后妃列傳》〔註65〕
明	四十一人	來自藩王家女者：1 人（成祖仁孝徐皇后） 來自高位階武官（武衛指揮使）家庭者：1 人（太祖李淑妃） 來自高位階文官（光祿少卿）家庭者：1 人（惠帝馬皇后） 來自小官家庭者：2 人（宣宗孝恭孫皇后、憲宗孝穆紀太后） 來自監生家庭者：1 人（孝宗孝康張皇后） 來自平民家庭者：35 人	資料來源：《明史·后妃列傳一、二》〔註66〕

　　以唐代的后妃家世來說，來自大門閥士族或官僚軍貴家庭的多達三十二人，一般家庭的必定是地主，雖為平民，但想必家境也是不錯的，而不詳者雖亦多達二十人，但是這些身世不詳的人，多是「妃」的位階，而且生存時代亦多集中在中、晚唐的唐憲宗之後，因為社會逐漸混亂，國勢漸衰，選妃要從富貴人家選取是較不易的；但從身世可考的這些后妃看來，都是家世不錯，甚至是顯赫的家族，可見的，一般平民的女子，並非唐代皇室選妃的喜好對象。至於宋代的后妃，從上表中顯示：來自王親國戚、高位階文官或武官家庭的女子有三十人，而來自刺史家庭的女子有三人，來自平民或小官家庭者則有十人，其出身家庭不可考者，則是有十一人，且這十一人集中在北宋末年與南宋時期，大致上，其身份可知者，亦是以家庭社會地位較高者，尤其是王親國戚，與高位階的官員這一類的家庭為首選；所以唐宋時代在選后妃之時，其家庭與個人的身份地位，是一個必須考慮的因素。

　　但是，到了明代的后妃，我們可以發現：來自藩王家庭、高位階文、武官家庭的后妃只剩下三個人，而另外家中授予官職的三個后妃則是地位較低，或是無實權者，而憲宗孝穆紀太后更是皇帝打敗南方蠻族所虜回之土官

〔註65〕見脫克脫等撰：《宋史》（臺北市：藝文印書館，1958 年），頁 8605～8661。

〔註66〕見清‧張廷玉等著：《明史‧傳一：卷一百十三、一百十四》（北京市，中華書局出版，1974 年 4 月一版），頁 3503～3546。

之女，其他剩下的百分之八十六的后妃，都是平民人家出身的女子，如果把低位階官員家庭的三人再加入，則明代后妃家世較高的則只剩不到百分之一，更別提那些封號尚不到妃的階層，而曾被臨幸受封的，或是一輩子都只當個女官或宮女，從未被皇帝臨幸過的，其家世就更平凡了。

由以上的比較，我們可以發現，明代選后妃有一個很大的特色，他們較喜歡選取平民人家之女入宮，加以訓練教育之後，做為帝王的皇后與妃嬪，這是和前代選后妃時著重女子的「門第與身份」大不相同的地方，之所以會形成這種現象，和明太祖開國後訂下的規矩有很大的關係；《大明會典・禮部二十五（卷六十七）》中〈選用宮人〉一條載道：

> 洪武二十九年定，所取女子，除富豪不用，其餘不問貧難之家，女子年十五、二十歲者，送進灑掃宮院，曬晾幔褥，漿漿衣服，造辦飯食，許各家父母親送，賞鈔五十錠，其在京軍民之家，有女子，及無夫婦人，能寫、能算者，不論貧富醜陋，皆許進用，賞與前同，不許將體氣惡疾及已曾進到者，一概進來。〔註67〕

從《大明會典》中的規定可知，朱元璋認為選后妃，不須要出身富貴，他所看重的是一般家庭，長相與舉止都端正的人，這與他出身民間，知道民間女子亦有其優點，有很大關係，又如：余繼登的《典故紀聞》中，記錄明代帝王的選后妃，及對皇后的規範是：

> 皇后之尊，止得治宮中嬪婦之事，即宮門之外，毫髮事不預焉。……，天子及親王后妃宮嬪等，必慎選良家子而聘焉，戒勿受大臣所進，恐其夤緣為奸，不利於國也。〔註68〕

在這裡所見，則朱元璋為了避免外戚大臣干政，連大臣家或大臣所進獻的女子也要加以避免。可見從太祖開始，選后妃多由民間女子找起，排除世家大族、富貴人家、官宦之家，主要是為了防止外戚干政，女后因帝幼聽政禍國，因而〈明史・后妃列傳〉一開始即載道：

> 明太祖鑒前代女禍，立綱陳紀，首嚴內教，洪武元年命儒臣修女誡，諭翰林學士朱升曰：「治天下者，正家為先，正家之道，始於謹夫婦，

〔註67〕見明・李東陽等撰，明・申時行等重修：《大明會典（二）（卷六十七）・禮部二十五》（揚州市，廣陵書舍，2007年1月一版一刷），頁1107。
〔註68〕見明・余繼登著：《典故紀聞》（北京市，中華書局出版社，1997年12月二刷），頁32。

> 后妃雖母儀天下，然不可俾預政事，至於嬪嬙之屬，不過備職事，
> 侍巾櫛，恩寵或過，則驕恣犯分，上下失序；歷代宮闈，政由內出，
> 鮮不為禍，惟明主能查於未然，下此多為所惑。」〔註69〕

此外，筆者認為，明太祖主張后妃來自民間，而後繼之帝王，或後來的太后為太子選后妃，仍遵行太祖規制，不敢違背的原因，和明代最初的兩個皇后——太祖馬皇后以及成祖徐皇后——有很大關係。

太祖馬皇后出身平民，她的父親馬公，母親鄭媼皆早亡故，馬公將他女兒託付給郭子興，她並不因為是養女寄人籬下而自怨自哀，反而用心學習書史，使自己更有能力內涵；郭子興的二太太小張夫人特別喜歡她，把她許配給面有奇貌的朱元璋。而太祖奪天下後，馬皇后不但盡心侍奉其三餐，對「妃嬪宮人被寵有子者，厚待之」，〔註70〕是一位寬宏大量的後宮領導者，另一方面，她對百姓、臣子都極關心仁慈，每當朱元璋要大開殺戒時，她都能及時化解，最明顯是宋濂之孫宋慎牽連入宰相胡惟庸案，朱元璋要一同殺了宋濂，馬皇后除言諫，亦用不食酒肉為其求情：

> 后諫曰：「民家為子弟延師，尚以禮全終始，況天子乎？且濂家居，
> 必不知情。」帝不聽，會后侍帝食，不御酒肉，帝問故，對曰：「妾
> 為宋先生做福事也。」帝惻然，投著起。明日赦濂，安置茂州。
> 〔註71〕

可見，馬皇后的仁慈，不知救了多少人，她也關心監生的家庭、一般的百姓是否能一加安居樂業，衣食無缺，所以不論是臣子或朱元璋都很尊敬她，百姓更是愛戴她。此外，太祖為感激她一路的支持，要封其親族為官，她都大力阻止辭退，以實踐太祖外戚不能干政的主張。所以不管對內或對外，她都是一個值得尊敬稱頌的人，然而她並沒有顯要的家世，其學識也是努力自學而來，她只是一個出身平凡的民間女子，但她卻做了許多偉大的事，為明代后妃立下可敬的典範。

明代開國第二個可敬的女皇后是成祖徐皇后，其父徐達，雖被封為中山王，但是她出生及受教育時期其父還跟隨太祖打天下，還算是平民，嚴格而

〔註69〕見清·張廷玉等著：《明史·傳一：卷一百十三》（北京市，中華書局出版，
1974年4月一版），頁3503。

〔註70〕同上註，頁3508。

〔註71〕見清·張廷玉等著：《明史·傳一：卷一百十三》（北京市，中華書局出版，
1974年4月一版）3506。

言，還算是出身平民之家，所受也是平民婦女的教育，她學識淵博，又有謀略勇氣，幫成祖奪得天下，但是並不因此要求顯要外戚，反而比成祖更主張要抑制外戚干政，〈明史・后妃列傳〉載：

> 初，后弟增壽常以國情輸之燕，爲惠帝所誅，至是欲贈爵后力言不
> 可，帝不聽，竟封定國公，命其子景昌襲，乃以告后，后曰：「非妾
> 志也。」終弗謝。……永樂五年七月，疾革，惟勸帝愛惜百姓惟勸
> 帝愛惜百姓，廣求賢才，恩禮宗室，毋驕蓄外家。〔註72〕

可見得徐皇后至死，都還堅持著要抑制外戚，不能讓外戚因后妃受寵就壯大其勢力，或因爲是皇親就可干預內政的理念。

　　比較這兩個開國皇后，我們發現，她們都一心支持著丈夫的理想，助其發展大業，在擁有天下之後，都能適時的幫助丈夫統理後宮，安定臣子，並且關心百姓的生活，而且面對自己的家族外戚，她們都能遵守太祖所訂：后妃、外戚不得干預內政的原則，不管是內在的安後宮，或是外在的助國政，馬皇后與徐皇后都能把自己的角色扮演的恰如其份，使得帝王對其除了憐愛，更多了一份尊敬，而天下臣民也對她們愛戴有加。但是，她們二人都不是來自王親國戚，高官大臣的家庭，也沒有顯赫家族的映襯，她們都來自再平凡不過的平民家庭，可是她們在身爲皇后的表現上，卻一點也不輸前朝家庭身世顯要的皇后。這給明代皇室一個很重要的觀念：即使是平民家的女兒，只要教養得當，能夠忠心的爲君主付出，也能出現好的皇后，皇后的身家背景好不好，也就不再那麼重要，所以成祖以後的后妃，出身都是很平凡的。

　　這種制度觀念的優點是：使皇帝選宮的對象擴大了，而皇后來自民間，對於百姓疾苦，也較爲了解，遇賢君能臣當政時，則能助其體察民間疾苦，改善百姓生活。此外，她們的政治野心也較小，最大的想望也只在能登皇后之位，以及讓自己的兒子成爲太子罷了，再加上祖宗家法的規限，使其在國政上的影響力相對就少多了。但缺點是，后妃與外戚，一旦失去了權力，則會把注意力集中在財物與田產、宅第的積累，例如：英宗周皇后的家族，就與孝宗張皇后的家族爭田產，鬧到不可收拾，引起民怨與言官的上疏彈劾，〔註73〕無權則爭財，這似乎也是小老百姓才會有的行爲，而身爲皇后者，則多對外家之聚斂予

〔註72〕同上註，頁 3510。
〔註73〕見清・張廷玉等著：《明史・傳十四：外戚・卷一百八十八》（北京市，中華書局出版，1974 年 4 月一版），頁 7671～7676。

以默許放任的態度,「好財」應也是由平民轉為皇親國戚後會產生的流弊吧!大致而言,明代的后妃有實權的不會干政,多把心力放在後宮鬥爭與對皇帝爭寵之上,對國家的影響,與前面的朝代或後來的清代比起來是較小的,與其選宮對象多來自民間,應有一定程度的關連。

二、《六十種曲》中的婦女與選宮

在《六十種曲》中,我們除了看到婦女的愛情與日常生活之外,我們可以發現她們也會遇到各種的困境,例如:感情的受挫、戰亂的摧殘、受他人的欺凌……等等,這其中還有一個「女性挫折」就是:朝廷到民間選宮人,或是戲劇中的角色因罪沒入宮廷,在《六十種曲》中也是常出現的,以下先將《六十種曲》中出現此情節的狀況列表作一整理說明:

劇名	入宮原因	原被選中者	實際入宮者	事件結果	備註
雙珠記	皇宮選取民間女子侍御	王慧姬	王慧姬	因繡衣寄詩,而有緣被皇帝賜婚,與陳時策結為夫妻	
霞箋記	女主角張麗容被伯顏丞相搶入府中,丞相夫人忌妒她,將她送入宮中	張麗容	張麗容	張麗容在公主與駙馬的幫助下和男主角李玉郎終成眷屬	
四喜記	原為侍候太后宮人	鄭瓊英	鄭瓊英	由皇帝賜婚,與第二男主角宋祁完婚	
灌園記	在男主角齊太子王章落難時,與其私訂終身	太史敫之女	太史敫之女	王章復國後,將其迎娶為后	
種玉記	衛子夫被漢武帝看中入宮 衛少兒因要和蕃被徵入宮	衛子夫	衛子夫	宮女王嬙代衛少兒和蕃、衛子夫受寵宮闈,其弟衛青被拜為建章侍中	
贈書記	朝廷令太監,各處招選宮女	賈巫雲 男扮女妝為女尼的男主角談塵	男扮女妝為女尼的男主角談塵	談塵與賈巫雲恢復原來性別身份,由朝廷賜婚為夫妻	
錦箋記	皇帝為試秘密之術,到民間大選宮女	柳淑娘	淑娘之婢芳春		

明珠記	全家因被陷害，劉無雙與其母被籍沒入宮中	劉無雙與其母	劉無雙與其母	在王歲中幫助下，掃平冤屈，劉無雙與男主角王仙客終結爲連理	
備　註	其他在劇中情節尚有提到宮廷生活的有《浣紗記》、《南柯記》、《彩毫記》、《玉合記》、《紫簫記》。				

　　從上表的分析中，我們可以發現，婦女入宮最大的原因是朝廷到民間選取女子入宮，有的是爲了供給皇帝的私欲，有的則是到宮中擔任各項宮廷的勞務工作，但只要有此皇旨，民間婦女無不驚恐萬分，都造成了擾民的結果；第二個會入宮的原因則是：一家的男主人因獲罪，而使全家的婦女因此籍沒入宮中爲奴；婦女因罪而籍沒爲奴，在明代似乎是一種常態，在《龍膏記》與《飛丸記》中，雖然不是籍沒入皇宮之中，也籍沒入王府或高官顯要的家中爲奴，如：《龍膏記》中，宰相元載夫婦因罪被賜死，其女元湘英因爲詐死，由其婢女冰夷代替，被籍沒入郭子儀的王府之中；又如：《飛丸記》中的嚴嵩之女嚴玉英，在嚴家垮台之後，玉英就被籍沒入勝武將軍仇嚴的家中爲奴；第三個較好的狀態是女子天子產生愛情，或女子本身有意願入宮的，如：《灌園記》中的太史敫之女，與身爲國君的王章產生戀情，所以就歡喜地入宮爲后，又如：《種玉記》中的衛子夫，因侍寢漢武帝，所以入宮受寵；但是，這種自願入宮的畢竟是少數，大部份的家庭或婦女在面對朝廷到民間選宮，或不得已一定得入宮中時，還是充滿排斥與驚懼的。

（一）婦女被選入宮時的反應

　　明代的婦女面對要被選入宮廷時，第一時間大多的反應都是非常驚懼的，而且全家會陷入一種恐慌的狀態，如《雙珠記》中，王慧姬與其母一聽聞王慧姬要被徵召入宮，嚇的痛哭失聲，六神無主：

　　（丑奔上）宮闈有命，宮闈有命，敷求姬嬪，下州司征聘，已籍吾甥名姓，今日裡要之京，嘆骨肉似飛星。福無雙至，禍不單行，妹子，不好了！甥女，不好了！（老旦、貼）你去打聽消息，爲何慌慌張張？莫不是郟陽有甚凶信？（丑）不是，不是。（老旦、貼）却是爲何？（丑）才到州衙前問從軍的消息，只聞人說朝廷因太宗爺放出三千宮女，連年又不曾選取進去，宮中乏人侍御，故此行文各處，報選良家女子，州要十名，縣要五名，滿城中都是這等傳說，

只見我家一個近鄰走來說道，你家甥女王慧姬，已報在官，即日要
起送赴京了，特地報你。（老旦、貼）果有此事？痛煞人也！（哭倒
介）……，（老旦、貼）天哪！好苦！……，（老旦）事出非常，行
期又促，教娘如何是好？（貼）孩兒此行，付之天命，母親年老時
窮，哥嫂又不在側，怎生度日？（老旦）遭此不幸，實爲痛心也！
〔註74〕

從王母與王慧姬的反應可見，一旦入宮，對當事人來說，命運就進入一種未
知不安的狀態，而其父母也不可能再有機會見到自己的女兒，骨肉分離，前
途茫茫，怎不令人又痛心又驚恐？所以，是沒有多少正常人家會希望自己的
女兒入宮，身爲年輕女子，也不願意被關入這又深又大的宮城之中的。又如：
《贈書記》中的賈巫芸，其父母雙亡，他的叔叔要害她最好的方法，就是把
她送入宮，把賈巫芸與其乳母嚇壞了：

（旦上）……近日聞得朝廷差個太監，各處選招宮女，我思量叔叔
若要陷害奴家，必然報知上司，選我入宮的，因此叫褓姆進城探聽
探聽消息去了，待她回來便知分曉。……，（老旦上）屋漏更逢連夜
雨，船遲又被打頭風，小姐，不好了，二員外果然把你名字申報上
司，少刻就有人來拿妳，我聞得這信，走也走不及，趕回報與妳得
知。（旦）有這等事？可不痛煞我也！（作倒介，老旦）呵呀！小姐
蘇醒！（叫旦醒介）聞言魄喪，到此情誰援？拼將身命赴黃泉，強
入宮禁鎖雲鬟。（老旦）小姐，妳如今也不要哭了，自古道：三十六
著，走爲上著，不如急忙收拾了些衣飾走了吧！〔註75〕

在這齣劇中，女主角一聽到自己被選入宮，即刻哭得呼天嗆地，還昏死了過
去，最後索性收拾行裝逃跑而去；從以上二例可知，明代的女子，多是不願
意入宮的，一聽到朝廷要選年輕女子入宮，除了震驚、害怕、痛哭之外，不
是趕快逃到別的地方避難，就是被選女子的家長趕快把其年輕女兒嫁出去，
例如：《錦箋記》中所描述：皇帝信房中術而大選宮女，民間的反應是：

（末挑藍輿上）嫁娶紛紛。（丑）轎兒有麼？（末）香車沒半輪。（丑）

〔註74〕見毛晉原編、黃竹三等人重新校注：《六十種曲評注》第二十五冊（長春市，
吉林人民出版社，2001年9月一版一刷），頁77。

〔註75〕見毛晉原編、黃竹三等人重新校注：《六十種曲評注》第十七冊（長春市，吉
林人民出版社，2001年9月一版一刷），頁75。

這麼怎好？（末）藍輿倒穩，（丑）像什麼？（末）陶令也曾乘，陶
令也曾乘。（丑）之子于歸非等賢，達權通變也須諳。（放女抬介）

（末）馬背不如牛背穩，藍輿番勝板與鞍。（丑哭，抬下）〔註76〕

嫁娶乃一生中的大事，但是爲了逃避被選入宮廷，草草嫁人也無所謂，隨便
嫁個人都比嫁給帝王好，在人民的心目中，入宮是多可怕的一件事啊！《南
村輟耕錄》一書亦記載道：

> 後至元丁丑夏六月，民間謠言，朝廷將采童男女，以授韃靼爲奴婢，
> 且俾母護送，抵直北交割，故自中原至於江之南，府縣村落，凡品
> 官庶人家，但有男女年十二三以上，便爲婚嫁，六禮既無，片言即
> 合，至于巨室，有不待車輿親迎，輒徒步以往者，蓋惴惴焉，惟恐
> 使命戾止，不可逃也。〔註77〕

又如後代研究明代社會史的學者亦發現，因爲害怕被選入宮，明代民間還出
現所謂「拉郎配」的現象，也就是一聽聞朝廷下詔選娶宮人，各個有女兒的
人家，就趕快把女兒隨便找人嫁了，不管年紀大小，不論身份地位，：

> 這種「拉郎配」的情況，在明末文人吳履震的筆下記載的更爲凄慘：
> 「隆慶三年戊辰春正月，民間訛傳選江南女子入宮，男女婚定者，
> 自九歲以上，忙促嫁娶，未婚訂者，出其女子於道衢，任當婚者掠
> 娶，貧賤不記焉。」如此看來，那些能拉到郎的女子還算幸運，而
> 那些連郎也拉不到的女子，只能站在道路上任人掠娶了，可見當時
> 因選秀女而引起的社會動亂已達到了何種程度，無怪乎時人田藝蘅
> 說：「千里鼎沸，無問大小、長幼、美惡、貧富，以出門爲偶郎爲大
> 幸，雖山谷村落之僻，士夫詩禮之家，亦皆難免。」〔註78〕

從這種民間婚姻狀態因選宮旨意所造成的混亂，更加反應出女子們視入宮爲
畏途的社會現象。

除了認命進宮、逃跑、與隨便找人婚娶之外，明代女子面對不得不入宮
時，還有另一個辦法，就是找人代嫁，例如：《錦箋記》中的柳淑娘，在朝廷
下旨徵選宮女時，她的未婚夫梅玉剛巧到他鄉去，朝廷不管她已訂親的身份，

〔註76〕同上註，頁 378～379。
〔註77〕見元・陶宗儀著：《南村輟耕錄・卷九》（北京市，中華書局出版社，2008 年
　　　　1 月五刷），頁 112～113。
〔註78〕見朱子彥：《中國後宮制度變遷》（北京市，中國人民大學出版社，2006 年 12
　　　　月一版二刷），頁 122。

仍要強制召選，正當她與母親在悲痛慌亂之際，她的婢女顧及主僕之情，決定代她入宮：

> （淨）奶奶，我一時報了，如今見你們這般啼哭，連我也心酸了，有人尋個代替吧！（旦）呀！這誰肯代？（小旦）奴家願代。（旦）怎麼害你？（小旦）昔人受一飯之德，尚報千金，奴家荷半生之恩，何辭一往，快取衣飾與奴妝著，竟往便了。（旦哭介）妹子，定使不得。（淨）小姐，恭敬不如從命。（取衣妝飾小旦介，內催，眾驚介）……，（旦）妹子，拜你一拜。（拜小旦介，小旦拜答介）（旦）此生結草悲無地，（小旦抱旦低唱）小姐，你但守初盟報所知，我便便便向重泉也展眉。（淨拆旦推入介，扯小旦出介）（眾）去去去。（擁下）。〔註79〕

即使是再好情感，從小一起長大的主僕，在面臨選宮的危機時，做小姐的，也不得不犧牲掉她的奴婢，來逃掉被選入宮的厄運。從以上驚慌、痛哭、逃走、隨意婚配、找人代嫁的各種現象看來，明代的家庭與未婚婦女，面對「入宮」這件事可以說是懼怕到極點，皇室選宮的頻繁，對民間未婚婦女來說，簡直就是大災難，皇帝爲一己縱欲之私，不知殘害了多少無辜的婦女百姓。至於這些年輕婦女們，入宮爲皇帝的女人，對其而言，明明就是飛上枝頭做鳳凰的大好機會，卻寧可尋死尋活，逃之千里之外，也不願入宮，其原因到底爲何，則是筆者下段討論的重點。

（二）婦女不願被選入宮的原因探討

凡事有其果，必有其因，明代的民間婦女，因在明皇室「選妃不必富貴」的祖制之下，比其他朝代的女性更有機會進入宮廷，親近皇帝，進而大富且貴，但是，她們卻反而避之唯恐不及，視入宮猶入龍潭虎穴般地害怕，其原因到底是什麼，筆者以爲，其恐懼的原因，以及造成的一些特殊的宮人行爲至少有以下三個：

1、明代帝王多有特殊性格行為

就古代帝王與后妃的關係來說，是一男對多女的兩性關係，一個女子一旦進了宮，能不能得到帝王的臨幸或寵幸，全靠運氣與帝王的喜好，有的終

〔註79〕見毛晉原編、黃竹三等人重新校著：《六十種曲評注》第十七冊（長春市，吉林人民出版社，2001 年，9 月一版一刷），頁 401。

生連帝王的臉都看不到一次，有的則是帝王身邊短暫的過客，有的則是一生
集寵愛於一生，但是最後一種畢竟是少數，前二者才是大部份宮人一生的寫
照；而是否得寵於帝王，和帝王個人的喜好有很大的關係，尤其在明代，幾
乎大部份的帝王性格和行事風格都很極端，這些帝王在宮中的可怖事蹟，一
旦傳到民間去，還會有誰自願入宮去當帝王的砧上俎肉呢？例如開國的明太
祖與繼其偉業的明成祖，他們在死後用大量的宮女嬪妃來為其殉葬，以顯揚
其聲威：

> 史載，太子朱標一死，朱元璋即命其兩名王妃殉葬，首開婦女殉葬
> 的惡例，而從殉朱元璋的妃嬪宮女多達四十六人，一四二四年，明
> 成祖朱棣死後，殉葬宮嬪亦達三十餘人，此後的仁宗、宣宗也各以
> 五妃十妃殉葬，……，這一惡政，直到明英宗朱祁鎮時才宣布廢除。
>
> 〔註80〕

又如學者研究：

> 為明宣宗生殉的十位宮妃中，有一人名郭愛，進宮不到一個月，可
> 能連皇帝的面還沒見過，卻要為剛剛死去的皇帝殉葬，自知死期後，
> 滿懷愁苦的她給我們留下這樣一首絕命詩：「修短有數分，不足較
> 也，生而如夢分，死則覺也，先吾親而吾歸分，殘予之失孝也，心
> 淒淒而不能已分，是則可悼也。」〔註81〕

這首絕命詩是多麼的悲切啊！但帝王卻用殘酷的殉葬，來摧毀無辜女子的性
命，來標榜自己的偉大，其殘忍、自大、自私的個性可見一斑，但卻可憐了
這些無辜青春的宮女，後宮如此的制度，還有那個人家願把女兒送入宮呢？
又如明憲宗專寵大他十九歲的萬貴妃，明熹宗縱容乳母客氏擾亂後宮，與客
氏對食〔註82〕的魏忠賢敗壞朝政，其二帝的行為已近乎過度的戀母情節，使
無數宮人遭其毒手。以明憲宗而言，當他被明景帝廢太子位，改居宮外時，
只有萬氏一人照顧他，所以自然對她有一份特殊的情感，所以他登基後，雖

〔註80〕見宋立中：〈小議明代后妃外戚干政不烈現象〉（史學月刊，第六期，2001），
　　　　頁147。
〔註81〕見葛忠雨：〈大明後宮的那些哀怨事〉（八小時之外，八期，2009年10月），頁
　　　　65。
〔註82〕所謂「對食」就是男宦官和宮女結成夫妻的關係，他們並沒有真正的性關係，
　　　　只是彼此一種精神安慰，並且同食共寢而已。（見田玉川著：《後宮政治》（台
　　　　北市，吉根出版社，2005年2月初刷），頁48及施客寬著：《中國的宮廷秘史》
　　　　（台北市，九儀出版社，2001年8月初刷），頁74。

因太后反對，無法將萬氏立爲后，但卻縱容她在後宮獨攬大權，當個地下皇后，連眞正的皇后得罪她，也會引來禍端，後宮嬪妃被臨幸的、或懷孕的，被她毒害而死，被她用藥墮胎的更不知有多少，《明史》記載：

> 恭肅貴妃萬氏，諸城人，四歲選入掖廷，爲孫太后宮女，及長，侍憲宗於東宮，憲宗年十六即位，妃已三十有五，機警，善迎帝意，遂讒廢皇后吳氏，六宮稀得進御，帝每游幸，妃戎服前驅，成化二年正月生皇第一子，帝大喜，遣中使祀諸山川，遂封貴妃，皇子未期薨，妃亦自是不復娠矣，……，妃益驕，中官用事者一忤意，立見斥逐。掖廷幸有身，飲藥傷墜者無數；孝宗之生，頂寸許無髮，或曰藥所中也。紀淑妃之死，實妃爲之。掖廷……，奇技淫巧，禱祠宮觀，糜費無算，久之，帝後宮生子漸多，芳等懼太子年長，他日立，將治己罪，同導妃勸帝易儲，會泰山震，占者謂應在東宮，帝心懼，事乃寢。〔註83〕憲宗廢后吳氏，順天人，天順八年七月立爲皇后，先是，憲宗居東宮，萬貴妃已擅寵，后既立，摘其過，杖之。帝怒，下詔曰：「先帝爲朕簡求賢淑，已定王氏，育於別宮待期，太監牛玉輒以選退吳氏於太后前復選，冊立禮成之後，朕見舉動輕佻，禮度率略，德不稱位，因察其實，始知非預立者，用是不得已，請命太后，廢吳氏別宮。」立甫踰月耳。〔註84〕
>
> 孝穆紀太后，孝宗生母也，賀縣人，本土蠻官女。……，時萬貴妃專寵而妒，後宮有娠者皆治使墮；柏貴妃生悼恭太子，意爲所害，帝偶行內藏，應對稱旨，悅，幸之，遂有身；萬貴妃知而恚甚，令婢鉤治之，婢謬報曰病痞，乃謫居安樂堂，久之，生孝宗，使門監張敏溺焉；敏驚曰：「上未有子，奈何棄之！」稍哺粉餌飴蜜，藏之他室，貴妃日伺無所得，至五六歲，未敢剪胎髮。……，成化十一年，……，（帝）遣使往迎皇子，……，萬貴妃日夜怨泣曰：「群小紿我！」其年六月，妃暴薨，或曰貴妃致之死，或曰自縊也；諡恭恪莊僖淑妃，敏懼，亦吞金死。‥‥，孝宗既立爲皇太子，時孝

〔註83〕見清·張廷玉等著：《明史·傳一：后妃一·卷一百十三》（北京市，中華書局出版，1974年4月一版），頁3524～3525。
〔註84〕同上註，頁3520。

　　肅皇太后居仁壽宮，語帝曰「以兒付我。」太子遂居仁壽。〔註85〕
一個年長皇帝十九歲的老貴妃，竟能獨得寵愛數十年，在後宮興風作浪，戕
害人命，一定靠的是帝王的縱容，這種縱容的愛，除了夫妻之愛，更包含了
皇帝對她的依賴之心，這種依賴包括了須要被保護的依賴，所以才會「帝每
游幸，妃戎服前驅」，而除了安全感的須求，憲宗皇帝自小與父母分別，後又
逢巨變，一直照顧他的萬貴妃對他來說，除了是一個妻子，更是一個母親一
樣，這種對母親的孺慕之情，加上患難與共的愛情，使憲宗對其言聽計從，
也就在所難免。但對其他一般的宮女、嬪妃來說，萬貴妃的專寵與善妒，就
是她們在宮中得提心吊膽生活的主要原因，只要被皇帝臨幸一次，就有可能
招來厄運，更別說萬一懷孕，其下場更是悲慘，試問，遇到這種後宮情勢，
這種變相戀母的皇帝，有誰願入宮廷之中呢？又如：明僖宗也是一樣，自小
在乳母客氏的撫育之下長大，又與其曾有肌膚之親，所以讓客氏與魏忠賢獨
覽大權，一在內，一在外，敗壞宮務與朝政，雖有大臣彈劾請僖宗將其逐出
宮廷，僖宗卻回答道：「皇后幼，賴媼保護。」後來客氏雖短暫被逐出皇宮，
但沒多久又將其召回，〔註86〕這種皇帝的溺愛依賴，讓客氏與魏忠賢在後宮
肆無忌憚的殘害宮中女性，《明史》中說道：

> 莊妃李氏，即所稱東李者也，仁慈寡言笑，位居西李前，而寵不及，
> 莊烈帝幼失母，育於西李，既而西李生女，光宗改命東李撫視，天
> 啓元年二月封莊妃，魏忠賢、客氏用事，惡妃持正，宮中禮數多被
> 裁損，憤鬱薨。〔註87〕

> （忠賢）矯詔賜光宗選侍趙氏死，裕妃張氏有娠，客氏譖殺之，又
> 革成妃李氏封。皇后張氏娠，客氏以計墮其胎，帝由此乏嗣，他所
> 害宮嬪張貴人等，太監王國臣、劉克敬、馬鑑等甚眾，禁掖事秘，
> 莫詳也。〔註88〕

〔註85〕見清・張廷玉等著：《明史・傳一：后妃一・卷一百十三》（北京市，中華書
　　　　局出版，1974年4月一版），頁3521。
〔註86〕以上史事見清・張廷玉等著：《明史・傳十五：宦官二・卷三百○五》（北京市，
　　　　中華書局出版，1974年4月一版），頁7816～7817。
〔註87〕見清・張廷玉等著：《明史・傳一：后妃二・卷一百十四》（北京市，中華書
　　　　局出版，1974年4月一版），頁3542。
〔註88〕見清・張廷玉等著：《明史・傳十五：宦官二・卷三百○五》（北京市，中華書
　　　　局出版，1974年4月一版），頁7818。

僖宗對客氏的異常依賴也是強烈的，其對客氏的情感也是帶著對情婦與母親的複雜情緒，與憲宗的戀母心態如出一轍，這麼懦弱又懼內的皇帝，其事蹟傳入民間是必然的，則民間那裡還有女子願意進入宮廷呢？明代皇帝另一個可怕的行爲是對宗教的極度迷信，而爲了求得長生不老，或性能力的提升，殘害宮中女子的事情也是屢見不鮮，其中的代表人物當推明神宗，如：《萬曆野獲編》中記載明神宗殘害民間青少女之事就甚爲詳盡：

> 嘉靖中葉，上餌丹藥有驗，至壬子冬，命京師內外選女八歲至十四歲者三百人入宮，乙卯九月，又選十歲以下者一百六十人，蓋從陶仲文言，供煉藥用也，其法名「先天丹鉛」，云久進之可以長生，王弇州嘉靖宮詞所云：「靈犀一點未曾通」，又云：「只緣身作延年藥」是也。〔註89〕

而這些被選入宮取其初經的女子，若未被虐死，就會被放還回家，但是，當時民間都加以岐視，譏其爲「藥渣」，無人願意娶之，只能孤單終老一生，悲哀而死。〔註90〕明代皇帝的殘暴、軟弱、戀母、迷信……等等性格上、心理上的特異之處，使他們顯現出許多異於常人的行爲，因爲這些性格傾向與行爲，而直接或間接地殘害到許多無辜宮女的性命，這些悲慘的事蹟，必定會經過一些管道傳遞到民間去，使民間婦女視入宮爲畏途，使向來重男輕女的民間百姓，說什麼也不願以自身女兒的一生幸福來換取榮華富貴，因爲明代帝王的特殊性格行爲實在是太過恐怖驚人了，也映照出明代後宮的黑暗，明代宮人的可悲可泣。

2、宮廷生活孤寂且缺乏安全感

明代後宮佳麗之多，爲史上之冠，雖然這些人都算是皇帝的妻妾但卻不是每一個人都有和皇帝發生夫妻之實的機會；這些女子從入宮到出宮，或由入宮到死在宮中，連皇帝的面都沒見過的，亦大有人在，在明傳奇《雙珠記》中，我們看到這樣一個情節對話：

> （老旦）妾自至深宮，轉眼復幾春，君王曾一顧，形似兩未眞，儼如夢中遇，既寐求無因，望望小羊車，不礙永巷塵。〔註91〕

〔註89〕見明・沈德符著：《萬曆野獲編（下）》（北京市，中華書局出版社，2007年10月五刷），頁803～804。
〔註90〕見朱星《皇帝浮生錄——論中國皇帝》（台北市，洪葉文化事業股份有限公司，1996年5月初版一刷），頁34。
〔註91〕見毛晉原編、黃竹三等人重新校注：《六十種曲評注》第二十五冊（長春市，

這是一個入宮數十年的老宮女的自白，她的一生沒見過皇帝，更不可能被臨幸，只能在夢中做著與皇帝歡好的鴛鴦夢，然後孤單的老死而去；不是只有老宮人會有此背感，同齣劇本中年輕的宮女王慧姬，雖才入宮幾年，也有相同的喟嘆：

> （貼上）自嘆紅顏多薄命，恁孤寂長門，秋風錦團扇銷魂，疏月映珠簾搖悶，把鮫綃染透啼痕，妾少民家女，十六入深宮，箕帚不辭勞，針黹非不工，妾比曹大姑，文藝聊能通，雖無絕代姿，頗與儕輩同，宮中罕次序，疏睨爲卑崇，選妾今幾年，未在宣召中，蕭條金瑣寒，蟋蟀吟西風，蟲聲意能了，道妾難言衷。〔註92〕

只要是女人，進入宮廷之中，都希望能被皇帝恩寵，可惜大部份入宮的女性，都是孤寂地在宮中日夜等待那渺小的機會罷了。除了從未被臨幸的宮人會有一生無望的感傷外，那些服侍得寵嬪妃的宮女，心中對主子的羨慕，對自身也希望被皇帝眷顧的心，害怕青春年華逝去的感嘆，這種宮人們心中普遍的悲傷，在明傳奇《六十種曲》中也是有所反映的，如：《四喜記》中的宮娥鄭瓊英即言道：

> （占）多情，二八娉婷，自春愁隨芳草叢生，香寒絨吐，繡窗幾度停針，熒熒，臂痕長帶守宮明，鎮日裡枉思恩幸，自傷薄命，尋花恨重，折柳慢增。……，還驚，殘絮飛零，問東君爲何便整歸旌，流光似箭，誰有繫日長繩，清清，一春空過喜難成，盧扁藥怎消慢病，不堪孤另，龍與目斷，鳳輦魂縈。〔註93〕

所以，孤單的痛苦，等待的哀傷，是大部份宮人一生的寫照，無怪乎在明代的詩詞中，我們可以看到許多的宮怨詩，如：《明詩綜》中所載宮中女官沈瓊蓮的詩云：

> 豆蔻花風小字緘，寄聲千里落雲帆，一春從不尋芳去，高疊香羅舊賜衫。
>
> 明牒棐几淨爐薰，閒閱仙書小篆文，晝永簾垂春寂寂，碧桃花映石榴裙。〔註94〕

吉林人民出版社，2001年9月一版一刷），頁196。
〔註92〕同上註。
〔註93〕見毛晉原編、黃竹三等人重新校注：《六十種曲評注》第十三冊（長春市，吉林人民出版社，2001年9月一版一刷），頁596。
〔註94〕見清‧朱彝尊編《明詩綜‧（下）卷八十三》（台北市，世界書局，1970年8

一個宮中的女官，雖然可以有機會飽讀詩書，受其他的太監、宮女、甚至嬪妃尊敬，在宮中的地位算是不低，但是她心中最大的渴望，還是能得到君王的恩寵，讓她一生的情感有所依託，過過正常的夫妻生活。又如：《大明宮詞》中所載的宮怨詩云：

> 學畫娥眉弄晚妝，嬌羞無語暗思量，新來未識龍顏面，偷揭珠簾看上皇。

> 鎮日無人獨掩門，梨花月上又黃昏，空餘孤枕不成寐，撥碎琵琶彈淚痕。

> 深院日長瑤草生，重門不見幸車行，落花為怨東風急，一夜春歸到帝京。〔註95〕

一樣都是在描寫宮人期待被君王臨幸的心情，以及孤寂的後宮生活。明代的宮人除了孤單與等待之外，面對詭譎多變的後宮形勢，她們的心中尚多了一份面對後宮鬥爭的恐懼，除了如前段所言的憲宗時的萬貴妃、熹宗時的乳母客氏，還有神宗時的鄭貴妃、光宗的李選侍（西李）康妃，一旦得寵，不但排擠到其他宮人得到皇帝隆寵的機會，更會處心積慮的陷害其他有可能受寵的嬪妃、宮女，以保有自己在後宮的地位，在《六十種曲》中有關宮廷的戲劇中，雖沒有明言這種宮廷鬥爭的可怕現象，但是在《彩毫記》中有一段宮女的言語頗值得玩味，她說：

> （淨扮宮女上）個個長門悲月夜，人人紈扇泣秋風，粉黛三千俱卻步，可憐肥婢在宮中，奴家乃太真娘娘宮中侍兒是也，若論我娘娘，且休論羞花閉月，萬種丰姿，好教她吃煙火的仙子；……，六宮中美色豈無，縱然容貌過她，只輸她著人的嬌態，一時間眼前不見，便有粉黛羅列，總不是可意根苗，正是三郎有些悔氣，撞著通天精魅，三千寵愛一身，空把牙根咬碎，〔註96〕

這段話有兩段意義，一是一個嬪妃若獨佔了君王的寵愛，則其他的妃子、宮人縱然長得再美，也不可能有機會接近君王，心中怎不會孤單怨恨？第二個

月再版），頁 84-3。

〔註95〕見明・朱權等著《明宮詞》（北京市，北京古籍出版社，1987 年 5 月初版），頁 2～3。

〔註96〕見毛晉原編、黃竹三等人重新校注：《六十種曲評注》第十一冊（長春市，吉林人民出版社，2001 年 9 月一版一刷），頁 457。

是雙方面的恐懼；得寵的怕會有朝一日有另一美人取代她，所以處心積慮的獨霸君王之寵，並且時時提防其他女子，一旦不得不採取行動時，就加害對她有威脅的嬪妃，也就形成後宮的鬥爭；而失寵的，害怕自己一生就這麼毀了，只能對著孤窗寒燭悲嘆一生，更害怕自己因為一些原因，如：偶被臨幸一次，或這麼一次就懷孕了被其他嬪妃視為眼中釘，加以迫害，過著驚恐的生活；這在明代後宮，因皇上的昏庸，太后的無力管理，更顯嚴重。所以筆者以為，明代宮人是過著孤寂而且恐懼萬分，缺乏安全感的生活的！

3、宮人抒發自我情慾的方式

凡人都是有情慾的，皇宮中的帝王后妃制，可謂把中國古代的一夫多妻制發展到極致，但皇帝畢竟只有一人，不可能雨露均霑，如此也勢必會造成許多的孤單宮人，除了心中的孤寂外，還有無從宣洩的情慾的問題，從《六十種曲》中提到宮廷戲的情節當中，筆者發現，古代宮人發洩自我情慾的方式有二，一是靠創作，希望向外締結有緣人，積極的為自己尋求有好姻緣的機會；另一個是找太監，共組一個形式上的愛情團體，以下做出說明。

首先是在以創作締結姻緣上，在《六十種曲》中只有《雙珠記》中提到王慧姬縫衣夾詩的故事：

> （貼悲介）奴家年貌正芳，才情俱妙，不幸被州司報選入宮，歲成寡鵠孤鴻，終身不耦，如何是了？（嘆介），這是我命犯孤辰寡宿，又誰怨哉！方才做的縑衣，不知到邊方派在那個有緣軍士身上穿著，我且寫詩一首，縫在裡邊，以寓紅葉傳情之意，當時紅葉有靈，使韓夫人偕今生之偶，倘此縑衣有靈，或可結成我後世之緣。（寫詩介）「沙場征戍客，寒苦若為眠，戰袍經手作，知落阿誰邊，蓄意多添線，含情更著綿，今生已過也，重結後生緣。」詩已寫完，縫在衣內。（縫介）呀！天色已大明了[註97]

王慧姬不甘心在宮中的寂莫，不放棄一絲追求自我幸福的希望，大膽的在軍衣中縫入情詩，希冀能為自己找到一個有緣人；而皇天不負苦心人，這件見軍衣竟讓她哥哥的好友穿到了，並且上奏朝廷，很幸運地，當朝的皇帝並沒有加罪其行為有違宮中禮法，反而將其二人賜婚，姻緣結局圓滿：

> （小外看衣介）你看這件衣服，線也縫得密，綿也著得多，比別件

〔註97〕見毛晉原編、黃竹三等人重新校注：《六十種曲評注》第二十五冊（長春市，吉林人民出版社，2001 年 9 月一版一刷），頁 457。

不同，可喜可喜。（摸衣介）好古怪，衣服内像有些紙的，是何緣故？
待我把頭上簪兒挑開縫線，取出一看，便知分曉！（挑衣介）啊呀！
原來是一首詩。（誦前詩介）此詩立意温醇措詞雅麗，不意宮壼之中，
有此人物，當于班婕好、韓夫人輩求之，欣羨欣羨……，因此提詩，
縫在衣内，媲美題紅意，風流直恁多。（合）千里神交，未卜姻原事
若何？……，著綿添線，如經平素，心盟盡吐，想天教至吾，機通
因果，雖則如此，你在宮庭，我在邊塞，這般勤眞坎坷，望天涯仙
凡異途，你今世敦妻道，我來生是丈夫。〔註98〕（末）萬歲爺有旨，
宮女王慧姬，賦詞贍麗，造意温醇，雖寓懷春之私，不忘厚別之道，
事固弗詢情實可矜，伊欲結後生之緣，朕爲諧生今生之配，特生賜
放出宮，著兵部量備衣飾，差人護送至劍南道，給與冠帶軍士陳時
策爲妻，謝恩！（貼扣介）萬歲，萬歲，萬萬歲！（末）王家姐，
妳眞是大造化，可喜可賀！〔註99〕

對很多宮女來說，王慧姬被賜婚出宮，得享姻緣，眞的是天大的幸運，因爲她
從此獲得自由與生命的依歸，的確是比孤苦老死於深宮之中好多了！而宮人以
物寄詩，自古有之，例如：宋張實（一作張碩）的〈流紅記〉傳奇，〔註100〕敘
述唐玄宗〔註101〕時宮女，將其生活在宮廷中孤寂怨恨之情寫在紅葉上，隨御溝
流出，爲當時士子于祐〔註102〕所拾獲，並和一詩使其流回宮中，又恰被寫詩之
韓姓宮女拾獲，進士登第後乞婚於皇帝，二人終締良緣。故事雖都是大圓滿結
局，但是，這也正反映出古代宮人對於正常婚姻的渴望，以及其深宮生活的孤
寂之悲了。

　　古代的宮女，若不能得到皇帝的寵幸，一直都是孤寡一人的，她們宣洩
情慾與心理須求的另一個方式就是找太監爲伴，在《六十種曲》中，雖未明
言這種現象，但是在劇情的插科打諢中，我們卻能看到這方面的暗示；如：《浣

〔註98〕同上註，頁169～170。
〔註99〕見毛晉原編、黃竹三等人重新校注：《六十種曲評注》第二十五冊（長春市，
　　　　吉林人民出版社，2001年9月一版一刷），頁197。
〔註100〕此本今已不見著錄，以下故事之説明整理自黃霖、董乃斌等編著：《古代小説
　　　　鑑賞（上）》（上海市，上海辭書出版社，2005年3月一版三刷），頁634～636，
　　　　與朱一玄等編：《中國古代小説總目提要》（北京市，人民文學出版社，2005
　　　　年12月一版一刷），頁153。
〔註101〕又説於唐德宗、唐宣宗、唐僖宗亦發生過。
〔註102〕又有説拾獲紅葉者爲顧況、盧渥等人。

紗記》中寫道：

　　（淨、丑扮宮女上）（淨）傅粉塗朱，誰嫌貌醜，遇內監拖番，簾邊
　　空轙。（丑）被咱拿不住害羞，提著紅褌殿中走。〔註103〕

又如：《玉盒記》中也寫道：

　　（淨）調脂弄粉學宮妝。（丑）嬌養。（淨）掃地金蓮尺八長。（丑）
　　加兩。

　　（淨）尋個內監摸空湯。（丑）不長。（淨）好風揭起繡裙香。（丑）
　　白薦。〔註104〕

這兩段所寫的是，宮女們調戲太監，主動找太監宣洩其抑鬱已久的情慾，可見在宮中孤單的悠悠歲月中，有情感、有性慾的宮女們，還是要找到一個宣洩的管道，但又不能違反後宮中對女性嚴苛的規定，以免惹來禍端，唯一的方式是找太監當做自己的男伴，沒有生殖能力的太監，或生殖力因性器官被破壞而變得薄弱的太監，成為宮女們最安全的性伴侶，這種太監、宮女成為夫妻一樣的伴侶關係稱為「對食」，而且在明代中期時，在宮中達到鼎盛；明代《萬曆野獲》中關於這個現象亦有記載：

　　對食：太祖馭內宮極嚴，凡椓人娶妻者，有剝皮之刑，然至英宗朝
　　之吳誠，憲宗朝之龍閨輩，已違禁者多矣，……，凡宮人市一鹽蔬，
　　博一線帛，無不藉手，苟久而無匹，則女伴俱姍笑之，以為棄
　　物，……，然皆宮掖之中，怨曠無聊，解饞止渴，出此下策耳。……，
　　按宮女配合，起於漢之「對食」，猶之今菜戶也……，余向讀書城外
　　一寺，稍久與主僧習，寺中一室，扃鑰甚固，偶因汎掃，隨之入，
　　則皆中官奉祀宮人之已歿者，設牌位，署姓名甚備，一日其耦以忌
　　日來致奠，擗踊號慟，情踰伉儷。〔註105〕

甚至連帝王都會為太監、宮女賜婚，同於《萬曆野獲》中記載道：

　　內臣陳蕪，交阯人，以永樂丁亥，侍太孫於潛邸，既御極，是為宣
　　宗，以舊恩升御馬監太監，賜名曰王瑾，……，且出宮女兩人，賜

〔註103〕見毛晉原編、黃竹三等人重新校注：《六十種曲評注》第三冊（長春市，吉林人民出版社，2001年9月一版一刷），頁236。
〔註104〕　見毛晉原編、黃竹三等人重新校注：《六十種曲評注》第二十五冊（長春市，吉林人民出版社，2001年9月一版一刷），頁197。
〔註105〕見見明·沈德符著：《萬曆野獲編〈上〉》（北京市，中華書局出版社，2007年10月五刷），頁158。

之為夫人。〔註106〕

既然連皇帝都不反對自己的女人與太監在一起，還會「賜婚」，則太監與宮女就可更明目張膽的在一起，組成一個有名無實的形式型的家庭了；後世學者關於「對食」或「太監娶妻」這種宮廷的異象，則是研究說：

> 明朝後期，宮中盛行「對食」之風，即讓宮中地為較高的太監和宮人組對配成「夫妻」，雖不能行夫妻之實，但也能像普通夫妻那樣，在一個家庭裡生活，平常互相關懷和照顧。……，太監魏朝，在太監之中資歷較高，與之「對食」的並非宮女，而是朱由校的乳母客氏。〔註107〕

又如：研究太監性問題的《中國太監性告白》一書中則指出：

> 到了明代，太監與宮女匹配的「夫妻」稱為「菜戶」（又名「對食」），還有臨時撮合的「夫妻」，被稱為「白浪子」，已經成為宮廷中的公開秘密，下班後，「菜戶」們不但公然攜手並肩，出雙入對的到處蹓躂，而且還同居一室，同桌吃飯，同床睡，財物相通如一家，其伉儷情深，恐怕連世間真正的恩愛夫妻都自嘆不如。帝王們對於宮女、太監結為「夫妻」的事，往往是採取睜一隻眼、閉一隻眼的不聞不問態度，因為太監究竟不是真男人，無法給皇帝戴「綠帽子」，何況宮中女性數目太多，以皇帝一人的能力、精力，根本無暇「照顧」，何不做個「順水人情」呢？〔註108〕

從以上的分析，我們可以理解，宮女——身為皇帝的女人，不管是在生理上或情感心理上，還是都會有她的須要，但是後宮森嚴的規範，禁錮了她的身體與情感自由；雖然如此，她們仍是想盡辦法要掙脫這份束縛，希望為自己的不自由找到解套的方式，例如：以流水紅葉或繡衣寄詩，來尋求一個有緣人，賭上自己的命運，冀望能擁有正常人的婚姻與愛情；退而求其次的，在不被皇帝寵幸之下，找宮中的太監，來完成在宮中有伴以度終生的小小心願，這都是合乎人之常情的。明代的帝王可以擁有龐大的后妃、宮女群，來寄託

〔註106〕見明・沈德符著：《萬曆野獲編〈上〉》（北京市，中華書局出版社，2007年10月五刷），頁156。

〔註107〕見古木著：《中國後宮生存秘辛》，台北縣中和市，中經社文化有限公司，2006年5月初版。

〔註108〕見王嵐《中國太監的性告白》（台北市，太陽氏文化出版有限公司，1999年初版），頁151～152。

他的情感，逃避自我的脆弱，發洩他的情慾，同樣是人的宮中婦女們，雖不能像帝王操縱著宮中同性或異性的一生，但她至少可以為自我的情感找到一個依靠之所在吧！否則漫漫孤寂的宮廷生活，該何以度日呢？

結　語

　　自古以來，皇宮就是帝王的天堂，但對後宮的三千佳麗卻恰好相反，後宮猶如是一生的監牢，得寵不得寵，生活都是恐懼不安的，不得寵的宮女更是孤寂的，與其他的朝代相比，明代的后妃宮女來源，更加的平民化，這些平民化的皇后們，能夠教育王位繼承者，卻無力也不想影響當位的帝王與政局，因為明代從一開國，就對女性與外戚的干政，做出嚴格的預防措施，但是明中葉以後，因為國君的昏庸與性格上的逃避與懦弱，因為太后的無力與無心協助，反使宦官過度干預與敗亂朝政，也使得後宮中強勢的妃子有機可乘，把持後宮，迫害其他宮人。

　　因為這些因素，民間的獨身婦女，視入宮如入危險之地，也因為帝王的變態殘暴，一般百姓也不願把自己的女兒送入宮廷之中，於是一旦朝廷宣佈選宮，民間就出現急婚、促婚、搶女婿的現象，使民間的婦女陷於恐慌，亦使民間的婚姻現象一片混亂，這是歷代選宮所少見的反應。

　　而在《六十種曲》中，我們也看到明代的宮人並不恡於表達自我對孤寂宮廷生活的不滿與怨懟，更為了要為抒解自己的感情慾望，她們大膽的用各種方法與外界接觸，希望自己能有機會脫離後宮這個大牢籠，能幸運地覓得良緣，從劇本中我們發現，宮女因大膽的示情，而被賜婚的亦大有人在，作者推測，在明代，這種成功的案例或許是有的。而那些不能出宮的宮人，則是在宮廷之中尋覓與自己相合的太監，實施「對食」的行為，這種行為，在明代的宮廷相當的普遍，不管那一個階層的宮人都會有這種現象，甚至到明朝的中晚期，連皇帝也公開贊成這種行為的存在。從人性的自然面來看，人的一生，不管在生理上或心理上，都須要有被愛與關懷、安全感與依賴感的需求，皇帝把女性禁閉在宮中而不予臨幸，更別說精神上的安慰關懷，就好比蓄養動物般的將其養在宮中，根本上就是違反人性的，所以對於太監與宮女這種「對食」的關係，筆者認為，不能用禮法的角度加以譴責，反而應給與同情與體諒的態度，畢竟在後宮中，太監不能做一個正常的男性，宮女也不能擁有正常的家庭與婚姻，「對食」關係的產生是宮中男女不得不然的生活

應對方法啊！畢竟，皇帝的後宮，是古代一夫多妻制的極大化，宮女一定要在其中找到生活下去的方式才行。總之，明代君王的殘忍昏瞶，宮廷的黑暗混亂，選宮制度範圍的廣大，對明代的女性命運的影響，是負面較多的啊！

第八章　結　論

一、明代兩性關係的總結

　　明代傳統價值觀正在改變中，所呈現出來的兩性關係，也是非常的兩極化，而男女之間的相對關係，與前代有著不同。

（一）最強調兩性之防，但是兩性關係卻很混亂

　　從社會規範的角度來看，明代初期，大力提倡程朱理學，強力地要恢復一個屬於中國文化的禮法社會，是故對於女子的規範極為嚴密，而造成男性對女性成為一種絕對上對下的屬性關係，男性在外是講道德忠孝信義，對內（家庭），則有絕對的主導權，女子必須嚴守禮法，講求節操，在家庭中對公婆、丈夫溫柔服從；但是中晚期之後，王陽明的「心學」興起，李贄、焦竑等人主張人要順其「本性」而為，馮夢龍、湯顯祖主張「情教」與「真情」之說，再加上商業社會的來臨，「重利觀」的出現，整個社會價值體系產生空前的變化，不僅是男性的兩性觀有所改變，例如：馮夢龍與李贄主張要提高女性的地位；連女性本身的價值觀也產生變化，她們也積極地想從禮法的枷鎖之中掙脫出來；自由的追求情慾，面對自我的情愛關係與須求，成為一股不能遏阻的思想潮流。在《六十種曲》中，我們看到了男歡女愛在舞台上公然地上演，我們看到出家之人與凡夫俗子的情愛關係，我們也看到了妓業的昌盛、孌童癖的廣泛流行、主人與小妾、婢女的調情與雲雨之歡，被公然的搬演描述在舞台之上，然而這只是舞台上含蓄的演繹，社會上兩性關係更為開放，男女、男男之間關係混亂，社會上情慾恣流，這表面要求與實際情況

落差很大的兩性關係，就是明代社會真實的描述與寫照，傳統中儒家所強調的那個說到兩性就僅止於「禮」的傳統社會已不復存在，取而代之的是商業社會下開放的社會風氣，這股矛盾的兩性風潮自明代中期至明亡都未曾停止過。

（二）兩性有了公平對等的機會，但是功敗垂成

明代在中晚期之後，男性與女性雙方似乎都在尋求另一種較為對等的相處模式，例如：男性開始注意到女性的存在，除了家庭責任、傳宗接代之外，其才能、經濟的收入能力、婚姻愛情的追求，似乎也是值得注意的地方；而女性在社會風氣開放之後，尤其是商業社會興起之後，她們也嘗試著要從家庭這個狹小的空間走出去；例如：大戶人家的女性從冶遊與宗教活動的廣泛參與之中，試圖去呼吸道德禮法外的新鮮自由空氣、才女名妓文化的產生，更是衝破傳統「女子無才便是德」的觀念，而在商業的家庭之中，女性不再是一個隱身又無聲的身份，她們充分的展現其能力，挺起一個家大業大的家庭，甚至家族，讓家族中的男性對其也不得不敬畏三分，更有從事商業行為的績紡人家，三姑六婆，靠著自己的能力謀生，但可惜的是，她們或許只是順應著明代這個由舉業獨佔，而轉向為官與從商對等的社會潮流的改變，在社會中掙錢謀生而已，歷史時間的推演還不允許她們借由謀生能力或創作能力的展現，自覺到自我存在的價值，去向男性爭取在社會地位上的平等。向來在社會地位與發展上具有主導地位的男性，雖有可能也體覺到女性經濟活動的能力，不輸於男子的才力，但是，在傳統觀念之下，除了少數男性公開談論女子應得到更平等的社會地位與尊重外，大多數的男性仍是希望擁社會的主導權，女性仍是男性的附庸品；而受教育不多的女性，儘管有了謀生的能力，但她們在得不到男性的支持下，也無法真正的自覺其價值，在情感與家庭倫理方面仍依附著男性。在社會壓力的限制下，在教育程度不高的背景下，在經濟自主謀生無法普遍的情況下，明代女性錯失與男性公平對話，爭取社會上公平地位的機會，而男性則繼續仗侍著傳統價值規範與經濟上的優勢，控制著女性。很可惜的，明代的女性爭取兩性的平等，發展自我的價值，尋求兩性關係的對等，在那個時代是功虧一簣的。如果，給與她們更多受教與參與經濟活動的機會，商業社會繼續繁榮地發展下去，能影響到社會價值體系與政治體系，或許，明代的女性會爭取到更多的自我肯定與社會尊重，而明代的男性也不得不更認真的思考女性的價值，與兩性發展的正確關係

吧！

（三）階級社會，使女性被物化之現象依舊存在

　　明代社會依舊是一個以男性為中心的社會，當然其商業消費行為亦是以男性為中心，因此具有一定經濟基礎的家庭，其中的僕役型的勞動人口，如：男僕（有時身兼孌童）、女婢，娛樂型的蓄養人口，如：家妓，都是隸屬於主人的財產，其被物化、染指、甚至買賣，也就成為一個不可避免的社會現象，雖然說，這是一個階級社會共同的現象，但是，把「人」當「物」在看待的時候，就不可能有著平衡對等的兩性相處關係，所以，男性主人染指女性奴僕，或以性發洩為主侵犯男性僕役，就成為社會允許的現象，這就是性別被物化之後的結果，更可悲的是，女性的僕婢，為了轉換自己的、或下一代的社會階層地位，她們也認命的接受男主人的騷擾或與其發生性行為，這種性關係，往往是不存在著人的情感，只因女性被物化的關係。相同的狀況，也發生在一些特殊的階層之中，例如：妓女；她們是一般男性大眾用來發洩慾望，尋求刺激的對象，因為她們自小是由鴇母用金錢堆砌起來的產品，所以當其長成之後，鴇母便無所不用其極的要自其身上得到成本回收，再加上其自小生長在重利勝於一切的環境之中，金錢、物慾、性慾，便主導其生活走向；而來消費的男客，也往往把她們當做商品來看待，享受性服務，更勝過於與其建立真感情，就算妓女們要自覺性的追求真愛，鴇母往往不會讓她如願，反而更積極的在其他客人中，找尋經濟力最強大的，用金錢買賣將其交易出去，以免屆時人財兩失。另一個被物化的女性是宮廷中的女人，因為皇帝要從民間攫取婦女入宮實在是太輕而易舉了，所以他們不會去珍惜後宮中的三千佳麗，帝王們往往喜新厭舊，或專寵一人，使得無數的宮人在孤苦中終老一生，有些帝王甚至因個人喜好，而使宮人死於非命，這都是因為在宮廷中，帝王根本不把「女性」當人看的關係，在其眼中，「女性」不過是呼之則來，揮之則去的玩物而已。同樣的道理，在民間的一般家庭，女性不管是正妻或妾，在一夫多妻的體制下，在買賣婚盛行的社會環境裡，男性對女性的看法就是：「女人」和物品真的是差不多的，這種觀念深根蒂固的結果，也是讓明代中晚期，女性尋求自主自覺，追求對等社會地位，功敗垂成的原因之一。中國長久兩性關係的歷史發展，使得女性被「物化」在明代仍是不可避免的兩性現象。

　　西蒙・波娃曾說：「女人不是生成的，是形成的」，〔註1〕男性當然也是相同的，嬰孩自出生後，他是只有性徵，卻沒有性別意識的，其個體體認到自我是男是女，是外在社會環境、文化塑造而來的，所以兩性在社會中所扮演的角色、所接受的期待也是後天形成的，所以西蒙・波娃認爲：

> 人存在於無法自做決定的處境中，直到人懂得以自覺意識做選擇後，才能彰顯其自身的本質，在女性的存在經驗方面，由於世界是由男性所主導，女性議題是隨著父權體系而起舞，所以女性之所以無法自主的困境更爲明顯。〔註2〕

女性在父權社會要求的模式下，呈現出被期待爲「女性」的樣子，男性也在父權主導的要求下，呈現身爲「男性」應有的樣子，這就是長期以來中國男女兩性關係無法對等建立最根本的原因，兩性必須遵循泛團體規範的要求，而將個人的本質特色、自我認同價值、才能性向拋諸腦後，以符合父權社會男尊女卑，男性以事業爲終生奮鬥的目標，女性以家庭爲終生奉獻的對象，所謂「男主外，女主內」，「男當多妻以存後，女必守貞以持節」，用這樣的價值觀來建構父權社會的優勢，這真是明代兩性關係最深刻而真實的呈現；用外在的社會壓力、文化道德、禮法制度的力量創造性別，規劃兩性性別行爲模式；用限制活動空間、固定的教育內容、削弱其經濟生產能力，來使女子無法在婚姻、愛情、家庭外找到自我肯定或生存下去的方法，如此一來，男性在兩性關係中才能持續著在上主導的權力。一直到今日，這種父權餘威繼續發揮著影響力，男性藉以佔有社會權力優勢，女子被迫接受現實的性別不公，無怪乎兩性平權時代的來臨，還有一段遙遠的路程要奮鬥。筆者以爲，以現今的社會狀態而言，女性是爭取到工作權、受教權，甚至參政權，這還是不夠的，因爲當其回到家庭之中，還是持續著父權的生活模式，我們應自小給予兩性正確的教育觀念，教導男性如何尊重女性，與女性對等共處，教導女性肯定自我價值，發展自我能力，教導兩性和平共存，相互體恤尊重，如此，兩性的平等存在才有令人期待的一天！

〔註1〕見林麗姍：《女性主義與兩性關係》（台北：五南圖書出版有限公司，2006年3月二版三刷），頁168。
〔註2〕同上註，頁169。

參考文獻

（依姓氏筆劃順序排列）

一、古代典籍

1. 上海書店編：《叢書集成續編》，上海市，上海書店，1994 年 6 月初版。

2. 明‧于慎行著：《穀山筆塵》，北京市，中華書局，1997 年 11 月二刷。

3. 清‧王莼父箋註：《古詩源箋註》，臺北市，華正書局，1992 年 11 月初版。

4. 明‧王錡著：《寓圃雜記》，北京市，中華書局，1997 年 11 月二刷。

5. 明‧王臨亨著：《粵劍編》，北京市，中華書局，1997 年 11 月二刷。

6. 明‧王士性著：《廣志繹》，北京市，中華書局，1997 年 11 月二刷。

7. 清‧王弘撰著：《山志》，北京市，中華書局，1999 年 9 月一刷。

8. 明‧毛晉原編、黃竹三等人重新校注：《六種曲評注》，長春市，吉林人民出版社，2001 年 9 月一版一刷。

9. 中華書局編輯部點校：《全唐詩》北京市，中華書局，2005 年一版一刷。

10. 元‧王惲著：《玉堂嘉話》，北京市，中華書局，2006 年 12 月一刷。

11. 明‧王士性著：《五岳游草》、《廣志繹》，北京市，中華書局，2006 年 7 月一刷。

12. 明‧方汝浩編撰：《禪真逸史》，濟南市，齊魯書社，2008 年 4 月二版二刷。

13. 清‧朱彝尊編《明詩綜》，台北市，世界書局，1970 年 8 月再版。

14. 明‧朱權等著《明宮詞》，北京市，北京古籍出版社，1987 年 5 月初版。

15. 宋‧司馬光著：《家範》，台北市，廣文書局有限公司，1995 年 6 月初版。

16. 明‧西子湖伏雌教主編：《醋葫蘆》，中和市，雙笛國際出版社，1995 年一刷。

17. 宋・朱熹集註・蔣伯潛譯注：《四書讀本・孟子》，臺北市，啓明書局，1997 年一版。

18. 明・朱長祚著：《玉鏡新譚》，北京市，中華書局，1997 年 11 月二刷。

19. 明・西周生：《醒世姻緣傳》，台北市，三民書局，1999 年初版二刷。

20. 明・余懷著：《板橋雜記》，台北市，第一文化社，1956 年初版。

21. 五代・沈約著：《宋書》，台北市，藝文印書館，1972 年，清乾隆武英殿刊本。

22. 宋・宋應星：《天工開物》，臺北市，世界書局，1997 年 3 月初版七刷。

23. 明・李中馥著：《原李耳載》，北京市，中華書局，1997 年 11 月二刷。

24. 明・李清著：《三垣筆記》，北京市，中華書局，1997 年 12 月二刷。

25. 明・余繼登著：《典故紀聞》，北京市，中華書局，1997 年 12 月二刷。

26. 清・吳敬梓著：《儒林外史》，台北市，三誠堂出版社，2001 年 5 月初版。

27. 明・吳承恩：《西遊記》，台灣，古籍出版有限公司，2005 年 7 月初版二刷。

28. 明・李詡著：《戒庵老人漫筆》，北京市，中華書局，2006 年 10 月三刷。

29. 清・吳乘權等輯：《綱鑑易知錄》，北京市，中華書局，2007 年 3 月七刷。

30. 明・何俊良著：《四有齋叢説》，北京市，中華書局，2007 年 8 月四刷。

31. 明・沈德符著：《萬曆野獲編》，北京市，中華書局，2007 年 10 月五刷。

32. 李漁《閒情偶寄・窺詞管見》，北京：中國社會科學出版社，2009 1 月一版一刷。

33. 明・京江醉竹居士編：《新鐫出像批評龍陽逸史》，台北市，台灣大英百科股份有限公司，1994 年 11 月一版。

34. 明・邱浚：《大學衍義補》，臺北市，臺灣商務印書館，1971 年，影印版。

35. 南宋・周密撰：《癸辛雜説》，北京市，中華書局，1997 12 月一版二刷。

36. 明成祖著：《大明仁孝皇后內訓》，海南海口市，海南出版社，2001 年 1 月一刷。

37. 清・泰應谷著：《明史紀事本末》，台北市，三民書局，1985 年 9 月再版。

38. 唐・崔令欽撰：《新校教坊記》，台北市，世界書局，1959 9 月初版。

39. 婁子匡編：《北大民俗學會民俗叢書》，台北市，東方出版社，1970 年初版。

40. 明・笑笑生著：《金瓶梅》，台北市，三民書局，1991 年 3 月一版一刷。

41. 明・凌濛初著：《初刻拍案驚奇》，台北市，五南文化出版圖書公司，2000 年 2 月初版一刷。。

42. 明・凌濛初著：《二刻拍案驚奇》，台北市，三民書局，2007 年 8 月二版

一刷。

43. 明・袁宏道著、錢伯城箋注：《袁宏道集箋校》，上海市，上海古籍出版社，2008 年 4 月二版一刷。

44. 明・笑笑生原著、劉本棟等校注：《金瓶梅》，台北市，三民書局，2009 年 1 月三版二刷。

45. 清・張廷玉等著：《明史》，北京市，中華書局出版，1974 年 4 月一版。

46. 清・陳夢雷編：《古今圖書集成》，北京市，中華書局，1990 年。

47. 許政揚校注：《古今小說》，台北市，里仁書局，1991 年 5 月 30 日初版一刷。

48. 黃彰健編著：《明代律例彙編》，台灣：中央研究院歷史語言研究所，1994 年，景印一版。

49. 黃清泉譯著：《列女傳》，台北市，三民書局，2003 年 2 月初版二刷。

50. 明・黃瑜著：《雙槐歲鈔》，北京市，中華書局，2006 年 2 月二刷。

51. 清・張怡著：《玉光劍氣集》，北京市，中華書局，2006 年 8 月一刷。

52. 明・張岱著：《陶庵夢憶》、《西湖夢尋》，北京市，中華書局，2007 年 4 月一刷。

53. 明・陳洪謨著：《治世餘聞》、《繼世紀聞》，北京市，中華書局，2007 年 5 月三刷。

54. 明・張翰著：《松窗夢語》，北京市，中華書局，2007 年 5 月三刷。

55. 明・陸粲、顧起元著：《庚己編:客座贅語》，北京市，中華書局，2007 年 8 月三刷。

56. 元・陶宗儀著：《南村輟耕錄》，北京市，中華書局，2008 年 1 月五刷。

57. 清・黃宗羲著：《明儒學案》，北京市，中華書局，2008 年 1 月二刷。

58. 明・葉盛著：《水東日記》，北京市，中華書局，2007 年 5 月三刷。

59. 明・葉權著：《賢博編》，北京市，中華書局，1997 年 11 月二刷。

60. 明・馮夢龍著：《古今小說》，台北市，里仁書局，1996 年 5 月初版。

61. 明・馮夢龍著：《警世通言》，台北市，三民書局，2009 年 6 月二版二刷。

62. 明・馮夢龍著：《醒世恆言》，台北市，三民書局，2009 年 5 月二版二刷。

63. 明・葉子奇著：《草木子》，北京市，中華書局，1997 年 11 月三刷。

64. 元・楊瑀著：《山居新語》，北京市，中華書局，2006 年 12 月一刷。

65. 楊家駱：《歷代詩史長編：王驥德：曲律》，台北市，鼎文書局，1774 年 2 月初版。

66. 楊家駱：《歷代詩史長編：王世貞：曲藻》，台北市，鼎文書局，1774 年 2 月初版。

67. 滕志賢注譯、葉國良校閱：《詩經讀本》，台北市，三民書局，2005 年 9 月，平裝版。

68. 明‧鄭曉著：《今言》，北京市，中華書局，1997 年 11 月二刷。

69. 金‧劉祁著：《歸潛志》，北京市，中華書局，1997 年 12 月二刷。

70. 明‧劉侗‧于奕正著：《帝京景物略》：上海市，上海古籍出版社，2009 年 5 月一版一刷。

71. 梁‧顏之推原著，程小銘譯注：《顏氏家訓》，台北市，地球出版社，1995 年 1 月一版。

二、今人著述

（一）戲劇類書籍

1. 山西師大戲曲文物研究所編：《中華戲曲》，太原市，山西人民大學出版社，年 4 月一版一刷。

2. 王璦玲：《晚明清初戲曲之審美構思與其藝術呈現》，台北市，中央研究院中國文哲研究所，1995 年 12 月初版。

3. 王璦玲、華瑋主編：《明清戲曲國際研討會論文集》，台北市，中研院文哲所籌備處，1998 年初版。

4. 王衛民：《戲曲史話》，台北市，國家出版社，2004 年 2 月初版一刷。

5. 朱芳慧：《游藝戲曲——淺論中國戲曲的演進與發展》，台北市，國家出版社，2006 年 10 月初版一刷。

6. 呂榮華：《中國古典喜劇藝術初探》，台北市，學海出版社，1993 年 11 月初版。

7. 李靜、吳國欽、張筱梅：《元雜劇研究》，武漢市，湖北教育出版社，2003 年 8 月一刷。

8. 余秋雨：《觀眾心理學》，台北市，天下文化書坊，2006 年 1 月一版一刷。

9. 李惠綿：《戲曲表演之理論與鑑賞》，台北市，國家出版社，2006 年 5 月初版一刷。

10. 李祥林：《戲曲文化中的性別研究與原型分析》，台北市，國家出版社，2006 年 6 月初版一刷。

11. 呂麗莉：《中國歌劇選粹研究——「從萬里長城到西廂記」曲目研析》，台北市，文化大學華岡出版部，2006 年初版。

12. 余秋雨：《中國戲劇史》，台北市，天下遠見出版股份有限公司，2007 年 5 月 28 日一版一刷。

13. 法權討論委員會編：《戲劇中國與東西方》，台北縣，學海出版社，1999 年 9 月初版。

14. 周傳家：《古代戲劇與劇作：粉墨登場》，台北市，萬卷樓圖書有限公司，2000 年初版。

15. 林鶴宜：《規律與變異——明清戲曲學辨疑》，台北市，里仁書局，2003 年 2 月 28 日，4 月初版。

16. 姚一葦：《戲劇論集》，台北市，臺灣開明書店，1993 年 2 月八版。

17. 洪素貞：《元雜劇的悲劇觀》，台北市，學海出版社，1993 年 1 月初版。

18. 俞爲民：《宋元南戲考論》，台北市，臺灣商務印書館，1994 年 9 月初版一刷。

19. 施炳華：《〈荔鏡記〉音樂與語言之研究》，台北市，文史哲出版社，2000 年 1 月初版。

20. 姚一葦：《戲劇原理》，台北市，書林出版有限公司，2004 年 2 月二版。

21. 孫安邦編：《中華戲曲》，太原市，山西人民大學出版社，1986 年 2 月一版一刷。

22. 華瑋：《明清之婦女戲曲創作與批評》，台北市，中央研究院中國文哲研究所，2004 年 12 月，修訂一版。

23. 高禎臨：《明傳奇戲劇情節研究》，台北市，文津出版社，2005 年 5 月一刷。

24. 高師大主編：《戲曲教學研討會——紀念汪志勇教授逝世週年》，高雄市，昶景文化事業有限公司，2005 年 11 月初版。

25. 孫玫：《中國戲曲跨文化研究》，北京市，中華書局，2006 年 1 月一刷。

26. 馬俊山、董健：《戲劇藝術十五講》，北京市，北京大學出版社，2006 年 7 月一版四刷。

27. 張敬：《明清傳奇導論》，台北市，華正書局，1986 年 10 月初版。

28. 郭英德：《明清文人傳奇研究》，台北市，文津出版社，1991 年 1 月初版。

29. 許逸之：《戲劇雜談》，台北市，臺灣商務印書館，1996 年 2 月初版一刷。

30. 曹其敏：《戲劇美學》，台中市，五南圖書文化廣場，1998 年 12 月初版二刷。

31. 許子漢：《明傳奇排場三要素發展歷程之研究》，台北市，臺大出版委員會，1999 年 6 月初版。

32. 陳慶煌：《西廂記的戲曲藝術——以全劇考證及藝術成就爲主》，台北市，里仁書局，2003 年 9 月 30 日初版。

33. 陳多：《陳多戲曲美學論：由媒介論看戲曲的構成》，台北市，國家出版社，2006 年 11 月初版一刷。

34. 郭英德：《中國戲曲的藝術精神》，台北市，國家出版社，2006 年 12 月初版一刷。

35. 張啓豐：《潘之恆及其品劇觀研究》，台北市，國立台北藝術大學，2008年7月一版一刷。

36. 曾永義主編：《關漢卿國際學術研討會論文集》，台北市，行政院文建會，1994年1月初版。

37. 傅謹：《戲曲美學》，台北市，文津出版社，1995年7月初版。

38. 黃麗貞：《南劇六十種曲之研究》，台北市，臺灣商務印書館，1995年10月二版一刷。

39. 葉長海：《中國戲劇學史》，台北市，駱駝出版社，2001年5月二版二刷。

40. 楊建文：《戲劇概要》，台北市，五南圖書出版有限公司，2003年4月初版一刷。

41. 鈕驃主編：《中國戲曲史教程》，北京市，文化藝術出版社，2005年1月二刷。

42. 鄒元江：《湯顯祖新論》，台北市，國家出版社，2006年6月初版一刷。

43. 廖奔：《中國戲曲聲腔源流史》，台北市，貫雅文化事業有限公司，1992年7月初版。

44. 劉彥君：《圖說中國戲曲史》，台北市，揚智文化股份有限公司，2003年8月初版。

45. 嘉義大學中文系編：《傳播與交融──第二屆中國小說戲曲國際研討會論文集》，嘉義縣，嘉義大學出版社，2006年3月30日初版。

46. 趙山林：《戲曲散論》，台北市，國家出版社，2006年5月初版一刷。

47. 鄭傳寅：《中國戲曲文化概論》，新店市，志一出版社，1995年4月初版。

48. 盧前：《明清戲曲史》，台北市，臺灣商務印書館，1994年12月二版一刷。

49. 錢南揚：《戲文概說》，台北市，里仁書局，2000年1月30日初版。

50. 謝柏梁：《中國分類戲曲學史綱》，台北市，臺灣商務印書館，1994年6月一刷。

51. 謝柏梁：《中華戲曲文化學》，南京市，南京師範大學出版社，2004年7月一版一刷。

52. 魏子雲：《戲曲藝說》，台北市，萬卷樓圖書有限公司，2002年4月初版。

（二）兩性研究書籍

1. Vivien Burr 著、高之梅、楊宜憶譯：《性別與社會心理學》，台北市，五南圖書出版股份有限公司，2002年12月一版一刷。

2. Pepper Schwartz、Virginia Rutter 著、陳素秋譯：《性之性別》（台北市，韋伯文化出版有現公司，2004年1月一版。

3. Pamela Abbott and Claire Wallace 著、張君玫、俞智敏、陳光達、陳素梅譯：《女性主義觀點的社會學》，台北市，巨流圖書有限公司，2005 年 3 月一版五刷。

4. 丁鋒山：《明清性愛小說論稿》，台北市，大安出版社，2007 年 6 月一版一刷。

5. R.W.Connel 著、劉泗翰譯：《性／別 Gender——多元時代的性別角力》，台北市，書林出版社，2005 年 10 月二刷。

6. 王馮振著：《女、性主義》，台北市，揚智文化事業股份有限公司，1995 年初版。

7. 王嵐《中國太監的性告白》，台北市，太陽氏文化出版有限公司，1999 年初版。

8. 毛文芳：《物、性別、觀看：明末清初文化書寫新探》，台北市，學生書局，2001 年 12 月初版。

9. 王春榮：《女性生存與女性文化詩學》，瀋陽市，遼寧大學出版社，2002 年 6 月一版一刷。

10. 王純菲等著：《火鳳冰浙棲——中國文學女性主義倫理批評》，瀋陽市，遼寧人民出版社，2002 年 12 月一版一刷。

11. 方滿錦、沈時蓉、馮瑞龍、詹杭倫：《華夏女子庭訓》，台北市，萬卷樓圖書股份有限公司，2003 年 4 月初版。

12. 王紹璽：《小妾史》，台北市，華成圖書股份有限公司，2004 年 11 月初版一刷。

13. 瓦西列夫著、趙永穆、范國恩、陳行慧譯：《情愛論》，台京市，三聯書店，1998 年 3 月二版。

14. 古木著：《中國後宮生存秘辛》，台北縣中和市，中經社文化有限公司，2006 年 5 月初版。

15. 朱敬先著：《兩性差異心理學》，台北市，臺灣商務印書館，1988 年 4 月二版。

16. 托莉‧莫著、王奕婷譯：《性／文本政治——女性主義文學理論》，台北市，巨流圖書有限公司，1995 年 9 月二版一刷。

17. 米歇爾‧傅柯著、尚衡譯：《性意識史導論》，台北市，桂冠圖書出版公司，1998 年 8 月初版五刷。

18. 任寅虎：《中國古代婚姻》，台北市，臺灣商務印書館，2001 年 6 月，臺灣初版二刷。

19. 江明親譯：《性別多樣化》，台北市，書林出版社，2003 年 1 月初版。

20. 江曉原：《雲雨》，上海市，東方出版中心，2006 年 1 月一版一刷。

21. 衣若蘭：《三姑六婆——明代婦女語社會的探索》，台北市，稻鄉出版社，2006 年 6 月再版。

22. 朱子彥：《中國後宮制度變遷》，北京市，中國人民大學出版社，2006 年 12 月，一版二刷。

23. 李建中、曹順慶、張志懷主編：《非性文化的奇花異果——中國古代性概念與中國古典美學》，成都市，巴蜀書社，1995 年 8 月初版一刷。

24. 李銀河：《中國女性的性與愛》，香港，牛津大學出版社，1996 年初刷。

25. 李又寧、張玉法編：《中國婦女史論集（一）》，臺灣商務印書館，1998 年 12 月初版一刷。

26. 何春馳：《同志研究》，台北市，巨流圖書有限公司，2001 年 6 月初版一刷。

27. 邱旭伶：《臺灣藝旦風華》，台北市，玉山社出版事業股份有限公司，2002 年 4 月初版二刷。

28. 何滿子：《中國愛情與兩性關係——中國小說研究》，台北市，臺灣商務印書館，2003 年 5 月三刷。

29. 呂妙芬、羅久蓉主編：《近代中國的婦女與文化》，台北市，中央研究院近代史研究所，2003 年初版。

30. 李銀河：《女性主義》，台北市，五南圖書出版有限公司，2004 年 1 月初版一刷。

31. 余安邦、熊秉真、編：《情欲明清——遂欲篇》，台北市，麥田出版社，2004 年 3 月初版一刷。

32. 完顏紹元：《婚嫁》，香港，萬里書店，2004 年 5 月一版。

33. 李素平：《女神女丹女道》，北京市，宗教文化出版社，2004 年 7 月初版一刷。

34. 巫仁恕：《奢侈的女人——明清時期江南婦女的消費文化》，台北市，三民書局，2005 年初版一刷。

35. 岑靜雯：《唐代宦門婦女研究》，台北市，文津出版社，2006 年 1 月一刷。

36. 吳存存：《明清社會性愛風氣》，北京市，人民文學出版社，2006 年 6 月一版一刷。

37. 谷忠玉：《中國近代女性觀的演變與女子學校教育》，合肥市，安徽教育出版社，2006 年 8 月一版。

38. 李貞德：《女人的中國醫療史——漢唐之間的健康照顧與性別》，台北市，三民書局，2008 年初版一版。

39. 林天德：《變態心理學》，台北市，心理出版社，1995 年 5 月。

40. 林純業、張春生：《中國的寡婦》，台北市，幼獅文化事業公司，1995 年

7 月初版。

41. 孟祥森譯：《感情世界的性別差異》，台北市，圓神出版社，1998 年 10 月初版。

42. 林秀玲：《現代文學的女性身影》，台北市，里仁書局，2004 年 2 月 17 日初版。

43. 洪淑苓：《民間文學的女性研究》，台北市，里仁書局，2004 年 2 月 28 日初版。

44. 周愚文、洪仁進主編：《中國傳統婦女與家庭教育》，台北市，稻鄉出版社，2005 年 10 月一版。

45. 林芳玫：《色情研究》，台北市，臺灣商務印書館，2006 年 6 月初版。

46. 林麗姍：《女性主義與兩性關係》，五南圖書出版有限公司，2006 年 3 月二版三刷。

47. 林文琪譯：《認同與差異》，台北市，韋伯文化國際出版有限公司，2006 年 10 月初版。

48. 俞智敏、陳光達、陳素梅、張君玫譯：《女性主義觀點的社會學》，台北市，巨流圖書公司，1995 年 12 月一版。

49. 珍・貝克密勒著、鄭至慧、劉毓秀、葉安安、顧效齡譯：《女性新心理學》，台北市，女書文化事業有限公司，2000 年 4 月 10 日初版二刷。

50. 柯淑敏著：《兩性關係學》，台北市，智揚文化股份有限公司，2001 年 2 月初版一刷。

51. 段塔麗：《唐代婦女地位研究》，北京市，人民出版社，2001 年 5 月二刷。

52. 修君、鑒今：《中國樂妓史》，北京市，中國文聯出版社，2003 年 7 月二版一刷。

53. 胡曉真：《近代中國女性敘事文學的興起──才女徹夜未眠》，台北市，麥田出版社，2003 年初版一刷。

54. 約翰・阿鄄爾、芭芭拉・洛依德著、簡浩瑜譯：《性與性別》，台北市，巨流圖書有限公司，2004 年 10 月初版一刷。

55. 俞智敏、陳光達、陳素梅、張君玫譯：《女性主義觀點的社會學》，台北市，巨流圖書有限公司，2005 年 3 月一版五刷。

56. 姚平：《唐代婦女的生命歷程》，上海市，上海古籍出版社，2006 年 6 月二刷。

57. 柳素平：《晚明名妓文化研究》，武昌市，武漢大學出版社，2008 年 8 月一刷。

58. 胡宏霞：《歡情與迷亂──中國與羅馬的性文化比較》，呼和浩特市，遠方出版社，2008 年 12 月一版一刷。

59. 胡宏霞：《愛琴海的愛情——中國與希臘的性文化比較》，呼和浩特市，遠方出版社，2008 年 12 月一版一刷。

60. 殷偉：《中華五千年藝苑才女》，台北市，貫雅文化事業有限公司，1991 年 11 月初版。

61. 高世瑜：《中國古代婦女生活》，台北市，臺灣商務印書館，1992 年 10 月一版二刷。

62. 高洪興：《纏足史》，台北市，華成圖書股份有限公司，2004 年 9 月初版一刷。

63. 孫壽安、熊秉真編：《情欲明清——達情篇》，台北市，麥田出版社，2004 年，平裝版。

64. 徐有富：《唐代婦女生活與詩》，北京市，中華書局，2005 年 9 月一版一刷。

65. 常建華：《婚姻內外的古代女性》，北京市，中華書局，2006 年 5 月一刷。

66. 徐礪：《變態心理與犯罪行研究》（成都市，四川大學出版社，2007 年 12 月一版一刷）。

67. 郭立誠：《中國婦女生活史話》，台北市，漢光文化事業股份有限公司，1984 年 2 月 20 日三版。

68. 陳引馳譯：《女性主義文學批評》，台北市，駱駝出版社，1995 年 7 月 12 日一版一刷。

69. 郭佩蘭、張妙清、葉漢明合編：《性別學與婦女研究——華人社會的探索》，台北市，稻鄉出版社，1997 年 7 月初版。

70. 張妙清、葉漢明、郭佩蘭合編：《性別學與婦女研究——華人社會的探索》，台北市，稻鄉出版社，1997 年 7 月初版。

71. 張春曉：《嬪妃》，上海市，上海辭書出版社，2004 年 9 月一刷。

72. 陳順馨、戴錦華編：《婦女、民族、與女性主義》，台京市，中央編譯出版社，2004 年 1 月一版一刷。

73. 陳素秋譯：《性之性別》，台北市，韋伯文化國際出版股份有限公司，2004 年 1 月初版。

74. 梁麗清、陳錦華編：《性別與社會工作——理論與實際》，台北市，中文大學出版社，2006 年初版。

75. 張維娟：《元雜劇作家的女性意識》，北京市，中華書局，2007 年 4 月一版。

76. 曾秋美：《臺灣媳婦仔的生活世界》，台北市，玉山社出版事業有限公司，1998 年 6 月初版一刷。

77. 舒紅霞：《女性審美文化——宋代女性文學研究》，北京市，人民出版社，

2004 年 7 月一刷。

78. 彭懷真：《婚姻與家庭》，台北市，巨流圖書有限公司，2005 年 9 月三版三刷。

79. 楊士隆：《犯罪心理學》，台北市，五南書局，1999 年 12 月二版。

80. 裴伊・瑪姬西著、何穎怡譯：《女性研究自學讀本》，台北市，女書文化事業有限公司，2006 年 1 月 2 日初版三刷。

81. 趙鳳喈：《中國婦女在法律上之地位》，台北市，稻鄉出版社，1948 年 5 月初版。

82. 劉詠聰：《女性與歷史——中國傳統觀念探析》，台北市，臺灣商務印書館，1995 年 1 月初版一刷。

83. 劉達臨：《中國古代性文化》，三重市，新雨出版社，1995 年 9 月初版。

84. 劉秀娟著：《兩性關係與教育（Gender：Relationships and Education）》，台北市，智揚文化股份有限公司，1998 年 2 月二版。

85. 劉詠聰：《德才色權》，台北市，麥田出版社，1998 年初版。

86. 劉達臨：《中國五千年性文化大觀》，台北市，巨流圖書有限公司，2000 年 8 月初版一刷。

87. 劉寧元主編：《中國女性史類編》，北京市，北師範大學出版社，2001 年 1 月二刷。

88. 愛莉絲・史瓦澤著、劉燕芬譯：《大性別——人只有一種性別》，台北市，臺灣商務印書館，2002 年 1 月初版二刷。

89. 劉達臨：《中國古代性文化》，銀川，寧夏人民出版社，2003 年 12 月一版一刷。

90. 劉達臨、胡宏霞：《性經——圖解性的文化象徵意義》，台北市，書泉出版社，2007 年 6 月初版一刷。

91. 劉達臨、胡宏霞：《性學十三講》，珠海市，珠海出版社，2008 年 1 月一刷。

92. 鄭志敏：《細說唐妓》，台北市，文津出版社，1997 年 6 月初版一刷。

93. 樊琪、嚴明合著：《中國女性文學的傳統》，台北市，洪葉文化事業有限公司，1999 年 6 月初版一刷。

94. 鄭華達：《唐代宮怨詩研究》，台北市，文津出版社，2000 年 4 月一刷。

95. 鄧小南主編：《唐宋女性與社會》，上海市，上海辭書出版社，2003，8 月一版一刷。

96. 鮑家麟：《性別學與婦女研究——華人社會的探索》，台北市，稻鄉出版社，1997 年 7 月初版。

97. 鮑家麟編：《中國婦女史論集〈三〉》，台北市，稻鄉出版社，1999 年再

版。

98. 鮑家麟編：《中國婦女史論集〈七〉》，台北市，稻鄉出版社，2006 年 1 月初版。

99. 謝小芩譯：《後女性主義》，台北縣，立緒文化事業有限公司，1999 年 12 月初版一刷。

100. 簡・弗里德曼著、雷艷紅譯：《女權主義》，長春市，吉林人民出版社，2007 年 9 月一刷。

101. 譚正璧：《中國女性的文學生活》，揚州市，江蘇廣陵古籍刻印社，1998 年 5 月一刷。

102. 顧燕翎主編、林芳玫等著：《女性主義理論與流派》，台北市，女書文化出版社，2000 年再版。

103. 釋永明：《佛教的女性觀》，高雄市，佛光出版社，1991 年再版。

104. 龔顯宗：《女性文學百家傳》，台南市，眞平企業有限公司，2001 年 7 月初版。

（三）文學、思想類書籍

1. T.Costello 原著、趙居蓮譯：《變態心理學》，台北市：桂冠圖書股份有限公司，1995 年初版。

2. 中央大學中文系所主編：《從傳統到現代 —— 第六屆全國中國文學研究所研究生論文研討會論文集》，桃園，中央大學，1999 年 11 月初版。

3. 中興中國語文系主編：《通俗文學與雅正文學 —— 第一屆全國學術研討會論文集》，台中市，中興大學，2001 年初版。

4. 中興中國語文系主編：《通俗文學與雅正文學 —— 第三屆全國學術研討會論集》，台中市，中興大學，2003 年初版。

5. 中興中國語文系主編：《通俗文學與雅正文學 —— 第四屆全國學術研討會論文集》，台中市，中興大學，2004 年初版。

6. 方志遠：：《明代城市與市民文學》，北京市，中華書局，2005 年 6 月一版二刷。

7. 王運熙、顧易生：《中國文學批評通史》，上海市，上海古籍出版社，20074 月一版二刷。

8. 弗思特著、李文彬著：《小說面面觀 —— 現代小說寫作的藝術》，台北市，志文出版社，2001 年 1 月，新版一刷。

9. 朱一玄等編：《中國古代小說總目題要》，北京市，人民文學出版社，2005 年 12 月一版一刷。

10. 弗洛伊德著、張堂會編譯：《精神分析引論》，北京市，北京出版社，2007 年 10 月一刷。

11. 吳功正：《中國文學美學》，南京市，江蘇教育出版社，2001 年，9 月一版一刷。

12. 宋倫美：《唐人小說玄怪錄研究》，北京市，北京大學出版社，2005 年 6月一版一刷。

13. 李炳海、魏強主編：《中國文學講堂》，香港，中華書局，2005 年 7 月初版。

14. 李志宏《明末清初才子佳人小說敘事研究》，台北市，大安出版社，2008年 10 月一版一刷。

15. 林啟彥：《中國學術思想史》，台北市，書林出版有限公司，1996 年 8 月二刷。

16. 東華中國語文系主編：《風華初現──東華大學第一屆全國中文系研究生學術研討會論文集》，花蓮，東華大學，2002 年 12 月初版。

17. 金鑫榮：《明清諷刺小說研究》，南京市，鳳凰出版社，2007 年 12 月一版一刷。

18. 祝秀俠：《唐代傳奇研究》，台北市，中國文化大學出版部，1882 年 11月初版。

19. 范國恩、趙永穆、陳行慧譯：《情愛論》，北京市，三聯書店，1998 年 3月，十二刷。

20. 范開泰、趙金銘、齊滬揚、馬箭飛編：《中國古代文學》，北京市，商務印書館，2007 年 8 月一版一刷。

21. 柳鳴九：《人性的觀照──世界小說名篇中的情態與性態》，上海市，復旦大學出版社，2008 年 1 月一版一刷。

22. 孫遜、孫菊園：《明清小說叢稿》，台北市，中國文化大學出版部，1991年初版。

23. 高友工：《中國美典與文學研究論集》，台北市，國立臺灣大學出版中心，2004 年 3 月初版。

24. 張振清：《宋明道學》，台北市，千華出版公司，1886 年 9 月 15 日初版。

25. 莊茵：《話本楔子彙說》，台北市，聯經出版社，1987 年 6 月初版。

26. 郭紹虞：《中國文學批評史》，台北市，文史哲出版社，1988 年 4 月初版。

27. 梅家玲：《世說新語的語言與敘事》，台北市，里仁書局，1994 年初版。

28. 陳文新：《解讀儒林外史》，台北市：雲龍出版社，1999 年 4 月初版。

29. 陳詠明：《儒學與中國宗教傳統》，台北市，臺灣商務印書館，2004 年 1月初版一刷。

30. 郭英德編：《中國古代文學通論──明代卷》，瀋陽市，遼寧人民出版社，2005 年 5 月一版一刷。

31. 張少康：《中國文學理論批評史》，台北市，水牛圖書出版事業有限公司，2005 年 9 月 20 日初版。

32. 張火慶：《古典小說的人物形象》，台北市，里仁書局，2006 年 9 月 10 日初版。

33. 傅承州：《明代文人與文學》，北京市，中華書局，2007 年 4 月一版一刷。

34. 勞思光：《新編中國哲學史》，台北市，三民書局，1992 年 9 月一版。

35. 葉慶炳：《晚鳴軒論文集》，台北市，大安出版社，1996 年 1 月一版一刷。

36. 程孟輝：《西方悲劇學說史》，北京市，中國人民大學出版社，1996 年 12 月二刷。

37. 葉太平：《中國文學之美學精神》，台北市，水牛圖書出版事業有限公司，1998 年 7 月 30 日初版。

38. 黃秀爰：《兩拍研究》，台北市，文史哲出版社，2002 年 6 月初版二刷。

39. 黃霖、董乃賓等編著：《古代小說鑑賞（上）（下）》，上海市，上海辭書出版社，2005 年 3 月一版三刷。

40. 黃霖：《黃霖說金瓶梅》，台北市，大地出版社，2007 年 6 月一版一刷。

41. 楊福泉：《神奇的殉情》，香港，三聯書店，1993 年 4 月一版一刷。

42. 鄔其昌：《中國美學與藝術學探微》，武漢市，崇文書局，2002 年 12 月一版一刷。

43. 董國炎：《明清小說思潮》，太原市，山西人民出版社，2004 年 3 月一版一刷。

44. 劉大杰：《校訂本中國文學發展史》，台北市，華正書局，1991 年 7 月。

45. 劉燕萍：《愛情與夢幻 —— 唐朝傳奇中的悲劇意識》，台北市，臺灣商務印書館，1996 年 12 月初版一刷。

46. 趙淑華主編：《新編美學基礎教程》，北京市，中國財政經所出版社，2004 年 8 月一版一刷。

47. 劉天振：《明代通俗類書研究》，濟南市，齊魯書社，2006 年 12 月一版一刷。

48. 趙傳：《晚明狂禪思潮與文學思想研究》，成都市，四川出版集團巴蜀書社，2007 年 11 月一刷。

49. 潘運告《從王陽明到曹雪芹 —— 陽明心學與明清文藝思潮》，長沙市：湖南教育出版社，1999 年 11 月一版一刷。

50. 錢基博著：《明代文學》，臺灣商務印書館，1999 年 9 月二版一刷。

51. 關永中：《愛、恨與死亡 —— 一個現代哲學的探索》，台北市，臺灣商務印書館，2002 年 5 月初版二刷。

52. 顧學頡：《元明雜劇》，台北市，萬卷樓圖書股份有限公司，2004 年 3 月

初版三刷。

（四）社會文化書籍

1. D.R Shffer 著、林翠湄譯、蘇建文校閱：《社會與人格發展》，台北：心理出版社，1995 年 6 月初版一刷。

2. 方杰：《美感與交流》，北京市，中國文聯出版社，1986 年 6 月初版。

3. 王溢嘉：《不安的靈魂》，台北縣中和市，野鵝出版社，1993 年 5 月初版一刷。

4. 中央研究院編：《中央研究院近代史研究集刊──明清社會與生活》，台北市，中央研究院近代史研究所，1995 年 12 月初版。

5. 王兆祥、劉文智：《中國古代商人》，台北市：臺灣商務印書館，1999 年 2 月初版一刷。

6. 文崇一、蕭新煌主編：《中國人：觀念與行為》，台北市，巨流圖書公司，1999 年 9 月初版五刷。

7. 王跃生：《十八世紀中國婚姻家庭研究》，北京市，法律出版社，2000 年 4 月一版。

8. 王銘銘：《社會人類學》，台北市，五南圖書出版公司，2000 年初版一刷。

9. 王爾敏：《明清社會文化生態》，台北市，臺灣商務印書館，2002 年 10 月初版二刷。

10. 王春瑜、杜婉言：《明朝宦官》，西安市，陝西人民出版社，2007 年 1 月一版一刷。

11. 中國人：《中國人》，上海市，上海世紀出版股份有限公司，2007 年 2 月二刷。

12. 王燕玲：《商品經濟與明清時期思想觀念的變遷》，昆明市，雲南大學出版社，2007 年 3 月一版一刷。

13. 方志遠：《明代國家權力結構及運行機制》，北京市，科學出版社，2008 年 6 月一版一刷。

14. 印永清、萬杰著：《三教九流探源》，上海市：上海教育出版社，1998 年 12 月一版一刷。

15. 史習江著：《中國古代的教育》，台北市，文津出版社，2001 年 5 月一刷。

16. 田兆元、田亮主編：《商賈》，上海市，上海文藝出版社，2007 年 4 月一版一刷。

17. 江畬主編：《歷代小說筆記選》，台北市，臺灣商務印書館，1980 年 12 月二版。

18. 李岩齡、顧道馨：《中國宮廷禮俗》，台北市，天津人民出版社，1992 年，二刷。

19. 李銀河:《生育與中國村落文化》,香港,牛津大學出版社,1993 年初版。

20. 朱星《皇帝浮生錄——論中國皇帝》,台北市,洪葉文化事業股份有限公司,1996 年 5 月初版一刷。

21. 任寅虎:《中國古代婚姻》,台北市:臺灣商務印書館,2001 年 6 月初版二刷。

22. 李亦園、楊國樞主編:《中國人的性格》,台北市,桂冠圖書公司,1988 年初版一刷。

23. 李萼著:《中國文化概論》,台北市,中國文化大學出版部,1988 年三版。

24. 李仲祥、張發嶺主編:《中國古代漢族婚喪風俗》,台北市,臺灣商務印書館,1995 年 5 月初版二刷。

25. 李建中:《臣妾人格》,上海市,長江文藝出版社,1996 年 11 月一版一刷。

26. 李學勤、馮爾康主編:《中國古代育兒》,台北市,臺灣商務印書館,1998 年 9 月初版一刷。

27. 李繼凱、黨聖元著:《中國人古代道士生活》,台北市,臺灣商務印書館,1998 年 12 月初版。

28. 李富華:《神鬼之間》,台北市,萬卷樓圖書有限公司,1999 年 8 月初版。

29. 李學勤、馮爾康編:《中國古代家教》,台北市,臺灣商務印書館,2001 年 4 月初版。

30. 沈錫倫:《民俗文化中的語言奇趣》,台北市,臺灣商務印書館,2001 年 6 月初版二刷。

31. 李學勤、馮爾康:《中國古代祭祀》,台北市,臺灣商務印書館,2001 年 6 月,李伯重:《多視角看江南經濟史》,北京市,三聯書店,2003 年初版二刷。

32. 完顏紹元著:《婚嫁》,香港九龍,萬里書店,2004 年 5 月初版一刷。

33. 李慶新:《明代海外貿易制度》,台京市,社會科學文獻出版社,2007 年 5 月一版一刷。

34. 李德甫:《明代人口與經濟發展》,北京市,中國社會科學出版社,2008 年 4 月一版。

35. 林惠祥:《文化人類學》,台北市,臺灣商務印書館,1992 年 4 月,台一版八刷。

36. 周明初:《晚明士人心態及文學個案》,北京市:東方出版社,1997 年 8 月一版一刷。

37. 邱福海:《媽祖信仰探源》,台北市,淑馨出版社,1998 年 11 月初版一刷。

38. 周齊:《明代佛教與政治文化》,北京市,人民出版社,2005 年 8 月一版一刷。

39. 胡吉勛：《大禮議與明廷人事變局》，北京市，社會科學文獻出版社，2007年8月一版一刷。

40. 殷亞昭著：《中國古舞與民舞研究》，台北市，貫雅文化事業股份有限公司，1991年初版。

41. 韋政通：《中國文化概論》，台北市，水牛出版社，1995年9月初版。

42. 唐力行：《商人與中國近世社會》，天津市，臺灣商務印書館，1997年7月初版一刷。

43. 孫本文：《中國人的觀念與行為》，台北市，麗文文化事業股份有限公司，1998年初版。

44. 馬玉山：《中國古代人口買賣》，台北市：臺灣商務印書館，1999年2月初版一刷。

45. 馬克斯·韋伯著、洪天富譯：《儒教與道教》，南京市，江蘇人民出版社，2003年8月一版二刷。

46. 秦暢：《民聲·市民與社會》，上海市，上海人民出版社，2007年10月一版一刷。

47. 基辛著、陳其南校訂、張恭啟、于嘉雲合譯：《文化人類學》，臺北市，巨流圖書公司，1992年3月一版三印。

48. 陳國鈞：《文化人類學》，台北市，三民書局股份有限公司，1992年8月三版。

49. 陳東有：《金瓶梅文化研究》，台北市，貫雅文化事業有限公司，1992年11月初版。

50. 張建仁：《明代教育管理制度研究》，台北市，文津出版社，1993年5月初版。

51. 張紫晨：《中國民俗與民俗學》，台北市，南天書局，1995年8月初版一刷。

52. 淡江大學中文系主編：《人物類型與中國市井文化》，台北市，學生書局，1995年初版。

53. 渡邊信雄著、周星譯：《漢族的民俗宗教——社會人類學的研究》，天津人民出版社，1998年2月一版一刷。

54. 陶晉生：《北宋士族家庭、婚姻、生活》，台北市，中央研究院歷史語言研究所，2004年6月一版二刷。

55. 陳江：《明代中後期的江南社會與社會生活》，上海市，上海社會科學院出版社，2006年4月一版一刷。

56. 陳長文：《明代科舉文獻研究》，濟南市，山東大學出版社，2008年3月一版一刷。

57. 喬健、潘乃谷主編：《社會心理學》，台北市：臺灣商務印書館，1995 年 4 月，台九版。

58. 喬健、潘乃谷主編：《中國人的觀念與行為》，台北市，麗文化事業股份有限公司，1998 年初版。

59. 費振鐘《墮落時代──明代文人的集體墮落》，台北市，立緒文化事業有限公，2002 年 5 月初版一刷。

60. 游惠遠：《宋元之際婦女地位的變遷》，台北市，新文豐股份有限公司，2003 年 1 月初版。

61. 葛永海：《古代小說與城市文化研究》，上海市，復旦大學出版社，2005 年 8 月一版二刷。

62. 楊永漢：《虛構與史實──從話本〈三言〉看明代社會》，長春市，吉林人民出版社，2002 年 4 月初版。

63. 蔡泰彬：《明代漕河之整治與管理》，台北市：臺灣商務印書館，1992 年 1 月初版一刷。

64. 劉道遠：《中國善惡報應習俗》，台北市，文津出版社，1992 年 1 月初版。

65. 蔡嘉麟主導：明史研究小組：《明代的衛學教育》，宜蘭縣，樂學書局，1997 年一版。

66. 劉蔭柏：《中國古代雜技》，台北市：臺灣商務印書館，2000 年 5 月，臺一版八刷。

67. 熊秉真編：《明清以來江南社會與文化論集》，上海市，上海社會科學出版社，2004 年一版一刷。

68. 趙吉惠著：《中國傳統文化導論》，南京市，江蘇教育出版社，2007 年 3 月一版一刷。

69. 趙維平：《明清小說與運河文化》，上海市，上海三聯書店，2007 年一版一刷。

70. 鄭素春：《道教信仰、神仙與儀式》，台北市，臺灣商務印書館，2002 年 3 月初版一刷。

71. 潘星輝：《明代文官銓選制度研究》，北京市，北京大學出版社，2006 年 1 月一版一刷。

72. 衛建林：《明代宦官政治》，石家庄，花山文藝出版社，1998 年 4 月一版一刷。

73. 薩孟武：《水滸傳與中國社會》，北京市，北京出版社，2005 年 4 月一版二刷。

74. 羅宗強：《明代後期士人心態研究》，天津，南開大學出版社，2006 年 6 月一版一刷。

75. 羅世宏等譯:《文化研究理論與實踐》,台北市,五南圖書出版股份有限公司,2007 年 2 月初版四刷。

76. 顧鑒塘、顧鳴塘:《中國歷代婚姻與家庭》,台北市,臺灣商務印書館,1995 年 5 月初版二刷。

77. 龔書鐸、劉德麟主編:《圖說明朝》,台北市,鳳凰出版社,2007 年 9 月一版一刷。

(五)歷史類書籍

1. E.A.書斯特馬克著,李彬、李毅夫、歐陽覺業譯:《人類婚姻史》,台京市,商務印書館,2002 年初版。

2. 文物出版社編輯部:《中國歷史年代簡表》,香港,三聯書店,2006 年 8 月一版三刷。

3. 毛禮銳、邵鶴亭、瞿菊農合著:《中國教育史》,台北市,五南圖書出版有限公司,1989 年,10 月初版。

4. 尹選波:《中國明代教育史》,北京市:人民出版社,1994 年 1 月一版一刷。

5. 中華道教協會編:《中國道教史》,台北市:中華道統出版社,1997 年 12 月一版。

6. 王天有、朱誠如主編:《明清論叢》,北京市,紫禁城出版社,1999 年 12 月初版。

7. 王莉、劉煒:《明——興與衰的契機》,北京市,商務印書館,2004 年 4 月三刷。

8. 王熹、陳寶良著:《中國風俗通史——明代卷》,上海市,上海文藝出版社,2005 年 2 月一刷。

9. 王孝通:《中國商業史》,台京市,團結出版社,2007 年 1 月一版一刷。

10. 王毓銓、劉重日、張顯清:《中國經濟通史:明代經濟卷》,北京市,中國社會科學出版社,2007 年 4 月二版一刷。

11. 王利華、張國剛、邢鐵、鄭全紅、余新忠、:《中國家庭史》,廣東省,廣東人民出版社,2007 年 4 月一版一刷。

12. 王玉祥等合編:《第十一屆明史國際學術研討會論文集》;天津市,天津古籍出版社,2007 年 7 月一版一刷

13. 王天有、高壽山:《明史——個多重性格的時代》,台北市,三民書局,2008 年 5 月初版一刷。

14. 王紹璽:《竊賊史》,上海市,上海文藝出版社,2008 年 8 月一刷。

15. 牟鍾鑒、張踐撰:《中國宗教通史》,北京市,中華書局,2004 年 2 月再版。

16. 朱元寅、湯綱撰：《明史》，北京市，中華書局，2004 年 2 月再版。

17. 李宗侗：《中國古代社會史》，台北市，中國文化大學出版部，1987 年 6 月，四版。

18. 吳永猛：《中國經濟發展史導論》，台北市，中國文化大學出版部，1991 年 9 月，修訂五版。

19. 李洵、李樹田主編：《明史論集》，吉林市，吉林文史出版社，1993 年 6 月一版一刷。

20. 何其敏著：《百捲本:中國全史:中國明代宗教史》，北京市：北京人民出版社，1994 年 1 月一版一刷。

21. 吳兆莘：《中國稅制史》，台北市：臺灣商務印書館，1994 年 3 月，臺一版五刷。

22. 吳禮權：《中國言情小說史》，台北市，臺灣商務印書館，1995 年 3 月初版一刷。

23. 李新達：《中國科舉制度史》，台北市，文津出版社，1995 年 9 月初版一刷。

24. 沈兼士：《中國考試制度史》，台北市：臺灣商務印書館，1995 年 10 月二版一刷。

25. 李紹嶸、蔡文輝編著：《社會學概論》，台北市，三民書局，2006 年 9 月，增訂二版一刷。

26. 周英雄：《小說·歷史·心理·人物》，台北市，東大圖書股份有限公司，1993 年 10 月再版。

27. 周愚文：《中國教育史綱》，台北市，正中書局，2001 年 12 月初版。

28. 林金樹、張顯清：《明代政治史》，桂林市，廣西師範大學出版社，2005 年 4 月一版二刷。

29. 林金樹、張顯清：《明代政治史》，桂林市，廣西師範大學出版社，2006 年 11 月，重印版。

30. 金寧芬：《明代戲曲史》，北京市，社會科學文獻出版社，2007 年 12 月一版一刷。

31. 胡美琦：《中國教育史》，台北市，三民書局，1995 年 1 月初版。

32. 祝瑞開編：《中國婚姻家庭史》，上海市：上海學林出版社，1999 年 8 月一版一刷。

33. 陳學文：《明清社會經濟史研究》，台北縣，稻鄉出版社，1991 年一版一刷。

34. 陳顧遠：《中國婚姻史》，台北市：臺灣商務印書館，1992 年 9 月，臺一版八刷。

35. 陳支平、楊國楨、傅衣凌編著：《明史新編》，北京市：人民出版社，1993年1月一版一刷。

36. 張修蓉：《中國婦女生活史》，台北市，臺灣商務印書館，1994年12月一版十刷。

37. 張亮采編：《中國風俗史》，台北市，臺灣商務印書館，1995年12月初版一刷。

38. 許地山：《道教史》，上海市，華東師範大學出版社，1996年12月一版一刷。

39. 張豔如等編：《中華文明史：第八卷：明代》，石家莊市，河北教育出版社，1999年1月一版二刷。

40. 許大齡編：《明清史論集》，北京市，北京大學出版社，2001年11月一版一刷。

41. 張倩儀、劉煒：《傳統與轉化——宋朝至清朝》，北京市，商務印書館，2003年7月一版一刷。

42. 陳寶良：《明代社會生活史》，台京市，中國社會科學出版社，2004年3月一版。

43. 張自成：《一口氣讀完大明史》，北京市，京華出版社，2007年2月一版一刷。

44. 陳時龍、許文繼：《正說明朝十六帝》，台北市，聯經出版社，2007年4月初版五刷。

45. 商傳著：《明代文化史》，上海市，東方出版中心，2007年5月一版一刷。

46. 陳梧桐、彭勇：《明史十講》，上海市，上海古籍出版社，2007年11月一版一刷。

47. 黃仁宇：《萬曆十五年》，台北縣，臺灣食貨出版社，2008年7月，增訂二版五十六刷。

48. 陸德陽：《流氓史》，上海市，上海文藝出版社，2008年8月一版一刷。

49. 華業：《大明王朝之朱家天下》，北京市，石油工業出版社，2009年5月一刷。

50. 程華平：《明清傳奇編年史稿》，濟南市，齊魯書社，2008年1月一版一刷。

51. 楊啟樵：《明清史抉奧》，台北市，明文書局，1985年1月初版。

52. 褚贛生：《奴婢史》，台北市，知己圖書股份有限公司，2004年12月初版一刷。

53. 劉新風：《枯榮之間》，香港，中華書局，1992年初版。

54. 劉達臨：《性的歷史》，台北市，臺灣商務印書館，2000年1月初版一刷。

55. 劉煒、張倩儀編著：《傳統與轉化——宋朝至清朝》，香港，商務印書館，

2003 年 7 月一版一刷。

56. 趙岡：《中國城市發展史論集》，台北市，聯經出版事業股份有限公司，2005 年 11 月初版二刷。

57. 劉德麟、龔書鐸編著：《圖說明朝》，台北市，鳳凰出版社，2007 年 9 月一版一刷。

58. 謝國禎選編：《明代社會經濟史料選編》，福州市，福建人民出版社，2005 年 4 月一版二刷。

59. 魏林、蘇冰：《中國婚姻史》，台北市：文津出版社，1999 初版一刷。

60. 蕭放等著：《中國民俗史》，北京市：人民出版社，2008 年 3 月一版一刷。

61. 羅香林：《唐代文化史研究》，台北市，臺灣商務印書館，1996 年 4 月二版一刷。

62. 蘇同炳：《明史偶筆》，台北市，臺灣商務印書館，1995 年 5 月，修訂版一刷。

63. 嚴明：《中國名妓藝術史》，台北市，文津出版社，1992 年 8 月初版一刷。初版。

三、學位論文

1. 王淳美：《兩漢民間樂府與後人擬作之研究》，政治大學中文研究所，1985，碩士論文。

2. 王寶彩：《明代道德教養類蒙書之研究》，逢甲大學中文研究所，1996 年 5 月，碩士論文。

3. 王光宜：《明代女教書研究》，台灣師大歷史研究所，1999 一月，碩士論文。

4. 王碩慧：《從性別政治論〈金瓶梅〉淫婦的生存》，高雄師大國文研究所，2006 年 6 月，國文教學碩士論文。

5. 王琢雲：《舊時代的棄婦輓歌──琦君小說〈橘子紅了〉研究》，彰化師大國文研究所，2007 年八月，國文教學班碩士論文。

6. 江婉華：《明中葉至清中葉商人與戲曲之關係研究》，逢甲大學中文研究所，1999 年 6 月，碩士論文。

7. 甘子超：《明中葉三大傳奇論》，華南師範大學研究所，2005 年 6 月，碩士論文。

8. 白小金：《論元代婚戀雜劇中的女性世界》，江西師範大學研究所，2007 年 4 月，中國古代文學碩士論文。

9. 白素鍾：《三言中才德觀研究──以才子佳人小說爲例》，彰化師大國文研究所，2007 年八月，國語文教學碩士論文。

10. 衣若蘭：《史學與性別：〈明史：列女傳〉與明代女性史之建構》，台灣師

大歷史研究所，2002 年，博士論文。

11. 李桂柱：《明傳奇所見的中國女性》，台灣大學中文研究所，1969 年，碩士論文。

12. 吳宏一：《儒林外史的表現技巧與時代意義》，台灣大學中文研究所，1979年 6 月，碩士論文。

13. 李美娟：《正史列女傳研究》，政治大學中文研究所，1982 年，碩士論文。

14. 李光步：《紅樓夢所反映的清代社會與家庭》，政治大學中文研究所，1983年 6 月，碩士論文。

15. 吳秋慧：《唐詩中夫婦情誼之研究》，政治大學中文研究所，1990 年 6 月，碩士論文。

16. 李孟君：《唐詩中的女性形象研究》，輔仁大學中文研究所，1992 年 1 月，碩士

17. 論文。

18. 吳玄妃：《晚明傳奇中女扮男裝情節研究》，政治大學中文研究所，2000年，碩士論文。

19. 李漢濱：《太平廣記的夢研究》，高雄師大國文研究所，2001 年，博士論文。

20. 李蓮秀：《隋唐五代時期下層婦女的社會生活研究》，福建師範大學研究所，2003 年 4 月，中國古代文學碩士論文。

21. 李文瑤：《水滸傳女性研究》，彰化師大國文研究所，2005 年八月，國文教學班碩士論文。

22. 李佑球：《六十種曲愛情劇研究》，湖南師範大學研究所，2007 年 4 月，中國古代文學碩士論文。

23. 吳晏芝：《京華煙雲之女性刻劃》，中山大學大學中文研究所，2007 年 6 月，碩士論文。

24. 林素珍：《魏晉南北朝家訓之研究》，政治大學中文研究所，1994 年 6 月，博士論文。

25. 林慶揚：《水滸傳的人格世界研究》，中正大學中文研究所，1996 年 1 月，碩士論文。

26. 金恕賢：《詩經兩性關係與婚姻之研究》，輔仁大學中文研究所，1997 年 6 月，碩士論文。

27. 金明求：《《三言》的死亡故事探討》，政治大學中文研究所，1999 年，碩士論文。

28. 林惠青：《說文女部見古代女性的社會地位》，玄奘大學中文研究所，2004年，碩士論文。

29. 林婉瑜:《情史與三言對應篇目研究》,高雄師大國文研究所,2005 年 6 月,碩士論文。

30. 林淑惠:《從性別文化看金瓶梅中的情與義》,台北市立教育大學應用語言文學研究所,2006 年 6 月,碩士論文。

31. 林麗紅:《明傳奇丑角研究》,高雄師大國文研究所,2007 年 1 月,博士論文。

32. 洪素貞:《元雜劇中的悲劇觀》,台灣師大國文研究所,1987 年,碩士論文。

33. 范長華:《元代報冤類雜劇研究》,高雄師大國文研究所,1995 年 5 月,博士論文。

34. 施秀貞:《明雜劇神怪情節之研究》,高雄師大國文研究所,2005 年 6 月,碩士論文。

35. 施佑佳:《明傳奇愛情劇奇巧性關目研究——以「謀設」、「錯認」為討論範圍》,東華大學中文研究所,2005 年,碩士論文。

36. 曹瓊連:《西廂記之版本及其藝術成就》,台灣師大國文研究所,1986 年 5 月,碩士論文。

37. 陳葆文:《中國傳統短篇愛情小說的衝突結構》,台灣師大國文研究所,1988 年,七月,碩士論文。

38. 張本芳:《中國傳統妒婦故事研究》,逢甲大學中文研究所,1992 年 6 月,碩士論文。

39. 陳葆文:《中國古典短篇文言愛情小說女性主角形象結構研究》,東吳大學中文研究所,1996 年,博士論文。

40. 徐建婷:《兩周腰器與腰禮研究》,台灣師大國文研究所,1997 年 1 月,碩士論文。

41. 張靜茹:《敘事文學的清代臺灣婦女行為類型研究》,中正大學中文研究所,1997 年 5 月,碩士論文。

42. 陳美惠:《世說新語所呈現魏晉南北朝之婦女群像研究》,高雄師大國文研究所,1997 年 6 月,碩士論文。

43. 陳怡芬:《中國傳統儒學女性觀之探析》,高雄師大國文研究所,1998 年 6 月,碩士論文。

44. 許瑞玲:《六十種曲婦女形象研究》,中央大學中文研究所,1998 年,碩士論文。

45. 康靜宜:《中國神話傳說中的兩性社會地位之演進研究》,淡江大學中文研究所,1998 年,碩士論文。

46. 張錦瑤:《關公與李逵——以元明(初)雜劇中人物形象研究為論》,中興大學中文研究所,1999 年,碩士論文。

47. 徐亞萍：《唐代詠史詩與中國傳統士文化關係之研究》，高雄師大國文研究所，1999 年 6 月，博士論文。

48. 陳美玲：《從古典小說的鬼觀察鬼信仰的心理與文化現象》，高雄師大國文研究所，2001 年 6 月，博士論文。

49. 張嘉惠：《聊齋誌異女妖故事研究》，中山大學大學中文研究所，2002 年 6 月，碩士論文。

50. 陳寶玉：《晚明詼諧寓言研究》，高雄師大國文研究所，2003 年 6 月，國文教學碩士論文。

51. 陳綉錦：《從阿德勒的人格理論探析紅樓夢四春的人格特質》，高雄師大國文研究所，2003 年 6 月，國文教學碩士論文。

52. 張維娟：《元雜劇作家的女性意識》，首都師範大學，2004 年 5 月，中國古典文學博士論文。

53. 郭美玲：《金瓶梅女性研究——以婚姻和性慾爲考察》，中山大學中文研究所，2005 年十二月，碩士論文。

54. 莊映雪：《左傳女性傳記藝術研究》，高雄師大國文研究所，2006 年 6 月，碩士論文。

55. 高翠元：《論唐代婚戀小說的兩性關係與士人觀念》，暨南大學，2006 年十月，中國古代文學碩士論文。

56. 陳鈺如：《魏晉南北朝志怪小說婚戀故事之兩性關係》，高雄師大國文研究所，回流中文碩士班，2007 年 6 月，碩士論文。

57. 梁芳蘭：《明末清初才子佳人小說與豔情小說之性別研究》，玄奘大學中文研究所，2007 年，碩士論文。

58. 張萍萍：《從唐代后妃看唐代的政治與社會》（天津：天津師範大學，碩士論文，2009 年 3 月。

59. 童敦惠：《元明戲曲「殉情復生論」之研究》，文化大學藝術研究所，1995 年，碩士論文。

60. 熊嘉瑜：《唐傳奇女性傳記研究》，暨南大學中文研究所，2000 年，碩士論文。

61. 黃淑貞：《西漢宮廷婦女形象之研究》，高雄師大國文研究所，2002 年 6 月，博士論文。

62. 曾珍：《九〇年代女作家小說兩性關係情節暨教學研究》，高雄師大國文研究所，2003 年十一月，國文教學碩士論文。

63. 曾莉莉：《唐代婦女閨怨詩研究》，高師大國文教學碩士班，2003 年，碩士論文。

64. 黃惠瑞：《明代江南比丘尼之社會經濟活動》，成大歷史研究所，2005 年 1 月，碩士論文。

65. 黃瓊嬌：《唐朝婦女的婚姻地位》，高雄師大國文研究所，2006 年 1 月，回流中文碩士論文。

66. 黃聿寧：《水滸傳中的女性及其影響》，中山大學大學中文研究所，2006 年 6 月，碩士論文。

67. 黃郁晴：《晚明吳中地區名門女詩人研究》，中山大學大學中文研究所，2007 年 6 月，碩士論文。

68. 詹麗莉：《唐傳奇女性宿命觀研究》，南華大學中文研究所，2003 年，碩士論文。

69. 楊豔娟：《明代女性貞節觀研究——明代通俗小說管窺》，東華師範大學人文學院古籍研究所，2005 年 4 月，碩士論文。

70. 溫明麗：《明代家訓之女子家庭教育》，佛教慈濟大學教育研究所，2005 年 7 月，碩士論文。

71. 楊明聲：《儒家女性教育研究》，高雄師大國文研究所，2006 年 6 月，回流中文碩士論文。

72. 蔡蕙如：《三言中的婚姻與戀愛》，高雄師大國文研究所，1994 年，碩士論文。

73. 劉燕芝：《二拍婦女研究》，高雄師大國文研究所，1995 年 6 月，碩士論文。

74. 劉灝：《〈三言、二拍〉一型中的婦女形象研究》，文化大學中文研究所，1995 年，碩士論文。

75. 劉淑娟：《馮夢龍通俗文學志業之研究》，中正大學中文研究所，1997 年 1 月，碩士論文。

76. 蔡蕙如：《〈三言〉與〈十日譚〉婚姻愛情故事之比較研究》，高雄師大國文研究所，2000 年 6 月，博士論文。

77. 劉燕芝：《明代中後期文人雜劇研究》，高雄師大國文研究所，2001 年 12 月，博士論文。

78. 劉文婷：《馮夢龍三言商人形象研究》，台北市立教育大學語言教育研究所，2007 年 1 月，碩士論文。

79. 劉雪梅：《明清女性的社會性別解讀——從纏足到才女創作》，吉林大學研究所，2007 年 4 月，中國古代文學碩士論文。

80. 劉軍華：《明清女性作家戲曲創作研究》，陝西師範大學研究所，中國古典文學，2007 年 5 月，博士論文。

81. 蔡沅玲：《明清之際華北商家婦女形象探析》，成功大學歷史研究所，2008 年 6 月，碩士論文。

82. 蔣宜芳：《傳統短篇小說中鬼妻故事研究》，逢甲大學中文研究所，1994 年，碩士論文。

83. 鄧鳳美：《唐代人鬼戀故事研究》，東海大學中文研究所，1996 年，碩士論文。

84. 賴慧玲：《明傳奇中宗教角色研究》，東海大學中文研究所，1996 年，碩士論文。

85. 藍玉琴：《明代女教書研究》，中山大學大學中文研究所，2000 年 6 月，碩士論文。

86. 厲震林：《中國優伶性別表演研究》，上海戲劇學院，2002 年 5 月，戲劇戲曲學博士論文。

87. 戴力芳：《建構於男性世界中的婦女世界──明清女劇作家論》，福建師範大學研究所，2002 年 4 月，中國古代文學碩士論文。

88. 羅榮：《三言中的人物形象系列及其文化內涵》，湖南師範大學研究所，2004 年 4 月，中國古代文學碩士論文。

89. 盧韻如：《晚明話本小說專集中商人形象研究》，中興大學中文研究所，2007 年 6 月，碩士論文。

四、單篇期刊論文

1. 丁偉忠：〈明代的婦女教育〉，《中國典籍與文化》，1994 年第三期。

2. 丁偉忠：〈社會性別與婦女歷史地位〉，《經濟師論壇》，1997 年第四期。

3. 凡平：〈試析元雜劇中的女性形象〉，《東方藝術》，1994 年第五期。

4. 大澤正昭著，劉馨珺譯：〈南宋的裁判與女性財產權〉，《大陸雜誌》第一〇一卷第四期，2000 年 10 月。

5. 王引萍：〈略論明代文學中的女性審美形象〉，《西北第二民族學院學報》，1995 年第三期。

6. 王志中：〈女性悲劇中的男性角色〉，《遼寧教育學院學報》，1995 年第六期。

7. 王雅各：〈婦女研究對社會學的影響〉，《近代中國婦女史研究》第四期，1996 年 8 月。

8. 方俊明：〈性別差異與兩性化人格〉，《陝西師範大學學報》：哲學社會科學版第二十五卷第三期，1996 年 9 月。

9. 王國瓔：〈漢魏詩中的棄婦之怨〉，《中國文化研究所學報》，1997 年第六期。

10. 王薇：〈明清戲劇中的女性心路歷程〉，《遼寧師範大學學報》：社科版，1998 年第一期。

11. 王立：〈古代通俗文學中俠女盜妹擇夫的性別文化闡釋〉，《中國文化研究》第二十八期，夏之卷，2000。

12. 牛建強：〈明代的奴僕與社會〉，《史學月刊》第四期，2002。

13. 王鴻泰：〈閒情雅致——明清間文人的生活經營與品嚐文化〉，《故宮學術季刊》第二十二卷第一期，2004 秋季號。

14. 王崇峻：〈明清的庶民飲食〉，《歷史月刊》第二十四期，2005 年 1 月。

15. 王欣慧：〈世說新語——賢媛篇女性敘寫研究〉，《鵝湖月刊》第三十二卷第五期，2006 年 11 月。

16. 王淑一：〈論中國傳統性別觀在語言文化中的反映〉，《學術論壇》，2007 第十二期。

17. 王躍生：〈宋以降中國性別文化的變遷〉，《中國文化》，2007 年第二十二期。

18. 王曉玲、段愛愛：〈透視儒家女性觀解讀中國女性〉，《山西高等學校社會科學學報》第十四卷，2002 年第五期。

19. 孔麗君：〈葉憲祖《鸞鎞記》的時代精神〉，《劇作家》，2007 年第四期。

20. 田富軍：〈論古代文學中「女強男弱」現象的心理成因〉，《安徽教育學院學報》第二十一卷第二期，2003 年 3 月。

21. 石育良：〈唐傳奇中的兩性故事〉，《中山大學學報》（社會科學版）第四十三卷第四期，2003。

22. 朱鴻、衣若蘭：〈近年有關明代研究博碩士論文摘要〉，《明代研究通訊》第二期，1991 年 10 月。

23. 衣若蘭：〈被遺忘的宮廷婦女——淺論明代公主的生活〉，《輔仁歷史學報》第十期，1999 年 6 月。

24. 宋俊華：〈女性的衝決藩籬——元明清戲曲小說中女性價值探索〉，《湛江師範學院學報》（哲學社會科學版），1995 年第二期。

25. 李湜：〈明清閨閣畫家人物題材取向〉，《藝術家》第四十卷第三期，1995 年 3 月。

26. 李豔梅：〈三國演義與紅樓夢的性別文化——從行動場域的角度談起〉，《紅樓夢學刊》（增刊版），1997。

27. 李喜梅：〈宗法制度下的中國女性〉，《河南社會科學報》，1998 年第六期。

28. 李祥林：〈戲曲、女性、邊緣文化——中國戲曲的女權文化解讀之三〉，《民族藝術》，1999 年第三期。

29. 冷東：〈婦女在中國傳統性別觀念中的地位及其影響〉，《婦女研究論叢：歷史與文化》，1999 年第二期。

30. 何燕：〈古代中國女性美容文化初探〉，《汕頭大學學報》（人文科學版）第十五卷本第四期，1999。

31. 李冬莉：〈儒家文化和性別偏好：一個分析框架〉，《婦女研究論叢：歷史與文化》，2000 年第四期。

32. 李祥林：〈方興未艾的戲曲性別文化學〉，《民族藝術研究》，2000 年第六期。

33. 宋立中：〈小議明代后妃外戚干政不烈現象〉，《史學月刊》，2001 年第六期。

34. 李均民：〈張家山漢簡奴婢考〉，《國際簡牘學會會刊》，2002 年第四號。

35. 吳美卿：〈唐傳奇敘事視角的社會性別研究〉，《求索月刊》，2002 年第四期。

36. 吳東、劉紅梅：〈矛盾衝突中的左右逢源 —— 淺論三言兩性題材對矛盾的積極處理〉，《濱州師專學報》第十六卷第一期，2000 年 3 月。

37. 李秀麗：〈傳統社會性別角色的錯位 —— 兼論《紅樓夢》的女性立場〉，《語言學刊》，2005 年第七期。

38. 李明軍：〈風月鄉裡談因果 —— 明清豔情小說因果報應觀念中的性別倫理〉，《江漢大學學報》（人文科學版）第二十六卷第四期，2007 年 8 月。

39. 何京敏：〈「至情」女性杜麗娘〉，戲劇之家，2007 年第二期。

40. 吳双：〈明代戲曲題材新探〉，《貴州民族學院學報》（社會科學版），1994 年第二期。

41. 余君：〈從兩性愛情詩詞看傳統女性的感情世界〉，《井岡山學院學報》第二十七卷第七期，2006 年 7 月。

42. 吳俐雯：〈《拍案驚奇》中三姑六婆形象探析〉，《耕莘學報》第六期，2008 年 6 月。林景蘇：〈三姑六婆與時代評價：以詞話《金瓶梅》爲例〉，《女學學誌》第十六期，1993 年 11 月。

43. 吳双：〈明代戲曲的社會功能論〉，《中國文化研究》（冬之卷），總第六期，1994。

44. 李曉燕：〈論宋代后妃的文化品格 —— 中國女性文化思考之一〉，《江西社會科學》，1996 第十期。

45. 林秋敏：〈從不纏足運動談女性自覺的萌芽〉，《歷史月刊》第一三五期，1999 年 4 月。

46. 周亮：〈論西遊記中的性別歧視〉，《輔仁歷史學報》第十期，1999 年 6 月。

47. 周安邦：〈試析王西廂中紅娘之媵妾心態〉，《中臺學報》第十一期，1999 年 10 月。

48. 祁建立：〈中西古典悲劇主人公性別差異成因透視〉，《鄭州大學學報》（社會科學版）第三十三卷第二期，2000 年 3 月。

49. 邱瑰華：〈唐代女性熱衷入道原因初探〉，《安徽大學學報》第二十四卷第三期，2000 年 5 月。

50. 宗韻：〈明清徽商婦女教子述略〉，《中國文化月刊》第三十七期，20007月。

51. 林素娟：〈漢代經師對媵婚制度的理解及其主張的背景〉，《臺大中文學報》第十六期，2002年6月。

52. 邱慧瑩：〈唐宋元明小說戲曲中的女劍俠形象及其演變〉，《嘉南學報》第二十八期，2002年11月。

53. 邱紹雄：〈論金瓶梅中的兩性關係〉，《船山學刊》，三期，2002年。

54. 林紋如：〈隋唐社會史專題研究——唐代社會階級中的賤民與奴婢〉，《大明學報》第四期，2003年6月。

55. 金玉：〈掃描中國男性作家眼中的女性形象〉，《遼寧師專學報（社會科學版）》，2003年第五期。

56. 邱瓊玉：〈列女傳的婦女形象〉，《新北大史學》第二期，2004年8月。

57. 林月惠：〈女性自主權的展現——試論《杜十娘怒沉百寶箱》和《賣油郎讀佔花魁》妓院愛情悲喜劇比較〉，《國文天地》，二十一卷，十二期，2006年5月。

58. 周泓：〈兩周婚姻性別、身份與角色研究之二〉，《中央研究院歷史語言研究所集刊》第七十七本第二分，20066月。

59. 邱慧芬：〈《詩經》中的婦女形象〉，《國文天地》第二十二卷第十期，2007年3月。

60. 林富士：〈女性與中國宗教〉，《道教月刊》第二十七期，2008年3月。

61. 姚旭峰：〈試論明清傳奇中的才子佳人模式〉，《大學學報》（社會科學版），1996年第二期。

62. 姚道生：〈陌上桑羅敷「以禮自防」探微〉，《中國文化研究所學報》，新第六期，1997。

63. 胡天賦：〈漢英諺語中的性別歧視〉，《南都學壇：哲學社會科學版》第十八卷第四期，1998。

64. 洪喜美：〈近代中國知識份子的人道關懷——以婢女解放為例的探討〉，《國史館學術集刊》第二期，2002年1年2月。

65. 胡傳吉：〈薛蟠寓言——中國舊男人性別危機的暗示〉，《紅樓夢學刊》第四輯，2003。

66. 柏樺：〈從收繼婚風俗看明代的律例〉，《北京行政學院學報》，2003年第三期。

67. 洪瓊芳：〈春秋時期女子的生命安頓——以《左傳》中與魯國有關的女性為例〉，《正大學中國文學研究所研究生論文集刊》第五期，2003年5月。

68. 柏文莉：〈宋元墓誌中的「妾」在家庭中的意義及其歷史變化〉,《東吳歷史學報》第十二期,2004 年 12 月。

69. 姚敏儀：〈周代男性多偶婚制之析論〉,《復興崗學報》第 84 期,2005。

70. 洪逸柔：〈傳統愛情戲曲中丫鬟角色初探——以《詐妮子調風月》、《西廂記》、《牡丹亭》、《紅樓夢傳奇》爲例〉,《世新中文研究集刊》第二期,2006 年 6 月。

71. 連文萍：〈詩史可有女性的位置〉,《漢學研究》第十七卷第一期,1999 年 6 月。

72. 馬衍：〈毛晉與《六十種曲》〉,《徐州師範大學學報》(哲學社會科學版) 第二十五卷,三期,1999 年 9 月。

73. 徐子方：〈家樂——明代戲曲特有的演出場所〉,《戲劇雜誌》第一三四卷第二期,2002 年 2 月。

74. 徐海翔：〈淺談博大的中國女性民俗文化〉,《社科縱橫》第二十一卷第一期,2006 年 1 月。

75. 徐泓：〈明代福建社會風氣的變遷〉,《東吳歷史學報》第十五期,2006 年 6 月。

76. 耿靜靜：〈從諺語透視中國女性文化〉,《文教資料》(下旬刊),2007 年 3 月。

77. 高丹卡、高翠元合著：〈唐代婚戀小說中的兩性關係解讀〉,《華東交通大學學報第二十四卷第三期,2007 年 6 月。

78. 高禎臨：〈論戲曲對於詩教精神與社會作用的繼承與轉化〉,《興大人文學報》第三十九期,2007 年 9 月。

79. 馬衍：《六十種曲》與明代文人心態〉,《藝術百家期刊》,2009 年第 109 期。

80. 馬衍,〈明代中後葉傳奇對才子佳人小說的影響〉,《南京社會科學學報》,2009 年第八期。

81. 郭孟良：〈《金瓶梅》與明代的飲茶風尚〉,《明清小說研究第二期,2000。

83. 陸光莘：〈從古代婚姻文化看女性的人格及地位〉,《黔南民族師專學報》(哲社版),1995 年第二期。

84. 張綽：〈《金瓶梅》三女性文化透視〉,《廣東社會科學》,1994 年第四期。

85. 張明富：〈明清士大夫女性意識的異動〉,《東北大學學報》：哲學社會科學版,1996 年第一期。

86. 陳偉明：〈從金瓶梅看明代奴婢〉,《歷史月刊》第一三五期,1999 年 4 月。

87. 張彬村：〈明清時期寡婦守節的風氣——理性選擇 (rational choice) 的

問題〉，《新史學》，十卷，二期，1999 年 6 月。

88. 陳瑛珣：〈由明清家訓探討社會經濟活動中的婦女角色〉，《僑光學報》第十七期，1999 年 10 月。

89. 張珣：〈婦女生前與死後的地位——以養女與養媳為例〉，《考古人類學刊》第五十六期，2000 年 12 月。

90. 陳寶良：〈明代文人辨析〉，《漢學研究》第十九卷第一期，2001 年 6 月。

91. 曹萌：〈論明代的言情小說功用思想〉，《古今藝文》第二十七卷第二期，2001 年 2 月。

92. 陳寶良：〈秀才學問與舉業文章——明代學術史一隅〉，《中國文哲研究通訊》第十三卷第一期，2003 年 3 月。

93. 張青：〈明傳奇中的定情信物〉，《民俗研究》，2003 年第二期。

94. 陳惠齡：〈愛與怨的基調——兩漢樂府敘事詩中婦女的生命之歌〉，《問學第五期，2003 年 3 月。

95. 陳節：〈從女扮男妝故事看傳統性別意識對作家的影響〉，《福建師範大學學報》（哲學社會科學版），2004 年第一二七期。

96. 張小東、何友暉：〈中國化的觀音性別以女為主的原因初探〉，《廣西師範學院學報》第二十五卷第二期，2004 年 4 月。

97. 張純寧、顧盼合著：〈明代徽州婦女繼承、處置夫家產業之權限——以徽州散件賣契為例〉，《東吳歷史學報》第九期，2004 年 3 月。

98. 陳立華：〈中西古典悲劇美學特徵之比較〉，《新亞論叢》第七期，2005 年 6 月。

99. 陳才訓：〈《聊齋誌異》人物描寫性別倒錯現象淺析〉，《海南大學學報》（人文社會科學版）第二十三卷第三期，2005 年 9 月。

100. 陳昭容：〈兩周婚姻關係中的「媵」與「媵器」——青銅器銘文中的性別、身份與角色研究之二〉，《中央研究院歷史語言研究所集刊》第七十七本第二分，2006 年 6 月。

101. 陳昭容：〈兩周婚姻性別、身份與角色研究之二〉，《中央研究院歷史語言研究所集刊》第七十七本第二分，2006 年 6 月。

102. 陳豫貞：〈明代女教書的大同小異——《閨範》與《女範節錄》的性別意識研究〉，《新北大史學》第四期，2006 年 10 月。

103. 許加明、張夔：〈中國傳統人生禮儀的性別差異對男女兩性自我意識的影響〉，和田師範專科學校學報酬漢文綜合版，第二十六卷第四期，2006。

104. 陳玉女：〈明代婦女信佛的社會禁制與自主空間（下）〉，《成大歷史學報》第三十期，2006 年 6 月。

105. 張逸品:〈敦煌文學民間觀點之醜女主題述評〉,《國文天地》第二十二卷第八期,2007 年 1 月。

106. 張俊卿:〈淺談明代文人傳奇中四部水滸戲的兩性關係〉,《安徽文學》,2007 年第十一期。

107. 張輝誠:〈娼妓真情歸何處:古典短篇小說娼妓類型的敘事策略〉,《歷史月刊》第二三三期,2007 年 6 月。

108. 張旭南:〈女人何苦為難女人——傳統戲曲中第二女性角色〉,《傳藝》第七十期,2007 年 6 月。

109. 傅耀珍:〈從《顏氏家訓》觀婦女對家庭的影響〉,《孔孟月刊》第四十二卷第十一期,1994 年 7 月。

110. 葉長海:〈明清戲曲與女性角色〉,《戲劇藝術》,四期,1994。

111. 曾燕瑀:〈西廂記與殉情記的比較〉,《傳習》第十四期,1996 年 4 月。

112. 葉少嫻:〈論文學中女性形象的改變——女性自我意識與性別角色〉,《國外文學季刊》第三期,1996。

113. 喬以鋼:〈中國女性傳統命運及其文學選擇〉,《天津師大學報》,1996 年第三期。

114. 張躍生:〈佛教文化與唐代傳奇小說〉,《華中理工大學學報》第二期,1997 年第三期。

115. 張鈺佩:〈漢代女教典籍中女性的家庭角色與地位〉,《高師大教育研究》第七期,1999。

116. 彭錦華:〈紅娘與科諢——從西廂記第三本紅娘科諢表現述起〉,《雲漢月刊》第七期,2000 年 6 月。

117. 彭茵:〈元代兩性文化探析〉,文史雜誌第二十一卷第三期,2001。黃琬瑜:〈小說與戲曲中的紅娘形象流變與設計意識〉,《思辨集》第五集,2002 年 4 月。

118. 黃志盛:〈《世說新語》中的妾、妓、婢〉,《國立高雄海院學報》第十七期,2002 年 12 月。

119. 喬素玲:〈從情史看明代文人的商業關懷〉,《商業研究》,2002 年第二四八期。

120. 黃春秀:〈中國古代女子的弓鞋〉,《歷史文物》第一二三期,2003 年 10 月。

121. 彭衛:〈漢代性別史三題〉,《東岳論叢》第二十六卷第三期,2005 年 5 月。

122. 葉暉:〈我國女性服飾流變中的性別權力關係探析〉,《陰山學刊》第十八卷第四期,2005 年 8 月。

123. 游惠遠：〈閨閣於內、情思於外──明代婦女的書畫創作管窺〉，《台灣美術》第六十三期，2006 年 1 月。

124. 游淑珺：〈何處是「歸」家：台灣俗語中「女有所歸」的女性養成模式與文化反映初探〉，《臺灣圖書館管理季刊》第二卷第三期，2006 年 7 月。

125. 黃吟珂：〈《金瓶梅》中西門慶兩性關係的文化闡釋〉，《學術月刊》第三十八卷，九號，2006 年 9 月。

126. 馮賢亮：〈明清中國：清樓女子、兩性交往及社會變遷〉，《學術月刊》第三十八卷，九號，2006 年 9 月。

127. 焦杰：〈從中國古代女子名字的演變看社會性別文化的建構〉，《鄭州大學學報》（哲學社會科學版）第三十九卷第六期，2006 年 11 月。

128. 黃東陽：〈天理、人欲衝突的在思考──解讀《歡喜冤家》對女性情欲的理解與安置〉，《成大中文學報》第十六期，2007 年 4 月。

129. 雲峰：〈略論民族文化交融與元散曲之愛情婚姻及兩性關係描寫〉，《中央民族大學學報》，2007 年第四期。

130. 董鷗：〈女性在家庭文化建設中的作用〉，《中華女子學院學報》，1996 年第三期。

131. 楊海、鍾年：〈中國歷史上女性的反禮教行為〉，《歷史月刊》第一三五期，1999 年 4 月。

132. 楊莉：〈「女冠」雛議──一種宗教、性別與象徵的解讀〉，《漢學研究》第十九卷第一期，2001 年 6 月。

133. 道教月刊編輯部：〈道教完整保存女性崇拜觀念〉，《道教月刊》第二十七期，2008 年 3 月。

134. 道教月刊編輯部：〈道教的女性觀〉，《道教月刊》第二十七期，2008 年 3 月。

135. 劉筱紅：〈中國古代性別迴避禮制的發展〉，《婦女研究論叢》第四期，1996 年 4 月。

136. 廖藤葉：〈中國戲曲的幽冥世界〉，《台中商專學報》第三十一期，1999 年 6 月。

137. 劉達臨：〈中國性文化從開放到禁錮的轉折〉，《歷史月刊》第一五一期，2000 年 8 月。

138. 蔡祝青：〈再現明清文人的性別觀〉，《婦女與性別研究通訊》第五十九期，2001 年 6 月。

139. 蔡祝青：〈明清文人的性別觀──妒婦篇：忌妒有理：談妒婦的六可恨〉，《婦女與性別研究通訊》第六十期，2001 年 9 月。

140. 蔡祝青：〈明清文人的性別觀──男風篇：男風者的厭女論述與男作家

的恐同〉，《婦女與性別研究通訊》第六十一期，2001 年 12 月。

141. 蔡孟珍：〈宋元明負心題材在戲曲中的流衍——兼述高明《琵琶記》的翻改〉，《國文學報》第三十期，2001。

142. 蔡祝青：〈明清文人的性別觀——紅顏篇：「紅顏」與「薄命」之間的父權論述〉，《婦女與性別研究通訊》第六十二期，2002 年 3 月。

143. 蔡祝青：〈明清文人的性別觀——兩性關係篇：懼內與妒婦〉，《婦女與性別研究通訊》第六十四期，2002 年 9 月。

144. 劉懿萱：〈由明代小說看婦女服裝與審美觀〉，《暨南史學》第四、五期合輯，2003 年 5 月。

145. 趙崔莉：〈明代婦女的法律地位〉，《安徽師範大學學報》（人文社會科學版）第三十二卷第一期，2004 年 1 月。

146. 劉燕萍：〈唐代人鬼婚戀中的死亡反思——招魂、交感和幽界三類小說〉，《淡江社會學刊》第二十二期，2005 年 3 月。

147. 劉燕儷：〈唐代家訓中的夫妻關係及其源流〉，《嘉南學報》第三十二期，2006。

148. 廖育菁：〈論明代文人情觀與馮夢龍的情教觀〉，《思辨集》第十集，2007 年 4 月。

149. 劉敘武：〈再論《六十種曲》的幾個問題〉，《四川戲劇》，2007 年，一期。

150. 鍾豔攸：〈明代家訓類文獻簡介〉，《明代研究通訊》第二期，1991 年 10 月。

151. 戰捷：〈性別差異對女性地位的影響〉，《人口研》第三卷第十八期，1994 年 5 月。

152. 嚴明：〈明代的歌妓對通俗小說的影響〉，《明清小說研究》，1995 年第四期。

153. 譚平：〈后妃與明代政治〉，《成都大學學報》（社科版），1995 年第三期。

154. 鄭家雯：〈三水小牘婢妾故事分析〉，《輔大中研究學刊》第八期，1998 年 9 月。

155. 顧眞：〈清代節烈女子的精神世界〉，《歷史月刊》第一三五期，1999 年 4 月。

156. 竇玉璽：〈淺論唐代傳奇女性悲劇命運與法典禮制的關係〉，《中國青年政治學院學報》，1999 年第二期。

157. 羅麗馨：〈明代紡織工業中婦女勞動力之探討〉，《興大歷史學報》第九期，1999 年 6 月。

158. 韓鑫：〈統治與依附 —— 中國戲曲的女權文化解讀之三〉，《民族藝術》，1999 年第三期。

159. 鄭媛元：〈明代未婚女子的貞節觀 —— 從烈士不背君，貞女不辱父談起〉，《婦研縱橫》第六十七期，2003 年 7 月。

160. 嚴明：〈中國古代女性形象的道德傾向 —— 以明清才女創作為中心〉，《東華漢學》，2004 第二期。

161. 魏娥：〈漢樂府民歌中男女兩性的愛恨情仇〉，《商邱師範學院學報》第二十一卷第四期，2005 年 8 月。

162. 盧嘉琪：〈朱熹論女子教育〉，《中國文化月刊》第三○六期，2006 年 6 月。

163. 歐麗娟：〈杜甫詩中的女兒形象與女性教育觀〉，《漢學研究》第二十二卷第二期，2004 年 12 月。

164. 歐麗娟：〈唐詩中的女兒形象與女性教育觀〉，《清華學報》，新三十七卷第二分，一期，2007 年 6 月。

165. 簡好甄：〈試析王實甫《西廂記》中崔鶯鶯的兩個問題 —— 「一見鍾情」與「做假」〉，東方人文學誌第六卷第四期，2007 年 12 月。

166. 魏琳，〈「情」的頌歌 —— 論《牡丹亭》的浪漫主義特色〉，《甘肅政法成人教育學院學報》，2007 年第五期。